LA FILLE CACHÉE

Écrivaine américaine, Lisa Gardner a grandi à Hillsboro, dans l'Oregon. Auteure de plusieurs thrillers, elle est considérée comme l'une des grandes dames du roman policier féminin. Elle a reçu le Grand Prix des lectrices de *Elle* en 2011 dans la catégorie Policier pour *La Maison d'à côté*.

Paru au Livre de Poche :

À MÊME LA PEAU
ARRÊTEZ-MOI
DERNIERS ADIEUX
DISPARUE
FAMILLE PARFAITE
JUSQU'À CE QUE LA MORT NOUS SÉPARE
LUMIÈRE NOIRE
LA MAISON D'À CÔTÉ
LES MORSURES DU PASSÉ
PREUVES D'AMOUR
LE SAUT DE L'ANGE
TU NE M'ÉCHAPPERAS PAS
LA VENGEANCE AUX YEUX NOIRS

LISA GARDNER

La Fille cachée

TRADUIT DE L'ANGLAIS (ÉTATS-UNIS)
PAR FRANÇOIS TÉTREAU

LE LIVRE DE POCHE

Titre original :

THE OTHER DAUGHTER
Publié par Bantam Books, New York, 1999.

ISBN : 978-2-253-18164-4 – 1re publication LGF

Avertissement

Les spécialistes relèveront dès les premières pages de ce roman une inexactitude : en aucun cas un prisonnier n'aurait pu être exécuté en 1977 au Texas, la chaise électrique ayant été mise au rebut dans cet État en 1964, après que trois cent soixante et un condamnés y eurent laissé la vie. Les exécutions n'ont repris qu'en 1982, par injection. Cependant, chacun sait que les écrivains s'octroient certaines libertés.

Le musée du pénitencier de Huntsville existe réellement. Il fournit aux visiteurs une foule de renseignements sur l'histoire de ce centre de détention. Bonnie et Clyde sont sans doute les personnes les plus célèbres qui y aient séjourné, et je veux croire que Russell Lee Holmes y eût acquis pareille notoriété.

Le cimetière du capitaine Joe Byrd est, lui aussi, bien réel. Le jour où je m'y suis rendue, une nouvelle fosse venait d'y être creusée. Je me suis laissé dire qu'une exécution était prévue le soir même.

Tout comme dans le livre, un hibou hululait. Un orage spectaculaire a éclaté durant ma visite, et j'ai fait le serment solennel de ne jamais violer la loi au Texas.

L. G.

Prologue

Septembre 1977
Huntsville, Texas

À 6 heures du matin, les portes du quartier de haute sécurité du pénitencier de Huntsville furent solidement bouclées.

À l'extérieur, derrière les murs de brique rouge, des contestataires se massaient déjà pour protester contre la première exécution capitale ordonnée au Texas depuis treize ans. Sur les pancartes brandies par les manifestants, on lisait des slogans du type : « Halte à la barbarie », « Tu ne tueras point », « Justice, oui, expéditive, non ! ».

Non loin de là, une foule tout aussi compacte faisait entendre l'opinion contraire : « La chaise pour Russell Holmes », « Grillez-le ! », « Pas de pitié pour les tueurs d'enfants ». Dans la cellule des condamnés à mort où on l'avait transféré la veille au soir, Russell Lee Holmes cherchait une position plus confortable sur sa paillasse. Les yeux bleus, le visage émacié, le dos voûté, il ne prêtait aucune attention aux manifestants, de quelque camp qu'ils fussent. Après avoir chiqué du tabac et bu des boissons gazeuses durant trente ans, ses dents étaient tachées, rongées par le sucre et à moitié pourries. Souvent, il s'amusait à les curer avec l'ongle de son pouce. Certes, ce n'était pas un homme brillant, ni agréable à fréquenter, mais il demeurait généralement calme ou, pour mieux dire, impassible. En regardant ses petites mains fines et osseuses, on oubliait parfois les horreurs qu'elles avaient commises.

En janvier, lorsque l'Utah mit fin au moratoire sur la peine capitale et qu'un juge eut envoyé Gilmore devant le peloton d'exécution, personne ne doutait que le Texas allait suivre l'exemple et se lancer à nouveau dans l'industrie de la mort. Personne ne doutait non plus que Russell Lee Holmes serait le premier à y passer.

Quand le juge lui avait demandé ce qu'il désirait déclarer pour justifier l'enlèvement, la torture et le meurtre de six enfants en bas âge, Holmes avait répondu : « Pour parler net, monsieur le juge, rien ne me plairait plus que d'en zigouiller un autre. »

Un gardien s'immobilisa devant sa cellule. Il était gros, le ventre rond comme une barrique, et on le surnommait Glousseur, en raison de ses bajoues qui tremblaient à la manière d'un coq lorsqu'il se mettait en rogne. Holmes savait d'expérience quoi faire pour le mettre en rogne. Ce jour-là, cependant, le gardien paraissait plus aimable, presque bienveillant. Il déroula le décret qu'il tenait à la main et s'éclaircit la voix afin que les quatre autres prisonniers, détenus dans ce même quartier de la prison, entendent distinctement ce qu'il allait dire.

— Voici ta sentence, Russell Lee. Je vais te la lire. Tu m'écoutes ?

— Y vont me griller le cul, dit l'autre d'une voix indifférente.

— Nous sommes là pour t'aider à traverser cette épreuve.

— Allez vous faire foutre.

Glousseur secoua la tête et commença la lecture.

— Par ordre de la Cour de cet État, le détenu Russell Lee Holmes sera exécuté pour s'être rendu coupable des crimes suivants.

Le gardien énuméra les crimes en question. Six meurtres au premier degré. Enlèvements, viols, séquestrations, actes de barbarie. Autant de crimes sadiques et d'ignominies qui méritaient la mort. Holmes hocha la tête en entendant chacune des charges retenues contre lui. Pas mal pour un gars que sa mère appelait raclure. « T'es pas mieux que ton père, sale p'tite raclure blanche. »

— T'as bien compris la sentence, Russell Lee ?

— Y a intérêt. Depuis le temps que je suis là…

— Parfait. Dans ce cas, le prêtre va te voir.

— Je désire seulement m'entretenir avec toi, mon fils, enchaîna l'ecclésiastique d'une voix doucereuse. Je veux être avec toi dans ce moment pénible entre tous. Pour t'aider à soulager ta conscience, à mieux saisir le sens du périple que tu vas entreprendre.

— Dégage, lança Holmes. J'ai pas l'intention de fréquenter le petit Jésus. J'ai hâte de voir le diable, par exemple. J'ai comme dans l'idée que je pourrai lui filer deux ou trois trucs pour épouvanter les mômes. T'as des gamins, Glousseur ? Une fillette peut-être ?

Le lourd visage du gardien prit soudain une teinte pourpre. Il leva un doigt boudiné, ses joues se mirent à trembler.

— Commence pas, Holmes ! On essaie de t'aider…

— M'aider à clamser ? Je suis pas con, Glousseur. T'as tellement hâte de me voir raide que t'en dors plus la nuit. Mais j'ai comme dans l'idée que je détesterai pas ça, la mort. Je circulerai où j'en aurai envie, comme un putain de fantôme. Je saurai peut-être retrouver ta fille, ce soir…

— On t'enterrera même pas ! hurla le gardien. On va foutre ta vieille carcasse dans la broyeuse, fils de pute ! On jettera le tout dans une cuve d'acide. Il restera rien de ta sale gueule. Pas une putain de molécule !

— Que veux-tu ? dit Holmes d'une voix traînante. J'suis de la mauvaise pâte…

Glousseur remonta son pantalon sur ses hanches, fit un signe au prêtre pour l'inviter à le suivre et quitta la cellule en vitesse.

Holmes s'allongea sur sa couche, un sourire aux lèvres. C'était le moment de piquer un somme. Il n'avait rien d'autre au programme pour l'instant.

Mais son sourire s'évanouit en entendant ses voisins entonner un refrain : « Comment tu le veux, Russell Holmes ? Saignant, bleu ou à point ? Saignant, bleu ou à point ? »

À 15 h 30, le condamné à mort se releva. On lui portait son dernier dîner. Du poulet et des gombos frits, accompagnés de patates douces, frites elles aussi. Mais un invité venait avec le plateau, un invité inattendu, inopportun : le journaliste Larry Digger. Une façon, pour Glousseur, de remercier Holmes.

Durant quelques instants, les deux hommes se toisèrent en silence. Larry Digger avait une trentaine d'années, la taille svelte, le visage lisse, des cheveux noirs et bien fournis. Il traînait dans son sillage le parfum du monde extérieur, celui du monde libre. Les prisonniers le considéraient avec rancune, l'air revêches. Il se glissa dans la cellule de Holmes et s'assit à côté de lui.

— Tu ne vas pas bouffer tout ça ? T'auras les intestins crevés avant même de t'asseoir sur la chaise !

Holmes lui jeta un regard mauvais. Digger le collait comme une teigne depuis près de sept ans. D'abord, il avait enquêté sur ses meurtres, puis il avait couvert son arrestation, son procès, et aujourd'hui il désirait assister à sa mise à mort. Dans les tout premiers temps, Holmes ne se souciait guère de lui, mais, depuis quelques semaines, les questions du journaliste le rendaient nerveux, l'effrayaient même un peu. Or Russell Holmes ne supportait pas qu'on lui foute les jetons. Il tourna le regard vers son plateau et huma l'odeur huileuse qui s'en dégageait.

— Qu'est-ce que tu veux ? soupira-t-il, en piochant avec les doigts dans le plat de poulet.

Digger repoussa son feutre et ajusta son imper.

— T'as l'air assez calme. Pas d'angoisse ? Tu ne clames pas ton innocence ?

— Non, répondit Holmes en déchirant une bouchée de viande, puis en la mastiquant bruyamment.

— On m'a dit que t'avais rembarré le curé. T'empruntes pas les voies du Seigneur, Russell Lee ?

— Non.

— Pas du genre à te repentir, hein ?

— Voilà.

— Allez, Russell, poursuivit Digger en posant les coudes sur ses genoux. Tu sais ce que j'attends. C'est ton dernier jour. Il n'y aura pas de grâce. C'est fini. C'est ta dernière occasion de me donner ta version. Je la publie direct à la une demain matin.

Holmes termina tranquillement son poulet, fit claquer ses lèvres et attaqua les gombos.

— Tu vas mourir seul, Russell. Ça ne te dérange peut-être pas maintenant, mais, quand ils t'attacheront sur la chaise, ce sera une autre paire de manches. Allez, donne-moi leurs noms. Je peux les faire venir tout de suite. Ta femme, ton bébé. Ils te donneront un peu de chaleur humaine.

Holmes termina son plat de gombos et plongea trois doigts dans le gâteau au chocolat. Il l'écrasa en partie et lécha le glaçage au creux de sa main.

— Je peux même te filer du fric, lança Digger en une tentative désespérée pour convaincre le coupable. Crache le morceau. On le sait, que t'es marié. J'ai vu ton tatouage, j'ai entendu tout ce qu'on a dit là-dessus. Donne-moi le nom de ta femme. Parle-moi de ton gamin.

— Qu'est-ce que ça peut te faire ?

— J'essaie de t'aider, c'est tout…

— Tu veux les amener ici pour les traiter de débiles, point final.

— Alors ils existent ! Tu avoues !

Holmes découvrit une rangée de dents tachées de chocolat.

— Peut-être bien que oui, peut-être bien que non. J'ai rien dit.

— Mais t'es con, Russell. Ils vont te griller comme un vulgaire pancake, ta femme touchera jamais rien, ton gosse sera élevé par un taré qui prétendra être son père. Il deviendra aussi paumé que toi.

— Tout est arrangé, Digger. Tout est prévu. Il se trouve qu'en fait, j'ai même un peu plus d'avenir que toi. C'est ce qu'on appelle l'ironie du sort, non ? Un beau mot, ça, l'ironie. Un sacré bon mot.

Furieux, Larry Digger quitta la cellule. Normalement, Holmes devait partager son dessert avec ses voisins, c'était la coutume. Il rassembla les aliments qui restaient, y compris le gâteau, les jeta sur le sol de ciment puis, avec son talon, écrasa le tout sauvagement.

Soudain, un craquement retentit au fond du couloir. Le bruit s'intensifia, glissa en un crescendo strident. Il y eut un instant de silence, puis un son plus grave, qui monta dans l'aigu, comme une plainte se transforme en hululement.

Le bourreau réchauffait la chaise. Il testait son appareil, passant de 1 800 à 500 volts, puis de 1 300 à 300 volts.

Alors, tout devint plus net, plus réel.

« Comment tu le veux ? Saignant, bleu ou à point ? » reprirent les détenus.

Holmes s'assit tranquillement au bord de sa couchette, la tête dans les épaules, songeant aux épisodes les plus atroces de sa vie passée. De petites gorges frêles, de grands yeux bleus, des cris de fillette, perçants. Déchirants. « Je dirai pas un mot, mon bébé. J'emporte ça dans la tombe. »

Boston, Massachusetts

Josh Sanders se traînait littéralement en longeant les couloirs de l'hôpital. Interne depuis moins d'un an, il venait de travailler trente-sept heures de suite au lieu des vingt-quatre prévues. C'était peu dire qu'il avait besoin de sommeil. Il cherchait une chambre libre. Il lui fallait absolument dormir. Il approcha de la chambre numéro cinq. Pas de lumière sous la porte. Josh se souvint d'avoir lu au tableau qu'elle était inoccupée.

Il pénétra à l'intérieur et tira le rideau qui encerclait le lit. Il allait s'y affaler avec délices quand il perçut un gémissement. Rauque. Le bruit d'une respiration empêchée, sifflante. Le jeune médecin se ressaisit et alluma la lampe de chevet. Une fillette tout habillée était mystérieusement étendue là, sur le lit. Elle se tenait la gorge, les yeux révulsés. Son corps paraissait flasque.

Les hommes chargés de l'exécution connaissaient parfaitement la consigne. Trois gardiens attachèrent des anneaux métalliques aux chevilles de Russell Holmes, de même qu'une chaîne à sa poitrine. Le détenu dit au geôlier qu'il se sentait capable d'avancer seul et chacun prit place à ses côtés. Glousseur menait la marche. Le petit groupe longea un couloir d'une quinzaine de mètres menant à une porte verte. Une porte que trois cent soixante et un condamnés avaient franchie jusqu'à ce jour.

À 17 heures, le barbier rasa complètement la tête du condamné pour faciliter le port du casque d'électrodes.

Puis le détenu prit une dernière douche avant de revêtir d'autres vêtements. Un pantalon blanc, une chemise et une ceinture blanches, fabriqués en un coton cultivé sur les terres du pénitencier, coton que les détenus avaient eux-mêmes coupé, tissé, puis cousu. Holmes allait à la mort habillé comme un petit peintre en bâtiment, sans porter sur lui la moindre marque du monde libre.

On ouvrit la porte verte. Derrière, la fameuse chaise l'attendait. Il s'agissait d'un fauteuil massif en bois verni, qui n'avait rien perdu de son lustre depuis cinquante ans. Le dossier haut, les pattes et les bras solides, il était muni de larges sangles de cuir. Le masque et les électrodes mis à part, il ressemblait au fauteuil préféré de l'aïeul dans n'importe quelle maison de famille.

Le bourreau prit les opérations en main et tout se déroula très vite, comme en un rêve. D'abord, les gardiens ligotèrent Holmes au fauteuil, l'un d'eux glissa entre ses dents un bâtonnet pour mordre, un autre tamponna sa jambe gauche, son crâne et sa poitrine avec une solution saline qui favorise la conduction électrique. Le bourreau passa des courroies de métal aux mollets du coupable et des bracelets du même métal à ses poignets ; il fixa deux diodes de chaque côté du cœur et posa enfin le casque argenté sur sa tête nue. En moins d'une minute, Russell Holmes était sacré roi des condamnés.

Puis le bourreau colla ses paupières avec du ruban adhésif, afin de limiter les dégâts, et il fourra des tampons d'ouate dans les narines pour contenir le sang.

23 h 30. L'exécuteur quitta la chambre, suivi de ses aides. Pour celui qui devait payer ses crimes, le supplice du compte à rebours commençait. Retenu à l'instrument de mort, plongé dans la pénombre, Holmes n'avait plus qu'à souhaiter que retentît le téléphone accroché au mur, un appareil relié directement au bureau du gouverneur de l'État.

D'autres personnes attendaient comme lui derrière les vitres de trois salles adjacentes. Dans la première de ces pièces se tenaient les témoins, soit Larry Digger et quatre parents des victimes de Holmes, autorisés à assister à l'exécution. Quelques années plus tôt, Patricia Stokes avait perdu sa fille de quatre ans, Meagan, sauvagement assassinée par le monstre. Son mari étant retenu à l'hôpital de Boston où il travaillait depuis peu, Patricia était venue avec son fils Brian, âgé de quatorze ans. Le visage du jeune homme était impassible, mais sa mère sanglotait en silence.

La deuxième salle était celle du bourreau, toujours calme et dispos. Là aussi, un téléphone était relié au bureau du gouverneur. Au mur, trois gros boutons. Le bouton principal, conducteur d'électricité, et deux autres, reliés à des génératrices pour le cas où surviendrait une panne. Jamais l'État du Texas n'avait raté une exécution.

Enfin, la troisième pièce était réservée aux parents et aux amis du condamné. Ce soir-là, une seule personne l'occupait : Kelsey Jones, avocat délégué par la Cour pour défendre Holmes. Il portait son plus beau costume. Jones devait assister à l'exécution, puis transmettre les dernières volontés du détenu à la femme qui l'avait aimé.

Cela fait, il devait oublier tout ce qu'il savait à son propos, une instruction qu'il entendait suivre à la lettre – et avec joie.

Assis dans son fauteuil, aveuglé par le ruban adhésif, le condamné serrait les dents.

« Je suis le plus fort. Je suis tout-puissant. »

Ses intestins se relâchèrent, Holmes agrippa si solidement les bras de la chaise électrique que ses jointures devinrent blanches comme de la craie.

« Je t'aime, mon bébé. Je… t'aime. »

— Alerte bleue ! Alerte bleue !

Josh Sanders dictait les ordres, tout en prenant le pouls de la fillette.

— Venez immédiatement avec le bloc mobile. J'ai ici une gamine de huit ou neuf ans qui respire à peine. Appelez la pédiatrie.

Peu après, le docteur Chen fit irruption dans la pièce.

— D'où elle vient ?

— Je ne sais pas.

Infirmières, aides-soignants flanqués d'appareils arrivèrent précipitamment, et chacun se mit au travail.

— Elle n'est pas inscrite à la réception, fit remarquer Nancy, l'infirmière en chef, en brandissant une seringue.

Elle introduisit l'aiguille dans une veine puis glissa un cathéter. Dans le même mouvement, on fit des prélèvements de sang et d'urine.

— Elle est fiévreuse ! Elle a aussi des éruptions, dit Sherry, une autre infirmière, après avoir découpé le pull de la fillette pour fixer les cinq capteurs du moniteur cardiaque sur sa poitrine brûlante.

— Reculez-vous !

Le canon à rayons X crépita et tout le monde reprit aussitôt le travail. Une fine pellicule de sueur couvrait le corps de la fillette, qui ne réagissait toujours pas. Quelques secondes plus tard, elle cessa de respirer.

— Vite ! passez-moi le tube, ordonna Sanders.

Comme elle était menue ! Josh craignait de la blesser en introduisant le tube respiratoire dans un larynx si étroit. Enfin, il trouva l'ouverture de la trachée et réussit, en prenant moult précautions, à descendre le tube.

— Ça y est, j'y suis, s'écria-t-il, tandis que Sherry quittait la pièce dare-dare avec les analyses sanguines et des échantillons d'urine qui allaient permettre de savoir si l'enfant avait absorbé des médicaments.

— Le pouls est très faible, annonça Nancy.

— Votre avis, Josh ? demanda le docteur Chen.

— Choc anaphylactique, répondit Sanders sans hésiter. Il faut lui donner une ampoule d'adrénaline.

— Zéro virgule un millilitre, rectifia Chen. La dose pour enfant.

— Je ne vois aucune piqûre d'abeille, dit Nancy en tendant l'adrénaline au médecin.

— Ce peut être une réaction à tout et à n'importe quoi, expliqua Chen, impatient de voir l'effet de l'adrénaline.

Pendant quelques instants, chacun demeura sur le qui-vive et silencieux.

La petite paraissait si démunie avec ces cinq fils attachés à la poitrine, le goutte-à-goutte dans le bras et un gros tube respiratoire lui sortant de la bouche. Ses longs cheveux blonds s'étalaient sur l'oreiller, une odeur de shampooing pour enfant s'en dégageait. Elle avait de longs cils épais et des marques sur le visage, des taches rouges bien nettes, sous les yeux et sur ses joues rondes. Malgré son expérience, Josh Sanders ne s'habituait pas à voir des enfants hospitalisés.

— Les muscles commencent à se détendre, dit-il. La respiration est plus régulière.

L'adrénaline agissait vite. La fillette écarquilla les yeux, mais son regard demeurait vague, lointain.

— Bonjour, fit Chen. Est-ce que tu m'entends ?

N'obtenant aucune réponse, il la secoua doucement pour la faire réagir. En vain. Nancy opta pour une méthode plus énergique. Elle pressa ses jointures sur la poitrine avec vigueur, de manière à lui faire mal. Le corps de la fillette se courba comme un arc, mais son regard restait vitreux.

— Difficile de la réveiller. Elle ne réagit pas.

Les uns et les autres fronçaient les sourcils, quand soudain la porte s'ouvrit.

— Qu'est-ce que c'est que ce chahut ? lança le docteur Harper Stokes, en pénétrant dans la chambre.

Stokes portait sa tenue verte de chirurgien avec la même décontraction que s'il s'était agi d'un ensemble de tennis. Son bronzage cuivré, ses yeux d'un bleu très vif et sa tête de vedette de cinéma détonnaient en ces lieux. Stokes venait tout juste de rejoindre le personnel de l'Hôpital général, en qualité de chirurgien cardiaque de renom et, déjà, il déambulait dans les couloirs comme le Christ en personne devant les lépreux. Josh avait entendu dire que c'était un excellent médecin, mais, de toute évidence, Stokes ne le savait que trop. Une vieille blague lui traversa l'esprit : Quelle différence entre Dieu et un chirurgien cardiaque ? Dieu, lui, ne se prend pas pour un chirurgien.

— Ça va, dit Chen, un peu irrité. Nous avons la situation en main.

Stokes se rapprocha du lit d'un pas souple et nonchalant.

— Hum !

En apercevant la patiente branchée à tous ces tubes, il se raidit, visiblement secoué.

— Ciel ! Que s'est-il passé ?

— Choc anaphylactique. Facteur inconnu.

— Vous lui avez donné de l'adrénaline ?

— Bien sûr.

— Montrez-moi les radios, ordonna Stokes, sans quitter du regard la fillette, dont il prit le pouls.

— Nous maîtrisons la situation.

Stokes releva la tête et fixa les yeux sur le jeune médecin.

— Dans ce cas, docteur Chen, dites-moi pourquoi elle est allongée là comme une poupée de chiffon ?

Chen serra les dents.

— Je l'ignore.

Minuit. Un médecin entra dans la pièce où se tenait le bourreau et se posta devant le mur du fond, les mains croisées derrière le dos. L'exécuteur décrocha le téléphone relié au bureau du gouverneur. Il n'entendit que la tonalité. Il raccrocha, puis compta soixante secondes, tout en observant Russell Holmes de l'autre côté de la vitre, qui grimaçait en découvrant ses dents gâtées.

— Il est tellement bête, dit le médecin, qu'il ne se rend même pas compte de ce qui se passe.

— De toute manière, ça n'a plus d'importance, répondit le bourreau.

Sa montre marquait une minute après minuit. Il décrocha le téléphone une nouvelle fois. Toujours la tonalité.

Le bourreau se décida alors à tourner le bouton principal. Une décharge de 440 volts et 10 ohms secoua le corps de Russell Holmes.

La lumière faiblit quelque peu dans le quartier des condamnés. Trois des détenus poussèrent un cri de joie et applaudirent, tandis que le quatrième se dandinait recroquevillé sous sa couchette. Dans un premier temps, les parents des victimes de l'assassin contemplèrent la scène avec stoïcisme, mais, lorsque l'épiderme de Holmes devint rouge comme de la brique et se mit à dégager de la fumée, ils tournèrent la tête. Brian Stokes quant à lui n'en fit rien. Cloué sur place, l'adolescent regardait fixement le condamné, dont le corps se convulsait. Les pieds et les mains finirent littéralement par exploser. Derrière Brian, sa mère laissait échapper de petits sanglots, mais le garçon ne détourna pas le regard.

Soudain, c'en fut fini.

Le médecin pénétra dans la pièce, en tenant sous son nez un désodorisant pour se prémunir de l'odeur de brûlé, mais c'était très insuffisant, ses narines frémirent en inspectant le cadavre.

Il se tourna vers le bourreau, assis derrière la vitre, et annonça :

— Heure de la mort. Minuit cinq.

— Ça y est, j'ai les résultats du labo ! s'écria Sherry en poussant la porte.

Josh les lui prit des mains avant que Stokes ne puisse s'en saisir.

— Il y a des traces d'opiacés.

— Morphine, précisa Stokes.

— Allez me chercher un antidote, ordonna Chen. Zéro virgule zéro, zéro cinq millilitre par kilo. Apportez-en plusieurs doses.

Sherry sortit en vitesse.

— Il est possible qu'elle soit allergique à la morphine ? s'enquit Josh auprès du docteur Chen. Ce serait la cause du choc anaphylactique.

— Ça s'est vu.

Sherry revint avec le médicament que Chen injecta sans tarder. Il retira ensuite le tube respiratoire et attendit, une deuxième seringue à la main. Au besoin, on pouvait injecter cette drogue toutes les deux ou trois minutes. Le docteur Stokes reprit le pouls de la fillette, puis vérifia le battement de son cœur.

— C'est mieux. Ça se tasse. Mais, oh ! attention…

La fillette secouait maintenant la tête de gauche à droite ; Nancy la couvrit d'un drap et chacun retint son souffle. Puis l'enfant ouvrit de nouveau ses grands yeux gris et bleu ; elle semblait recouvrer quelque peu ses esprits.

— Tu m'entends, petite ? murmura le docteur Stokes d'une voix curieusement grave, en repoussant les cheveux collés sur le front moite. Tu peux nous dire ton nom ?

D'abord, elle ne répondit pas. Elle prit conscience de la présence de ces étrangers penchés sur elle, puis des fils et des tuyaux en plastique reliés à son corps.

Avec son visage fripé et son physique dodu, ce n'était pas à proprement parler une belle enfant, mais elle inspirait à cette minute une authentique affection. Sanders saisit sa main et elle le considéra. Qui était assez fou pour droguer une fillette et l'abandonner comme ça ? se demanda-t-il.

Après quelques instants, la petite serra les doigts du médecin. Une bonne et forte prise, compte tenu de son état.

— Tout va bien, murmura Sanders. Tu es en sécurité. Dis-nous ton nom, mon ange. Nous avons besoin de savoir comment tu t'appelles.

Elle entrouvrit les lèvres, articula quelques syllabes, mais aucun son ne sortit de sa gorge sèche, ce qui accrut son angoisse.

— Détends-toi, dit Sanders d'une voix apaisante. Respire bien. Tout va on ne peut mieux. Maintenant, essaie encore.

La petite le regarda, visiblement confiante, et répondit dans un souffle :

— La petite fille de papa.

1

Vingt ans après

Elle était pressée, si pressée – Dieu, qu'elle était en retard !

Mélanie Stokes gravit l'escalier quatre à quatre, puis tourna brusquement dans le couloir, ses cheveux blonds fouettant son visage. Encore vingt minutes, pas une seconde de plus. Or elle ne savait même pas ce qu'elle allait porter. Misère.

Elle courut vers sa chambre, tout en retirant son pull. D'un coup de talon énergique, elle referma la lourde porte en acajou derrière elle et se débarrassa de ses vêtements. Sans même se pencher, elle quitta ses chaussures de tennis et les envoya valser sous une grande commode de pin qui occupait à elle seule un quart de la superficie de la chambre. Bien des choses déjà traînaient sous ce meuble bosselé. Il faudrait qu'un jour elle se décide à y mettre de l'ordre. Certainement pas ce soir.

En toute hâte, elle s'extirpa de son vieux jean, lança son T-shirt sur le lit et se précipita vers le placard. Sous ses pieds, les lattes du parquet étaient froides et elle exécuta un petit pas de danse sur la pointe des orteils.

— Voyons, souffla-t-elle en repoussant le rideau de soie. Le résultat de dix années de shopping compulsif est entassé dans cette seule penderie. C'est bien le diable si je ne trouve pas une robe de soirée digne de ce nom.

Ce n'était pas une mince affaire. Mélanie fit la grimace puis, résignée, plongea dans la tourmente. Il devait bien y avoir quelque part une ou deux robes présentables tout de même.

Malgré sa petite taille, Mélanie Stokes était à vingt-neuf ans une femme décidée, compétente, pleine de tact. Enfant, on l'avait abandonnée à l'Hôpital général de Boston et elle ne conservait pas le moindre souvenir du lieu d'où elle venait. Il y avait longtemps de cela et elle ne s'en souciait guère ces jours-ci. Mélanie avait un père adoptif qu'elle respectait beaucoup, une mère qu'elle aimait tendrement, un frère aîné qu'elle adorait et un parrain, tolérant au possible, qu'elle vénérait ni plus ni moins. Jusqu'à tout récemment, elle estimait que les membres de sa famille étaient très liés entre eux. Ses parents, son frère, elle-même n'étaient pas seulement fortunés, ainsi que se bornent à l'être tant d'autres familles aisées, ils se tenaient comme les doigts de la main. Aussi Mélanie se persuadait-elle que les événements des dernières semaines se dissiperaient sous peu et que tout redeviendrait comme avant.

Six années plus tôt, elle avait obtenu son diplôme à l'université de Wellesley, en présence de sa famille qui, extatique, était venue l'encourager pour l'occasion. Peu après, elle était revenue s'installer à la maison pour aider sa mère à surmonter l'une de ses « phases difficiles », puis il sembla plus simple à tout le monde qu'elle demeurât sur place. Aujourd'hui, la profession de Mélanie la menait à s'occuper d'actions sociales, notamment des ventes et des œuvres de charité. Cela consistait pour l'essentiel à organiser des réunions très collet monté, conçues de telle manière que les gens de la bonne société, s'y sentant tout à leur aise, puissent faire preuve de leur prodigalité. Une façon comme une autre de leur soutirer d'appréciables sommes d'argent pour la bonne cause. Cela nécessitait de nombreux préparatifs, beaucoup d'attention, de travail, et Mélanie s'en tirait fort bien. Les journalistes de la presse *people* estimaient que ces rencontres se déroulaient sans anicroche, qu'elles étaient tout à la fois simples et très élégantes. Lucratives aussi, bien entendu.

Et puis il y avait les soirées fichues d'avance, comme celle-ci – la septième réunion annuelle contre l'analphabétisme –, soit une grande réception, dans la maison même de ses parents, au cours de laquelle les invités faisaient don d'un livre ancien, ou de prix. Une soirée frappée par le mauvais sort, pour peu qu'on sache interpréter les signes. Le traiteur, en effet, n'avait pas commandé assez de glaçons, les domestiques préposés au parking s'étaient fait porter pâles, l'heure publiée dans le *Boston Globe* n'était pas la bonne et l'absence du sénateur Kennedy, retenu chez lui par une grippe intestinale, avait découragé la moitié des reporters de couvrir l'événement.

Plus que quinze minutes maintenant, et pas une seconde de plus. Misère ! La jeune femme trouva enfin la robe lamée or qu'elle aimait tant et se mit à la recherche de chaussures assorties.

Les parents de Mélanie furent si heureux de son adoption qu'ils l'avaient d'emblée gâtée au-delà de toute mesure. Ainsi, la chambre des maîtres, au premier étage – cette chambre immense aux murs tendus de soie rose et aux robinets de la salle de bains plaqués or, où Mélanie devait monter sur un tabouret pour se contempler dans le miroir ancien –, était la sienne. Le placard, qui couvrait la superficie d'un studio d'étudiant, regorgeait de vêtements pour enfant, de chapeaux, de gants même, tout ça pour elle seule. Ses parents, son frère, son parrain la suivaient pas à pas pour prévenir le plus infime de ses désirs, lui offrir à manger avant qu'elle n'ait faim, lui porter un nouveau jeu avant qu'elle ne bâille, ou la couvrir d'un châle avant qu'elle ne frissonne.

C'était, à n'en pas douter, assez extravagant.

Au début, Mélanie s'était conformée à cela, tant elle souhaitait plaire à tous et se montrer aussi contente qu'ils désiraient qu'elle le fût. Si des gens aussi beaux, aussi riches et aussi raffinés que les Stokes tenaient à lui donner un foyer, à la traiter comme leur fille, c'était la moindre des choses que de se conduire comme leur enfant. Chaque matin, elle enfilait des robes de dentelle et laissait sa nouvelle maman boucler sa chevelure. Avec le plus grand des sérieux, elle écoutait son nouveau papa lui conter des histoires saisissantes à propos de cardiaques qu'il avait arrachés à la mort, et son parrain décrire des pays exotiques, où les hommes portent des jupes et les femmes exhibent du poil sous les aisselles. De même, Mélanie passait de longs après-midi assise au côté de son frère, étudiant ses traits tendus et son regard inquiet, tandis que Brian lui jurait qu'il serait toujours pour elle un frère irréprochable.

Bref, tout était parfait. Beaucoup trop parfait. Mélanie devint insomniaque. À 2 heures, elle se surprenait elle-même en train de descendre l'escalier sur la pointe des pieds et de se diriger vers le salon pour voir la grande peinture qui représentait une autre fillette bénie des dieux : Meagan Stokes, quatre ans, et qui, comme Mélanie, avait porté des robes de dentelle et des boucles dans ses cheveux. Meagan, qui avait été la première fille des Stokes, jusqu'à ce qu'un dément l'enlève et la décapite, Meagan la vraie, l'authentique, vénérée par ses parents, cela bien avant que Mélanie n'entrât dans cette famille.

Lorsqu'il revenait tard après une opération d'urgence, Harper trouvait souvent sa fille au salon et devait la porter dans ses bras jusqu'à son lit. Brian, qui ne dormait plus que d'un œil, tendait l'oreille pour surprendre ses pas dans le couloir et, patiemment, la ramenait dans sa chambre. Malgré tout, Mélanie retournait au salon, obsédée par l'image de cette enfant ravissante, obsédée, oui, car même à neuf ans elle devinait que l'une remplaçait l'autre.

Il en fut ainsi jusqu'au jour où Jamie O'Donnell s'était exclamé : « Mais enfin, laissez-la vivre ! Mélanie est une fillette de chair et d'os, pas une poupée de porcelaine qu'on habille pour faire joujou. Laissez-la choisir ses vêtements, décorer sa chambre à son image, découvrir ses goûts, avant que les factures du thérapeute ne soient au-dessus de vos moyens. »

Ce conseil avisé les avait sans doute tirés tous les quatre d'un bien mauvais pas. Mélanie quitta la chambre des maîtres pour une autre, plus petite et ensoleillée, au deuxième étage, à côté de celle de son frère. Une chambre dont elle aimait les larges fenêtres et le plafond incliné, une chambre, surtout, qu'on ne pouvait pas confondre avec celle d'un hôpital.

Durant une kermesse à l'école, elle découvrit ensuite qu'elle préférait les fripes aux costumes de princesse. C'était tellement plus doux, plus confortable, personne ne se souciait qu'elle y fît une tache ou un accroc. Puis elle se prit de passion pour les ventes en plein air, où les particuliers se débarrassent de leurs vieux objets. Elle aimait les meubles abîmés, esquintés, ceux qui possèdent une histoire, comprit-elle plus tard, ceux qui avaient un passé dont elle était privée.

Si ce goût pour les vieilles choses amusait son parrain, il consternait son père, mais personne ne s'y opposa. Au contraire. Toute la famille l'encouragea en ce sens, bref, continua à l'aimer et demeura unie.

Au cours des années, Mélanie se plut à penser que chacun de ses proches apprenait des autres et les influençait en retour. Ainsi sa mère, née dans une grande famille sudiste, très traditionnelle, lui avait montré quelle fourchette il convient d'utiliser à tel et tel moment du repas. En échange, et bien que Patricia fût un peu dépressive, Mélanie lui avait appris à fredonner des airs guillerets. Harper avait inculqué à sa fille le besoin de travailler dur, d'opter pour une vie utile et active. Mélanie de son côté l'invitait à s'arrêter aux choses plus souvent, à ralentir le pas par exemple pour respirer l'odeur des roses. Brian lui apprenait comment se défendre dans la haute société et Mélanie lui témoignait un amour indéfectible, en dépit de son humeur parfois fort sombre.

La sonnette de la porte d'entrée retentit au moment où elle venait de dénicher ses chaussures au fond du placard. Décidément, il était plus que temps. Il allait falloir hâter le mouvement.

Par chance, une touche de maquillage sous les yeux et un coup de brosse suffisaient pour qu'elle se refasse une beauté. Mélanie se campa devant la glace et inspira profondément. Ça ira. Comme d'habitude, les choses finiront par se tasser et tout se déroulera pour le mieux. Harper s'était proposé d'accueillir lui-même les invités, geste prouvant qu'il entendait mettre fin aux hostilités, et Patricia paraissait moins tendue que Mélanie ne le redoutait.

— Voyons. Nous sommes patronnés par des gens richissimes. Tout est en place pour accueillir les donneurs de sang. Nous servons les meilleurs plats qui se puissent acheter. On nous offrira des tas de livres anciens. La famille se ressaisit. Alors tant pis pour le sénateur Kennedy, nous courons droit au succès.

Elle sourit une dernière fois, quitta la coiffeuse, se dirigea vers la porte et, soudain, tout se mit à vaciller autour d'elle.

C'était comme un grand trou noir. Avec des ombres qui s'agitaient. Une désagréable impression de déjà-vu. Puis la voix d'une fillette, qui se plaint dans l'obscurité.

« Je veux revenir à la maison. Je vous en supplie, laissez-moi rentrer. »

Mélanie cligna des yeux. Le fouillis de sa chambre se reconstitua devant elle, la lumière déclinante de la fin d'après-midi illumina de nouveau la fenêtre et le vieux parquet redevint solide sous ses pieds. Elle prit conscience qu'elle se tenait l'estomac, que son front était moite. À la dérobée, un peu honteuse, elle tourna la tête, espérant que personne n'ait rien vu.

Non. Elle était seule à l'étage. Personne ne savait. Personne ne se doutait de quoi que ce soit. Elle descendit prestement l'escalier, pour rejoindre les invités qui déjà faisaient tinter leurs coupes.

C'était bien la quatrième alerte en trois semaines. Toujours ce même trou noir. Toujours cette même voix de fillette.

C'est le stress, se dit-elle, pressant le pas. De la névrose. Une hallucination névrotique, voilà. Tout ce qu'on voudra, sauf un souvenir. D'ailleurs, après si longtemps, à quoi cela rimerait-il ?

Un Boeing 747 toucha le sol et rebondit sur la piste en cahotant. Déjà que Larry Digger se sentait nauséeux, cet atterrissage bâclé n'améliora pas son humeur.

Digger détestait l'avion. Il ne faisait pas confiance aux appareils, aux pilotes, à plus forte raison aux ordinateurs qui les assistaient. Digger avait du reste une devise : ne jamais se fier à personne. Il en avait même une seconde : les gens ne valent pas grand-chose.

Il faut dire que les années ne lui avaient guère été favorables. Sa taille svelte s'était alourdie à mesure que sa carrière de journaliste allait à vau-l'eau. Dans l'intervalle, son visage, sa gueule pour ainsi dire, avait définitivement pris une expression grave et maussade, semblable à celle d'un chien de chasse, les joues lourdes, le menton flasque. Digger faisait dix ans de plus que son âge et sentait peser sur lui le poids de dix autres années encore.

En un mot, sa vie s'était délitée, jusqu'à ce fameux coup de fil, trois semaines plus tôt. En l'espace de quelques jours, il avait troqué sa chaîne stéréo pour un magnétophone portatif haut de gamme, puis vendu sa voiture afin de se procurer un billet d'avion et des chèques de voyage.

Pour Digger, il y avait dans cet appel une ultime chance à saisir. À la recherche du Graal depuis vingt-cinq ans, voilà qu'il débarquait enfin à Boston. Cette fois, il fallait que ça passe ou que ça casse.

Il héla un taxi. Il avait mis une semaine pour trouver l'adresse qu'il tenait à la main. Il la tendit au chauffeur, lequel semblait accorder plus d'attention à la partie de base-ball diffusée à la radio qu'aux voitures filant devant lui.

Digger voyageait léger. Un slip de rechange, quelques chemises blanches, son nouveau magnéto et un exemplaire du bouquin qu'il avait publié quinze ans auparavant. Un livre rédigé juste après l'exécution de Holmes, à l'époque où le souvenir de la chair brûlée le réveillait au milieu de la nuit. Les opposants à la peine capitale ayant pu démontrer l'horreur invraisemblable qui consiste à faire exploser les mains et les pieds d'un être humain, les condamnés de Huntsville avaient bénéficié d'un sursis. Le Texas avait suspendu les exécutions jusqu'en 1982, année où l'on choisit une autre méthode, celle de l'injection létale.

Cette provisoire mansuétude n'arrangea pas les affaires de Digger. Il avait espéré que sa biographie de Holmes le propulserait à l'avant-scène ; il pensait pouvoir enfin quitter son bled et travailler pour un réseau d'information national. Au lieu de cela, on lui avait demandé de demeurer à Huntsville pour couvrir les débats qui entouraient la mise au rancart de la chaise électrique, puis ceux qui s'ensuivirent sur le recours aux injections létales. Et à peine eut-il terminé que Digger se retrouva face à de nouveaux condamnés à mort.

Un tel acharnement du sort le conduisit à boire un verre le soir avant d'aller dormir. Bientôt, ce furent deux ou trois verres. Au fil du temps, tout se passait comme si Digger avait entrepris de s'autodétruire quand, soudain, en pleine nuit, le téléphone avait sonné.

C'était le 3 mai, à 2 heures du matin, il s'en souvenait très bien. Jurant contre la sonnerie, il avait cherché à tâtons le combiné sur sa table de chevet, l'avait approché de son oreille et, dans l'obscurité, une voix inconnue lui avait alors confié :

— Tu n'aurais jamais dû laisser tomber. T'avais raison à propos de Holmes. Il avait bien une femme et un gosse. Tu veux en savoir plus ?

Et comment qu'il voulait ! Même s'il avait fini par comprendre que son obsession pour l'affaire Holmes lui coûterait plus qu'elle ne lui rapporterait jamais, il fut incapable de répondre par la négative. Et celui qui téléphonait le savait parfaitement. D'ailleurs, il avait rigolé. Un sale rire, déformé par un appareil vocal servant justement à masquer les voix. Puis le mystérieux interlocuteur avait raccroché.

Mais, deux jours après, il fut plus précis. Il donna un nom à Digger. Celui d'Idaho Johnson.

— C'est un pseudonyme, bien sûr. Mais lance-toi sur cette piste et tu trouveras.

Digger avait suivi le conseil, puis la piste, laquelle l'avait mené à un certificat de mariage. À partir des noms du mari et de l'épouse, il était tombé sur celui d'un enfant. Bébé X Johnson. Le sexe ne figurait pas dans les registres, non plus que l'hôpital où l'enfant était né, mais Digger réussit à remonter jusqu'au nom d'une sage-femme, grâce à son association professionnelle, et là, contre toute attente, il avait décroché le gros lot.

Oui, elle se souvenait d'Idaho Johnson. Oui, il ressemblait à cette photo. Quelques instants d'hésitation, puis un acquiescement : il était possible, en effet, qu'Idaho Johnson et Russell Holmes soient une seule et même personne. Non pas que la sage-femme le sût à l'époque mais, quand la police avait arrêté l'assassin, elle l'avait reconnu sur les photos publiées dans la presse. Elle n'en dirait pas plus toutefois. Pour elle, Bébé Johnson était Bébé Johnson, point à la ligne. Elle n'avait aucune raison de violer le droit de cet enfant à la vie privée, quelles que fussent les atrocités commises par son père.

Digger avait alors tenté de remonter jusqu'à la mère et à l'enfant. Sans succès. Le nom de l'épouse, inscrit sur le certificat de mariage, était un faux lui aussi. Impossible de trouver un numéro de Sécurité sociale, celui d'un permis de conduire, ni quelque déclaration de revenus que ce fût. Digger avait parcouru de vieux documents, compulsé de vieux dossiers, cherché à trouver des photos, des titres de propriété, n'importe quoi qui pût être de quelque utilité. Mais non.

Il n'y avait rien, aucune trace d'Angela ou de Bébé X Johnson.

En désespoir de cause, il était retourné voir la sage-femme.

Il l'avait priée, suppliée – menacée. Il lui avait offert de l'argent, qu'il ne possédait pas, et une célébrité qu'il n'avait jamais obtenue pour lui-même. Tout ce qu'il parvint à soutirer à cette femme fut une petite anecdote qu'elle lui confia avec réticence, un fait curieux qui s'était produit peu de temps après l'arrestation de Holmes. En fait, cela n'avait sans doute aucune importance. Ça ne signifiait sans doute rien.

Mais pour Digger, ce fut comme si les portes de la renommée s'ouvraient toutes grandes. Soudain, il crut deviner ce qu'on avait fait de Bébé X après sa naissance. Et ce qu'il entrevoyait était plus sensationnel, plus extraordinaire, en un mot plus fumant que tout ce qu'un reporter alcoolique peut imaginer un soir d'euphorie.

— Mais pourquoi déterrer ça après vingt ans ? avait-il demandé à son interlocuteur anonyme.

— Parce qu'on a toujours ce qu'on mérite, Larry. On a invariablement ce qu'on mérite.

Le taxi ralentit, puis s'immobilisa. Digger jeta un coup d'œil autour de lui. Il était au centre de Boston, à deux pas du Ritz, et il y avait des limousines partout. Était-ce bien là que vivaient les Stokes ? Les riches, décidément, s'enrichissent toujours plus, grogna-t-il.

Digger remit dix dollars au chauffeur et sortit de l'auto. Le ciel était limpide. Il respira un grand coup et frotta ses mains sur son vieux pantalon. L'air embaumait. Pas de fumées toxiques par ici. Les rupins ne les supportent probablement pas, se dit-il. Derrière lui, un parc s'étendait, avec des tulipes et des cerisiers en fleur. Écœuré, il secoua la tête.

Il considéra les façades des maisons. De grandes demeures en pierre, de deux étages chacune, anciennes, majestueuses, étroites cependant, qui semblaient garder leurs distances les unes par rapport aux autres. Des maisons centenaires, construites par des gens dont les ancêtres, sans doute, avaient navigué sur le *Mayflower*.

Digger vérifia l'adresse. La maison des Stokes était la quatrième. Illuminée comme un 4 Juillet, avec deux majordomes en livrée, droits comme des piquets, de chaque côté de l'entrée. À cet instant, une Mercedes se gara tout près et une femme en descendit. Plutôt ronde d'aspect, elle portait une robe mauve à paillettes et des diamants. Son mari, non moins corpulent, chaloupait comme un pingouin dans son smoking. Ils confièrent les clés de leur voiture à un domestique et franchirent les lourdes portes de la demeure des Stokes.

Digger examina son vieil imper et son pantalon froissé. Hum ! Il ne pouvait certainement pas s'introduire chez les Stokes sapé comme ça. Il pénétra dans le jardin public et s'assit sur un banc de fer forgé, sous un grand érable, et contempla la maison plus longuement.

En qualité de reporter attaché à l'affaire Holmes, Digger avait rencontré toutes les familles dont le monstre avait tué un enfant. Il les avait interrogées après les crimes, quand la douleur était à vif, et il les avait interviewées plus tard, après que l'horreur eut laissé place au désespoir. On décelait alors, dans l'œil humide des pères, une sorte de rage et un irrépressible besoin de vengeance. Au seul nom de Holmes, ils serraient les poings et frappaient les meubles à leur portée. Les mères en revanche s'accrochaient de façon névrotique à leurs gamins toujours vivants et regardaient les hommes, y compris leurs maris, avec une méfiance non dissimulée. Avant même que Holmes ne fût exécuté, la plupart de ces couples avaient divorcé.

Pas les Stokes. Dès le début, leur conduite se distingua de celle des autres parents et, dès le début, ces derniers leur en voulurent pour cela. Car, à l'exception de Meagan, toutes les victimes de Holmes venaient de quartiers défavorisés, alors que les Stokes habitaient une belle résidence des lointains faubourgs de Houston. Les parents des autres victimes présentaient cet air fourbu, harassé, qu'on remarque parfois chez les ouvriers. Leurs enfants portaient des vêtements déchirés, avaient des dents irrégulières et les joues crasseuses.

Les Stokes, quant à eux, auraient pu illustrer la couverture des revues traitant de l'aménagement des jardins ou de la décoration des maisons. Le grand médecin, chef de famille exemplaire, et sa gracieuse épouse, qui remporta jadis un concours de beauté, avaient deux enfants ravissants, aux cheveux blonds, aux dents impeccables, aux joues vermeilles.

Bref, les Stokes étaient de ces personnes auxquelles on souhaite presque qu'il leur arrive un malheur, mais, lorsque celui-ci survient…

Digger baissa les yeux et considéra la pelouse à ses pieds. Des images de cette époque lui revinrent à l'esprit, qui le troublèrent, le rendirent perplexe, un peu honteux même.

Il se souvint du regard de Patricia Stokes quand elle décrivait aux reporters l'enfant sublime qu'on lui avait enlevée. Un regard doux, limpide, sincère de surcroît. Puis le journaliste se rappela son visage décomposé le jour où la police identifia le cadavre de la fillette. Ses yeux bleus étaient devenus si tristes, si sombres, que, pour la première fois de sa vie, Digger aurait renoncé à écrire un article si cela avait pu rendre son enfant à cette femme idéale.

Tout juste après l'exécution de Holmes, Digger avait suivi Patricia Stokes jusqu'au bar d'un hôtel. Son mari n'était pas venu à Huntsville. Il travaillait, disait-on. Le bruit courait même que, depuis la mort de Meagan, le docteur Stokes s'épuisait au boulot. Comme s'il croyait qu'en sauvant d'autres vies, Dieu lui rendrait sa fille.

Ainsi c'était son fils, un gosse de quatorze ans, qui avait accompagné Patricia au Texas. Après l'exécution, Brian était entré dans ce même bar avec sa mère et, quand le serveur avait voulu s'y opposer, sous prétexte que l'endroit était interdit aux mineurs, le jeune homme lui avait décoché un regard si sec, si impérieux, que l'autre s'était immédiatement tu. Un regard qui signifiait : après ce que je viens de voir, mon brave, ne viens pas m'emmerder avec tes règlements.

D'où ce gosse tenait-il cet aplomb ? Comment pouvait-il, à cet âge, assister à une exécution capitale ?

Ce jour-là d'ailleurs, Larry découvrit que les Stokes n'étaient pas si infaillibles et parfaits qu'ils en avaient l'air. Quelque chose d'insolite perçait sous le vernis. Quelque chose de suspect. De sinistre aussi. Et, depuis lors, jamais cette impression ne l'avait quitté.

Aujourd'hui, vingt ans plus tard, Digger se trouvait là, devant chez eux. Les Stokes avaient une nouvelle fille, plus chanceuse que la première puisqu'elle était parvenue à l'âge adulte. Mais d'une certaine manière leurs vieux démons ne les abandonnaient pas. Quelqu'un veillait dans l'ombre. Un inconnu l'avait appelé, lui, Digger, et l'invitait à jouer sa partie.

Digger sentit un frisson lui parcourir l'échine. Il haussa les épaules, en accordant une dernière pensée à cette seconde fille, se demandant à quoi elle ressemblait, si elle avait connu le bonheur dans cette maison de Beacon Street. Puis il jugea que cela lui était égal.

Une occasion se présentait à lui, il n'allait certes pas la rater. Il avait fait ses recherches. Il possédait les renseignements qu'il voulait. Il savait de quelle manière en tirer bénéfice.

— Alors, que tu sois prête ou non, me voilà, Mélanie Stokes.

2

À 21 h 30, les invités emplissaient la résidence des Stokes, qui rutilait comme un coffre à bijoux. Des domestiques en livrée blanche circulaient parmi les convives, des plateaux en argent à la main, proposant, qui des crevettes grillées à l'ail, qui des tranches de marcassin à la gelée de myrtilles, ou encore des flûtes de champagne. Les chignons soigneusement torsadés chatoyaient sous les lustres de cristal et des hommes séduisants susurraient à l'oreille des jolies femmes.

Au passage, en descendant le grand escalier, Mélanie salua joyeusement les Weber, les Braskamp, puis les Ruddy. D'un signe de tête, elle accueillit les Chadwick et les Baumgartner, tous avocats, doyens des universités, chirurgiens en chef, consultants de firmes de prestige. Il y avait aussi des directeurs de banques d'investissement et quelques politiciens. La ville pullulait de nouveaux riches, tout comme elle avait ses vieilles familles qui roulaient sur l'or depuis des décennies. Mélanie avait invité les uns comme les autres, sans discrimination. Chacun avait apporté un livre ancien, dont la vente allait permettre de financer une campagne pour l'alphabétisation des classes miséreuses, et, si certains rivalisaient d'imagination pour dénicher le plus beau volume à offrir, ou le plus rare, eh bien, tant mieux ! Lorsqu'il s'agissait de trouver de nouveaux bailleurs de fonds, Mélanie – pour sa part – savait rivaliser d'industrie !

Elle échangea un sourire avec son père, qui se tenait près de l'entrée, toujours élégant dans un smoking à revers de satin. À soixante ans, ou peu s'en faut, Harper était au sommet de sa forme et plus séduisant que jamais, avec ses yeux bleus et ses cheveux aux reflets d'argent. Il travaillait sans relâche, faisait religieusement son jogging tous les matins et jouait parfois au golf, sport dans lequel il excellait. L'une des plus importantes revues locales venait de lui décerner le titre de « meilleur chirurgien de Boston », un hommage plutôt tardif, à dire vrai. Mélanie pensa qu'elle ne l'avait pas vu si détendu depuis des mois.

Rassérénée, elle se mit à la recherche de sa mère.

Mélanie ne se sentait jamais aussi bien qu'au milieu d'une fête ; c'était d'ailleurs l'une des raisons pour lesquelles elle avait choisi ce métier. Les gens qui bavardent et s'agitent en même temps la réconfortaient. Elle se représentait l'enfer comme une réclusion dans une chambre froide, désespérément blanche, sans personne avec qui partager sa solitude. Par chance, ses parents et son emploi de bénévole au centre de la Croix-Rouge de Dedham ne lui laissaient guère le temps de se lamenter sur la solitude.

Finalement, elle aperçut sa mère à l'autre extrémité de la salle et entreprit de la rejoindre.

Patricia s'était blottie dans un coin, près d'un plateau de jus d'orange, et bavardait avec un jeune domestique.

Pour sûr, elle devait être tendue. Cette femme grande et blonde, qui dans sa jeunesse enflammait le cœur de tous les Texans, était devenue plus belle encore avec les années. Mais quand l'angoisse la tenaillait, ou qu'elle manquait d'assurance, Patricia avait tendance à se rapprocher du premier homme venu, lequel s'empressait de boire ses paroles.

— Mélanie ! s'écria-t-elle, en faisant des signes de la main. Viens par ici, ma chérie. J'ai parlé avec le traiteur ; tous les jus sont prêts.

— Dites donc, s'exclama le domestique, votre fille vous ressemble terriblement.

— Mais bien entendu, répliqua Patricia, d'un ton désinvolte.

Mélanie fronça les sourcils. Elle ne ressemblait pas plus à sa mère qu'une renoncule à une rose.

— Alors, maman ? Tu importunes le personnel ?

— Parfaitement. Charlie vient de me servir un verre. Du jus d'orange. Rien d'autre. Mais tout le monde s'interroge, sans nul doute : y a-t-elle ajouté de la vodka ? Oui ? Non ? Tu sais comme j'aime être le boute-en-train de la fête…

— Tu es parfaite, maman, fit Mélanie en lui serrant les doigts.

Patricia se contenta de sourire. Elle se doutait que les gens devaient encore murmurer : « Vous savez que leur première fille a été assassinée, à quatre ans ? Décapitée, en plus ! N'est-ce pas que c'est horrible ? Peut-on imaginer une chose pareille ? »

Elle savait aussi qu'à ces mots on ajoutait aujourd'hui : « Son fils vient de leur annoncer qu'il est gay ! Évidemment, il a toujours été un peu perturbé.

Et vous savez quoi ? Elle sort à peine d'une cure de désintox… »

— Tout a l'air parfait ! s'écria Patricia, cherchant manifestement à se convaincre elle-même.

Deux femmes passèrent à côté d'elle, qui se mirent à chuchoter avec empressement. Patricia serra son verre en cristal.

— Allez ! ne t'en fais pas, dit Mélanie. Rappelle-toi. La première sortie est toujours la plus dure.

— Tout ça, c'est ma faute, fit Patricia, plus hésitante, honteuse aussi.

— Ça va aller, maman. Tout ira bien.

— Je n'aurais pas dû succomber. Quinze années sans boire. Parfois, je ne me reconnais pas moi-même…

— Maman, je t'en prie.

— Brian me manque.

— Je sais, murmura Mélanie. Je sais.

Patricia se pinça le nez, elle était sur le point de fondre en larmes. Or quelqu'un de son standing ne pleurait pas devant les invités. Elle leur tourna le dos, le temps de se ressaisir.

Le serveur lança un regard de reproche à Mélanie, comme pour la presser d'intervenir. Celle-ci aurait bien voulu faire quelque chose, mais le désaccord entre son père et Brian qui causait tant de désagrément à sa mère était aussi ancien que profond. Elle savait que toutes deux ne pouvaient rien contre ça. Toutefois, Harper semblait mieux disposé ce soir.

— Je… je vais mieux, dit Patricia.

Elle avait recouvré sa contenance et afficha de nouveau ce sourire forcé qu'on lui avait enseigné à l'école.

— Tu peux monter si tu en as envie.

— C'est absurde. Il faut simplement que je passe la première heure. Comme tu le dis si bien, la première sortie est toujours la plus pénible. Alors laissons causer. J'en ai entendu d'autres et de bien pires.

— Tu verras, tout se passera bien.

— C'est certain.

Patricia eut encore ce sourire trop rayonnant, puis elle prit sa fille dans ses bras. Les parfums du *N° 5* de Chanel et d'une crème de Lancôme se mêlaient sur sa peau. Mélanie étreignit sa mère comme elle le faisait jadis, à neuf ans, et demeura contre elle tout le temps que Patricia en éprouva le besoin. Quand elles relâchèrent leur étreinte, elles souriaient toutes deux.

— Je dois aller à la cuisine, annonça Mélanie.

— Tu veux que je t'aide ? Je n'ai pas été d'une grande utilité jusqu'à maintenant.

— Pas question. La fête est commencée, ta place est ici.

Mélanie allait s'éloigner quand Patricia la rattrapa par la main. Le regard fixe, cette fois.

— William doit venir ?

— Tu sais bien que c'est l'anesthésiste préféré de papa.

— Ça t'angoisse ?

— Du tout. Qu'est-ce qu'un ex au milieu de trois cents personnes ?

— William est un sot.

— Et toi tu es parfaite, répliqua Mélanie, en lui serrant la main une dernière fois avant de se fondre dans la foule.

Non loin d'elle, un mouvement attira son attention. À peine eut-elle le temps d'apercevoir le pan d'un imperméable marron que son propriétaire disparut dans la cuisine. Curieux. Qui pouvait circuler dans cette fête vêtu d'un vieil imper ? Mélanie s'apprêtait à tirer cela au clair quand elle entendit de l'agitation à l'extérieur. Des serviteurs se disputaient le privilège de garer la Porsche d'un invité. Quand elle eut débrouillé ce différend, l'imperméable incongru avait quitté son esprit.

Une heure plus tard, Mélanie constata, non sans honte, qu'elle n'était pas encore passée au petit salon, transformé par son amie Ann Margaret en infirmerie pour les donneurs de sang.

— Je suis consternée, s'écria-t-elle en pénétrant dans la pièce aux murs lambrissés de bois et où quatre civières occupaient la place des canapés de cuir. Je voulais te demander si tu avais besoin d'aide, mais c'est dingue, il y a un monde fou.

— Parfaitement compréhensible, répondit Ann Margaret, avec son accent du Sud.

Elle appliquait de l'iode sur le bras d'un homme allongé sur l'une des civières.

— Comme tu vois, je me débrouille très bien.

— Bonjour, ange, fit l'homme. Je me demandais où tu te cachais.

— Jamie ! Tu es venu ! Au fond, ça ne m'étonne pas tellement, je sais bien que tu traverserais la planète pour faire un brin de causette à une jolie femme.

— Que veux-tu ! C'est plus fort que moi. Les Irlandais ont ça dans la peau.

Mélanie hocha la tête. Elle connaissait la repartie, mais elle adorait tant son parrain qu'il pouvait se répéter sans jamais la raser. O'Donnell était un vieil ami de ses parents, depuis l'époque où ils vivaient au Texas. Maintenant, il écumait le monde à la recherche d'objets rares qu'il revendait par l'entremise d'une société d'import-export, dont il était le P-DG. Deux fois par an, il faisait un saut à Boston et comblait Mélanie de présents.

Mais ce soir, allongé sur cette civière, il avait l'air un peu canaille, malgré son costume de plusieurs milliers de dollars. Sans doute à cause du petit diamant à son oreille gauche. À moins que ce ne fût son regard espiègle qui scintillait comme le bijou.

— Alors comme ça, Jamie, tu donnes ton sang ? Je pensais qu'avec la vie que tu as menée…

— Celle d'un saint, ma belle. Chaste et pure. Parole.

— Ou presque, murmura Ann Margaret, en fixant une bande élastique sur un nouveau sac.

Mélanie considéra tour à tour O'Donnell et sa meilleure amie. Peut-être se faisait-elle des idées, pourtant elle était prête à jurer qu'Ann Margaret avait rougi un tantinet. Tiens donc.

Mélanie se hissa sur une civière voisine et allongea le bras. O'Donnell entra sans détour dans le vif du sujet.

— Brian croit vraiment qu'il est gay ?

— Tu sais, il ne se contente pas de se poser la question.

— Et ton père, avec sa grande ouverture d'esprit, s'est empressé de le foutre à la porte, c'est ça ?

Mélanie fit la grimace.

— Il faut dire que Brian n'a pas fait preuve de doigté. Papa servait du canard à l'orange à son chef de service ; tout à coup, Brian quitte la table, déclare qu'il en a marre de ces putains de mensonges, qu'il est homosexuel et que papa devra faire avec. Je n'avais jamais vu Harper aussi interloqué. Il est resté figé, sa cuisse de canard en l'air. Comme gag, ça aurait été tordant ; comme scène de famille, c'était moins drôle.

— Brian a toujours attendu que les choses prennent certaines proportions…, fit remarquer Ann Margaret, qui suivait la saga de la famille Stokes depuis plus de dix ans. Il ne voit pas un psy ?

— Plus maintenant. Je pense que son copain est le frère du psy, ou quelque chose du genre.

— Pas possible ! s'exclamèrent Jamie et Ann Margaret, soufflés.

— Dis-moi au moins qu'il va bien ? reprit O'Donnell, sa surprise passée.

— Je ne sais pas… Brian ne me parle plus.

— Non ! Ce n'est pas vrai. Quel idiot ! Bon ! je sais qu'il y a toujours eu des frictions entre Harper et Brian – mais quand même ! Ils sont trop rigides tous les deux. Voilà le problème. Toutefois, que Brian t'en veuille, là, je ne comprends plus. Il n'a aucune raison de te mêler à cette nouvelle brouille, j'imagine ?

Jamie se tut un instant, puis répéta prudemment sa question.

— Il n'a aucune raison de t'en vouloir… Je suis certain que tu ne t'es pas offensée en apprenant son orientation sexuelle, comme on dit aujourd'hui.

— Bien sûr que non. Maman non plus d'ailleurs. Mais je ne sais pas… Brian a toujours été ombrageux, tu le sais. Il a ses humeurs. Comme maman. Des phases de spleen. De colère parfois. Quand il a annoncé qu'il était homosexuel, je me suis dit : « Tiens, mais voilà pourquoi ! » Maintenant que c'est clair, ça devrait s'arranger. Et puis, non. Ça ne s'est pas tassé. Quelque chose a craqué en lui – vraiment craqué. Depuis, il agit comme s'il nous détestait tous. Je ne sais pas pourquoi.

— Tu as essayé de lui parler ?

— J'ai laissé six messages sur son répondeur. Je me suis présentée chez lui. Il ne m'a pas ouvert.

— Il met ta patience à l'épreuve.

— Brian a sans doute besoin de recul.

— Il n'est pas nécessaire de prendre du recul pour traiter sa mère et sa sœur avec le respect qu'on leur doit. Bon, ce qui est fait est fait. Harper a dit autre chose à ce propos ?

— Tu le connais. Ce n'est pas le genre de sujet dont il parle volontiers.

— Ton père ne devrait pas se voiler la face.

Jamie pensait cela depuis longtemps et ne se gênait pas pour le dire. Toutefois, il prononça ces mots sans acrimonie. Les deux hommes se connaissaient depuis trop longtemps pour se formaliser de leurs différends.

— Papa est conservateur. Parmi ses amis républicains, tu sais, rares sont ceux dont les fils dévoilent leur homosexualité.

— Un fils demeure un fils, quand même.

— Ainsi parle celui qui n'en a pas, commenta Ann Margaret, en pressant un tampon d'ouate sur le bras de Jamie.

— Dites donc, occupez-vous de vos affaires, petite poison.

Ann Margaret retira la seringue, Jamie fit un O avec les lèvres puis, comme un écolier, leva docilement le bras au-dessus de sa tête.

— Voilà, très bien, dit-elle en souriant.

O'Donnell décocha un regard résigné à Mélanie, laissant entendre qu'il avait trouvé à qui parler, mais ne voulait pas l'admettre pour autant. Ann Margaret retira la seringue et apposa un sparadrap.

— Tout bien compté, je pense que papa lui cédera la partie, leur confia Mélanie, avant d'aller s'asseoir près de son parrain.

— Tu penses ?

— Un soir de la semaine dernière, tard, je l'ai surpris qui pleurait sur le canapé du salon. Il se croyait seul, bien entendu.

Abasourdi, Jamie baissa les yeux.

— Enfin ! À quoi tu t'attendais de sa part ? Papa a été élevé dans les années 1950, alors que les hommes étaient des hommes, les femmes, des femmes, et les gays, des bêtes de foire. Je ne dis pas que c'était bien, mais il est difficile de changer radicalement d'opinion lorsqu'on a cru de telles choses toute sa vie.

— Tu as toujours été la plus diplomate, ma belle.

— Il ne s'agit pas de politique internationale, Jamie. C'est ma famille.

Ils gardèrent le silence un moment, puis tournèrent leurs regards vers la salle de réception. Mélanie repéra son père, dans le coin gauche, qui plaisantait avec un autre chirurgien. William était arrivé et attendait son tour pour parler à Harper. Tout comme ce dernier,

William Sheffield portait beau et tirait vanité de son allure. Ce soir toutefois, il paraissait fatigué, presque épuisé.

Sortir avec trois femmes à la fois avait peut-être eu raison de sa santé. Mélanie chassa cette pensée. Ce n'était plus son affaire. Ce n'était pas son problème non plus.

Elle chercha sa mère et la vit dans le coin opposé. Les parents de Mélanie restaient rarement l'un auprès de l'autre durant les réceptions ; il ne risquait pas d'en être autrement ces jours-ci, après cette brouille avec Brian, qui créait certaines frictions.

Harper et Patricia n'étaient pas de ces couples qui se disputent en public. Pas même devant leurs enfants. Quand ils ne s'accordaient pas sur un point, ils en discutaient discrètement, le soir, après que Brian et Mélanie étaient endormis, croyaient-ils. Et, le lendemain matin, ils parlaient d'une même voix. Mélanie estimait que ses parents formaient un couple uni, solide, mais refroidi. Aujourd'hui, cependant, elle ne concevait pas trop d'inquiétude à leur sujet. Après tout, ils avaient traversé des épreuves autrement plus graves.

Patricia posa son verre et se mit à circuler parmi les convives. Ce faisant, elle s'approcha de l'endroit où se tenait son époux. Mélanie, qui la suivait du regard, pensait qu'elle allait continuer son chemin, mais Harper posa la main sur son épaule nue. Il eût été difficile de dire qui, de Mélanie ou de Patricia, fut la plus surprise de ce geste.

Pour sûr, Harper était de meilleure humeur, car ce qu'il dit à sa femme la fit sourire. L'œil pétillant, il lui chuchota quelques mots à l'oreille et Patricia éclata de rire, enchantée. Elle se tourna vers lui et il glissa ses longs doigts de chirurgien sur sa clavicule, avant de la prendre par la taille. Patricia se pencha vers lui d'une façon affectueuse, mouvement que Mélanie ne lui avait pas vu faire depuis longtemps.

À cet instant, elle se rendit compte que Jamie observait, tout comme elle, le manège de ses parents.

— Tout ira mieux, murmura-t-elle, rassurée. Tu vois ? Le pire est passé.

— Ta mère est ravissante, dit O'Donnell d'une voix douce, tandis qu'Ann Margaret, derrière eux, rassemblait les poches de sang avec une certaine brusquerie.

— C'est quelqu'un de costaud, tu sais. Elle n'a pas manqué une seule réunion des Alcooliques anonymes, expliqua Mélanie en consultant sa montre. Puis elle ajouta, en se relevant : Tu restes à Boston un moment ?

— Deux ou trois semaines, pas plus.

— On ira prendre le thé au Ritz ?

— Je ne manquerais ça pour rien au monde.

— Dans ce cas, rendez-vous est pris. Allez ! Soigne-le bien, Ann Margaret. Je vous retrouve plus tard.

En empruntant le couloir qui menait à la cuisine, Mélanie bouscula un invité. Elle leva les yeux pour s'excuser et constata qu'elle se trouvait face à un petit homme dégarni, portant des vêtements assez communs et froissés. Elle reconnut l'imperméable marron.

— Qui êtes-vous ?

L'homme sourit, mais son regard n'était pas cordial.

— Larry Digger. Du *Dallas Daily*. Ne vous éloignez pas, miss Stokes. J'ai attendu toute la soirée pour vous parler seul à seule. Y a pas à dire. Vous êtes une femme très occupée.

— Vous n'avez rien à faire ici, monsieur. Il s'agit d'une réception privée. Si vous ne partez pas sur-le-champ, j'appelle la sécurité.

— Si j'étais vous, je ne ferais pas ça.

Mélanie allait demander de l'aide, mais l'inconnu la saisit par un poignet et la fixa avec une intensité surprenante. Alarmante même. Elle en eut le souffle coupé.

Une frayeur s'éveilla loin dans son esprit. Comme des images floues dans le noir. Non. Pas maintenant, se dit-elle. Pas tout de suite.

— Je sais des choses sur votre père, chuchota l'homme, presque menaçant.

— Mon père ? Harper Stokes ?

— Non, miss Stokes. Sur votre vrai père. Votre père génétique.

— Quoi !

Il eut un mauvais sourire où se lisait une immense satisfaction.

— Allez, suivez-moi, miss Stokes. Je vais vous conter une histoire. Une histoire à propos du Texas et d'un certain tueur en série, Russell Lee Holmes.

3

Larry Digger poussa Mélanie vers le hall d'entrée. Les Duvet, qui s'apprêtaient alors à partir, les considérèrent tous deux avec étonnement ; sans réfléchir, Mélanie leur adressa un sourire machinal. Les mots que le journaliste venait de prononcer tournoyaient dans sa tête.

« Je sais des choses sur votre vrai père… Votre père génétique. »

À la recherche d'un coin calme, Digger se dirigea cette fois vers l'office, obligeant toujours la jeune femme à le suivre. Au même instant, deux serviteurs franchirent les portes de la cuisine et vinrent à leur rencontre.

— Encore du monde ! Merde ! Vous connaissez que des riches, vous ?

— Vous voulez de l'argent ? C'est ça ?

Sans ménagement, Digger entraîna Mélanie sur la terrasse, à l'arrière, où d'autres convives se bousculaient et leur décochèrent des regards inquisiteurs.

Renonçant à trouver un peu de tranquillité chez les Stokes, Digger se dirigea vers le jardin public, de l'autre côté de la rue.

Le soir était doux, humide, et l'air lourd du parfum des cerisiers en fleur et des jacinthes. Les réverbères répandaient un éclairage tamisé. Le mois de mai était superbe cette année-là, des amoureux se bécotaient sous les érables et d'autres couples promenaient leurs enfants, ou leur chien. Toute cette animation faisait que Mélanie n'éprouvait aucune frayeur.

En fait, elle était troublée. Un élancement derrière l'œil gauche commençait à la faire souffrir, tandis qu'elle se répétait ce nom, Russell Holmes, qui lui rappelait effectivement quelque chose.

Digger s'immobilisa sous un arbre, fourra les mains dans les poches de son imper et se posta devant la jeune femme.

— Holmes a tué six enfants. Ils ne vous l'ont jamais dit ?

— Quoi ?

— Ouais ! Six mômes. C'était un sale fils de pute. Il les choisissait jeunes, très jeunes, avec de belles boucles blondes. Généralement, c'étaient des gosses de familles défavorisées. De la petite racaille blanche, comme lui. Il les entraînait sur un terrain vague, il les foutait dans un état que vous auriez peine à imaginer. J'ai des photos.

— Quoi ?

— Allez ! faites pas l'idiote, lança Digger, irrité. Russell Holmes. L'assassin de la fille de vos parents. Il l'a violée. Décapitée. Comment elle s'appelait déjà ?

Mélanie se souvenait de ce nom maintenant. Brian – à moins que ce ne soit Jamie – avait dû lui en parler. Certainement pas ses parents, qui n'évoquaient jamais cette période sombre.

— Mea… Meagan.

— Voilà ! Meagan. La plus mutilée des six. Quatre ans, belle comme un bouton de rose. Vos parents ont versé une rançon de cent mille dollars ; ils se sont retrouvés au cimetière avec un corps sans tête. C'est suffisant pour pousser une mère à boire.

— Taisez-vous ! Qu'est-ce que vous voulez à la fin ? Si vous pensez que je vais rester là à écouter vos sales observations sur ma famille, j'ai des nouvelles pour vous…

— C'est vous que je veux, répondit Digger en se rapprochant d'elle. Je vous ai traquée durant vingt-cinq ans, Mélanie Stokes. Vingt-cinq ans, j'ai cherché des preuves de votre existence. Je voulais savoir si Holmes avait bel et bien une femme et un gosse. Parce que ce fils de pute ne voulait rien dire là-dessus. Le salaud. Même le jour de sa mort, il a refusé de m'en parler. Mais j'ai suivi la piste. Quand les flics l'ont arrêté, la nouvelle a fait les manchettes. Quand ils l'ont grillé comme un vulgaire morceau de barbaque, il a encore fait les manchettes. Et, quand j'annoncerai que j'ai retrouvé sa fille, il fera la une des journaux une troisième fois. Vous voulez que je vous dise un truc, miss Holmes ? Vous avez ses yeux.

— Écoutez, je ne sais pas à quoi vous jouez. On m'a retrouvée à Boston. Dans le nord du pays. Je n'ai rien à voir avec une crapule texane.

— J'ai pas dit que vous aviez grandi au Texas. Seulement que votre père y est mort.

— Après avoir élevé un enfant à Boston ? Ça ne tient pas la route.

— Oh, que si ! Holmes peut fort bien avoir vécu au Texas, mais, après son arrestation, il valait mieux que sa femme et sa fille changent de décor, si vous voyez ce que je veux dire. À l'époque, les journaux décrivaient en détail toutes ses atrocités, particulièrement celles qu'il avait fait subir à la fille Stokes. Il l'avait kidnappée un jour qu'elle était seule avec la bonne ; il a demandé une rançon, mais il l'a violée et tuée, avant même que vos parents n'aient réuni l'argent. Ah ! c'était malin de sa part, faut l'admettre.

Mélanie ne voulait pas en entendre davantage.

— Je ne suis pas la fille de Russell Holmes. Quant à vous, vous êtes complètement timbré ! Bonsoir.

Mélanie lui tourna le dos, tenta de s'éloigner, mais Digger la retint par le poignet. Pour la première fois, elle eut peur. Elle le regarda, puis il répéta d'une voix calme :

— Mais bien sûr que vous êtes la fille de Russell Lee Holmes.

— Lâchez mon bras.

— On vous a trouvée le soir même où Holmes était exécuté. Ils ne vous ont jamais raconté ça ? À l'instant précis où Holmes s'asseyait sur la chaise électrique, une fillette sans mémoire est miraculeusement apparue à l'hôpital où travaillait Stokes. Singulière coïncidence, si vous voulez mon avis. Comment se fait-il que Stokes travaillait justement ce soir-là ? On exécutait l'homme qui avait tué sa fille et monsieur restait à Boston pour bosser ? C'est étrange. À moins qu'il n'ait eu une sacrée bonne raison de rester là.

— J'étais droguée. On m'a abandonnée aux urgences. Mon père est chirurgien du cœur. C'est pur hasard qu'il soit descendu à ce moment-là.

— Hasard ? Ou parfait synchronisme…

— Voyons. Combien d'hommes meurent chaque jour dans ce pays ? Quelques milliers ? Plusieurs centaines de milliers ? Vous allez dire que je suis leur fille à eux aussi ?

Elle lui lança un regard furieux et parvint à libérer son bras. Digger fit mine de ne pas s'en soucier, tira un vieux paquet de cigarettes de son imper et il en grilla une.

— Dites-moi franchement, miss Holmes. Vous ne vous êtes jamais demandé d'où vous veniez ? Vous n'avez jamais éprouvé la moindre curiosité à cet égard ?

— Salut !

— Je connais votre famille, Mélanie. Je connais votre mère, votre père, votre frère. Je suis cette affaire depuis le début. J'ai couvert l'enlèvement de Meagan pour mon journal. J'étais là, avec Patricia et Brian, le soir où on exécutait Holmes. Vous ne voulez pas m'écouter ? Très bien ! Allez dire à votre mère que Larry Digger l'attend dans le parc et désire lui parler. Elle sort d'une cure de désintoxication ? Pas étonnant que la mort de sa fille ait bousillé son système nerveux, ajouta-t-il en soufflant la fumée de sa cigarette au visage de la jeune femme. Vous ne voulez toujours pas m'écouter ?

— Vous êtes une petite ordure.

— Tu sais, la belle, j'ai entendu pire que ça. Comment va Brian, à propos ? Je me souviens de lui, le nez sur la vitre de la salle des témoins. Quand le bourreau a tourné le bouton, c'était l'enfer. Une horreur. Tout le monde détournait les yeux. Mais le petit Brian Stokes, quatorze ans, regardait Holmes comme pour s'imprégner de cette image, comme s'il voulait la marquer au fond de lui.

Digger fit une pause avant de poursuivre.

— J'ai entendu dire qu'il était devenu pédé ? Pensez-vous que le fait d'avoir vu un homme mourir puisse modifier nos penchants sexuels ? Je pose la question comme ça, vous savez.

Cette dernière observation, plus cruelle que les autres en raison du ton désinvolte sur lequel il l'avait prononcée, frappa Mélanie comme une gifle. Furieuse, elle ferma les yeux, révoltée contre sa propre impuissance. Elle aurait voulu le battre, et ce désir était si intense qu'elle serra les poings à son insu. Mais elle n'était pas de taille à rivaliser avec Digger, tous deux le savaient.

— Je ne veux pas que vous approchiez ma famille, répliqua-t-elle enfin. Si vous avez quelque chose à dire, faites-le ici. Si votre histoire a quelque fondement, je suis certaine que vous accorderez de l'importance à mon témoignage ; si vous voulez vraiment que je vous le donne, ne dites pas un mot de cela à mes parents. Compris ?

Digger feignit de soupeser la proposition. Il tira une autre bouffée de sa cigarette, balaya le jardin du regard, mais déjà ses yeux de fouine pétillaient de contentement.

— Je vous aime bien, lança-t-il de but en blanc. Je n'aime pas grand monde, mais vous, je vous aime bien. Vous n'avez pas juste ses yeux, vous savez, vous avez son cran aussi.

— Flattée, souffla-t-elle.

— Si, si. Vous êtes très forte. Mais dites-moi, la belle, qu'est-ce que ça fait de vivre avec tout ce fric ?

— C'est aussi agréable que vous pouvez l'imaginer.

— Ah oui ? Eh bien, navré de vous gâcher tout ça, dit-il en écrasant son mégot sur un tronc d'arbre. L'hôpital. Voilà la clé de l'affaire. Il y a plus de cent hôpitaux dans cette ville et vous apparaissez justement dans celui de Stokes.

— Simple coïncidence.

— Une coïncidence, c'est possible, mais trop c'est trop. D'abord, il y a l'heure, miss Holmes. On vous trouve le soir même où on exécute Russell Holmes. Ensuite, il y a le lieu. On vous abandonne précisément dans l'hôpital où travaille Stokes, lequel évite de se pointer au Texas, afin d'être présent quand on vous trouvera. Enfin, il y a vous. Une fillette, en bonne santé, bien vêtue, que personne ne réclamera. Et, depuis tout ce temps, pas un mot des gens qui se sont occupés de vous pendant neuf ans, pas un signe de ceux qui vous ont nourrie, logée, habillée… des gens qui ont pris soin de vous laisser dans un hôpital où vous serez entre de bonnes mains. Et puis, il y a cette histoire d'amnésie. Une fillette sans problèmes mentaux, qui ne se souvient de rien, pas même de son nom. Qui ne se souvient toujours de rien deux décennies plus tard ! Non. Il est pour le moins étrange qu'une petite fille de neuf ans surgisse de nulle part, ne se souvienne de rien, et, surtout, que personne ne veuille jamais la récupérer. Étrange ! Ou monté de toutes pièces.

— La réalité dépasse la fiction.

— Oh ! Je l'oubliais celle-là ! Dites-moi, votre père, il n'a jamais songé à vous emmener chez un hypnotiseur ? Vous n'avez jamais entendu parler de l'anamnèse ? De l'aromathérapie ? De tout ce que les charlatans inventent aujourd'hui pour raviver la mémoire ?

— Les médecins ont dit que je me souviendrai quand je serai prête à me souvenir.

— Voyons ! miss Holmes. Il ne fait pas de doute que le grand docteur Stokes a sa petite idée sur la question. Il pouvait vous conduire chez un hypnotiseur n'importe quand. Mais que serait-il arrivé, hein ? Vous auriez retrouvé la mémoire. Voilà ce qui serait arrivé. Or vos parents ne veulent pas que vous vous rappeliez quoi que ce soit.

— C'est complètement stupide ! Votre histoire est une série de coïncidences. Elle présente des trous gros comme ça. D'abord, mes parents adoraient Meagan, et je vous prie de croire que le mot n'est pas trop fort. En aucun cas ils n'auraient adopté sciemment la fille de son meurtrier. Ça n'a aucun sens.

Digger l'observa avec curiosité.

— Sincèrement, vous croyez ça ?

— C'est l'évidence. Qu'est-ce que vous insinuez ?

— Ah bon ! se contenta-t-il de dire en hochant la tête, comme si Mélanie venait de lui donner une réponse capitale.

Elle eut la désagréable impression d'avoir fait un faux pas. Sa migraine était de plus en plus douloureuse, des points noirs clignotaient devant ses yeux.

Elle n'avait pas eu de migraine depuis des années, mais, ce soir, elle était sur le point de se sentir mal.

— Il serait peut-être utile que vous sachiez quelle vie votre père et sa femme menaient au Texas, murmura Digger. Il faudrait que vous vous représentiez la maison qu'ils habitaient, un véritable palais, qu'aucun interne n'est en mesure de s'offrir. Il faudrait que vous puissiez les voir là-bas, avec leurs deux enfants, l'une ravissante, que tout le monde adorait, et l'autre si perturbé que la plupart des mères du quartier refusaient qu'il joue avec leurs gosses. Il me semble qu'un tas de trucs vous échappent à propos de votre famille, miss Holmes.

— Mais pas du tout ! C'est faux !

— Ah ! miss Holmes ! fit l'autre sur un ton presque cordial, comme s'il éprouvait soudain de la pitié.

Un ton qui la troubla plus que ne l'avaient fait jusque-là ses odieux commentaires.

— Je vais vous avouer quelque chose, Mélanie. Je ne vous ai pas retrouvée seul. Quelqu'un m'a mis sur la piste. J'ai reçu un appel anonyme au milieu de la nuit. Inutile de vous expliquer pourquoi les journalistes détestent les appels anonymes, même les ordures dans mon genre.

Il sourit, puis sa voix devint grave, lugubre.

— Or il se trouve que mon interlocuteur a rappliqué. Et, après son second appel, j'ai obtenu de la compagnie de téléphone qu'elle les retrace. Vous savez d'où ils venaient ? De Boston. De Beacon Street. Mieux : ils venaient de votre propre maison. Pourquoi, à votre avis ? Pourquoi quelqu'un m'appellerait-il de chez vous pour me parler de Russell Holmes ?

— C'est imp… Ce n'est pas… C'est insensé, bredouilla Mélanie, qui sentait le monde vaciller autour d'elle.

Elle s'assit dans l'herbe et se surprit à dire :

— Ça fait tellement longtemps…

Digger souriait.

— Ce que vous méritez. Mon inconnu disait au téléphone : On a toujours ce qu'on mérite.

— Non !

— D'après vous, dans quelle mesure le caractère est inné ? Un salaud, il l'est de naissance, ou il le devient ? Êtes-vous réellement aussi raffinée que vos parents adoptifs, miss Holmes, ou n'y a-t-il pas un peu de racaille blanche sous le vernis ? Je sais que vous avez du cran. Qu'en est-il de la violence ? Lorsque vous croisez un gamin, ça vous démange, ça vous chatouille ? Ça vous fait quoi ?

— Pour l'amour du ciel, non !

Mélanie avait l'impression que son crâne était sur le point d'exploser. Elle se pressa les tempes, posa le front sur ses genoux et commença à se dandiner. Elle entendit Digger glousser de plaisir.

— N'est-ce pas que j'ai raison ? Après vingt-cinq ans, j'ai enfin réussi à…

Il ne parvint pas au bout de sa phrase. Mélanie se retourna lentement. Un homme, tout de blanc vêtu, les avait rejoints. Il tenait l'épaule de Digger et la serrait solidement.

— La dame vous a demandé de partir, dit-il d'une voix ferme.

— De quoi je me mêle ? T'as pas des amuse-gueules à servir, toi ?

— Non. Mais je peux aiguiser mes couteaux, si vous le voulez.

L'homme serra plus fort et Digger leva la main pour signifier qu'il abandonnait la partie.

— Très bien ! je pars, je pars. Mais j'ai raison. J'ai des preuves, miss Holmes. J'ai tous les renseignements qu'il faut, non seulement sur votre père, mais sur votre mère aussi. Votre vraie mère. Vous ne pensez jamais à elle ? Pourtant, elle pourrait vous dire quel est votre véritable nom. Votre date de naissance. Allez. Je suis à l'hôtel Midtown, la belle. Faites de beaux rêves.

L'inconnu fit mine d'intervenir à nouveau, mais Digger s'éclipsa. Quant à Mélanie, elle salua le départ du reporter en vomissant sur la pelouse et sur les chaussures vernies de l'inconnu.

— Et merde !

La jeune femme se mit à pleurer de rage. À son mal de crâne lancinant se mêlaient des images confuses qui lui traversaient l'esprit. Un costume bleu. Des cheveux blonds. Des yeux suppliants.

— Ça va aller ? demanda l'homme en repoussant ses cheveux. Mais vous êtes en nage ! J'appelle une ambulance.

— Surtout pas ! s'écria Mélanie, dont la crainte des hôpitaux supplantait tous les malaises. Donnez-moi une minute.

— Enfin, mademoiselle ! Vous partez comme ça, avec un minable. Vous vous attendiez à quoi ?

— À rien de tel, assurément.

Elle se massa les paupières. Cet homme avait parfaitement raison et elle lui en voulut pour cela. À défaut de trouver une parade, elle ouvrit finalement les yeux pour l'observer. Il était difficile de distinguer ses traits dans la pénombre. Elle nota néanmoins qu'il avait la mâchoire carrée, des joues creuses et le nez cassé. Plusieurs fois cassé. Ses cheveux de couleur sombre étaient épais, mais coupés court. Des lèvres minces, comme un trait au bas du visage. Puis elle reconnut l'uniforme. Il s'agissait d'un des serviteurs engagés pour la réception. Mélanie baissa les yeux. Quelle déveine ! Se faire surprendre dans un état pareil par un larbin qui s'empresserait d'en parler à tout le monde !

— Vous allez vous en tirer ? demanda-t-il tout à coup.

— Possible. Mais parlez plus bas s'il vous plaît.

Un instant, il eut l'air désolé ; les paroles qu'il prononça ensuite dissipèrent cette impression.

— Vous n'auriez jamais dû le laisser vous entraîner comme ça ! C'est idiot. Il voulait de l'argent ?

— Qui n'en veut pas ? répliqua-t-elle, cherchant à se relever.

Elle sentait le besoin impérieux de bouger, juste de bouger, mais le sol se dérobait sous ses pieds. L'homme lui tint le bras.

— Si vous vous obstinez à vous lever, vous allez vous donner en spectacle. Vous avez des hallucinations ?

— Des points blancs.

— Il y a des médicaments dans votre sac ?

— J'en ai à la maison, répondit-elle en tentant de faire un pas.

Mais ses jambes la trahirent à nouveau et l'homme la rattrapa avant qu'elle ne tombe. Elle s'abandonna alors sans façon.

L'inconnu murmura quelques mots à propos de l'absurdité des femmes, puis il la porta carrément dans ses bras. Elle enfouit la tête au creux de son épaule. Il la tenait fermement. Il se dégageait de lui une odeur de lotion after-shave. *Old Spice*, crut-elle deviner. Et elle s'évanouit.

L'inspecteur Riggs n'était pas aux anges pour autant. D'abord, il n'aimait pas beaucoup sauver les demoiselles en détresse. Ensuite, on allait sans doute lui reprocher amèrement de s'être porté à la rescousse de cette demoiselle-là.

« Pour l'instant, on se contente d'ouvrir l'œil. Il s'agit d'une enquête délicate. Ne compliquez pas tout. »

Or Riggs savait qu'aux yeux de l'inspecteur en chef Lairmore, suivre Mélanie Stokes, la secourir et la porter dans ses bras, cela constituait une embrouille d'importance. Sa mission se bornait à surveiller Harper Stokes et à glaner, de-ci de-là, de petites phrases qui, la vodka aidant, révéleraient quelque chose sur ses agissements. Quelle stratégie ! Ô combien astucieuse…

David Riggs souleva Mélanie pour la porter avec plus d'aisance, puis traversa la rue. Elle était petite, plus petite qu'il ne l'avait supposé après l'avoir observée durant la réception, affairée comme une abeille. Depuis son arrivée chez les Stokes, il la suivait des yeux, qui veillait à tout, portant des cageots de mangues, essuyant la moindre salissure, sans jamais reprendre son souffle. Aussi avait-il remarqué qu'elle retournait souvent au salon pour surveiller sa mère.

Or voilà que cette femme était maintenant blottie contre son épaule, comme aucune autre femme ne l'avait fait depuis des années.

Ne sachant pas ce qu'il devait penser de tout cela, David essaya de se remettre en tête le dossier de la famille Stokes, qui lui avait été confié trois semaines plus tôt. Il reprit un à un les éléments concernant cette femme.

Dans ce dossier, rien n'indiquait que Mélanie fût la fille d'un tueur en série, mais les coïncidences relevées par Digger méritaient réflexion. Décidément, David ne savait que penser de ce journaliste. Il se rappela que ses mains tremblaient. Et pas juste de rage. Ce type s'était probablement fait violence pour aborder Mélanie Stokes à jeun ; il était sans doute en train de rattraper le temps perdu à cette heure.

En approchant des lumières de la maison, Mélanie poussa un petit gémissement.

— Vous n'allez pas encore vomir ?

— Attendez…

— Vous êtes sûre ? Vous vous sentez bien ?

— Attendez, répéta-t-elle en empoignant le revers de sa veste. Surtout, ne dites rien… À personne. Pas un mot à mes parents… Je vous paierai…

Elle avait les yeux grands ouverts ; ils étaient clairs et d'une couleur étonnante, entre le bleu et le gris.

— Comme vous voudrez.

Visiblement satisfaite de cette réponse, elle se détendit. Quand David pénétra dans le hall d'entrée, tout le monde se retourna sur eux.

— Que se passe-t-il ? fit Stokes en se précipitant à leur rencontre, tandis que Sheffield le suivait comme une ombre.

Patricia renversa un peu de jus d'orange sur sa robe griffée.

— Mon Dieu ! Mélanie !

— Où est la chambre ? s'enquit Riggs. Elle s'est plainte de migraine.

Sans attendre la réponse, il se dirigea vers l'escalier.

— Il faut lui donner un sédatif et de la codéine, ordonna Stokes. Il y en a dans la salle de bains.

Patricia s'élança dans l'escalier et courut vers la chambre de sa fille. Lorsque David y pénétra à son tour, elle attendait, des cachets et un verre d'eau à la main. Riggs déposa Mélanie sur le lit défait ; Harper prit immédiatement son pouls, l'air anxieux. Il saisit ensuite le verre que lui tendait Patricia et glissa les comprimés entre les lèvres pâles de la jeune femme. Sa mère lui tamponna le front avec un gant humide. Embarrassé, William Sheffield montait la garde devant la porte. David se demanda ce que son ex-fiancé venait faire dans cette chambre.

— Que s'est-il passé ? répéta Stokes. Où était-elle ? Comment se fait-il que vous soyez avec elle ?

— Je l'ai trouvée en face, dans le jardin public.

Pas plus qu'à David, cette réponse ne parut satisfaisante au docteur Stokes, qui fronça les sourcils. Riggs croisa son regard.

De tous ceux qui se trouvaient dans la pièce, David Riggs était à n'en pas douter celui qui connaissait le mieux Harper Stokes. Certaines personnes estimaient que Stokes était un égocentrique et que son empressement à soigner les malades relevait plutôt de sa soif de reconnaissance que d'un authentique besoin de soulager les patients. Compte tenu du caractère très sélect que la profession de chirurgien avait acquis dans les médias depuis quelques années, David trouvait ce jugement assez sévère, car tous les chirurgiens recherchaient peu ou prou la gloire ou la fortune.

Non, ce qu'il y avait d'insolite dans le cas du docteur Stokes, c'était davantage son passé. Ses antécédents. À une époque où la carrière d'un grand chirurgien américain commençait à dix-huit ans par son inscription dans l'une des fameuses universités du Nord-Est, Stokes, pour sa part, avait connu des débuts pour le moins modestes, sinon médiocres. Il avait d'abord terminé ses études secondaires dans un obscur lycée du Texas. Contraint de renoncer aux grandes écoles en raison de résultats moyens, il était entré prudemment à l'université locale, celle de Houston, où ses costumes chics et sa persévérance étaient plus remarqués que ses aptitudes de chirurgien.

Curieusement, l'enlèvement de sa fille Meagan avait donné un second souffle à sa carrière ; de médecin ordinaire qu'il était jusque-là, Stokes était devenu en quelques années un chirurgien de premier plan. Tandis que son ménage implosait, il se lançait à corps perdu dans le travail. Et plus la situation se détériorait sous son toit, plus il passait de temps à l'hôpital, seul endroit où il conservait encore le pouvoir de sauver des vies et de jouer à Dieu le Père.

Russell Holmes avait peut-être détruit sa famille, mais il avait révélé un chirurgien de grande qualité.

Au cours des dernières semaines, le service des fraudes médicales du FBI avait reçu trois appels anonymes, dénonçant les agissements du meilleur chirurgien de Boston. Le délateur mettait en doute le bien-fondé des implantations de stimulateurs cardiaques qu'il pratiquait. L'enquête débutait à peine et Riggs n'avait aucune idée préconçue en la matière. Le délateur pouvait aussi bien être un médecin jaloux, cherchant à nuire à un rival. Il n'était pas impossible non plus que Harper ait trouvé un moyen efficace d'arrondir ses fins de mois, car, pour sûr, les Stokes vivaient sur un grand pied.

À ce jour, David avait découvert une seule irrégularité dans la conduite de Stokes : son penchant pour les jolies femmes. Encore que ce ne soit pas une trouvaille, ses infidélités étant quasiment de notoriété publique. Harper sortait avec des minettes et sa femme feignait de ne rien voir. Nombre de couples agissaient de même.

— Que faisait donc Mélanie au jardin ?

David rassembla ses idées, mais la jeune femme répondit la première.

— J'avais besoin d'air. Je suis sortie un moment faire quelques pas.

— J'ai remarqué qu'elle quittait la réception, ajouta David, et, après un certain temps, comme elle ne rentrait pas, je suis allé voir si tout allait bien. J'ai entendu quelqu'un vomir de l'autre côté de la rue. Je m'y suis rendu et je l'ai trouvée là.

Harper fronçait toujours les sourcils. Il se tourna vers sa fille, le regard inquiet et réprobateur.

— Tu t'agites trop, Mélanie. Nous t'aurions aidée davantage, ta mère et moi. Il suffisait de nous le demander.

— Je sais.

— Tu prends trop de responsabilités.

— Je sais.

— Ce n’est pas sain.

— C’est toi qui me dis ça ?

Harper s’éclaircit la voix pour se donner une contenance, mais son embarras était flagrant. Avec sa femme, il échangea un regard que David ne sut interpréter.

— Laissons-la se reposer, dit Patricia. Détends-toi, ma chérie. Dors un peu. Je m’occuperai de tout avec ton père.

— Non, c’est mon boulot, protesta Mélanie.

Les comprimés commençaient à faire effet et ses paupières devenaient lourdes. Elle tenta de s’asseoir sur le lit, mais ne parvint pas même à se redresser. Finalement, elle se recroquevilla en boule au milieu des draps.

Patricia tira une couverture sur ses épaules, puis entraîna tout le monde hors de la chambre. En sortant, David croisa Sheffield, qui lui demanda abruptement :

— Comme ça, vous avez remarqué qu’elle quittait la maison ?

— Oui. Pas vous ?

Sheffield rougit immédiatement, quêta des yeux quelque soutien du côté de Harper, mais, comme il ne l’obtint pas, s’éclipsa furtivement.

— Je vous remercie d’avoir aidé notre fille, monsieur… ? fit Patricia en posant les doigts sur l’épaule de David.

— Reese, madame. David Reese.

— Merci encore, monsieur Reese. Nous vous sommes très obligés.

— La moindre des choses.

— Pour moi, c'est important, ajouta-t-elle, un peu triste.

Avant que David ne puisse répondre, Jamie O'Donnell fit irruption à l'étage, exigeant qu'on lui explique ce qui était arrivé à Mélanie. Une petite femme mince, aux cheveux grisonnants et portant une blouse d'infirmière, courait dans son sillage.

David en profita pour s'éclipser à son tour, mais s'immobilisa sur le palier et prêta l'oreille. O'Donnell voulait absolument connaître tous les détails. Ann Margaret tenait à voir Mélanie sur-le-champ. Harper prononça quelques mots à voix basse, que David ne put saisir, puis le quatuor pénétra dans la chambre de la jeune femme.

L'inspecteur Riggs sentit les poils se dresser sur sa nuque, sensation qu'il n'avait pas éprouvée depuis plusieurs années. Pas depuis ce jour où, assis dans un cabinet médical et attendant le diagnostic, il avait surpris dans le regard du praticien une certaine gêne. Dès cet instant, il avait compris que la vie, telle qu'il la connaissait jusque-là – et comme son père la concevait –, prenait un virage capital.

Mais il n'avait aucune raison d'éprouver cela, à cette minute et en ce lieu, car le bilan de la soirée se résumait à fort peu de chose. Un médecin, sa famille, un reporter à moitié soûl. Rien de sordide. Rien non plus qui soit de nature à constituer une piste.

Et pourtant… Qu'est-ce que Digger avait dit encore ?

Et l'informateur anonyme ? Celui qui prétendait connaître l'identité des parents de Mélanie ? On a toujours ce qu'on mérite…

Curieux. Trois semaines plus tôt, le délateur qui avait contacté le FBI disait précisément la même chose.

Or David Riggs ne croyait absolument pas aux coïncidences.

4

Trois heures du matin. Enfin libéré, le serveur Reese se retrouva seul sur le pavé de Boston. Son dos le faisait souffrir plus qu'à l'ordinaire. Il boitait. Certes, l'emploi de garçon de service n'était pas une sinécure. Il fallait remplir les verres, les distribuer, garnir les plateaux de hors-d'œuvre et tout nettoyer après coup. Il fallait courir en tous sens, être à la fois un serviteur stylé, poli, et un détective efficace. La prochaine fois, pensa David, quand Lairmore aura besoin d'un espion dans la place, je déléguerai Chenney. Il faut laisser aux bleus la chance de pénétrer dans le grand monde.

Beacon Street était déserte à cette heure. Les nantis dormaient paisiblement dans leurs demeures. Un peu plus loin cependant, David reconnut le roulement d'un Caddie sur le trottoir. Les habitants de Boston n'étaient pas tous riches…

David traversa le jardin public où il avait épié l'échange d'amabilités entre Digger et Mélanie Stokes quelques heures plus tôt. Peut-être devrait-il téléphoner à Chenney dès maintenant, pour savoir ce qu'il avait découvert de son côté. En vérité, le petit nouveau du service des fraudes était plutôt baraqué. Une bonne tête bien carrée, vissée sur un large cou, carré lui aussi, et de fortes épaules. Lorsqu'il se déplaçait, sa démarche rappelait celle d'un gorille, les bras ballants, arqués le long du corps. Difficile de ne pas le trouver désopilant.

Ce soir, Chenney avait pour mission de filer le docteur William Sheffield, mais, à 2 heures, lorsque David vit l'anesthésiste quitter le domicile des Stokes, Chenney était demeuré invisible.

De deux choses l'une. Soit c'est un limier hors pair, soit c'est un glandeur fini. David penchait résolument pour la seconde de ces deux hypothèses.

Son mal de dos le fit grimacer et il héla un taxi. Rien ne pressait. Il pouvait appeler Chenney au matin.

Le trajet jusque chez lui était plutôt longuet ; vers la fin, David se tordait de douleur sur la banquette arrière, secoué de crampes, accablé par l'odeur rance de tabac et de sueur qui flottait dans la voiture. Dès que celle-ci se fut garée devant son immeuble de Waltham, il glissa un billet dans la main du chauffeur, sortit du véhicule en chancelant et fit à pied le tour du parking. Il devait absolument assouplir ses muscles. « Vos articulations sacro-iliaques sont enflammées, monsieur Riggs. Tout juste à l'endroit où la colonne se rattache au sacrum. Et cette inflammation va s'étendre à votre dos, vous causant des malaises croissants. Il faut faire de l'exercice, appliquer de la glace et prendre des anti-inflammatoires sans stéroïdes. Il n'existe aucune autre solution.

— Mais je suis un athlète ! Je devais jouer en pro !

— Nous ne pouvons rien vous dire de plus, monsieur Riggs. Les symptômes de la spondylarthrite varient énormément d'un sujet à l'autre et peuvent affecter l'organisme tout entier. Il est possible que vous ayez de la fièvre, un épuisement, des problèmes digestifs. Parfois, la maladie s'attaque aux organes : les yeux, le cœur, les poumons. On ne sait comment elle se manifestera chez vous. En revanche, nous pouvons vous assurer que l'arthrite est une maladie chronique ; ceux qui vous proposeront un remède miracle ne chercheront qu'à vous soutirer de l'argent vite fait. Malgré tout, rien ne vous empêche de mener une vie agréable. Plusieurs associations existent, qui vous aideront. Mais il serait préférable que vous adoptiez un mode de vie plus intellectuel que physique. Choisissez celui qui vous convient le mieux.

— Mais je n'ai pas de mode de vie ! Je ne sais même pas ce que ça veut dire !

Les contractions étaient moins douloureuses maintenant, mais David marchait toujours, sans savoir pourquoi. Peut-être redoutait-il de ne pas trouver le sommeil. Peut-être aussi craignait-il de s'allonger sur son lit où, après quelques heures de repos, il se réveillerait au bord de l'étouffement, en se tenant la gorge, comme il arrivait depuis quelque temps. David ignorait s'il s'agissait de simples crises, ou si c'était le signe que la maladie s'aggravait.

Et il ne posait la question à personne, redoutant la réponse.

Alors, pour se détendre, il songea au base-ball, à l'époque heureuse de ses seize ans.

En ce temps-là, le samedi après-midi, il pratiquait le base-ball avec son père et Steven, son frère cadet. Ensemble, ils parlaient de la partie, de la fameuse partie, celle qui fait de vous un héros du stade. Bobby

Riggs avait été un excellent lanceur dans sa jeunesse, il avait même joué dans les ligues mineures. Il plaça ensuite ses espoirs dans ses deux fils. Un mauvais jour, sans crier gare, un médecin avait diagnostiqué un cancer du sein chez Mme Riggs. Après l'avoir aidée toute la semaine, son mari et ses fils se rendaient sur le terrain pour se changer les idées. Puis ce maudit cancer avait eu raison de la jeune et jolie Heather Riggs et les trois hommes avaient repris l'entraînement, seule joie qu'il leur restait en partage.

Le père et ses garçons frappaient la balle, couraient d'un but à l'autre, analysaient chacun de leurs coups, chaque lancer, chaque passe. Car, si le cancer pouvait vous prendre une mère aimante, le base-ball, lui, ne vous laissait jamais sur le carreau. Le base-ball était franc. Franc comme l'or.

Tout comme le bras de David d'ailleurs. David était à cette époque l'un des meilleurs lanceurs de sa catégorie. Son bras était si puissant, son lancer si précis qu'il pouvait prétendre aux plus hauts titres. D'ailleurs, quand il atteignit ses dix-sept ans, certains recruteurs des ligues professionnelles l'avaient approché.

Pourtant, une certaine douleur lancinante au bas du dos ne se résorbait pas. David avait de plus en plus de mal à courir. On crut qu'il s'agissait d'un tendon étiré. Peut-être avait-il trop forcé sur son bras en lançant. David mit la pédale douce et passa le relais à Steven. En attendant.

Mais le mal empira. De même que ses douleurs à l'épaule. Jusqu'à ce qu'un médecin décrète que l'inflammation était trop aiguë pour permettre de poursuivre l'entraînement.

Depuis, les Riggs n'avaient plus été les mêmes. David abandonna l'idée de joindre les ligues majeures et entra à l'université. Il ne jouait plus du tout. Il laissait ce plaisir à Steven, que les recruteurs n'approchèrent jamais. Son frère lançait bien pourtant ; son bras était solide, mais pas tant que celui de David. Et tous trois le savaient.

Lorsque David comprit qu'il ne serait jamais le champion dont son père avait rêvé, il avait offert ses services au FBI. Désormais, il arrêterait les assassins, il allait pincer les tueurs en série, il ferait la manchette. Et quand on l'eut nommé au bureau de Boston, il rêva de neutraliser la mafia locale, d'espionner les grandes familles criminelles, d'épingler leur chef.

Un an après sa sortie de l'école de police, un chiropraticien avait diagnostiqué le mal. David souffrait d'arthrite. Une spondylarthrite. Jamais son dos ne se rétablirait.

Le FBI lui avait donc trouvé une place dans les bureaux, où on enquête sur les filous, les escrocs, les aigrefins en costume trois pièces, qui fraudent sans éclat ni violence. Un bureau où, pour l'essentiel, les risques se résument à se couper les doigts en manipulant des piles d'assignations à comparaître. Chaque année, David obtenait de bonnes évaluations. On appréciait son « esprit d'analyse », un euphémisme administratif qui était censé rendre compte de son aptitude à venir à bout de volumineux dossiers cryptés, en ingurgitant au jour le jour une égale quantité de mets chinois. Et, pendant ce temps, les collègues de David démasquaient les trafiquants de drogue, déjouaient les complots terroristes, raflaient les promotions.

Presque 17 heures. Steven avait une partie aujourd'hui. Son père y assisterait sans doute.

David, quant à lui, allait devoir reprendre le collier. Le ménage n'était pas terminé chez les Stokes, or il lui fallait un prétexte pour s'introduire à nouveau dans la place.

Il pénétra dans son appartement avec les premiers rayons du soleil. Sur les murs, deux affiches. L'une représentait le stade illuminé de Fenway au crépuscule, et l'autre le champion Shoeless Joe Jackson. Pouvait-on appeler ça un chez-soi ?

Il se déshabilla sans allumer, puis se glissa entre les draps ; il n'avait que deux heures devant lui avant que le réveil ne sonne. Il fallait absolument dormir un peu.

David considéra la photo de Shoeless Joe Jackson.

« Bon sang ! Shoeless, dis-moi au moins que la vie est injuste. »

Shoeless ne répondit pas. Après quelques minutes, David se détourna de l'affiche et tenta de trouver le sommeil.

5

Mélanie se réveilla en sursaut à 4 heures du matin, en étouffant en elle un cri ; des images furtives lui traversaient l'esprit. La petite Meagan Stokes courait derrière elle, la tête ensanglantée, répétant comme une litanie : « Russell Holmes. Russell Holmes. Tu es la fille de Russell Holmes. »

Le souffle court, Mélanie se redressa, les mains tremblantes, un goût de sang dans la bouche. Bientôt, elle se rendit compte qu'elle s'était mordu la langue pour ne pas hurler.

Elle se frotta les joues, inspira longuement et se leva. L'horloge cliquetait au rez-de-chaussée de la maison, qui était plongée dans le silence.

Obéissant à un réflexe qu'elle ne chercha pas à expliquer, la jeune femme descendit l'escalier sans bruit. Le salon était désert. On avait remis les meubles à leur place et seuls les réverbères de la rue répandaient une faible clarté dans la pièce. Mélanie se dirigea vers la cheminée, en proie à un désagréable sentiment de solitude.

Depuis qu'elle avait rompu avec William, il lui arrivait souvent de se réveiller ainsi et de déambuler dans la maison. À la recherche de quoi ? Elle n'aurait su le dire.

Jusqu'ici, c'est-à-dire avant que William ne se déclare, elle n'avait jamais songé à fonder une famille. Elle avait des parents, dont elle s'occupait, un frère, qui la préoccupait, c'était assez. Puis un beau jour, William Sheffield avait demandé sa main. Elle ne sut jamais pourquoi. Elle n'aurait pas davantage pu dire pourquoi elle avait acquiescé. Peut-être l'image d'un très hypothétique prince charmant l'avait-elle malgré tout séduite.

Aujourd'hui, elle ne regrettait nullement d'avoir éconduit William. Elle ne pouvait toutefois s'empêcher de voir dans cette histoire comme un rêve avorté, un conte de fées inabouti.

Elle s'immobilisa devant la cheminée et leva instinctivement les yeux vers la grande toile représentant la petite Meagan.

« D'abord, il y a l'heure, miss Holmes. On vous trouve le soir même où on exécute Russell Holmes. Ensuite, il y a le lieu. On vous abandonne précisément dans l'hôpital où travaille Stokes, lequel évite de se pointer au Texas, afin d'être présent quand on vous trouvera. Enfin, il y a vous. Une fillette en bonne santé, bien vêtue, que personne ne réclamera. Et, depuis tout ce temps, pas un mot des gens qui se sont occupés de vous pendant neuf ans, pas un signe de ceux qui vous ont nourrie, logée, habillée… des gens qui ont pris soin de vous laisser dans un hôpital, où vous serez en de bonnes mains. Et puis, il y a cette histoire d'amnésie. Une fillette sans problèmes mentaux, qui ne se souvient de rien, pas même de son nom. Qui ne se souvient toujours de rien deux décennies plus tard. »

— Non, Meagan, murmura-t-elle. Je ne me rappelle pas. Je le jure.

Pourtant, elle était moins sûre de son fait depuis quelques jours. Ces images floues comme des ondes qui lui traversaient l'esprit, ces trous noirs, la voix de cette gamine… Elle tenta de se convaincre que ce n'était jamais arrivé, que son subconscient commençait à lui révéler des détails qu'elle ne désirait pas connaître.

Elle avait déjà une famille. Elle ne voulait rien savoir d'un tueur en série, ni de ses parents véritables, ni de ses premières années en ce monde. Elle ne retenait qu'une chose : on l'avait abandonnée dans un hôpital, sans un mot, sans même un prénom, puis les Stokes l'avaient sauvée.

Sans eux, elle ne serait rien.

Vingt ans plus tôt, elle s'était réveillée aux urgences : elle se souvenait des murs blancs, des tubes, des affreuses seringues que tenaient des personnes qui lui étaient étrangères, penchées sur elle.

On lui dit que tout allait s'arranger, que ses parents reviendraient d'un moment à l'autre, que tout serait comme avant. Elle était visiblement bien nourrie, pas maltraitée, assurément il y avait là, tout proches, des gens qui l'aimaient et qui n'allaient pas tarder à reparaître.

Quelques jours passèrent, durant lesquels Mélanie circula dans les couloirs du service de pédiatrie, en observant les autres enfants que leurs parents consolaient. Alors elle revenait dans sa chambre, montait sur ce lit trop haut, contemplait les murs blancs et cherchait à se représenter la maman qui viendrait bientôt la consoler à son tour.

Ensuite, l'assistance sociale avait pris le relais. On la plaça dans un hospice, où personne ne parla plus de ses parents, encore moins de leur retour. On murmurait plutôt qu'il allait falloir lui trouver un foyer. Et, pourquoi pas, envisager l'adoption. Quelqu'un avait dit que ç'aurait été plus facile s'il s'était agi d'un bébé, car à cet âge…

Toutes les nuits, seule dans sa chambre nue, Mélanie se faisait progressivement à l'idée que personne n'apparaîtrait par miracle pour la ramener chez elle. Personne jamais ne lui rendrait son nom.

Et puis, un jour, Patricia Stokes était venue.

Elle apparut dans le chambranle de la porte, portant un joli tailleur rose, un livre de contes à la main. Elle dit qu'elle allait lui lire une histoire. Mélanie était restée muette, se contentant de regarder la belle dame à la voix triste, mélodieuse, et viscéralement elle se dit : « Je la veux. »

La belle dame avait lu son histoire, où il était question d'une princesse de conte de fées. À la fin, sur les derniers mots, et sans que Mélanie comprenne pourquoi, la dame s'était mise à pleurer. Ensuite, elle essuya ses larmes, regarda Mélanie avec tendresse, puis s'éclipsa.

Plus tard, une assistante sociale lui expliqua que les Stokes avaient perdu leur petite fille au Texas, quelques années plus tôt. Dans des circonstances tragiques. Depuis, ils avaient refait leur vie à Boston. L'assistante ajouta que le docteur Stokes et sa femme étaient des gens très généreux, charmants. Ce qui s'était produit était triste, bien sûr, mais Dieu avait ses raisons.

Alors Mélanie comprit tout. Leur petite fille leur manquait, autant qu'elle-même désirait trouver une famille. Elle comprit que chacun était seul de son côté, mais qu'ensemble ils formeraient un tout.

Quand Patricia Stokes revint la voir, elle la prit tout de suite dans ses bras et pleura encore. Mélanie caressa son dos et murmura :

— Tout va bien maintenant. Je serai votre fille et tout ira bien.

La dame pleura plus fort.

Enfin, six mois plus tard, les Stokes l'avaient emmenée chez eux.

L'horloge sonna 5 heures, tirant Mélanie de ses souvenirs.

Elle regardait encore le portrait de Meagan qui, tout sourire, tenait dans ses bras un petit cheval de bois rouge. La petite Meagan, sa belle robe marine à dentelles, ses grands yeux bleus, ses boucles blondes. La ravissante petite fille qui devait mourir tout juste trois semaines après que le peintre eut achevé le tableau.

La famille Stokes n'avait jamais surmonté sa douleur et Mélanie pensa que même la plus dévouée des filles n'aurait pu les aider à en guérir.

Elle détourna les yeux du tableau et se roula en boule sur le canapé.

Assis dans une chambre mal éclairée, l'homme chantonnait doucement et relut pour la énième fois la liste qu'il avait dressée.

Il attendait ce jour depuis un quart de siècle. Vingt-cinq ans qu'il ruminait son coup, le retournant dans tous les sens, jusqu'à ce que tout lui apparaisse parfaitement. D'une manière incontestable. Trois semaines plus tôt, d'un simple coup de téléphone, il avait abattu sa première carte. Il fallait d'abord réunir tout le monde dans la même ville. Maintenant, avec l'arrivée de Digger, la partie pouvait commencer.

Il y avait vingt-cinq ans de cela, des personnes avaient commis des crimes plus ou moins graves. Durant tout ce temps, il avait cru que la nature se chargerait de les punir. Il pensait que la vérité éclaterait au grand jour, que quelqu'un parlerait enfin, que même Digger réussirait à rassembler les pièces du puzzle.

Mais les années passèrent et personne ne broncha. Aucune question, aucun souvenir, rien ne remontait à la surface. Tout le monde finalement avait l'âme en paix.

C'était assez. Bien assez. Désormais, il prenait l'affaire en main, en commençant par dresser cette liste, qui recensait les crimes commis par chacun.

Le crime du silence complaisant. Celui qui consiste à faire vœu d'ignorance. Le crime commode de l'oubli, de l'amour qui pardonne tout. Le crime de l'inéluctable lâcheté.

Celui des êtres sans dignité.

Puis venait le pire de tous les crimes, un crime si grave, si énorme, qu'aucun vocable n'en peut traduire le caractère. Un mélange d'hypocrisie crasse, d'égoïsme inqualifiable et de cupidité. Ravir à autrui ce qu'il possède, tout simplement parce que ça lui appartient. C'était à la fois de l'insensibilité, de la cruauté et pire.

Voilà le vrai péché, le péché capital, l'essence même du diable et sa nature.

À ses yeux, il n'y avait pas moyen de racheter semblable faute. La sanction devait en être simple, exemplaire, atroce.

L'homme refit le compte des articles qu'il avait réunis depuis peu. Des cierges, des plumes, quelques vieilleries. Un jouet et une robe d'enfant. Des langues de bœuf, des viscères de porc, un cageot de pommes. Enfin, flottant dans un pot, un objet tellement hideux que lui-même n'en supportait pas la vue.

Un numéro de téléphone également.

Tout y était. L'heure était venue de distribuer ces présents. Il consulta sa liste une nouvelle fois, vérifia les articles, puis il prit sa décision. Mélanie. Mélanie, qui certes avait trouvé le bonheur chez les Stokes, mais qui, depuis toutes ces années, lui avait refusé la grâce de se souvenir.

Il sortit son canif. Il en aiguisa la lame.

Il était prêt.

6

C'était un splendide dimanche. Il faisait un beau soleil printanier, très lumineux, qu'emplissaient les gazouillis et les pépiements d'oiseaux. En ouvrant les yeux, Mélanie constata qu'elle était toujours allongée sur le canapé du salon et que le garçon de service de l'autre soir, penché sur elle, l'observait attentivement. Elle se redressa aussitôt.

— Mais de quel droit… Que faites-vous ici ?

— Mon boulot. Et vous ? Pourquoi dormez-vous au salon ?

— Ça ne vous regarde pas.

Il faisait clair. Trop clair. Il y avait du bruit à l'extérieur, des voitures freinaient, des piétons criaient, des coups de klaxon retentissaient. Une angoisse la saisit.

— Quelle heure est-il ?

— Treize heures trente.

— Quoi ?

Mélanie ne se levait jamais après 8 heures. En aucun cas. Peu à peu, les événements de la veille lui revinrent à l'esprit. Sa conversation avec Digger, la rue traversée dans les bras de David Reese, le cauchemar ensuite, la nuit devant le portrait de Meagan. Et puis ce Reese encore, qui lui tapait sur les nerfs avec son odeur d'after-shave.

Toutefois, il avait troqué sa livrée de domestique pour un jean et un vieux T-shirt à l'effigie d'une équipe de base-ball. Les Red Sox. À la lumière du jour, Mélanie remarqua qu'il avait des cheveux bruns à reflets roux, des yeux marron à reflets verts, un visage buriné, un regard de faucon. Un homme plus proche de quarante que de trente ans.

Il s'éloigna de quelques pas et elle put noter qu'il boitillait. Il réprima une grimace en serrant les lèvres.

— Vous êtes revenu travailler ?

— On démonte les chariots et on remballe. C'est poilant, je vous assure.

— Je n'en doute pas une seconde. Cela dit, qu'est-ce qui vous amène au salon ?

— On cherche des outils. Harry devait en apporter. Il n'a pris qu'un marteau. Un mec brillant, il n'en rate pas une.

— Le coffre à outils est dans un placard de la cuisine.

David fourra ses mains dans les poches arrière de son jean.

— On a déjà fouillé la cuisine. Il y a pas mal d'ampoules, jolies du reste, mais pas d'outils.

— Mon père a dû en avoir besoin. Demandez-lui.

— Impossible. Le docteur Stokes est parti tôt ce matin.

— Et Maria ?

— La bonne ? Pas là.

— Dans ce cas, ma mère saura vous dire où mon père les a rangés.

— Mme Stokes est sortie elle aussi. Elle ne voulait pas être en retard à son rendez-vous.

— Ah oui ! J'oubliais.

Le dimanche, Patricia assistait à une réunion des Alcooliques anonymes. Elle ne rentrerait pas avant 17 heures ; il ne restait donc à Mélanie qu'à retrouver les outils. Elle se leva, mais Reese ne semblait pas décidé à disparaître. Il avait l'air de songer à quelque chose. Elle le dévisagea.

— Comment vous portez-vous ? demanda-t-il abruptement.

— Très bien.

— Après une nuit sur le canapé ?

— Il est parfaitement confortable. Inutile de vous inquiéter de ça.

— En face du portrait de Meagan ?

— Je me suis couchée sur le canapé. Pas devant le tableau.

— Hum ! Après qu'un type a prétendu que l'assassin de Meagan était votre père ? Après qu'il a dit que vos parents adoptifs ne sont peut-être pas si nets que vous le pensiez ?

— Mais vous avez tout entendu !

Il lui semblait bien pourtant que Reese était arrivé juste à la fin de sa conversation avec Digger.

— Comment osez-vous ! Vous étiez là ! Vous m'espionniez ! Que pouvez-vous répondre à ça ?

— Je suis simplement allé voir si tout se passait bien.

— Faux ! Pourquoi m'avez-vous suivie hier soir ?

David secoua la tête, puis répliqua sur un ton presque dédaigneux :

— Vous avez quitté la fête que vous organisiez avec un type louche qui vous traînait par le bras ; vous me demandez pourquoi je vous ai suivie ? On aurait dit qu'il vous menait à l'abattoir…

— Je sais me défendre.

— J'ai bien vu ça…

Mélanie rougit ; Reese ne risquait pas d'oublier l'état dans lequel elle avait mis ses chaussures. Difficile de faire bonne figure après ça.

— Bon ! j'ai du boulot. Quand vous aurez trouvé les outils, prévenez Harry.

— Très bien.

Il se dirigea vers le couloir. Bon débarras ! pensa-t-elle. Il était tard, elle avait mille choses à faire, une idée lui traversa l'esprit.

— Attendez !

David se retourna, non sans refréner quelques signes d'impatience.

— Puisque… vous avez tout entendu…

— Hum !

— Qu'est-ce que… vous pensez de Larry Digger ?

— M'a tout l'air d'un poivrot, répondit-il sur le ton de l'évidence.

Voilà précisément ce que Mélanie désirait entendre. Digger est un fantoche. Point à la ligne.

— Son histoire est complètement absurde, non ?

— En tout cas, elle est pleine de trous, comme vous le disiez.

— Ça tombe sous le sens. Aucune personne saine d'esprit n'adopterait l'enfant du meurtrier de sa fille. C'est même scandaleux de supposer une chose pareille.

David hocha la tête, mais son regard demeurait énigmatique.

— Il veut sans doute de l'argent. Je vous remercie, monsieur Reese. Je trouverai les outils.

— Il y a tout de même un élément curieux dans ce qu'il disait.

— Quoi ? fit-elle, plus pâle.

— Pourquoi maintenant ? S'il veut du fric, pourquoi venir vous voir après toutes ces années ?

Mélanie sentit un frisson lui couvrir le corps. Elle se frotta les bras pour le chasser.

— Il a peut-être mis du temps à échafauder son scénario. Il n'avait peut-être pas besoin d'argent auparavant.

— La question du coup de fil est étrange, elle aussi. Pourquoi vous avoir dit qu'on l'avait appelé d'ici ? Pourquoi ce détail ?

Mélanie ne sut que répondre. En effet, pourquoi être aussi précis ? Cela dit, les escrocs étaient souvent maniaques.

— En tout cas, je peux vous aider, lança David.

— Pardon ?

— J'ai été policier. Je fais de l'arthrite, on m'a dégommé. Mais j'ai gardé des contacts. Si vous le voulez, je peux essayer d'en savoir plus sur Digger.

Voilà ! se dit-elle. Ce boitillement. Ces petites grimaces pour masquer la douleur. Ce doit être une conséquence de l'arthrite. Et le fait qu'il a été policier explique qu'il m'ait suivie hier soir. Un homme louche comme Digger doit éveiller ses soupçons de flic. Forte de ces réflexions, Mélanie se sentit soudain mieux disposée à l'égard de Reese ; elle préféra refuser, pourtant.

— Je me débrouillerai, ça ira.

— Si je peux me permettre, qu'est-ce que vous savez d'un type comme Larry Digger ? Comment ferez-vous pour en savoir plus ?

— Je peux déjà vérifier ce qu'il disait, en consultant nos factures de téléphone.

— Oui, mais son passé ? Ce qu'il est vraiment ?

— J'appellerai ses employeurs. Les journaux texans.

— Vous savez combien il y a de journaux au Texas ?

Mélanie sourit d'une manière affectée.

— J'ai intérêt à m'y mettre tout de suite, non ?

— Vous ne cédez jamais un centimètre. Vous n'acceptez l'aide de personne, c'est ça ?

— Bienvenue chez les Stokes, monsieur Reese. Ici, chacun veille sur les siens.

— Ah oui ! Dans ce cas, dites-moi pourquoi personne, sinon un serveur, n'a remarqué qu'un type à l'allure minable vous entraînait hors de chez vous ?

À cela, Mélanie n'avait pas de réponse non plus.

Quelques minutes plus tard, dans la salle à manger, après avoir bu deux tasses de café, Mélanie grignotait un muffin en contemplant les rayons de soleil qui jouaient dans les rideaux de dentelle.

« Il faudrait que vous puissiez les voir là-bas, avec leurs deux enfants, l'une ravissante, que tout le monde adorait, et l'autre si perturbé que la plupart des mères du quartier refusaient qu'il joue avec leurs gosses. Il me semble qu'un tas de trucs vous échappent à propos de votre famille, miss Holmes. »

En effet. Pourquoi si peu de chose lui avait été rapporté sur Meagan et sur la vie que ses parents menaient au Texas ? Malgré les réponses fermes qu'elle avait servies à Digger et à Reese, cette question commençait à la tourmenter singulièrement.

Depuis qu'elle avait été adoptée, elle estimait que tout ce qui touchait à Meagan rappelait à ses parents des événements trop douloureux, aussi préférait-elle ne pas en parler. En outre, c'était sans doute un sujet qu'ils ne désiraient pas aborder avec elle, précisément. Car, contrairement à ce que l'on pourrait penser, les relations entre membres d'une famille adoptive ne sont pas comparables à celles d'une famille normale. Au début, chacun emprunte forcément une attitude artificielle. Cette période est habituellement suivie d'une lune de miel. Parents et enfants, après avoir pris le temps de s'estimer les uns les autres, manifestent leur joie de vivre ensemble. Enfin, si l'adoption réussit, la famille s'installe dans un confort affectif, semblable à celui que partagent les couples mariés depuis des décennies.

Mélanie se plaisait à penser que les Stokes avaient atteint ce stade ; néanmoins, un doute la taraudait depuis peu. S'ils étaient si bien entre eux, pourquoi ne parlaient-ils jamais de Meagan ? Pourquoi Mélanie elle-même n'abordait-elle pas la question ? Pourquoi, alors que vingt années s'étaient écoulées, tous se taisaient là-dessus ?

C'est le passé, se dit-elle, en s'efforçant de se convaincre. Ça ne compte plus.

Au fond, elle n'en était pas sûre du tout. Les insinuations de Digger faisaient leur chemin ; peu à peu, le journaliste remportait la partie.

Mélanie quitta la table et se dirigea vers le bureau de son père, où l'attendaient des piles de livres posés çà et là, sur le secrétaire, le fauteuil en cuir, à même le sol.

Tout compte fait, sa petite sauterie pour l'alphabétisation avait été un succès. Elle devait classer ces volumes, en préparer l'inventaire et faire évaluer le tout par l'un des vendeurs de livres rares de Boylston Street. Ce n'était pas le travail qui manquait.

Elle ouvrit un tiroir du classeur en acajou et en sortit un dossier. Son père conservait habituellement toutes les factures de téléphone. Hélas, il n'avait pas encore reçu celle qui couvrait les trois dernières semaines. Demain. J'appellerai demain.

Voilà qui résoudrait le problème Digger une fois pour toutes. Mais qui ne réglait pas celui de son passé. Pourquoi ses parents n'avaient-ils jamais cherché à en apprendre plus ? Qu'ils ne l'aient pas fait au début, c'était compréhensible ; ils redoutaient sans doute que, s'ils retrouvaient les vrais parents de Mélanie, ceux-ci ne veuillent la récupérer. Mais après ? Pas une fois ils ne lui avaient demandé si elle se rappelait ses premières années. Jamais ils ne tentèrent de savoir si elle souhaitait creuser la question. Et l'hypnose ? Et toutes ces thérapies mnémotechniques ? Pour sûr, son père – un médecin – devait y avoir songé.

Pourtant, non. Pas un mot. Mélanie eut le sentiment désagréable que, malgré l'affection et l'intimité qu'ils partageaient tous les quatre, il existait dans la famille une sorte de règle tacite, bizarre, selon laquelle il ne fallait jamais en dire trop, ni chercher à savoir ni regarder en arrière.

Et si elle leur posait carrément la question ? Comment réagiraient-ils ? Après tout, elle-même ne se conduisait pas autrement. Elle appréciait que l'on respecte sa vie privée. Dans les semaines qui suivirent sa rupture avec William, elle ne fournit aucune explication à ses parents. Elle ne leur raconta même pas sa première sortie avec lui, si agréable de complicité, quand ils avaient parlé durant des heures de ce que l'on peut éprouver quand on a été abandonné par ses parents. Jamais non plus elle ne parla de ce fameux week-end, trois mois plus tard, où ils avaient fait l'amour jusqu'à l'aurore. En se rhabillant ce matin-là, fourbue et languissante, Mélanie avait aperçu une bretelle de soutien-gorge dépassant du matelas. Un soutien-gorge qui ne lui appartenait pas. Elle était rentrée chez elle, bien décidée à rompre ses fiançailles, sans donner à ses parents les raisons de cette volte-face. Sitôt fait, elle se contenta de leur dire que ça n'avait pas marché. Rien de plus. Ils eurent l'air de comprendre, bien que son père semblât plutôt déçu. William, après tout, c'était son idée.

Personne ne souleva plus le sujet et Mélanie aimait qu'il en fût ainsi. Elle avait sa vie, son passé ; ses parents avaient les leurs. Et plus elle y songeait, plus elle trouvait cela normal, pas suspect du tout ; au contraire, c'était naturel, conforme au comportement humain le plus ordinaire. Chacun ses petits secrets, chacun ses petits moments d'intimité – voilà tout. Ce n'est pas parce que des gens se ménagent un jardin secret qu'ils intriguent en douce pour adopter la fille d'un meurtrier. C'est absurde.

Les racontars de Larry Digger étaient absurdes. Incohérents.

Demain, Mélanie mettrait la main sur la facture de téléphone ; il n'y figurerait aucun appel au Texas et tout redeviendrait comme avant.

Mais que penser de ces trous noirs ? De cette voix de fillette, suppliant qu'on la ramène chez elle ?

À cela, elle ne possédait pas de réponses toutes faites. Mélanie avait vingt-neuf ans ; elle aimait son boulot, elle était appréciée des gens qui la fréquentaient, elle adorait sa famille. Se souciait-elle vraiment de son passé ? Voulait-elle savoir d'où elle venait ?

Mais arrive-t-il un moment dans la vie où ces choses ne nous importent plus du tout ?

Elle soupira. Un bon jogging lui remettrait les idées en place.

Elle monta à l'étage, mais marqua le pas en approchant de sa chambre. La porte était entrebâillée. Des reflets de flammes tremblotaient sur le vernis de la porte. Puis une odeur la frappa de plein fouet. Une odeur de gardénias, sucrée, lourde, écœurante.

Or Mélanie ne possédait aucun objet parfumé au gardénia.

Encore une fois, quelque chose… remua dans son esprit. Des ombres. Des images floues.

Elle poussa la porte. Les draps de son lit étaient tirés et la couverture violette jetée dessus était parfaitement lisse. Or Mélanie ne faisait jamais son lit et n'autorisait personne à le faire à sa place.

— Maria ? héla-t-elle.

Elle n'obtint aucune réponse. Son regard tomba au pied du lit et, d'un seul coup, un flot d'images déferla en elle.

Une fillette, dans une cabane, assise sur le sol en planches grossières, serrant un poney en bois rouge contre sa poitrine.

« Je veux rentrer, je veux rentrer.

— Donne-moi ton poney, chérie. Si tu me rends le jouet, je…

— Non, je veux rentrer.

— Meagan ! Arrête de faire des façons.

— S'il vous plaît…

— Donne-moi ce jouet !

— Je veux revenir à la maison, je veux rentrer. Non, non. »

Haletante, Mélanie battit en retraite dans le couloir. Elle s'agenouilla par terre, posa le front sur les lattes du parquet, en s'efforçant de chasser ces images. Elle ne voulait pas savoir.

Puis elle respira l'odeur des gardénias une nouvelle fois et les visions la reprirent. Quelqu'un montait l'escalier.

— Où êtes-vous ? Ça va ? J'ai entendu comme un gémissement… Mélanie !

Elle voulait ordonner à Reese de rester en bas, de ne pas s'occuper d'elle, mais il était impossible de relever la tête. Ces événements ne le concernaient pas. Ça ne regardait qu'elle, personne d'autre. Elle demeura dans la même position, le front sur le sol, tandis que plusieurs images zébraient son esprit, comme des flashs. Successivement, elle revoyait Meagan, le poney, la cabane.

Mais qui donc se tenait dans l'embrasure de la porte ? Qui était là, debout, devant cette porte ?

Et elle, que faisait-elle là ?

Je ne veux pas le savoir. Surtout ne pas savoir.

— Oh ! Bon sang ! fit Reese tout à coup.

Mélanie leva les yeux, David observait l'intérieur de la chambre avec une expression indéfinissable. Était-ce de la surprise ? de la stupeur ? de la pitié ?

Elle devait à tout prix l'avertir et réussit à prononcer quelques mots dans un murmure.

— Il ne faut surtout pas que mes parents voient ça. Mon frère… il saura quoi faire.

Puis elle referma les yeux.

Qui se tenait devant cette porte ?

7

Brian Stokes avait toujours su que sa vie ne serait pas une partie de plaisir. Enfant, il était ombrageux et cynique. Pour autant qu'il s'en souvienne, cette période de son existence n'avait été qu'une suite de soirées mornes et tristes. Son père ne quittait pratiquement pas l'hôpital où il travaillait et sa mère, la plupart du temps, se complaisait dans la solitude sur le divan de son salon.

Parfois, Brian se jouait d'elle. Il la caressait et lui adressait son meilleur sourire jusqu'à ce qu'elle sourie à son tour et le prenne dans ses bras qui fleuraient bon le parfum. Mais, d'autres fois, il se montrait cruel, intraitable. Il brisait les vases, courait et criait par toute la maison, dans le but bien arrêté d'exaspérer sa mère, de la faire pleurer à son tour. Jusqu'à ce qu'elle lui demande pourquoi il la détestait tant.

À six ans, il ne pouvait répondre à cette question. Quelle lubie pouvait donc bien le pousser tantôt à la rendre gaie, tantôt à la faire pleurer ? Il se sentait mal dans sa peau, coupable et anxieux. Il avait l'impression que quelque chose n'allait pas au sein de la famille et qu'au bout du compte ils finiraient tous par le haïr, son père, sa mère, sa sœur Meagan…

Mélanie fut probablement la seule personne qui lui inspira une véritable affection, et ce, dès le début. Mais, au cours des dernières semaines, Brian était odieux même avec elle, ne répondant pas à ses appels, repoussant ses tentatives de rapprochement. Replié dans son appartement luxueux du sud de la ville, il ruminait son dépit, qui tournait au dégoût de soi-même.

Trois mois plus tôt, étendu sur son lit, il s'était demandé pourquoi il ne se tailladait pas les poignets et, à ce moment, le souvenir de Meagan lui était revenu en mémoire. Meagan la délicate, la ravissante Meagan. Cette manière qu'elle avait de lui tendre les bras pour qu'il la prenne sur son dos. Souvent, la nuit, il se faufilait dans sa chambre pour la voir dormir, pour la protéger aussi, il ne savait contre quoi.

Jusqu'à ce qu'il fût trop tard.

C'est alors qu'il avait sorti les lames de rasoir.

Mais l'image de Mélanie avait interrompu son geste. Le regard qu'elle lui avait lancé la première fois qu'il l'avait vue. Sa façon de l'enlacer, sa manière de l'aimer tout simplement. De l'aimer – lui.

C'est elle qui avait ramené la vie dans la famille Stokes. Il ne pouvait pas lui faire ça. Même si l'envie de mourir était grande, il devait vivre encore. Pour elle.

Ainsi, non seulement il chassa de sa pensée toute idée de suicide, mais il commença une thérapie de groupe. En peu de temps, il prit conscience de la rage sourde qu'il cultivait depuis si longtemps, de la relation conflictuelle qu'il entretenait avec ses parents, des problèmes intimes et profonds qui le tenaillaient. Il fallait qu'il décide, une fois pour toutes, ce qu'il voulait être. Et pas ce que son père ou sa famille voulait qu'il soit.

Il devait apprendre à s'aimer lui-même. À mesure que la thérapie progressait, il se rendit compte que ses problèmes procédaient moins de quelque trouble qu'il pouvait ressentir par rapport à l'homosexualité que d'un profond sentiment de culpabilité à la suite de la mort de sa sœur. Après vingt-cinq ans, son enfance au Texas revenait le hanter, comme une vengeance.

Une nuit, il rêva que ses parents étaient morts et cette vision le réjouit. Effrayé par ses propres pensées, il n'osa plus retourner à Beacon Street.

Ce matin, O'Donnell l'avait appelé pour lui dire que Mélanie était pâle, trop pâle, qu'elle paraissait défaite, éreintée. La veille, elle avait souffert de migraine, ce qui ne lui arrivait que très rarement. Brian avait-il une idée de ce qui se passait ?

Il n'en avait aucune. Mais ça le préoccupait.

Un peu après 14 heures, un inconnu téléphona à son tour pour le prévenir que Mélanie avait besoin de lui. Alors, faisant fi des injonctions de son père selon lesquelles il n'était plus le bienvenu sous son toit, Brian sauta dans sa voiture et brûla deux feux rouges dans sa hâte.

Psychologiquement, il n'était pas prêt à affronter la scène qui s'offrit à ses yeux. En voyant le poney en bois et cette sorte d'autel avec des cierges, il s'écria :

— Surtout que maman ne voie jamais ça !

— Ah ! vraiment ? Entre tout de suite et ferme la porte.

Brian ne se le fit pas dire deux fois. Sa sœur se tenait debout de l'autre côté de la chambre, en pyjama malgré l'heure avancée, les bras croisés. Il y avait beaucoup de tension dans sa posture et, visiblement, elle avait pleuré. Qu'elle parût aussi effrayée le déconcerta. Mélanie n'avait jamais peur. En aucun cas.

Il allait se porter vers elle, mais se ravisa. Elle semblait indécise, comme si elle se défiait de lui. Depuis quelques semaines, un fossé s'était creusé entre eux et sa sœur maintenait une distance. C'était compréhensible. Il se figea un moment, incertain, puis Mélanie rompit le silence.

— Brian, je te présente David Reese, dit-elle, en désignant l'homme qui inspectait la chambre. M. Reese est un ancien policier. Il a des contacts…

— Un ancien policier ?

— Arthrite, expliqua Reese.

Brian hocha la tête. Il avait remarqué le boitillement.

— J'ai appelé un ami, reprit David. Un détective. Il saura se montrer discret. Votre sœur tient à ce que nous fassions preuve de la plus grande discrétion.

Brian hocha la tête pour signifier qu'il partageait ce souci. Jamais il n'avait connu situation semblable et il ne possédait aucune relation dans la police.

— Enfin, bon sang ! Qu'est-ce que c'est ? Je veux dire… qui a pu… et comment ? Pourquoi ?

— On ne le sait pas encore, répliqua l'ex-flic. Commençons par le début. De quoi s'agit-il ? Quarante-quatre cierges parfumés au gardénia. Un poney rouge en bois, un vieux morceau de tissu bleu, quelques taches de sang. Notez la disposition des cierges. On envoie un message.

Brian se retourna pour examiner la position des bougies. Les flammes formaient un mot. Meagan. Un vieux souvenir lui traversa l'esprit. Meagan, encore bébé, assise sur le plancher. Brian lui arrache sa poupée et la déchire. L'enfant ne comprend pas, se met à pleurer. Il répand la bourre du jouet sur le sol autour d'eux. « Il faut que tu deviennes forte, Meagan. Plus forte. »

— Je me suis levée dans la nuit, expliqua Mélanie d'une voix calme. J'ai dormi au salon. Quand je suis remontée tout à l'heure, c'était comme ça.

— Tu t'es réveillée au milieu de la nuit ? Enfin, Mélanie, ça fait des années !

— Vous êtes somnambule ? demanda Reese.

— Non, je ne suis pas somnambule. Parfois, je ne trouve pas le sommeil… C'est tout.

— Mélanie.

— Plus tard, Brian, plus tard…

Reese s'éclaircit la voix pour attirer leur attention.

— Votre mère peut rentrer d'un moment à l'autre, il vaut mieux commencer l'enquête tout de suite. Le cheval, d'abord. C'est bien le même qui figure sur la toile du rez-de-chaussée ? C'est celui de Meagan ?

— L'oreille…, murmura Brian. C'est moi qui l'ai brisée en lançant le jouet contre la cheminée. J'étais… furieux. Meagan avait ce cheval le jour où on l'a kidnappée. On ne l'a jamais retrouvé. À l'époque, les policiers pensaient que Holmes le conservait pour… qu'est-ce qu'ils disaient déjà ?… Comme un trophée, voilà.

— Vous n'aviez jamais revu ce jouet depuis ? Même après l'arrestation de Holmes ?

— Jamais.

— Et le morceau de tissu ?

Brian l'étudia un moment sans y toucher.

— Je ne sais pas. Ça pourrait venir de sa robe, puisqu'il est bleu. Mais ça fait si longtemps… Et puis, taché comme ça…

— Elle était habillée quand on l'a retrouvée ?

Brian jeta un coup d'œil hésitant en direction de Mélanie.

— Elle était enveloppée dans une couverture.

David hocha la tête. Autrement dit, Meagan ne portait qu'une couverture.

— Comment a-t-on pu entrer ? demanda Mélanie. Il y a un système d'alarme.

— Il était branché ? fit David.

— Bien sûr qu'il était branché, répliqua-t-elle sèchement. Vous êtes chez des gens qui ont connu le pire, monsieur Reese. Vous pouvez être certain que mon père allume l'alarme tous les soirs.

— Hum ! Et qui a dormi ici, la nuit dernière ?

— Moi, bien entendu. Maman, papa. Maria, la bonne. Probablement Ann Margaret, ma patronne à la Croix-Rouge. Nous lui avions proposé de dormir dans la chambre d'amis. La route est longue jusqu'à Dedham, la soirée devait finir tard. Je ne sais pas si elle est restée. Je suppose que oui. Il faudrait le demander à Maria.

— Votre père fait le tour de la maison avant de brancher l'alarme ?

— Pourquoi ferait-il ça ?

— Il y avait trois cents personnes ici, hier soir. N'importe qui aurait pu se faufiler à l'étage pour…

— … s'y cacher, conclut Mélanie. Larry Digger est sans doute mêlé à cela, ajouta-t-elle. Il a pu s'introduire dans la maison après notre conversation. Il a peut-être retrouvé ces objets à l'époque, quand il suivait l'affaire.

David secoua la tête.

— Non, trop astucieux. Habillé comme il l'était, avec l'odeur qu'il dégageait – non. Il n'aurait pu monter sans être vu.

— Il a bien réussi la première fois.

— Une minute ! fit Brian. Larry Digger ? Le reporter du Texas ? Il était là, hier soir ?

Mélanie eut un sourire las, puis raconta l'épisode de la veille. Brian l'écouta sans mot dire. Quand elle eut terminé, il pensa qu'il devait répondre, réagir, il en fut incapable. Face à ces quarante-quatre cierges formant le nom de sa sœur morte, il éprouvait un sentiment d'abattement et de profonde résignation. Nous ne pourrons jamais y échapper, se dit-il. Voilà le problème. Aucun membre de la famille n'avait tourné la page et Holmes les rattrapait au tournant. Comment avaient-ils pu croire que la mort aurait raison d'un Russell Lee Holmes ?

— Brian ? fit Mélanie. Tu vas bien ?

Elle lui toucha la joue ; il pleurait.

— Et tu ne m'as même pas prévenu, murmura-t-il.

— Je t'ai appelé aujourd'hui.

— Les choses ont changé à ce point entre nous ?

Mélanie baissa les yeux.

— C’est toi qui es parti, Brian. C’est toi qui as décidé de nous haïr.

Elle avait raison. Il aurait voulu lui prendre la main et la serrer comme autrefois, mais il n’y parvint pas.

— Oublie Digger, lança-t-il soudain sans réfléchir. Je m’occuperai de tout. Je te le promets.

— Ce n’est pas ce que je veux, Brian ! Je suis capable de faire face à la situation.

— À Larry Digger ? C’était un reporter du plus mauvais goût. Il l’est sans doute encore. Tu n’es pas la fille de Holmes et je ne tolérerai pas que l’on raconte n’importe quoi à ma sœur. Ça n’a rien à voir avec toi, un point c’est tout.

— Rien à voir avec moi ? Et pourquoi ? Parce que je ne suis pas une Stokes, c’est ça ? Après vingt ans, tu me traites encore comme une étrangère ?

— Ce n’est pas ce que je voulais dire. Tu me connais mieux que ça, Mélanie.

— Plus maintenant. Il va falloir que tu t’expliques, Brian. Parce que tout ce qui touche ou menace la famille – ma famille – me concerne directement, compris ?

— Pas ça ! rétorqua-t-il. Sans t’offenser, tu n’étais pas de la famille quand Meagan a été kidnappée. Tu ne sais pas que les facteurs ont livré des centaines de milliers d’avis de recherche gratuitement. Tu ne sais pas que, de la même façon, les principales compagnies aériennes les ont distribués dans tout le pays. Tu ne sais pas ce qu’on ressent quand on collecte une rançon et lorsqu’on attend des jours que le criminel daigne faire signe. Sais-tu ce que ça fait quand les flics perdent tout espoir et rappliquent à la maison avec leurs clébards ? Sais-tu ce qu'on éprouve en pénétrant dans une morgue pour identifier les enfants morts ? Tu ne le sais pas, Mélanie. Parce que Meagan n'a rien à voir avec toi et nous avons toujours voulu qu'il en soit ainsi.

— Trop tard.

Mélanie se rapprocha de Reese. Celui-ci pensait qu'en qualité de frère aîné, Brian avait bien le droit de protéger sa sœur. Mais surtout il remarqua que le jeune homme tenait absolument à ce que Mélanie ne se mêle pas de ce qui regardait Meagan.

— Ça va plus mal que tu ne le penses, Brian. Je vois Meagan. Pas juste en rêve. Je crois que des choses me reviennent en mémoire. Je revois les derniers jours de Meagan, quand on la retenait prisonnière dans une vieille cabane. Elle serrait son poney contre sa poitrine. Je la revois quand elle pensait encore qu'on la ramènerait à la maison. Comment pourrais-je savoir ça ? Il n'y a qu'une explication : j'y étais, avec elle. Et j'y étais parce que je suis la fille de Russell Holmes, voilà pourquoi. Excuse-moi, mais je pense que Digger n'a pas tort.

Brian éclata de rire.

Bien sûr ! Lucifer ne meurt jamais. Il fait partie de la famille ! Après tout ce temps, bienvenue chez les Stokes, Mélanie.

8

Le bipeur de Brian retentit. Après avoir répondu, le jeune homme informa David et Mélanie qu'il devait se rendre à ce « putain » d'hôpital, pour examiner un « putain » de patient. David mit cette saute d'humeur sur le compte de l'énervement.

David et Mélanie l'accompagnèrent en bas, jusqu'à l'entrée. Brian répétait que tout se déglinguait, Mélanie répondait que tout allait s'arranger et David se demandait pourquoi Chenney tardait tant. Mais à peine eurent-ils promis à Brian de le tenir au courant et, surtout, de ne rien dire à sa mère que le jeune inspecteur se pointa, portant un lourd attirail d'investigation.

— Vous devriez peut-être vous habiller, lança David à l'adresse de Mélanie.

Confuse, elle hocha la tête. Les paroles qu'elle venait d'échanger avec son frère l'avaient ébranlée. David nota que, dans son regard, l'étincelle d'orgueil qui le ravissait depuis quelques heures s'était dissipée, la laissant presque démunie.

— Je choisis quelques vêtements et je m'habillerai dans la chambre d'amis, marmonna-t-elle.

— Comme vous voudrez, mais nous ne monterons pas tout de suite. Prenez votre temps, conseilla David d'une voix plus amène.

Puis il haussa les épaules, mal à l'aise. De loin, Chenney le dévisageait, perplexe ; Mélanie lui décocha un sourire reconnaissant, qui l'énerva encore plus. Enfin, merde, se dit-il. Je suis rébarbatif à ce point ? Il savait se conduire quand même ! On lui avait appris à tenir la porte aux dames, à ne pas parler la bouche pleine, il pouvait être poli s'il le voulait. Puis il fronça les sourcils. Qu'est-ce qui pouvait bien le déconcentrer à ce point ? Quand Mélanie disparut dans l'escalier, David se tourna vers Chenney.

— Qu'est-ce qui se passe ? s'enquit ce dernier, surexcité. Qu'est-ce que je dois dire ? Comment je me présente ? Je porte mon badge, ou quoi ?

— Chenney, tu es ici en tant que détective. Tu utilises ton vrai nom et tu inspectes les lieux en suivant les procédures habituelles. Compris ?

— J'ai apporté des gants, des sacs. J'ai tout ce qu'il faut pour les empreintes, j'ai même un aspirateur.

— T'es un as, Chenney.

— C'est tout ce que j'ai à faire ?

— Je sais. Ce n'est pas aussi reluisant qu'on t'avait dit. Tu t'y feras.

— En tout cas, ça ne ressemble pas à une enquête sur une fraude médicale.

— C'est pour ça qu'ils nous filent plein de pognon.

— Lairmore est au courant ?

David se raidit.

— Pas encore.

Chenney le fixa dans les yeux. Pour la première fois, David décela une lueur d'intelligence dans son regard.

— Il n'aimera pas ça, reprit Chenney. D'abord, tu te découvres, ensuite, tu veux que je me fasse passer pour un flic, et rien de tout ça ne paraît relié à l'enquête. Si jamais ça foire…

— Personne ne t'en tiendra rigueur.

— Ce n'est pas ce que je veux dire, protesta Chenney, froissé.

— Allez ! montons. Il faut que nous en ayons terminé avant que les parents de Mélanie ne rentrent.

— Pourquoi ?

— D'abord, on bosse. Après, on discute. C'est la consigne.

Ils montèrent à l'étage, David en tête. Il savait que Chenney avait raison à propos de Lairmore. Il prenait une initiative hardie, on ne manquerait pas de le lui reprocher. Il fallait absolument qu'il interroge Mélanie sur ses parents et, plus important, qu'elle lui parle de son père, question de lier le tout en une même enquête cohérente.

— S'ils ont tant de pognon, pourquoi ils n'engagent pas une pointure ? protesta Chenney.

Une fois en haut, la tension retomba entre les deux inspecteurs. David dut reconnaître que le nouveau n'était pas aussi empoté qu'il le laissait paraître. Dès qu'il aperçut les cierges et le cheval, Chenney enfila des gants de latex et se mit consciencieusement au travail. Lorsque Mélanie vint les rejoindre, vêtue d'un pull et d'un vieux jean, le jeune détective était en train de passer la chambre en revue.

David fit les présentations. Sans maquillage, les cheveux noués derrière la tête, Mélanie projetait une image de jeunesse et de fraîcheur qui frappa Riggs. Dans un premier temps, ils exposèrent la situation à Chenney, lequel prit des notes, puis ils se dirigèrent ensemble vers la chambre de Brian.

Une chambre très sombre, décorée dans les tons bourgogne et vert forêt. Brian ne l'habitait pas depuis près de dix ans, mais de toute évidence quelqu'un s'était assis sur le lit au cours des dernières heures.

— Le suspect s'est donc glissé ici après la fête. Puis il a attendu que tout le monde soit couché.

Chenney prononça ces mots sur un ton ferme, mais, du regard, il chercha l'acquiescement de Riggs.

— C'est toi l'inspecteur, fit David, irrité.

Chenney redressa les épaules et se tourna vers Mélanie.

— Au moins, il n'a pas tenté de vous agresser, madame.

— Qu'est-ce que vous voulez dire ?

— En passant la nuit ici, il pouvait s'introduire dans votre chambre. Au lieu de cela, il a attendu que vous l'ayez quittée. Ce genre de cierges brûle huit heures environ. Comme ils étaient quasi consumés à 14 heures, on peut supposer que le suspect s'est faufilé dans votre chambre après 4 heures, quand vous avez quitté les lieux.

— Dieu soit loué, dit Mélanie, un brin ironique.

— Quarante-quatre cierges, le cheval, le morceau de tissu… À mon avis, il a mis une heure à tout installer. Et il a probablement quitté la maison vers 6 heures, ce matin.

— Impossible, objecta Mélanie. Il aurait déclenché le système d'alarme ; il fonctionne dans les deux sens. Quand on entre et quand on sort.

Tous trois se tournèrent vers le lit.

— Dans ce cas, après avoir allumé les cierges, il est revenu se cacher ici.

— Il a attendu que quelqu'un débranche le système d'alarme, précisa David, que cette perspective n'amusait pas du reste. Ensuite, il est sorti par la porte d'entrée, comme si de rien n'était.

Mélanie parut à nouveau fort troublée.

— Il est une autre considération dont il faut tenir compte, ajouta David, réfléchissant à voix haute. Une fois dans la maison, il – ou elle – aurait pu installer sa mise en scène dans n'importe quelle pièce, or on a choisi la chambre de Mélanie. Pas celle de ses parents. La vôtre. Autrement dit, le message s'adresse à vous.

Pareille clairvoyance prit Chenney au dépourvu. Mélanie se contenta de hocher la tête.

— Il se fait tard. Je suis étonnée que maman ne soit pas encore rentrée. Aussi…

Chenney saisit l'allusion.

— Il me faudra une heure à peu près. Trouvez un prétexte valable pour expliquer ma présence. Je m'y mets tout de suite.

— Merci, inspecteur.

Chenney quitta la pièce ; Mélanie et David se retrouvèrent soudain seuls. Elle se dirigea vers les larges fenêtres et contempla le parc où les amoureux se baladaient main dans la main. Le soleil déclinant découpait avantageusement son profil dans l'ombre.

— Nous avons d'autres questions à vous poser. Je commence ?

— J'ai fait pleurer mon frère.

— C'est un grand garçon. Il s'en remettra.

— On élève un autel dans ma chambre. Un autel en souvenir d'une enfant assassinée… Je l'ai dans la tête, David. Ça ne me quitte plus.

Elle appuya son front contre la vitre, comme si ce mouvement pouvait effacer les images qui la hantaient. Sans dire un mot, David attendit qu'elle se ressaisisse. Quelques instants plus tard, elle s'éloigna de la fenêtre en redressant les épaules.

— Bon. Ce qui est fait est fait, dit-elle. L'inspecteur Chenney s'occupe de tout. J'imagine qu'il me dira ce qu'il a découvert ?

— Il relève des indices. Il les expédiera au labo. On verra ce qu'ils en tireront.

— Des empreintes digitales ? Des trucs comme ça ?

David leva les sourcils.

— Croyez-moi, il n'y aura pas d'empreintes.

— Vous n'en savez rien.

— Quand un type prépare un coup si méthodiquement, il ne commet pas de fautes élémentaires.

Mélanie sembla perdre courage, mais reprit bientôt son air buté.

— L'inspecteur trouvera bien quelque chose.

— Possible. Quoi qu'il en soit, si vous désirez des réponses, il ne faut pas perdre de temps. Le travail en laboratoire n'est pas tout. On recueille beaucoup plus d'informations en interrogeant les témoins.

— Vous voulez dire que l'inspecteur Chenney veut encore me poser des questions ?

— Certes, on peut attendre Chenney, mais il en a au moins pour une heure. Or votre mère peut rentrer n'importe quand… J'imagine que vous ne souhaitez pas évoquer ces choses en sa présence.

David sentit que Mélanie lui laissait une ouverture, il s'y engagea aussitôt.

— Procédons par ordre, mais tâchons de faire vite. Déjà, nous avons une bonne idée de la manière dont le suspect s'est introduit dans la place. Maintenant, nous devons découvrir qui il est et pourquoi il fait ça.

Mélanie secoua la tête.

— À part Digger, je ne vois pas qui établirait un lien entre Russell Holmes et mes parents. Ils ne parlent pas souvent du Texas.

— Pourquoi à votre avis ?

Elle lui jeta un regard impatient.

— Parce qu'il y a tout lieu de croire que ça les torture, monsieur Reese !

— Après vingt ans ?

— D'accord. Quand on kidnappe votre fille et qu'on l'assassine, on peut avoir tourné la page vingt ans plus tard. Mes parents n'y parviennent pas, voilà tout.

David eut l'impression d'être un écolier qu'on réprimande.

— Dans ce cas, commençons par l'autel. D'abord, il s'agit bel et bien d'un message adressé à quelqu'un en particulier. Le suspect ne se contente pas d'agir dans la maison ; il choisit votre chambre. Ensuite, il dépose ça au pied de votre lit. Les objets, maintenant. Un cheval et un morceau de tissu qui appartenaient à Meagan.

Enfin, il y a ces cierges. Des cierges parfumés. Vous savez quoi au juste de l'odorat, Mélanie ?

— Que voulez-vous dire ? Outre le fait de sentir ?

— Oui. L'odorat est lié au système limbique, l'une des régions primitives du cerveau. L'une des plus importantes également. C'est le siège de l'affection et de la haine. C'est aussi celui de la mémoire. L'un des plus sûrs moyens d'éveiller chez quelqu'un des souvenirs relatifs à une époque, ou à un lieu, est de l'exposer à une odeur forte, qui lui rappellera ce lieu, ou cette époque.

Mélanie se laissa tomber sur le lit et David sentit qu'elle comprenait où il voulait en venir.

— Les gardénias. Les visions. Tout cela suit un plan bien établi, c'est ce que vous insinuez ? Tout se passe donc exactement comme quelqu'un a décidé que les choses se passeraient ! Eh bien, non ! Je ne permettrai pas qu'on me manipule sous mon toit. Jamais.

— Des visions ? Vous en avez eu plusieurs fois ?

— Oui, oui… J'ai commencé à percevoir de petites choses. Rien de substantiel. Un trou noir. Une voix de fillette.

— Hum ! Et elles ont commencé quand, ces visions ?

— Je ne sais pas. Il y a six mois environ.

— Six mois. Bien sûr…

— Comment ça, bien sûr ? Qu'est-ce que vous voulez dire par là ? protesta-t-elle.

— Eh bien, il y a six mois… votre frère vous annonçait qu'il est homosexuel. Il y a six mois, l'une des familles les plus exemplaires de Boston commençait à se disloquer.

— Mais comment savez-vous ça ?

— Commérages de serveurs. Songez-y bien. Les Stokes déménagent à Boston et ils adoptent une fille. Pendant vingt ans, tout va pour le mieux, pas vrai ? Aucun nuage. Un beau jour, Brian dévoile son homosexualité et tout se détraque. Votre père ne veut plus lui parler, votre mère s'inquiète, se désole, recommence à boire. Et vous, sans crier gare, vous commencez à voir des choses.

— Mais ça n'a rien à voir, objecta Mélanie. Ce n'est pas parce qu'un fils annonce qu'il est homosexuel que sa sœur se met à avoir des hallucinations.

— Peut-être pas dans une famille ordinaire. Mais dans une famille comme la vôtre ? Avec les antécédents qu'elle a… Voyons, vous êtes une femme intelligente, vous êtes capable d'établir un lien entre tout ça. Vos parents ont déjà perdu une fille. Vous avez déjà perdu une première famille. Le fait que votre père songe à déshériter votre frère n'est pas étranger à ces événements non plus. Tout penche dans le même sens. Ne me dites pas que vous, votre mère et votre charmant papa ne sentez pas que tout se déglingue à nouveau. Les anciennes peurs reviennent, les vieilles inquiétudes refont surface…

— Pourquoi ne pas me briser le cœur pendant que vous y êtes !

— Je ne cherche pas à vous briser le cœur. Mais il est certain que quelqu'un veut que vous vous souveniez de quelque chose.

— Mais pourquoi ? Qui ?

— Une personne qui connaît l'histoire de Meagan. Une personne capable de retrouver le jouet qu'elle avait le jour de sa mort. Enfin, une personne qui en sait assez long sur votre compte pour supposer que l'odeur des gardénias éveillera chez vous le souvenir de Meagan.

Mélanie hocha doucement la tête. Elle reprit le raisonnement depuis le début, puis lança, rageuse :

— Larry Digger !

— Non. Digger sait que dalle. S'il avait la moindre preuve, son article serait rédigé depuis longtemps et il l'aurait vendu au plus offrant. De plus, ce n'est pas le genre de mec à faire brûler des cierges.

— Russell Holmes ?

— Mort et enterré. Voyons, Mélanie, vous savez qui je mets en cause.

— Non. Je ne le sais pas. Mes parents n'ont rien à voir là-dedans.

— Digger a pourtant sous-entendu qu'ils avaient pas mal de choses à cacher.

— Digger est un ivrogne.

— Sans doute, mais il les a connus au Texas. Vous ne pouvez pas en dire autant. Ainsi, par le plus grand des hasards, votre père flânait aux urgences le soir où on vous a trouvée ? Et comment se fait-il que vous vous souveniez de Meagan ? Il existe là un lien avec Holmes ; d'après Digger, vos parents connaissent ce lien. Ils n'ont pas adopté une fillette quelconque. Ils ont adopté la fille de Holmes.

— Mais ça n'a aucun sens ! s'écria-t-elle en sautant du lit.

Ils se trouvèrent alors nez à nez. Ni l'un ni l'autre ne recula.

— Mes parents adoraient Meagan. Ils n'auraient pas adopté la fille de son assassin.

— Comment pouvez-vous dire ça ? Comment le savez-vous ?

Il crut qu'elle allait le gifler et peut-être y songea-t-elle. La tension était devenue trop forte, elle serra les lèvres et se détourna, furieuse.

— Très bien ! reprit-elle d'un ton sec. Suivons votre logique. Mes parents complotent pour adopter la fille de Holmes. Ils estimaient peut-être – drôle de lubie – qu'il leur devait un enfant. Parfait. Ensuite, on me drogue, afin que je ne me souvienne pas d'où je viens. Mon père reste justement à l'hôpital ce soir-là. Tout se déroule comme prévu. Je trouve une nouvelle famille, mes parents une nouvelle fille, tout le monde est heureux. C'est bien ça ?

— Bon ! Et alors ? dit David en écho, convaincu qu'elle ne pensait pas un mot de ce qu'elle avançait.

— Vingt ans après, que font-ils ? Ils dévoilent la vérité ? Non. Curieusement, ils allument des cierges au pied de mon lit dans l'espoir très improbable que je découvre qui je suis et ce qu'ils ont fait ? Vous voyez bien que ça ne tient pas la route. D'abord, vous supposez qu'ils complotent pour adopter la fille d'un assassin, après, vous dites qu'ils s'arrangent pour qu'on devine leur machination, permettez-moi de rire !

David fronça les sourcils.

— Cela n'a pas de sens, en effet.

— Sans blague…

— À moins que…

— Non !

— À moins qu'une seule personne ne veuille dévoiler la vérité. Réfléchissons bien. Il y a six mois, votre famille est bouleversée par un événement. Depuis, votre père et votre frère ne se parlent plus, votre mère et votre père s'ignorent, et vous-même êtes plus ou moins brouillée avec Brian. Qui sait si les événements récents n'ont pas convaincu quelqu'un de tout révéler ? Cette personne a peut-être cru qu'il était temps d'appeler Digger ? Que dites-vous de cela ?

Mélanie semblait encore peu disposée à le suivre ; elle se contint toutefois. Certes, les six derniers mois avaient chamboulé leur vie du tout au tout.

— Il faudrait se pencher sur chaque membre de votre famille, risqua David.

— Non !

— Soit vous le faites avec moi, soit vous le faites avec Chenney. Je vous rappelle toutefois que votre mère ne tardera pas à rentrer.

— Vous êtes un vrai saligaud quand vous vous y mettez.

— Un saligaud ? Très bien. Mais ce saligaud-là est la seule personne qui ait remarqué qu'un type suspect vous entraînait hors de chez vous ! Ce saligaud est le premier qui se lance à votre rescousse quand vous tombez dans les pommes au milieu des couloirs ! Pas mal ! Joli bilan pour un saligaud !

Le ton de sa voix était plus agressif qu'il ne l'aurait voulu. Mélanie se retourna, déconcertée.

— Non, dit-elle enfin. Excusez-moi, je ne pense pas ce que j'ai dit.

David ne s'attendait pas à cette repartie. Il se balança d'un pied sur l'autre, ne sachant que faire. Il n'avait pas l'habitude de se rendre aimable. Au FBI, la seule chose qui comptait était d'arriver à ses fins.

— Mes parents sont des gens discrets et plutôt renfermés, expliqua Mélanie après une pause. Ils ont assez souffert comme ça. Je ne veux pas que vous les considériez comme des criminels.

— Je vous promets de ne pas l'oublier. Commençons par votre père et votre frère. Ce n'est un secret pour personne. Votre père entend déshériter votre frère. Peut-être Brian est-il furieux, au point de se venger ?

— Brian ne ferait pas ça. Je ne dis pas que leurs rapports sont excellents, bien au contraire, mais si Brian voulait blesser papa il ne se servirait pas de Meagan. Ça le blesserait trop lui-même. Vous avez vu sa réaction lorsqu'il est entré dans la chambre. Il était encore plus bouleversé que moi. Pour la première fois depuis vingt-cinq ans, il revoyait le jouet de sa sœur ! Or je sais qu'il se reproche ce qui est arrivé à Meagan.

— C'est un homme très entier ?

— Écoutez, David. Sa sœur a été enlevée, puis tuée, quand il avait neuf ans. Autrement dit, il était assez vieux pour comprendre ce qui se passait, mais pas suffisamment pour intervenir. Dans cette famille, la mort de Meagan fut un épisode tragique, traumatisant. Vous êtes d'accord ? C'est si mes parents avaient surmonté l'épreuve sans peine, s'ils s'en étaient accommodés sans heurt qu'il faudrait se poser des questions !

— Parlons de votre mère. Il ne semble pas que la brouille entre votre père et Brian l'affecte terriblement. Elle a recommencé à boire, non ?

— Elle a commencé au moment de l'enlèvement de Meagan. La mort de sa fille l'a carrément anéantie,

David. Aujourd'hui, encore, elle tente de recoller les morceaux et de recomposer son existence. Certaines nuits, je la surprends en bas, devant la toile. Parfois, durant des semaines, je sens qu'elle se demande ce qu'elle aurait pu faire pour éviter ce drame. Elle se reproche de ne pas avoir été à la hauteur. D'autres fois, elle nous regarde, Brian et moi, l'air terrifiée. Je vous en prie, David, ne la soupçonnez pas. Elle a largement payé de sa personne.

— On dirait que votre famille la protège sans cesse. C'est une adulte, pourtant.

— Mais nous l'aimons ! Bien sûr que nous nous faisons du souci pour elle !

— Et vous n'aimez pas votre père ?

— Lui, c'est différent. Mon père est en mesure de se défendre seul. Ma mère est…

— Perturbée. Dépression nerveuse. Alcoolisme. Crises d'angoisse. Il est possible que Patricia Stokes soit la plus affectueuse des mères mais, d'un point de vue psychologique, ce n'est quand même pas ça !

— Ma mère est très bonne, David. Elle nous aime énormément. Meagan… lui manque. Voilà tout.

Riggs haussa les sourcils et soutint un peu le regard de la jeune femme. Convaincu de sa sincérité, il reprit l'interrogatoire.

— Et votre père ? Que pense-t-il de tout ça ?

— Oh ! papa, c'est papa, dit-elle, plus détendue. C'est l'homme typique qui rit lorsqu'il a envie de pleurer, qui n'irait jamais voir un médecin à moins qu'il n'ait une fracture ouverte. Il remplit son rôle de chef de famille à la lettre, et son devoir de père avec tout le sérieux que vous pouvez imaginer. Il se charge de notre bien-être. Le père typique, quoi ! Vous le comprenez sans doute mieux que moi.

— D'après vous, il est normal qu'il veuille déshériter son fils ?

— Mon père n'admet pas facilement ses torts.

Mélanie fit une pause et reprit d'une voix plus aiguë :

— C'est une sorte de mécanicien, David. Il soigne les gens, il règle les problèmes. Hélas, il est difficile de soigner certaines choses, le remords, le chagrin, le sentiment de culpabilité, par exemple. Je sais que certaines attitudes de ma mère lui échappent ; il ne la comprend pas, et l'annonce de Brian l'a pris au dépourvu. Pour un homme comme lui, il est inimaginable que son fils aîné soit gay. Il lui faudra du temps pour digérer cela. Dans le fond, c'est un excellent père.

— Il s'enorgueillit de ses revenus, non ?

— Il gagne bien sa vie.

— Votre train de vie n'est pas excessif ?

Mélanie fronça les sourcils.

— Je ne comprends pas ce que vous voulez dire.

— Combien coûte une maison dans Beacon Street ? Un million ? Deux millions de dollars ? Sans parler des meubles, des voitures, des résidences secondaires. Et puis tous ces meubles anciens, ces rideaux de soie… Il s'en tire vraiment bien. Même pour un médecin.

— Vos considérations sur les revenus de mon père sont hors de propos.

— En règle générale, voyez-vous, on peut dire qu'il existe deux sortes de crimes : les crimes d'amour et les crimes d'argent. Digger laissait entendre que vos parents, au Texas, vivaient sur un grand pied. À son avis, ils possédaient beaucoup plus d'argent qu'ils n'auraient dû en avoir.

— Il n'exprime là que son propre dépit. Voilà tout.

David attendit un peu avant de reprendre.

— Parlons un peu de William Sheffield. Comment vous êtes-vous rencontrés ?

— Il travaille avec papa. Un soir, mon père l'a invité à dîner à la maison… Je vois, vous songez toujours à ce fameux complot.

— Je l'ai entendu parler hier soir. Il a un petit accent du Sud. Cela fait beaucoup de Texans dans la même maison.

— Bien sûr. Au début, c'est pour ça que mon père a commencé à bavarder avec lui. Deux Texans dans le même hôpital de Boston, c'est tout à fait normal. Si jamais vous alliez vivre au Texas, je parie que vous vous attacheriez au premier Bostonien venu.

— Mais je ne lui donnerais pas forcément la main de ma fille.

Elle se raidit.

— C'est une vieille histoire.

— Vous voulez dire que c'est lui qui a rompu ?

— Non…

— Qu'est-ce qui s'est passé ?

— Je l'ai surpris au lit avec une autre femme. J'ai compris.

David était estomaqué. Tiens, tiens ! Le retors William Sheffield trompait Mélanie Stokes.

— Déçue ? Fâchée, peut-être ?

— Du tout. La rupture était inévitable. Nous n'aurions jamais dû nous fiancer d'ailleurs.

— Mais pourquoi l'avoir fait ?

— William est orphelin lui aussi ; j'ai cru que ça créerait des liens entre nous. Quand on a été abandonné une fois, on résiste mal à quiconque fait le serment de passer le reste de sa vie avec vous. Par chance, nous nous sommes vite rendu compte de notre erreur. Surtout quand il s'est mis à dire que je n'étais pas une vraie orpheline.

— Je ne vous suis plus…

— On m'a adoptée, répondit-elle d'un ton sec. J'ai trouvé une famille. Une famille aisée. Au bout d'un moment, j'ai compris que ça l'irritait, du moins que ça le travaillait. La vie a été plus injuste avec lui et, dans un sens, il estime qu'elle lui doit quelque chose. Plutôt, il pense que moi je lui dois quelque chose, et disons que je n'aime pas devoir quoi que ce soit à personne.

David réprima un sourire. Certes, il ne la voyait pas obéir au doigt et à l'œil à ce Sheffield. Il s'éclaircit la voix, puis tenta de rattraper le fil de sa pensée.

— Vous l'avez trouvé différent, hier soir ? Plus soucieux ?

— Il travaille beaucoup.

— Plus que d'habitude ?

Mélanie mit quelques secondes à répondre.

— Je ne pense pas. Généralement, il assiste mon père en salle d'opération. Papa travaille tard, sans doute, mais pas plus qu'à l'ordinaire. Non. Mais j'ai eu le sentiment que William était préoccupé, comme si quelque chose l'agaçait.

— Nous devrions peut-être creuser cela ?

— William n'a rien à voir avec Meagan.

— Mais il est mêlé à votre famille. Il passe pas mal de temps sous votre toit. Votre père lui a peut-être fait une confidence dont William songe à tirer profit.

Mélanie soupira sans protester. David sentit que tous ces doutes commençaient à lui peser.

— Qu'en est-il de cet Irlandais ?... Jamie... Jamie...

— O'Donnell ? C'est mon parrain. Lui non plus n'a rien à voir avec tout ça.

— Quel lien y a-t-il entre lui et votre famille ?

— Mes parents le fréquentaient déjà au Texas. Ils se connaissent depuis quarante ans. Il a été témoin à leur mariage.

— Il fait des affaires avec votre père ?

— De loin en loin. À vrai dire, je ne sais pas exactement comment papa et Jamie se sont rencontrés. Les parents de papa habitaient les faubourgs de Houston ; Jamie a passé son enfance dans des maisons en carton-pâte, comme il dit. L'un et l'autre se sont faits tout seuls. Jamie est devenu homme d'affaires, papa chirurgien. Je pense qu'ils se respectent à cause de cela.

— O'Donnell connaissait Meagan ?

Le regard de Mélanie laissait transparaître l'affection toute particulière qu'elle semblait porter à son parrain.

— Ce qui est arrivé à Meagan lui a carrément brisé le cœur. Vous voulez savoir pourquoi mes parents l'aiment tant ? Parce qu'il a identifié les corps à leur place. Il m'a raconté ça un jour. Quand un enfant est enlevé, un membre de la famille doit voir les corps que la police retrouve, du moins ceux qui correspondent à la description de l'enfant. Jamie s'est occupé de cela. Il allait d'une morgue à l'autre dans le sud du pays et il a vu les cadavres de toutes les fillettes de quatre ans dont l'identité ressemblait à celle de Meagan. Il m'a dit que parfois, dans ses rêves, il revoit ces enfants-là. Il m'arrive de penser que la mort de Meagan l'a plus affecté que mon père. En fait, il est seulement plus démonstratif, il manifeste sa peine d'une façon différente.

— Et cette autre femme ? Celle qui le suivait, habillée en infirmière ?

— Ah ! Ann Margaret.

— Vous croyez qu'elle a passé la nuit ici ?

— C'est ma patronne à la Croix-Rouge. Je travaille là-bas comme bénévole depuis cinq ans. De fil en aiguille, elle en est venue à nous connaître tous.

— Elle n'a pas un petit accent traînant, elle aussi ?

Mélanie parut étonnée.

— Oh ! c'est vrai ! Elle a vécu dans le Sud il y a des années. Mais elle habite Boston depuis toujours. C'est un pur hasard. Jamais elle ne serait entrée dans cette maison si je n'avais travaillé à la Croix-Rouge.

— Hum ! J'ai eu vaguement l'impression qu'il y avait quelque chose entre elle et votre parrain.

— Pour dire vrai, j'ai eu cette impression moi aussi. Ils se sont rencontrés plusieurs fois dans les réceptions que j'organise. C'est possible. Ils sortent peut-être ensemble. Mais ça ne regarde qu'eux.

— S'ils se fréquentent, pourquoi ne pas le dire ? Ils auraient quelque chose à cacher ?

Mélanie secoua la tête.

— On peut exercer son droit à la vie privée sans pour autant chercher à cacher quelque chose, non ? De tous ces gens, Ann Margaret est sans doute celle qui a le moins à voir avec Meagan. Mes parents ne la connaissaient même pas à l'époque. Ne soyons pas ridicules.

— Ridicules ? Sait-on vraiment ce qui est arrivé à Meagan ? Sait-on ce qui s'est produit il y a vingt-cinq ans ? Un cheval en bois et un vieux morceau de tissu se trouvent dans votre chambre. D'après votre frère, ces objets ne devraient plus exister. Digger reçoit des appels anonymes ; on téléphone d'ici pour lui parler de Russell Holmes. Vous-même commencez à revoir les derniers jours de Meagan. Il semble clair que ces éléments ont une signification. Mais laquelle ? Vous pensiez connaître la vie de Meagan, mais en fait vous n'en savez rien. Vous pensiez connaître un peu votre passé, or vous n'en savez rien. Enfin, vous pensiez connaître vos parents, et dans le fond vous ne savez rien d'eux non plus. Un inconnu dépose le jouet d'une fillette assassinée dans votre chambre, et vous estimez que ce n'est pas le moment de soulever des hypothèses !

Mélanie avait pâli.

— Vous croyez aux fantômes, David ?

— Jamais de la vie.

— À la réincarnation ? Au karma ?

— Pas davantage.

— Vous croyez en quoi ?

David haussa les épaules. Voilà des questions sur lesquelles il ne s'était pas penché depuis des lustres.

— Je crois que Shoeless Joe Jackson devrait entrer au temple de la renommée du base-ball ! Je crois que ce qui se passe ici n'a rien à voir avec Russell Holmes, mais avec votre famille. En troisième lieu, je crois que vous, Mélanie, devriez faire attention, parce qu'on vous menace !

Elle sourit tristement. David crut qu'elle allait répondre, mais la jeune femme demeura muette. Quelques instants plus tard, elle leva les yeux vers lui et dit simplement :

— Je vous remercie.

David ne s'attendait pas à quelque sentiment de gratitude de sa part et ne sut que dire. Il examina les lattes du parquet. Un bon vieux plancher, solide, robuste. Chenney avait probablement terminé à cette heure. Ils devraient aller le rejoindre, mais David ne bougea pas. Il sentit un élancement dans la hanche et, sans réfléchir, se frotta les reins.

— Cela vous dérange beaucoup ?

— Quoi donc ? répondit-il distraitement, car ses pensées couraient ailleurs.

Un délateur appelle le FBI pour dénoncer le docteur Stokes. Un inconnu appelle Larry Digger pour lui dire que la fille adoptive de Stokes est sans doute celle de Holmes. Quel est le rapport entre les deux événements ?

On a toujours ce qu'on mérite. Qui, parmi ces gens, estime que les Stokes n'ont pas eu ce qu'ils méritaient ?

— Votre arthrite.

— Pardon ?

— Vous vous frottez le dos.

— Oh ! Je ne sais pas. Certains jours, ça va. D'autres, moins.

— On fait quoi pour remédier à ça ? De l'exercice ? On prend des médicaments ? On met de la glace ?

— Parfois.

— Cette maladie vous a empêché de réaliser votre rêve, celui de devenir policier ?

Cela le surprit qu'elle frôle la vérité de si près et il eut un petit accès de claustrophobie. Brusquement, il sentit le besoin de prendre l'air, de battre en retraite aussi.

— Bon, il faut que je retourne bosser, annonça-t-il. Les serveurs, vous savez, n'ont jamais fini de…

— Bien sûr.

Mélanie se leva. L'obscurité envahissait la pièce. Le soir était tombé si doucement qu'ils n'avaient pas songé à allumer. Elle le regardait droit dans les yeux. Trop fixement, pensa-t-il.

— David ? Vous feriez une chose pour moi ?

— Je croyais que vous ne demandiez rien à personne.

— J'aimerais revoir Digger. Demain matin.

Il secoua la tête.

— Ce n'est pas un homme fiable. Et ses renseignements sont douteux.

— Mais il est la seule personne que je puisse interroger. Vous avez dit vous-même que je devais tout remettre en question. Tout vérifier. Je veux lui parler, David. Au pire, j'irai le voir seule.

Elle avait repris cette attitude qui ne souffrait aucun refus.

— Très bien ! dit-il, avec un soupir pesant. À 10 heures. Devant chez vous.

Mélanie sourit ; elle traversa la chambre et toucha la main de David du bout des doigts pour le remercier. Elle ne fit rien de plus. Juste ce petit geste. Puis elle disparut dans le couloir, où la lourde odeur de gardénia flottait encore.

9

À 19 heures, leurs investigations terminées, David et Chenney prirent congé de Mélanie et allèrent vaquer à leurs occupations respectives. La nuit était tombée, douce, exquise. Une parfaite soirée de printemps, comme les apprécient les Bostoniens, habitués aux hivers longs et rigoureux. David, coincé dans sa voiture à l'extrémité est de Storrow Drive, rongeait son frein en attendant que les cars de touristes se décident à mettre le cap sur Faneuil Hall. D'ordinaire, à cette heure, il passait chez lui pour se doucher et changer de vêtements. Ensuite, il consultait Shoeless Joe sur la marche à suivre, mais l'ancien champion était de médiocre conseil. Les fraudes médicales, les blondes trop sûres d'elles et les meurtres commis voilà un quart de siècle n'étaient pas de son ressort.

Ce soir-là, David décida de passer au bureau, histoire de consulter le dossier Stokes. Il n'avait rien de mieux à faire, même un dimanche soir, et il savait que ces activités n'effaceraient pas de son esprit l'image de Mélanie Stokes.

Bloqués dans Storrow Drive, les banlieusards agrippaient leur volant en jetant autour d'eux des regards de lièvres traqués, tandis que les chauffeurs de taxi multipliaient les queues de poisson et klaxonnaient à qui mieux mieux, transformant le trafic déjà dense en un monstrueux embouteillage.

Je devrais peut-être emménager dans le centre-ville, pensa David. Rien ne s'y oppose. *Primo*, les inspecteurs gagnent convenablement leur vie. *Secundo*, je ne suis pas comme ces hommes mariés, avec deux enfants et un labrador à nourrir. Je pourrais dégoter un appartement respectable à Beacon Hill, ça m'éviterait de faire la navette deux fois par jour entre la ville et la banlieue, trajet qui se transformait souvent en un exercice dangereux. Et j'irais au bureau à pied, quand bon me semble.

Mais voilà ! C'était justement pour cette raison que David habitait la banlieue. Si par malheur il vivait en ville, il passerait le plus clair de son temps au One Center Plaza. Autant déménager son lit dans les bureaux du FBI.

Un chauffeur de taxi résolut enfin de se contenter d'une des deux voies qu'il accaparait jusque-là ; la file de voitures qui s'agglutinaient derrière son véhicule put enfin avancer.

Des patineurs en rollers et des mordus de jogging circulaient dans les rues, ou sur les trottoirs. Plus loin, dans un parc illuminé, des jeunes en short jouaient au frisbee. Sur le fleuve Charles, des étudiants de Harvard ramaient au milieu des ordures. Quelques années plus tôt, durant une campagne électorale, l'ancien gouverneur de l'État avait plongé dans le fleuve, afin de prouver que l'eau y était moins polluée qu'on ne le prétendait. Depuis, il multipliait les examens, redoutant un cancer de la peau.

David mit encore vingt minutes pour couvrir les trois kilomètres qui le séparaient de son bureau.

Les locaux du FBI occupaient les quatre étages supérieurs du One Center Plaza, un édifice qui en comptait huit. L'ascenseur s'arrêtait au sixième étage et, de là, les visiteurs montaient ou descendaient selon qu'ils avaient affaire à tel ou tel service. Celui des fraudes médicales se trouvait au huitième, tout en haut. La vue valait le détour.

David traversa une grande salle turquoise. À cette heure du soir, seules les lumières de la ville traversaient les larges baies vitrées. Les enquêtes en cours ne devaient pas présenter un caractère d'extrême urgence, car David ne croisa strictement personne.

Il réussit à trouver le commutateur, alluma les néons et cligna des yeux. Aussitôt, les redoutables monstres qui se profilaient dans l'ombre se métamorphosèrent en autant de pupitres, d'ordinateurs, et en piles d'assignations à comparaître. Bienvenue dans le joyeux monde !

Cela fait, David Riggs s'employa à rejoindre son bureau, en contournant les trous dans le plancher, car des ouvriers remplaçaient la tuyauterie afin de gagner encore en espace.

Le voyant du téléphone indiquait deux nouveaux messages depuis midi. David saisit le combiné en se frottant le dos et composa le numéro du répondeur automatique.

« David, c'est ton père. Je m'attendais à te voir aujourd'hui. J'imagine que tu as du travail. L'équipe de Steven l'a emporté haut la main. »

Suivait une description détaillée de la partie de base-ball et David actionna un bouton pour passer au message suivant. Celui de Chenney.

« J'appelle du labo. Ils sont en pétard ; ils nous reprochent de ne pas avoir contacté leurs médecins légistes ; ils prétendent qu'on a altéré les indices. Je leur ai dit de faire leur boulot quand même. À part ça, je t'avoue que je ne sais trop que penser de l'enquête. En plus, je n'ai pas eu le temps de te parler de ma filature ce matin. D'abord, j'ai suivi Sheffield à l'hôpital, comme tu me l'avais demandé, mais, avec la crève, il est rentré chez lui plus tôt que prévu. À ce moment-là, j'ai aperçu Stokes quittant les lieux en compagnie d'O'Donnell… J'ai essayé de te joindre, mais tu branches jamais ton bipeur. Je ne savais pas si tu serais d'accord pour une filature. En tout cas, appelle-moi dès que tu auras une minute. »

David était prêt à parier que Chenney avait trouvé plus palpitant de suivre Stokes que de poireauter devant le domicile d'un grippé. Le nouveau venu devait encore apprendre ce qu'on entend par « faire son boulot ». Ce n'est pas le prestige qui compte, Chenney, ce sont les résultats !

Riggs tenta de le joindre sur son portable. Pas de réponse. Il laissa un message : Rendez-vous à l'Association de tir du Massachusetts, à 22 heures. Il se laissait donc une heure trente.

Ensuite, David demanda au FBI, à Houston, qu'on lui adresse une copie du dossier Meagan Stokes. Il fit de même auprès de la police municipale, étant entendu que l'affaire relevait alors de sa juridiction. Le dossier du FBI devait contenir tout ce qui touchait au kidnapping proprement dit et comporter une analyse psychologique du meurtrier, si on avait pu la faire, bien entendu, tandis que le dossier de la police s'intéressait aux éléments plus terre à terre, aux témoignages, par exemple, et aux pièces à conviction. David était curieux de savoir si on avait retrouvé le poney de Meagan à l'époque et s'il ne dormait pas dans quelque coffre depuis toutes ces années.

Il descendit aux archives, quelques étages plus bas, et alluma un ordinateur. David aurait pu s'adresser à un préposé aux archives, qui aurait effectué ces recherches-là pour lui, mais il aimait s'en charger seul. En compulsant les dossiers, on relevait des correspondances et, parfois, les renseignements les plus utiles n'étaient pas ceux qu'on cherchait au départ, mais d'autres qu'on découvrait en cours de route.

Il tapa d'abord le nom de Mélanie Stokes. En septembre 1977, le *Boston Globe* publiait une petite dépêche à propos d'une enfant, de neuf ans à peu près, apparue mystérieusement aux urgences de l'Hôpital général. Elle avait été droguée à la morphine, laquelle avait provoqué une réaction allergique. Depuis, personne n'avait signalé sa disparition, personne ne semblait la rechercher.

Une semaine plus tard, le même journal faisait paraître une deuxième dépêche à ce propos. La fillette venait de recevoir son congé de l'hôpital, qui la confiait désormais à l'Assistance publique. En bonne santé, n'ayant subi aucune agression, cette enfant était néanmoins amnésique. La police publiait sa photographie un peu partout, dans l'espoir que quelqu'un la reconnaîtrait et l'identifierait. Jusque-là, personne ne s'était manifesté. David examina la photo en question. Gamine, Mélanie Stokes était plutôt potelée ; elle avait les cheveux raides, filasse, et des traits ordinaires. Mais il y avait dans son visage une expression vive, ardente même, qui retenait l'attention.

Quelques mois après, il y eut un troisième article, sensiblement plus détaillé celui-là. On y comparait l'aventure de Mélanie à celle d'une orpheline de conte de fées, qui trouve de nouveaux parents richissimes. D'après l'auteur de l'article, le docteur Stokes et sa femme Patricia avaient entrepris les procédures d'adoption et une assistante sociale précisait que Mme Stokes avait enfin donné un nom à la fillette.

« Celle-ci a demandé à Mme Stokes pourquoi elle ne portait pas de nom. Mme Stokes lui a répondu qu'elle en avait un, bien sûr, mais qu'on ne l'avait pas encore trouvé, tout bonnement. Alors le petit cœur a voulu savoir si Mme Stokes ne lui en choisirait pas un autre à la place. C'était touchant au possible. Des larmes montaient aux yeux de Mme Stokes, qui a demandé : "Que penses-tu de Mélanie ? C'est le plus beau prénom que je connaisse et toi, la plus charmante petite fille que j'aie vue." Quelle merveilleuse histoire ! Bien entendu, la fillette désire maintenant qu'on lui désigne un jour d'anniversaire. »

Une dame cependant, qui entendait garder l'anonymat, trouvait que ce prénom de Mélanie n'était pas des plus heureux. « Je pense que ça risque de créer des problèmes, a-t-elle déclaré. Mélanie ressemble beaucoup trop à Meagan. Ce n'est pas sain. »

David exhuma ensuite le dossier Russell Holmes, qui renfermait des informations plus captivantes. Si captivantes, en fait, qu'il arriva presque en retard à son rendez-vous avec Chenney.

— Tu aurais pu trouver un autre endroit de rendez-vous ! dit Chenney, tandis que Riggs déverrouillait les portes d'une salle caverneuse, menant aux allées d'entraînement du club de tir.

— Je réfléchis mieux avec un revolver au poing.

Chenney pratiquait l'haltérophilie et crut se souvenir qu'en effet, il réfléchissait mieux en soulevant des poids.

David était membre de l'association depuis toujours. Autrefois, son père en faisait partie et, dès qu'il eut l'âge réglementaire, il s'y inscrivit à son tour. Durant son enfance, lorsqu'il ne jouait pas au base-ball, il passait des heures au café du club à écouter les flics se plaindre des nouvelles lois et se remémorer l'époque heureuse où « on tirait d'abord et on discutait après. Car il vaut mieux être jugé par douze personnes que porté en terre par six autres ». David connaissait aussi bien les méthodes policières que les règlements du base-ball et tirait avec la même habileté qu'il lançait la balle. D'ailleurs, dans le hall du club, certains trophées portaient son nom.

— Non, c'est pas vrai ! s'exclama Chenney, en voyant le revolver que David tira de son étui. On m'avait dit que ton paternel modifiait les flingues, mais ça alors ! Tu permets ?

David haussa les épaules et lui tendit le Beretta, en sortant de son sac des lunettes de protection et une boîte de cartouches. D'autres tireurs s'étaient entraînés avant eux ; une odeur âcre, mélange d'huile et de poudre, flottait dans l'air.

— Quel engin ! fit Chenney. Un viseur à radioactivité ! On m'avait parlé de ce truc, mais c'est la première fois que j'en vois un vrai.

— Ça, c'est mon père, précisa David laconique.

Son père, en effet, et bien que David lui eût dit maintes fois que c'était inutile, s'amusait à perfectionner son revolver, à en accroître la puissance, comme on le fait avec les moteurs d'autos.

— Quel pied ! s'émerveilla Chenney, en manipulant l'objet. Mais t'as tout là-dessus ! Regarde-moi ça ! C'est génial ! Il doit utiliser une loupe superpuissante pour faire ça.

— Mon père est un artiste.

— Nom d'une pipe ! Taillé sur mesure, ambidextre, pas de corne, gâchette ultrasouple. C'est… géant !

Ils firent coulisser les cibles au bout de l'allée, puis chargèrent leurs armes.

— À propos, reprit Chenney, ton frère n'est pas lanceur ?

David glissa une troisième balle dans son chargeur.

— Ouais !

— Il paraît qu'il est devenu entraîneur ? Il doit se garder en forme quand même ?

— Ouais !

— Moi aussi, je joue au base-ball. Rien d'extraordinaire. Une bande de copains, surtout des gars du FBI, et quelques gratte-papier. Notre lanceur est complètement nul. Si on n'en trouve pas un autre dès maintenant, l'été sera très long… Maggie m'a dit que ton frère était vraiment un bon joueur à l'époque. Il n'a pas conduit l'équipe de l'université jusqu'en finale du championnat ? Faut vraiment être doué. C'est un sacré championnat.

David introduisit une quatrième balle dans le chargeur.

— Sacré championnat, tu l'as dit.

— C'est notre homme ! s'exclama Chenney. Tout juste le gars qu'il nous faut ! Tu peux lui en parler ?

— Je t'arrangerai ça.

David glissa le chargeur dans le revolver, visa et s'éclaircit la voix.

— Tu n'as pas suivi Sheffield, ce matin ? Tu l'as laissé pour un autre, qui te paraissait plus intéressant ?

Chenney rougit.

— T'auras pas les boules quand tu sauras ce que j'ai appris.

— Chenney, on ne laisse jamais son homme. Lorsqu'on te dit de suivre quelqu'un, tu le suis.

— Il avait la crève ! Je l'ai vu quitter l'hôpital, il titubait, blanc comme un drap. Il avait de la fièvre. Je t'assure qu'il est rentré directement chez lui. C'est certain.

— Chenney, on ne laisse jamais son homme. Compris ? Quand tu dois suivre quelqu'un, tu lui colles aux basques.

— Très bien, très bien ! fit l'autre, accusant le coup.

Ils s'entendirent pour tirer à sept mètres de la cible, soit la distance réglementaire. Puis ils vidèrent leurs chargeurs.

Chenney était agressif. Il visait trop vite, tirait trop vite, il réussit néanmoins à loger ses balles dans les deux anneaux du centre. Mais quand ils ramenèrent les cibles vers eux, il constata que les balles de David n'avaient percé qu'un trou.

— À sept mètres, c'est trop facile, grommela-t-il. Distance réglementaire, mon cul ! Faut être prêt à toutes les éventualités.

David haussa les épaules et attacha de nouvelles cibles.

— Alors, Chenney ? Raconte-moi ce que tu as appris de si intéressant en suivant Stokes et O'Donnell ?

— Il se passe quelque chose ! s'écria l'autre, ravi de pouvoir enfin s'expliquer. Je les ai suivis dans un club de golf pour rupins. Avec un petit bakchich, j'ai pu m'asseoir au bar, où j'entendais toute la conversation. D'abord, Stokes a bu sa limonade sans dire un mot. Il s'est tourné vers O'Donnell et il a lancé, comme ça, sans préambule : « J'ai eu un message. »

— Un message ?

— Ouais ! Un message qu'il avait trouvé le matin sur son pare-brise. Un message disant : « On a toujours ce qu'on mérite. » Il a regardé O'Donnell dans les yeux, assez intensément, et il lui a demandé ce qu'il pensait de ça. O'Donnell a soutenu son regard quelques instants, en gardant son calme, mais comme s'il y avait de l'animosité entre eux, tu vois ? Et il a dit : « Annie reçoit des appels. »

— Annie ? Des appels ?

— Parfaitement. Un type appelle cette Annie et raccroche. Elle croit que c'est juste un emmerdeur mais, à leur mine, je peux te dire qu'ils pensaient à autre chose. Ensuite Stokes a dit : « Larry Digger est à Boston. » O'Donnell a eu l'air un peu surpris. L'autre ajoute : « Josh m'a téléphoné. Il semble que Digger l'ait appelé lui aussi pour l'interroger sur Mélanie. Qu'est-ce que c'est que cette histoire ? » O'Donnell s'est contenté de hausser les épaules, il a répondu : « Qui sait ce qui motive Digger ? Il n'y a peut-être plus de whisky au Texas. » Stokes a ronchonné, pas convaincu. Il n'a rien ajouté, O'Donnell non plus. N'empêche ; tu peux être sûr que ça les travaillait. Après, ils sont allés jouer. Ils n'ont plus échangé un mot. Mais ils étaient tendus. Ils frappaicnt la balle avec rage, tu vois ? Ils ne jouaient pas comme deux copains un dimanche après-midi. On sentait qu'ils voulaient gagner. Battre l'autre. Ces mecs-là ont une relation assez crasse, c'est moi qui te le dis. Tu penses que cette conversation a quelque chose à voir avec ce qu'on a trouvé dans la chambre de Mlle Stokes ?

— Oui, je le pense.

— Je le savais ! fit Chenney triomphant. Tu vois ! C'était pas une mauvaise idée de laisser Sheffield ! Finalement, j'ai appris quelque chose !

Il eut un moment d'hésitation.

— Tu peux me dire ce qui se passe ?

— C'est bien la question, répondit David à voix basse, en repoussant la cible à plus de quinze mètres.

Il se protégea les yeux, les oreilles, et il ouvrit le feu. Chenney l'imita quelques secondes plus tard. Les douilles rebondissaient sur le sol à leur côté.

Harper et O'Donnell, pensa David. Et Annie ? Ann Margaret, sans doute. Ann Margaret reçoit des appels, or Mélanie m'a juré qu'il n'existait aucun lien entre cette femme et ses parents. Quel est le point commun entre tout ça ?

La réponse lui traversa l'esprit au moment où il tirait son dernier coup de feu. Il baissa son arme, Chenney enleva ses lunettes et ramena les cibles vers eux.

Même à quinze mètres, David touchait le centre à tout coup. La cible de Chenney, en revanche, était déchiquetée. Il s'en désola. Pour lui remonter le moral, David le mit au fait des événements de la veille. Il commença par lui parler de Digger et de son hypothèse selon laquelle Mélanie serait la fille de Holmes.

— C'est complètement farfelu, s'écria Chenney, quand David eut terminé. Personne n'adopterait délibérément la fille d'un meurtrier. Et, même si les Stokes l'avaient fait, ils n'auraient aucune raison d'en informer tout le monde aujourd'hui. Tu veux savoir à quoi on a affaire ?

— J'ose à peine te le demander…

— Une campagne de diffamation !

— Diffamation ?

— Ouais ! Une campagne dirigée contre Stokes. Réfléchis bien. D'abord, un délateur appelle au bureau pour nous dire que Stokes implante des pacemakers à des gens bien portants. Jusqu'à maintenant, on n'a trouvé aucune preuve, mais c'est possible. Ensuite, quelqu'un appelle Digger pour lui dire que la fille adoptive de Stokes est celle d'un tueur. Stokes est un mec assez prétentieux, il fait plein de fric. Il est possible qu'un subalterne, ou un chirurgien jaloux, lui en veuille et qu'il frappe à l'endroit le plus sensible. Sa réputation.

— Je ne crois pas.

— Pourquoi non ?

— À cause de la réaction de Stokes. Il n'écarte pas cette histoire de message du revers de la main, comme tu le ferais si tu trouvais un bout de papier sur ton pare-brise. Non. Il prend rendez-vous. Il va en parler avec O'Donnell. Or il se trouve qu'O'Donnell n'est pas médecin. Encore moins chirurgien. Tout de suite après, Stokes lui annonce que Digger est en ville. Autrement dit, il établit lui-même un rapprochement entre le message et un petit reporter rencontré vingt ans plus tôt. Comment O'Donnell réagit-il à cela ? Il informe l'autre qu'Annie reçoit des appels.

— Qui est Annie ?

— Je pense qu'il s'agit d'Ann Margaret. La patronne de Mélanie à la Croix-Rouge.

— Qu'est-ce qu'elle vient faire là-dedans ?

— Elle est du Texas, elle aussi.

— Du Texas ?

— C'est le dénominateur commun, Chenney. Tous ces gens-là viennent du Texas. Or nous savons, toi et moi, ce qui s'est passé au Texas.

— On sait ça, nous ?

— Meagan Stokes, Chenney. La fillette assassinée. Voilà de qui parlaient Stokes et O'Donnell au club de golf. Stokes déclare d'abord que Digger est à Boston et qu'il pose des questions à propos de Mélanie. O'Donnell fait un portrait peu flatteur du reporter mais, au fond, il ne sait pas ce que Digger a derrière la tête. En fait, Digger est ici pour sortir les macchabées du placard, Chenney. On a beau tourner ça dans tous les sens, on en revient invariablement au meurtre de cette enfant.

— Mais c'est une affaire classée ! Holmes a été exécuté. Terminé.

— C'est ce que tu penses. Mais j'ai du neuf. J'ai relu le dossier Holmes avant de venir, et tu sais quoi ? Le bon vieux Russell Holmes n'a jamais été reconnu coupable du meurtre de Meagan Stokes.

— Hein !

— Il a bien tué six enfants, mais Meagan n'était pas l'un d'eux. La police n'a jamais découvert de preuves suffisantes pour confirmer l'implication de Holmes dans ce meurtre-là. Ce n'est que plus tard, après coup, après son procès, qu'il a fait cette confidence. Et tu sais à qui ? À Digger, le fameux reporter de Huntsville.

— Oh ! Tu ne penses tout de même pas que…

— Je ne sais que penser pour l'instant. Mais je me pose pas mal de questions. Je me demande surtout qui envoie ces petits messages réclamant vengeance.

— Il ne s'agit plus de fraudes médicales. Le jouet de Meagan, le bout de tissu, les messages… on est en pleine affaire d'homicide, là ? Un homicide vieux de vingt-cinq ans, c'est bien ça ?

Chenney ne semblait guère effrayé par cette perspective, au contraire, il était tout excité.

— Ouais ! lâcha David, moins enthousiaste. C'est possible.

Il rechargea son revolver, se mit en position, puis demanda calmement :

— Tu as remarqué quelque chose sur le morceau de tissu trouvé dans la chambre, Chenney ?

— Rien de spécial. C'est un vieux bout de tissu, taché de sang. Il a probablement vingt-cinq ans lui aussi. Le labo nous le dira.

— Oui, le tissu est sans doute vieux. Mais pas le sang. Si tu veux mon avis, ces taches n'étaient pas là depuis plus de huit heures.

— Ça n'a aucun sens.

— Est-ce que tu joues, Chenney ?

— Ben oui ! Au base-ball. Au basket, au foot…

— Je te parle de jeux de stratégie. Les échecs, le bridge. Donjons et Dragons, si tu préfères.

— Non. Pourquoi tu me demandes ça ?

— Nous sommes au milieu d'une partie, Chenney. L'inconnu qui appelle nous entraîne dans son jeu, pour une raison qu'il est le seul à connaître. Il a fait venir Digger. Maintenant, tous les joueurs sont en présence et il brasse les dés. Il envoie des messages à certains, il allume des cierges ici, il téléphone là-bas…

— Mais pourquoi ?

— Je ne le sais pas encore. D'après moi, il s'est produit autre chose il y a vingt-cinq ans. Une chose qui implique et affecte plusieurs personnes. Elles se sont entendues pour la taire et la dissimuler tout ce temps. Mais l'inconnu en a sa claque de ce silence. Il veut que quelqu'un paie. Il semble disposé à faire tout ce qui est en son pouvoir pour que cette personne ait ce qu'elle mérite.

Chenney soupesa quelques instants ces paroles sans répondre.

— Tu penses qu'il a perdu la tête ?

— Je ne sais pas.

— Ces cierges… C'est une idée de cinglé, ça ?

— Peut-être. Mais pourquoi un psychopathe appellerait le FBI ? Qu'est-ce qu'un illuminé peut bien attendre du FBI ?

— Qu'on lui offre un job, répondit Chenney, un sourire aux lèvres. Mais non ! tu as raison. Cet appel au bureau, c'est pas logique. Les fous veulent se venger. Ils demandent pas justice. Tu crois qu'il dit vrai ? Tu penses que Stokes implante des pacemakers sous de faux prétextes et qu'il a tout manigancé pour adopter la fille d'un tueur en série ?

— Je ne sais pas.

— Bon sang, Riggs, qu'est-ce qu'on va faire ?

David remit ses lunettes et son casque.

— Demain, première heure, tu sors le dossier William Sheffield et tu me trouves tout ce qui existe à son propos, depuis le Texas. Ensuite, tu procèdes de la même façon avec Ann Margaret et Jamie O'Donnell. Je veux savoir exactement quels rapports ils ont avec les Stokes. Je veux savoir s'ils connaissaient Meagan et si la police de Houston les a interrogés après l'enlèvement. Je veux connaître leurs revenus aussi, depuis l'époque où ils vendaient de la citronnade sur le trottoir. Tu t'occupes des amis de la famille, moi, des Stokes. On va secouer l'arbre, je te promets qu'il en tombera quelque chose et qu'on mettra la main dessus.

— Je hais les jeux, ajouta David après unc pause.

Il leva son arme, se mit en position et visa les anneaux rouges au centre de la cible, huit mètres plus loin.

Il pensa à Mélanie, au petit geste qu'elle avait eu en quittant la chambre.

Il pensa à Chenney aussi. « Maggie m'a dit que ton frère était vraiment un bon joueur. »

Il songea à cette douleur au bas du dos, qui s'aggravait lentement, mais sûrement. Il songea aux maladies incurables.

Il tira trois fois, rapidement mais en douceur. Chenney ramena la cible. Il n'y avait qu'un seul trou, bien net, au milieu.

— Putain ! fit-il, admiratif.

David se retourna et ramassa les douilles éparpillées par terre.

10

Vingt-trois heures. Tandis que David Riggs récupérait ses douilles, Mélanie déambulait dans la maison de Beacon Street à la recherche d'une occupation, n'importe laquelle, une activité susceptible de lui rendre une certaine tranquillité d'esprit. Elle avait ouvert les fenêtres au second et branché un ventilateur pour évacuer l'odeur de gardénia. Elle avait nettoyé sa chambre, pendu ses vêtements dans le placard, arrosé les plantes et rangé ses tiroirs. Puis elle était restée un bon moment sous sa douche.

En sortant de la salle de bains, elle aurait voulu croire que les événements de l'après-midi n'avaient été qu'un songe. Un cauchemar. Pas même un cauchemar, un mauvais rêve, tout simplement.

Car enfin, n'était-elle pas toujours l'enfant chérie de ses parents ? Pourtant, elle s'assit au bord de son lit et pleura un bon coup.

Cela lui arrivait rarement. Elle n'avait pas versé une larme après sa rupture avec William ; d'ailleurs, elle n'aimait pas pleurer. Ça l'humiliait de se sentir faible, démunie, car elle se considérait comme une femme solide, décidée, menant sa vie tambour battant.

Mais ce soir, elle se laissa aller et les larmes eurent raison de la boule qui lui nouait l'estomac depuis des heures. Elles lui éclaircirent les idées également. Elle put ensuite analyser les événements d'une manière rationnelle, avec toute l'objectivité souhaitable, pour une fois.

Ce faisant, elle se rendit compte qu'elle était beaucoup plus effrayée qu'elle ne le pensait jusque-là. Non, ce n'étaient pas tant les cierges dans sa chambre, ni même celui qui les avait installés qui lui faisaient peur. C'était davantage les conséquences de tout cela. Qu'allait-il se passer si elle était vraiment la fille de Russell Holmes ? Si son père reniait son propre fils en raison de son homosexualité, que ne ferait-il pas en apprenant que sa fille adoptive était celle d'un assassin ?

Tout compte fait, je suis moins stoïque et moins forte que je le croyais. Au fond, si je cache à mes parents les révélations de Larry Digger, c'est moins pour les protéger que pour me défendre, moi. Pourquoi ? Je crains que mes parents ne deviennent hostiles à mon égard. Voilà. Parce que, même à vingt-neuf ans, ces histoires d'abandon et d'adoption vous empoisonnent la vie, voilà pourquoi !

Mélanie descendit au rez-de-chaussée et pénétra dans l'atmosphère aseptisée de la cuisine pour se servir une tasse de camomille. Elle y ajouta une goutte de miel, un zeste de citron, puis elle alla s'installer dans la salle à manger. L'horloge sonna un coup : 23 h 30. Patricia devrait être rentrée depuis des heures. Harper aussi. David avait raison. La famille se délitait. Son père se faisait de plus en plus rare, sa mère renouait avec la bouteille et son frère avait foutu le camp. Il fallait se rendre à l'évidence : la famille Stokes était dans un sale état. Un vrai gâchis, pour tout dire.

Elle s'empressa de chasser cette pensée déprimante et fila dans le bureau de son père, où les livres offerts la veille l'attendaient toujours. Il fallait classer tout ça. Elle aurait dû le faire depuis le matin. Mais la négligence, la paresse… Assez. Au boulot.

Elle prit une feuille de papier sur le secrétaire et tenta de se concentrer. Un livre à la fois, se dit-elle, et il n'en manque pas ! Misère ! Soudain, elle posa son stylo et courut dans l'entrée. Oui, le système d'alarme était bien allumé.

Elle revint dans le bureau, nota les titres de cinq autres livres, puis alla vérifier les fenêtres. Si quelqu'un cherchait à s'introduire par une fenêtre, l'alarme se déclencherait bien entendu, mais Mélanie éprouva le besoin d'inspecter la maison.

De retour dans le bureau, elle acheva sa tasse de camomille et se rassit, l'esprit tendu. Titre de l'ouvrage. Nom de l'auteur. Éditeur. Date de publication. Hop ! Au suivant.

Larry Digger. Pourquoi venir la voir après tant d'années ? Qu'est-ce qu'il attendait d'elle ? Des révélations pour rédiger un article à scandale ? Ou juste de l'argent ?

Et ces cierges dans la chambre ? Qui pouvait imaginer une chose pareille ? Qu'est-ce que ça signifiait ? Que Mélanie n'était pas Meagan ? Qu'elle ne la remplacerait jamais dans le cœur de ses parents ? Mais elle avait compris cela depuis toujours ! Alors quoi ?

David Reese. Un garçon de service. Un ex-policier. De belles mains. Troublantes. De longs doigts, très agiles. Des paumes larges, fortes, un peu calleuses. Des mains sur lesquelles on s'appuie en toute confiance. Quant au visage… Il devrait l'égayer d'un sourire plus souvent.

Que faire ? Elle n'en avait pas la moindre idée. Dans l'après-midi, lorsqu'elle avait perçu l'odeur des gardénias, elle s'était d'abord dit : *Voilà. Je suis la fille de Russell Holmes.* Puis elle avait trouvé plus commode de remettre tout ça en question. Il devait y avoir une autre explication. Les gardénias, après tout, lui faisaient peut-être tourner la tête. Elle était peut-être trop sensible, trop impressionnable, elle gobait les insinuations de Digger sans discernement.

Mais cet autel ? Le jouet de Meagan, ce vieux morceau de tissu taché de sang, ces quarante-quatre cierges, placés de telle manière qu'ils forment le nom d'une enfant morte ?

Mélanie n'avait pas de réponses à toutes ces questions. D'après son frère, ce poney en bois avait disparu. Plutôt, il n'aurait pas dû réapparaître et, s'il ne tenait qu'à elle, le souvenir d'une fillette, retenue prisonnière dans une cabane, n'aurait pas dû exister non plus !

Pourtant, elle n'avait pas rêvé. Il y avait bel et bien une sorte d'autel dans sa chambre dix heures plus tôt. On cherchait à lui dire quelque chose et il fallait étudier cela de près. Mais comment ? Prendre des renseignements sur Digger ? Voir ce que la police avait trouvé à l'époque ? Quelqu'un lui en voulait peut-être, à elle, à ses parents, et entendait que ça se sache ! Pour sûr, Mélanie devait creuser la question, aller au fond de cette affaire, sinon pour protéger ses parents, du moins pour elle-même. Pour en avoir le cœur net.

Le système d'alarme émit un petit signal. Mélanie s'immobilisa, puis entendit quelqu'un composer le code, entrer dans le vestibule et rallumer le système. Il y eut des pas dans le couloir, Patricia apparut dans l'embrasure de la porte du bureau.

Elle portait un long manteau noir et une toque. Sous ses yeux, le maquillage avait coulé quelque peu. Dure journée… Habituellement, lorsqu'elle voyait les Alcooliques anonymes, Patricia rentrait rayonnante, galvanisée, prête à saisir le monde à bras-le-corps.

Pas ce soir. Elle tripotait le bouton de son manteau, en évitant de croiser le regard de sa fille.

— Bonsoir. Tu rentres tard.

— Bonsoir, chérie, dit Patricia, en souriant après coup.

Elle réussit à défaire son bouton, retira son manteau et le posa sur une pile de livres près de la porte, avec sa toque. Puis elle s'approcha de sa fille et lui fit la bise. Ses lèvres étaient froides. Mélanie distingua tout de suite une odeur de tabac, mêlée à celle du parfum.

Elle eut l'impression que sa mère sortait d'un bar.

Sans réfléchir, elle chercha à détecter les petits signes qui ne trompent pas. Le parfum d'un désodorisant buccal pour masquer l'odeur du gin. Unc légère oscillation. Des yeux trop brillants. Un bavardage nerveux. Angoissé.

Les mains de Patricia tremblaient, son visage avait une expression craintive, incertaine. Malgré cela, Mélanie n'était pas sûre de bien deviner. C'était peut-être un mauvais jour, comme sa mère en connaissait tant.

C'était peut-être plus grave. Difficile à dire. Depuis six mois, le comportement de sa mère devenait étrange.

— Ton père est déjà au lit ? demanda Patricia, en regardant les livres.

— Il n'est pas encore rentré.

— Pour un dimanche, il rentre vraiment tard. Il est sans doute retenu par un patient bien mal en point.

— Sans doute.

Tournant le dos à sa fille, Patricia posa son livre et en prit un autre.

— Comment va ta migraine, chérie ?

— Terminée.

— Tu t'es reposée ?

— Oui, je suis restée ici toute la journée.

Patricia se retourna d'un coup et laissa ostensiblement tomber le livre sur la pile, ce qui alerta Mélanie davantage.

Sa mère leva le menton et fit les gros yeux, provocante. Oui, Mélanie en était sûre maintenant. Patricia avait passé la soirée dans un bar.

Mais pourquoi ? Pourquoi toute cette angoisse ? Cette affaire s'était passée il y a vingt-cinq ans ! Sa mère en était bouleversée comme au premier jour. Qu'avait-elle fait ? De quoi se sentait-elle coupable ?

— Je ne suis pas ivre, déclara Patricia abruptement. N'essaie pas de le nier, je le vois dans ton regard. Tu penses que j'ai bu. Eh bien, non ! C'est juste... un mauvais jour, rien de plus.

— Tu veux dire que tu n'as pris qu'un verre, au lieu de quatre, c'est ça ?

Elle se mordit les lèvres mais – trop tard – les mots lui avaient échappé.

— Chérie, je t'assure, je n'ai pas bu.

— Alors, où étais-tu toute la journée ? Il est presque minuit.

— Je suis sortie.

— Allez, maman. Où ? Dans quel bar ?

— Je n'ai pas à rendre de comptes à ma propre fille.

— Voyons, tu sais bien que ce n'est pas ce que je veux dire…

— Si ! Tu te fais du mauvais sang et, quand tu te fais du mauvais sang, tu nous maternes tous ! Et nous te laissons faire. Pas vrai ? Je réfléchissais à cela ce soir. À quel point ton père et moi comptons sur toi pour tout régler à notre place. Combien moi-même je m'en remets à toi. Mais sommes-nous inconscients ? Tu travailles jusqu'à développer ces mauvaises migraines. Quelle sorte de parents sommes-nous !

Patricia traversa la pièce, prit la main de sa fille et la regarda dans les yeux avec une insistance à laquelle Mélanie ne s'attendait nullement. Puis sa mère se mit à sangloter.

— Si tu savais, Mélanie. Si tu avais pu te voir hier, portée dans la maison par cet étranger. Tu étais si pâle, si vulnérable. Pour la première fois, je me suis rendu compte de mon erreur. Je suis tellement absorbée par la peine que Brian me cause, tellement perturbée, je ne songe même plus à toi. Tu me parais toujours si forte, je tiens ça pour acquis. Je m'en remets constamment à toi, et tu es si bonne que tu ne te plains jamais. Mais, à mon âge, je devrais prévoir ces choses. Quand donc, pour l'amour du ciel, serai-je capable de me prendre en main ?

Mélanie desserra les lèvres ; elle avait le sentiment désagréable de marcher sur des sables mouvants.

— Mais… Rassure-toi. Ça ne me dérange pas.

— Ça devrait !

— Franchement, non. Je t'assure.

— Et moi je te répète que ce n'est pas normal, Mélanie.

Patricia respira profondément. Durant quelques secondes, elle eut un air impatient, presque irrité, puis, tout aussi vite, parut craintive, résignée, comme si une chose s'était produite, dont elle ne voulait rien dire encore. Bientôt, elle reprit le fil de la conversation d'une voix plus posée.

— Mélanie, je sais que tu n'as que vingt-neuf ans, mais as-tu déjà eu l'impression de te trouver à un carrefour de ta vie ? L'impression d'avancer dans le brouillard, sans distinguer le paysage autour, sans savoir où tu vas exactement, mais certaine que la direction que tu vas prendre déterminera ton avenir ?

Mélanie songea aux vingt-quatre dernières heures et répondit par l'affirmative. Patricia se tordait les mains, tendue, son regard redevint fébrile.

— Parfait. Eh bien ! figure-toi que j'ai eu cette impression aujourd'hui même. Ce n'est pas la première fois – j'ai tout de même cinquante-huit ans –, mais, pour te dire franchement les choses, chaque fois que je me suis trouvée dans cette situation, je me suis plantée. Je prenais invariablement la mauvaise voie, je reculais au lieu d'avancer. Aujourd'hui, je pense avoir pris enfin la bonne décision.

— Maman ?

— Je suis allée dans un bar ce soir.

— Je le savais. Mais pourquoi ?

— Ça n'a pas d'importance. Je suis entrée dans un bar ; j'avais envisagé la possibilité de boire un verre. J'étais tellement nerveuse, angoissée, alors, un verre, pourquoi pas ? Tu sais, quand on a déjà succombé, on retombe plus facilement. On a tous notre façon de se remonter le moral. C'est la mienne. Quand j'ai peur, je me tourne vers l'alcool, quand je me sens déprimée, je bois de l'alcool. Mais, tout à l'heure, j'ai pensé à toi, Mélanie. À l'air que tu avais hier soir, accablée par cette migraine, mais ne voulant pas nous inquiéter. J'ai pensé à tout ce que tu gardes en toi sans jamais rien dire. Combien tu m'aimes, malgré les bêtises que je fais ; combien tu nous aimes tous, même si parfois nous sommes désagréables… Et je me suis dit… que je serais incapable de me présenter devant toi si je buvais un verre. Incapable. Sais-tu au moins à quel point je t'aime, Mélanie ? Sais-tu que tu es une bénédiction pour moi, un don du ciel ? Depuis six mois, grâce à toi, je me tiens debout. Je n'y serais jamais parvenue seule, je veux que tu le saches. Comme je veux que tu saches quelle importance j'accorde à cela et combien je te suis reconnaissante.

Mélanie ne pouvait plus parler. Elle prit les mains de sa mère dans les siennes, émue, méfiante aussi, car jamais Patricia ne parlait sur ce ton. Jamais les Stokes n'évoquaient ouvertement des sentiments de cette nature, si intimes.

Elle songea aussi à Larry Digger qui, malgré sa promesse, avait peut-être vu sa mère dans l'après-midi, ce qui expliquerait cette déprime. L'ambiguïté de la situation la frappa aussi. N'étaient-elles pas là, toutes les deux, à se dire combien elles s'aimaient, en se gardant de prononcer un mot sur les événements essentiels de leur journée ? Mais n'était-ce pas justement la caractéristique fondamentale de leurs relations depuis toujours ? Le mensonge par omission ?

Patricia libéra les mains de sa fille, prit une pile de livres et la posa sur le sol. Maintenant qu'elle avait dit ce qui lui tenait à cœur, elle se sentait plus calme, plus sûre d'elle-même. Quelles que fussent les raisons pour lesquelles Patricia avait senti le besoin de prononcer ces paroles, elle y était parvenue et cela la réconfortait, du moins pour l'instant.

— Bon ! dit-elle d'un ton ferme. Maintenant que je t'ai assommée avec mes histoires, laisse-moi t'aider. Ton père a raison. Tu travailles trop.

— Maman ?

— Oui, chérie ?

— Moi aussi je t'aime.

— Merci, soupira Patricia.

Puis elle sourit, saisit un livre et se mit au travail.

Une demi-heure plus tard, le système d'alarme émit son petit signal, car quelqu'un venait d'ouvrir brusquement la porte d'entrée ; les deux femmes sursautèrent, puis rirent ensemble. Quelques instants plus tard, Harper fit son apparition, une main derrière le dos et l'autre devant la bouche, réprimant un bâillement. Il les considéra toutes deux. Il ne s'attendait pas à les trouver debout si tard.

— J'ai cru voir de la lumière. Qu'est-ce que vous faites ici à cette heure ? demanda-t-il en embrassant Patricia sur la joue et en serrant les épaules de Mélanie. Tu vas mieux, chérie ?

— Tout à fait bien.

Harper lui toucha le front et prit son pouls. Quand elle souffrait de migraines, il avait tendance à la traiter comme l'une de ses patientes.

— En effet, c'est mieux. Mais il faut que tu te reposes encore. Ceci devrait aider. Je voulais vous les offrir demain matin, mais comme mes deux femmes sont encore éveillées…

Harper découvrit la main qu'il gardait derrière son dos. Il tenait un petit bouquet de fleurs et une boîte de chocolats. Quatre tournesols. Il les tendit à sa femme, qui rougit et le remercia d'un regard timide.

Mélanie pensa que son père faisait décidément des efforts louables pour excuser sa conduite des dernières semaines. Il lui remit une petite boîte de truffes au champagne. Des Teuscher, importées de Suisse. Alors qu'elle ouvrait la boîte, Harper fit mine de prendre son pouls une deuxième fois, mais s'empara d'un chocolat, qu'il avala tout de suite. Mélanie éclata de rire, serra son père dans ses bras et, contre toute attente, il se laissa faire sans résister.

— Tout de même, il faut monter, dit-il d'un ton faussement bourru. Vous avez encore besoin de repos, mademoiselle.

— Nous finirons demain, dit Patricia. Je pourrai t'aider dans la soirée. On terminera ça vite fait.

Mélanie était fatiguée, mais elle songea à sa chambre et aux cierges. Sa chambre, dont un inconnu avait violé l'intimité en pleine nuit. Elle aurait volontiers poursuivi son classement, mais son père le lui aurait reproché. Elle considéra les livres à regret. Harper entraîna sa femme et sa fille à l'étage.

Les petits rituels du soir se déroulèrent comme à l'accoutumée. Harper ralluma le système d'alarme depuis l'étage. Patricia fit la bise à Mélanie. Son père l'imita, Mélanie lui annonça qu'elle avait rendez-vous le lendemain à 10 heures, Harper dit qu'il opérait à 11 heures, et Patricia ajouta qu'elle devait se rendre à l'hôpital des enfants, pour y lire des contes.

Harper et Patricia disparurent dans leur chambre. Mélanie entendit son père demander à sa femme comment s'était passée sa journée. Cette dernière se garda bien de parler des « carrefours » de la vie. Mentalement, Mélanie les suivit jusqu'à leur lit, où chacun s'installa de son côté, en poursuivant son petit bavardage poli avant de s'assoupir.

Puis elle songea à David Reese. Était-il le genre d'homme à garder résolument son côté du lit ? Peu probable. Il était ténébreux, pas loquace, mais ardent. Avec lui, ce devait être torride, rondement mené. Quelques mots prononcés avant, guère plus après, mais le grand huit entre les deux. Mélanie soupira. Quelque chose remuait en elle. Un désir. Vif. Typique insatisfaction sexuelle, se dit-elle.

Elle monta au deuxième étage et jeta un coup d'œil dans la chambre de Brian. Pas d'intrus ce soir. Puis elle gagna son lit à contrecœur.

Durant ses heures de sommeil, elle eut droit à toute la gamme des rêves névrotiques. Elle se revoyait à l'université de Wellesley, le jour de l'examen final. Au dernier moment, elle constatait avec horreur qu'elle avait oublié d'étudier ses matières. Elle ne comprenait pas les questions. Pis. Elle ne parvenait pas à écrire son nom sur la copie.

Ensuite, elle se retrouva dans la cage d'un ascenseur en chute libre.

Sans transition, elle se vit déambulant dans les couloirs de l'hospice qui l'avait recueillie autrefois. Elle attendait fébrilement que les Stokes viennent la chercher, mais ils passaient devant elle sans la remarquer, et ils repartaient avec une autre fillette, plus jolie, portant de belles boucles blondes.

« Non ! Non ! C'est moi qui suis votre fille ! »

Au dernier moment, avant de franchir la porte, Brian – tel qu'il était à quatorze ans – se retournait vers elle : « Tu te croyais irremplaçable ? Demande à Meagan pour voir… »

L'hospice disparut en un tourbillon. Mélanie courait maintenant au milieu de vastes espaces déserts, plongés dans l'obscurité la plus totale. Elle était perdue. Elle appelait quelqu'un – n'importe qui –, pourvu qu'il lui dise son propre nom ; elle avait besoin de connaître son nom ; elle ne pouvait vivre sans cela. Et puis l'obscurité l'emportait sur le reste.

Soudain, elle se sentit protégée, au chaud dans des bras qui la berçaient. Des bras solides. Doucement, à voix basse, quelqu'un murmurait : « Allez, chut ! Tout va bien. Je suis là. Tout ira bien. Toujours je serai là pour prendre soin de toi. Même si tu ne te souviens de rien. »

Alors, dans son sommeil, Mélanie murmura un nom.

Et jamais, avant qu'il ne soit trop tard, elle ne fut si proche de toucher la vérité.

11

Le lundi, au petit déjeuner, Patricia observait du coin de l'œil son mari qui était plongé dans la lecture du *Boston Globe*. Après tant d'années passées auprès de lui, elle savait parfaitement comment il procédait, et dans quel ordre. Il consultait d'abord les pages financières et vérifiait la valeur de ses titres à la Bourse. Selon que cette valeur avait monté, ou décliné, il souriait ou fronçait les sourcils. Sans plus. Les questions économiques étaient de celles qu'il gardait pour lui. Ensuite, Harper survolait rapidement les nouvelles municipales, au cas où il y trouverait une dépêche à son sujet ou à propos de l'Hôpital général, puis il lisait tous les articles *in extenso*. Après les nouvelles de Boston, il parcourait les informations nationales, puis internationales, élargissant peu à peu le cercle, du connu vers l'inconnu en quelque sorte, depuis les choses qui le touchaient, jusqu'à celles qui ne le concernaient pas directement.

Un jour, il avait expliqué à Patricia combien il était important de se tenir informé, ne serait-ce que pour nourrir les discussions qui ne manquaient pas de s'engager sur les lieux de travail. Il n'avait pas cru nécessaire d'en dire plus, mais Patricia le comprit à demi-mot. Harper était issu de la petite-bourgeoisie. Il avait été élevé par des gens qui ne discutaient jamais des enjeux nationaux, ne fréquentaient pas les cocktails mondains et qui frayaient encore moins avec les conseillers ou les organisateurs politiques. Leur rêve le plus cher consistait à obtenir un poste dans la fonction publique, afin de pouvoir toucher une pension rondelette et de pêcher tout à loisir dans leurs vieux jours.

Harper avait vu plus grand, bien sûr. Dès sa jeunesse, il prit un soin tout particulier de sa personne, de sorte qu'il semblait appartenir à la bonne société plus encore que ceux qui en venaient. Aussi, à l'école de médecine, même s'il avait du mal à joindre les deux bouts, personne jamais ne l'interrogea sur ses origines.

Patricia supposait aussi que son mari se souciait des apparences parce qu'il croyait qu'elle-même accordait de l'importance à cela. Assurément, il n'aurait pas toléré entendre dire qu'elle avait épousé un homme de condition inférieure à la sienne, un homme qui ne pouvait lui offrir un train de vie comparable à celui qu'elle connaissait depuis l'enfance. Dans l'esprit de Harper, amour et argent étaient étroitement liés.

Patricia respectait cette manière de voir les choses. Elle l'admirait même. Harper correspondait point par point au type d'homme qu'elle connaissait parfaitement. Conservateur dans ses idées, résolu dans son travail et terre à terre. Sa conduite, son comportement en toute circonstance lui étaient familiers. Ses défauts étaient ceux qu'elle avait observés chez son père. Ses qualités étaient celles de son père également, ses attentions étaient les mêmes, bref, il n'y avait jamais d'imprévu et, à son âge, Patricia appréciait qu'il en fût ainsi.

Bien sûr, lorsqu'elle était jeune, elle avait cru que le mariage était une suite ininterrompue de dîners aux chandelles dans un jardin de roses. Une idylle sans fin. Son mari resterait fougueux et passionné comme aux premiers jours. Elle-même serait toujours fraîche et belle comme à seize ans. La vie serait pleine de bonnes et heureuses surprises et la protégerait de l'adversité.

Bien entendu, les choses ne sont pas si simples et sa vie conjugale prit une autre tournure. Dans ses mauvais jours, quand il lui était pénible de se lever le matin, Patricia se demandait pourquoi elle demeurait avec Harper. Quelle femme resterait avec un homme qui ne la cajolait plus depuis des années ? Quelle femme supporterait à son côté un homme qui l'eût regardée comme Harper l'avait toisée le jour où la police identifia le corps de Meagan ? Un regard si dur, si méprisant, comme si elle avait commis un crime plus grave que celui de tuer sa propre fille.

Mais lorsqu'elle avait le moral, Patricia se disait que le mariage est d'abord et avant tout patience, persévérance et régularité. N'avaient-ils pas réussi à surmonter tous les désagréments que la profession de chirurgien réserve à un ménage ? Ensemble, ils avaient vécu et souffert la perte de leur fille, alors que les couples soumis à pareille épreuve se séparent dans une proportion de sept pour dix, si ce n'est plus. Pendant que tous leurs amis enchaînaient mariages et divorces, Harper et Patricia avaient adopté une petite fille. Ils avaient élevé leurs deux enfants, leur avaient offert des études universitaires. Et, aujourd'hui, Brian et Mélanie s'accomplissaient dans des domaines qu'ils avaient choisis.

Sans doute son mariage n'avait-il plus rien d'une lune de miel. Il avait fait place à une sorte d'amitié, ou de camaraderie – ce que Brian et Mélanie ne voulaient pas admettre –, mais tout cela avait un sens. Apprendre à se connaître l'un l'autre, savoir grandir et vieillir ensemble, oui, cela constituait une histoire, un authentique récit de vie.

À n'en pas douter, les six derniers mois avaient ébranlé ce bel équilibre. Depuis la scène entre Brian et Harper, Patricia était si perturbée qu'elle ne parvenait plus à discuter avec son mari, ni même avec sa fille. Souvent, la nuit, allongée sur son lit, tandis que Harper ronflait, elle songeait aux bouteilles de gin qui l'attendaient en bas, à l'oubli voluptueux que procure l'alcool, un oubli qui, dans son souvenir, se comparait à un rêve extatique. Et, d'autres soirs, elle se retrouvait au rez-de-chaussée, plantée devant le portrait de Meagan. La belle, la douce, la bienheureuse Meagan qui avait si confiance en Patricia qu'elle lui demandait de chasser les monstres cachés sous son lit.

Puis, durant la courte période où elle avait rechuté, Patricia connut des états d'angoisse si aigus qu'elle avait frôlé la folie. Au point de se réveiller en sursaut à 4 heures du matin et de se précipiter dans la chambre de Brian, persuadée qu'il devait y être, même s'il n'habitait plus Beacon Street depuis dix ans. Elle ouvrait les tiroirs comme une hystérique, à la recherche de vieux vêtements qui eussent conservé l'odeur de son fils. Et quand force lui était d'admettre qu'il ne subsistait aucune trace de lui dans cette chambre, quand elle se prenait à penser que Harper avait peut-être chassé son fils de la surface de la terre, la panique, conjuguée à l'alcool, montait en elle et la consumait vivante.

Une figure de policier extirpée du passé apparaissait dans l'ombre de la chambre. « Au moins, madame, elle n'a pas souffert. »

« Voyons, sa tête est coupée ! Bien sûr qu'elle a souffert ! »

Puis un agent du FBI entrait par la fenêtre. « Vous ne pouviez rien faire de plus, madame. Ce n'est pas votre faute. »

« Jamais je n'aurais dû la confier à Nina. Pourquoi engageons-nous autant de domestiques ? »

Enfin, un shérif texan à forte carrure se matérialisait derrière le lit. Il mâchait un gros morceau de chique car il venait de vomir. « Au moins, vous savez maintenant. Ça vaut mieux que de rester dans le doute. »

« Mon bébé ne reviendra jamais à la maison. Mon bébé n'a plus de tête. Regardez ce qu'il a fait de ses mains. Dieu du ciel ! Pourquoi suis-je encore vivante ? Pourquoi on ne me tue pas sur-le-champ ? Je vous en supplie, tuez-moi. »

Recroquevillée sur le lit de Brian, vingt-cinq ans après le drame, Patricia se revoyait assise dans l'herbe, à l'orée du bois que les policiers avaient jadis ratissé. Le bourdonnement des mouches et l'odeur surchargée des foins l'assaillaient à nouveau. Elle avait envie de crier ; elle ouvrait la bouche, et c'était un rire qui s'échappait, un rire nerveux. Interminable.

Jamie O'Donnell avait osé lui dire : « Ça va s'arranger, Pat. Tu verras. D'une façon ou d'une autre, tout s'arrangera. »

Non seulement les choses ne s'étaient pas arrangées, mais durant cinq ans sa vie avait été une brutale descente aux enfers.

Toute joie se transformait en horreur. L'heureuse mère qui avait donné la vie s'était retrouvée au garde-à-vous devant un petit cercueil blanc dont on avait refermé le couvercle, parce qu'il n'y avait rien à montrer. De mère dynamique et responsable qu'elle avait été jusque-là, Patricia était devenue une sorte de démente, toujours en pleurs, tournant le dos à son propre fils, allant jusqu'à nier son existence, parce que les enfants vous percent le cœur. D'épouse attentive, elle s'était métamorphosée en créature inconsolable, évaporée, repoussant toute tentative de rapprochement de son mari, parce qu'elle sentait qu'il lui reprochait la mort de leur fille, quand bien même Harper tentait de se réconcilier avec elle.

Un frisson glacé avait pris possession de son être ; elle ne s'appartenait plus. Prisonnière de son propre chagrin, elle avait débouché sa première bouteille de gin et s'était abandonnée à ses vapeurs comme à de suaves caresses. Elle s'y prélassait voluptueusement du soir au matin, sans réfléchir, sans penser à rien, sans vivre même, car, si elle avait été vivante, la douleur assurément aurait été trop forte.

« Tuez-moi. Pitié. Pourquoi ne suis-je pas morte ? »

Jadis, le père de Patricia avait exigé qu'elle cesse de boire et Harper, toujours prompt à trouver des solutions scientifiques aux maladies de l'âme, l'avait placée dans un centre de désintoxication. Mais c'était sans importance pour elle. Elle se fichait de ce qu'on pensait, elle se fichait de ce qu'ils voulaient qu'elle fût, elle se fichait même de voir son fils devenir un petit homme dur, hargneux, incapable de sourire. Elle se fichait rigoureusement de tout.

Et puis, un beau jour, Harper – Harper le surmené, le bourreau de travail – prit une initiative inattendue. Il décida d'emmener toute la famille à Boston, très loin, là où le fantôme de Meagan ne torturerait plus personne au détour de chaque couloir. Quelques semaines après, il eut cette idée lumineuse, saisissante, l'une de ces idées sublimes capables de sauver un couple et de rendre en l'occurrence à Patricia l'admiration qu'elle avait éprouvée pour Harper au tout début : il l'avait emmenée voir la petite fille abandonnée.

Patricia était entrée dans la chambre ; Mélanie lui était apparue vive, ardente, avec ses yeux bleus ; toute réticence, toute résistance avait été vaincue.

C'était comme si elle était une nouvelle fois tombée amoureuse. Les vapeurs se dissipèrent. Il fallait absolument qu'elle tienne cette enfant dans ses bras ; c'était impératif, physique. Tout de suite, elle voulut lui dire que tout allait s'arranger. Tout de suite, elle sentit le besoin de la protéger.

Patricia aimait Mélanie pour ce qu'elle était. Elle aimait sa manière de faire face à l'inconnu, elle aimait ses efforts pour amuser les gens, sa force, sa ténacité ; c'était une enfant solide, spirituelle, alerte et sérieuse, elle était tout ce que Patricia avait voulu être sans jamais se donner les moyens d'y arriver. Mélanie devint ni plus ni moins l'idole de Patricia Stokes.

Pour elle, pour Mélanie, Patricia avait repris en main sa propre existence. Elle avait retrouvé son amour pour Brian ; elle lui accorda l'attention dont il avait terriblement besoin, elle lui rendit la mère qu'il croyait avoir perdue. Pour Mélanie, elle avait même ranimé son amour pour Harper, car, au moment où elle pensait qu'il n'y aurait plus rien entre eux, cet homme lui avait offert le bien le plus précieux, une seconde fille, c'est-à-dire l'occasion, pour Patricia, de se racheter, de recommencer à zéro, de se remettre en selle. De repartir à neuf.

Au soir du jour où Mélanie s'installa chez les Stokes, Patricia se déshabilla lentement et, pour la première fois en cinq ans et demi, se glissa nue dans les bras de son mari. Elle savait qu'il fréquentait d'autres femmes, elle savait qu'il n'était pas ému comme elle par la présence de cette nouvelle enfant dans la maison, mais il ne l'avait pas repoussée. Après une brève étreinte, elle avait deviné les termes de leur nouvelle entente. Harper ne l'aimerait jamais comme au début. Il ne l'idolâtrerait plus comme avant, il ne lui témoignerait plus la même ferveur. Il prendrait soin d'elle, il allait subvenir à ses besoins, il ne la laisserait pas tomber, mais jamais il ne lui pardonnerait. Au Texas, le pardon était l'affaire des femmes.

Harper termina la lecture des pages financières et saisit le cahier consacré aux nouvelles municipales. L'espace d'une seconde, Patricia surprit son visage qu'elle connaissait si bien depuis trente-huit ans. Les yeux toujours si bleus, la mâchoire aussi carrée, la chevelure aussi fournie et lustrée qu'autrefois. À cinquante-huit ans, Harper ressemblait toujours au jeune homme qui avait réussi à la tirer des bras de Jamie O'Donnell.

Elle découpa un autre quartier de pamplemousse.

Les souvenirs décousus de leur jeunesse lui revinrent en mémoire. Elle se rappela les chaudes soirées texanes, si humides, quand ensemble, tous les trois, ils tiraient des plans pour conquérir le monde. Jamie, si fort. Harper, si séduisant. Et Patricia, si jolie, si belle.

« Enfin, Patricia ! Harper n'est rien qu'un sourire et une poignée de main. Il est obsédé par son image. Il n'y a rien derrière cette façade. Tu peux trouver mieux que lui.

— Mais il me comprend, Jamie.

— Pourquoi ? Parce qu'il porte des costumes chics ? Parce qu'il a les ongles soignés ? Qu'il est prêt à trahir sa mère pour une invitation chez le gouverneur ?

— Voilà, mon amour, voilà. »

— Meagan, pardonne-moi, chuchota Patricia, le nez dans son assiette.

Harper rabattit son journal.

— Qu'est-ce que tu dis ?

— Je m'inquiète pour Mélanie.

Harper replia le journal et le posa sur la table.

— Elle travaille trop, déclara-t-il, solennel. Il faut qu'elle apprenne à ralentir le rythme.

— J'essaie bien de l'aider, fit Patricia en haussant les épaules. Mais tu la connais…

Comme s'il lisait dans ses pensées, il lui demanda :

— Qu'est-ce que tu dirais si on partait tous en voyage ?

— Pardon ?

— Je pense à cela depuis quelques semaines. J'ai toujours dit qu'un jour, quand je prendrais ma retraite, on pourrait voyager ensemble. Mais, bon ! Je ne rajeunis pas. Il est peut-être temps que je me montre plus impulsif. Prenons les enfants et allons voir le monde. Qu'est-ce que tu en penses ?

Qu'est-ce qu'elle en pensait ? Patricia était incapable de prononcer un mot. La main tremblante, elle posa sa cuillère au bord de son assiette. Voir le monde ? Même dans ses rêveries les plus débridées, jamais son mari ne tenait de propos semblables.

Prudemment, elle tenta de détecter dans son regard une idée ou un sentiment qui lui échappait. Elle se demanda si Harper savait qu'elle l'aimait toujours. Même s'il plaçait son travail avant sa famille. Même s'il sortait avec toutes ces filles. Même s'il se contentait de l'embrasser froidement sur la joue en rentrant du travail, elle se demandait s'il se doutait qu'elle attendait patiemment le jour où il prendrait enfin sa retraite et lui reviendrait. Alors peut-être retrouveraient-ils la ferveur qu'ils avaient connue brièvement à l'époque du Texas. Peut-être oublieraient-ils leurs erreurs, leur dépit, leurs mensonges, et pourraient-ils repartir à neuf.

— Tu… tu quitterais l'hôpital ?

— Enfin… pas pour toujours. Mais on pourrait partir, oui.

Patricia baissa les yeux afin qu'il ne puisse mesurer sa déception.

— Des vacances alors ? Une semaine, ou deux ?

— Non. Plus. Je ne sais pas, quatre, six mois… Et puis, tant qu'à y être, je pourrais peut-être prendre une année sabbatique.

Une année sabbatique ? Patricia ne savait plus si elle devait se réjouir, ou se méfier. Elle fit un effort pour avoir l'air captivée.

— Vraiment ? Et quand ça ?

— Je songeais à la semaine prochaine, répondit Harper, comme s'il s'agissait là d'un détail.

La semaine prochaine ! Jamais Harper ne prenait de décisions aussi précipitées. En aucune circonstance il n'avait fait un geste aussi spectaculaire.

Ce n'était donc pas la santé de Mélanie qui le préoccupait. Ce n'était pas non plus le désir d'entreprendre un voyage qui l'animait. Il y avait autre chose. Il savait. Voilà. Harper savait.

Le message. Le message que Patricia avait trouvé dans sa voiture en quittant la réunion des Alcooliques anonymes. Le message qui se trouvait à l'intérieur de la Mercedes, verrouillée pourtant. Malgré le système d'alarme. Quelques mots découpés dans une revue, puis collés les uns à la suite des autres. Un message tout simple. Qui donnait la frousse.

« On a toujours ce qu'on mérite. »

Au moment où Patricia l'avait découvert, après l'avoir lu, son cœur s'était mis à battre comme jamais. Tout à coup, elle eut une vision, une effrayante prémonition : le passé rattrapait le présent, les deux se mêlaient, il n'y avait pas moyen d'empêcher cela, non plus que d'y échapper. Surtout, ne lui faites pas de mal, avait-elle supplié à voix basse. Ne touchez pas à Mélanie. J'ai été bonne. Je le jure. Je n'ai rien fait de mal cette fois-ci.

— Patricia ? Je pensais que tu serais aux anges…

— Six mois, fit-elle, les yeux toujours baissés. Partir loin d'ici… Avec Mélanie ?

— Bien sûr.

— Avec… Brian ?

Harper hésita puis, lentement, hocha la tête.

— Mais pas avec son… copain. Je t'assure, Patricia, je fais de mon mieux. Je ne peux pas aller jusque-là.

— Toute la famille, murmura-t-elle. Loin d'ici. À l'étranger. Mais il leur faudra plus d'une semaine pour se préparer. C'est terriblement court.

— Si j'arrive à me libérer en une semaine, ils doivent pouvoir le faire eux aussi.

— Alors on partirait… vendredi prochain ?

— Oui. Vendredi.

Patricia savait que le moment était venu de poser la question décisive : pourquoi si vite ? Mais elle redoutait tant la réponse.

— Très bien, chéri, dit-elle simplement. Très bien.

Maria parut à l'entrée de la pièce.

— Le docteur Sheffield est là. Il désire voir le docteur Stokes.

Harper eut l'air surpris, mais se leva sans attendre et donna une bise à sa femme. Patricia avait placé les tournesols sur la table. Il en caressa un pétale, en ajoutant d'une voix douce :

— Tu verras. Tout ira bien.

Patricia se retrouva seule devant son demi-pamplemousse à peine entamé. Elle n'était pas certaine d'avoir bien saisi le sens de ce qui venait de se passer. Cette décision subite de partir en vacances ne lui disait rien de bon, mais, tout en même temps, son désir de jouer le jeu, de se lancer à corps perdu dans l'aventure était immense.

Tant de secrets, se dit-elle. Les miens. Les siens. Ceux de Mélanie. La veille, Patricia avait senti que sa fille lui cachait quelque chose. Il y avait de trop longs silences dans sa conversation. Trop de réserve dans son regard. Mélanie gardait trop de choses par-devers elle. Pensait-elle vraiment que ses parents n'en étaient pas conscients ?

« On a toujours ce qu'on mérite. »

Patricia se sentit épuisée. Une fois de plus, tout se mit à vaciller, comme si la vie l'abandonnait. Une crise d'angoisse. Elle respirait trop vite. Elle aurait pourtant dû se douter de tout ça.

Elle se leva et partit à la recherche de sa fille dans la maison. Si seulement elle pouvait la voir, la toucher, constater qu'elle allait bien, s'assurer qu'on ne l'avait pas enlevée, tuée, assassinée... Déjà, ça irait mieux. Je pourrais détacher le présent du passé. Je verrais que l'un n'a rien à voir avec l'autre. Que le passé est révolu...

Mais sa fille n'était apparemment plus à la maison. À 10 h 30, Patricia Stokes se traîna jusqu'à son lit. Il fallait pourtant montrer plus de courage, elle le savait bien. Mais, ce matin-là, elle en fut incapable.

Mélanie se réveilla tard une fois de plus et dut se hâter pour être prête à 10 heures. Elle enfila une robe en composant le numéro d'Ann Margaret. Elle lui annonça qu'elle ne se rendrait pas à la Croix-Rouge ce jour-là. Elle ne se sentait pas bien. Un début de grippe, peut-être. Ann Margaret fut compréhensive. Ne t'en fais pas, ma belle, repose-toi.

Cette affaire réglée, Mélanie quitta sa chambre et descendit au rez-de-chaussée. Elle n'était pas fière de son coup ; elle détestait mentir et trouvait que cela lui arrivait souvent depuis quelques jours.

Elle ouvrit la porte de l'entrée, huit minutes exactement après 10 heures. David Reese l'attendait de l'autre côté de la rue, adossé à un arbre, les jambes croisées, sans dissimuler son impatience. Il semblait ne pas avoir fermé l'œil de la nuit et, lorsqu'il desserra les lèvres, Mélanie jugea qu'il était de mauvais poil.

— Ce n'est pas William Sheffield qui vient d'entrer chez vous ? lança-t-il, en guise de formule d'accueil.

— Si ! Il avait probablement rendez-vous avec mon père.

Mélanie essayait de rattacher la courroie de son sac à main, mais David prit sans attendre la direction du centre-ville.

— Ils se rencontrent souvent chez vous ?

— Euh… non. Pas souvent.

— Pourquoi ce matin ?

— Je n'en ai aucune idée. J'ai à peine entendu quelques mots lorsqu'ils sont entrés dans le bureau de papa. William est énervé. J'ai vaguement l'impression que quelqu'un s'est introduit chez lui la nuit dernière.

David s'arrêta brusquement.

— Quoi ! Quelqu'un est entré chez lui ? Comme chez vous l'autre nuit ?

Mélanie suivit son raisonnement, puis secoua la tête.

— Non. Il est certain qu'il n'y a aucun rapport. William est un joueur compulsif. Il a dû perdre de l'argent, ou en emprunter. Ses créanciers sont allés se servir. C'est ce que papa disait d'ailleurs : « Voyons, William. À quoi tu t'attendais ? Je parie même qu'on t'a laissé un message. »

David saisit le bras de Mélanie et la dévisagea avec une telle intensité qu'elle se sentit désarmée.

— Un message ? Quel genre de message ?

— Je… ne sais pas. Je n'ai pas tout compris.

— William s'est-il plaint, oui ou non, qu'on lui a pris quelque chose ? A-t-il dit qu'on lui a volé du fric ?

Mélanie tenta de se rappeler, mais elle n'avait pas prêté assez attention à leur discussion.

— Je ne pense pas. En fait, il a dit qu'il avait gagné hier soir. Mon père ne le croyait pas. Il a répondu que ce serait bien inhabituel.

— Et le message ?

— Eh bien, il a dit : Si c'est un créancier, pourquoi laisserait-il un message ? Les créanciers prennent de l'argent, ils n'écrivent pas de poèmes. En résumé, William était nerveux et mon père essayait de le rassurer. Point à la ligne.

David fronçait toujours les sourcils.

— J'aimerais bien savoir ce qui est écrit sur ce message.

— Enfin, pourquoi ? En quoi est-ce important ?

— On a toujours ce qu'on mérite. N'est-ce pas ce que l'interlocuteur anonyme disait à Digger ?

— Oh ! fit Mélanie, qui avait oublié cette histoire.

Elle réfléchit un moment en silence, puis secoua la tête.

— William n'est qu'un collègue de mon père. Il a déjà bien assez de soucis comme ça.

David préféra laisser tomber le sujet pour le moment et ils poursuivirent leur marche.

Le matin était ensoleillé et lumineux. Pas un nuage dans le ciel. Les touristes avaient envahi les allées bordées d'arbres. Des hommes en costume chic admiraient les vitrines d'Armani, tandis que des étudiantes au nombril percé s'asseyaient aux terrasses des cafés. David et Mélanie avançaient tant bien que mal à travers la cohue. L'hôtel de Digger se trouvait un peu plus loin, à quelques minutes de marche. Mélanie considéra son compagnon du coin de l'œil. Il portait un pantalon noir et une veste sport de la meilleure tenue. Quelques minutes plus tard, elle rompit le silence, qui mettait ses nerfs à rude épreuve.

— Vous avez passé une bonne soirée ?

— Sensationnelle !

— Vous boitillez moins ce matin, non ?

— Ça me fait une belle jambe.

— Vous n'êtes pas bavard…

— Je viens d'une famille d'hommes. Durant les repas, on se contentait de mastiquer notre viande.

— Je m'en doutais. Et… votre mère ?

— Morte. Cancer.

— Je suis désolée.

— Elle aussi.

Mélanie refusa d'en rester à ces généralités.

— Alors comme ça, vous viviez seul avec votre père…

— Et mon frère. Plus jeune. Marié, deux enfants, entraîneur de base-ball à Amherst. Un excellent lanceur. Ça vous suffit ?

— Dites donc, vous en avez de la conversation quand vous voulez ! s'écria-t-elle, en espérant le dérider.

Ils traversèrent Boylston Street, passèrent devant le Pru Center où les Stokes faisaient habituellement leurs emplettes, puis ils bifurquèrent. L'hôtel était en vue.

— Vous avez appelé Digger ? demanda David.

— Jamais de la vie.

— Parfait. Je veux le prendre par surprise. Et vos parents ? Vous leur avez parlé de tout cela hier soir ?

— Pas un mot.

— Votre frère ? Pas de nouvelles de lui ?

— Aucune.

— Curieux de la part d'un frère si protecteur, non ?

— Brian est de ces gens qui ont besoin de prendre du recul. Il appellera. J'en suis sûre.

— Toujours aussi diplomate…

— Ne me jugez pas avant de me connaître.

— Entendu.

Ils passèrent devant l'église de scientologie. Mélanie observa les enfants qui s'amusaient dans une piscine extérieure. C'était décidément une journée magnifique.

Une minute plus tard, elle pénétra dans l'hôtel Midtown, précédée par David.

Il y avait peu de monde dans le hall. Un homme lisait le journal dans un coin, tandis qu'une mère exténuée tentait de calmer deux bambins qui couraient en tous sens. À la réception, une petite rousse, l'air coquin, s'anima en apercevant le détective. Elle appela la chambre de Digger et décocha un regard plein de sous-entendus en direction de Riggs.

Mélanie jugea que cette rousse ne lui plaisait pas des masses.

Mais David semblait à peine la remarquer. Il avait adopté une autre attitude dès son arrivée dans le hall. Le visage fermé, les yeux vifs, une jambe légèrement en retrait ; il était sur le qui-vive, notant la configuration des lieux, l'emplacement des issues de secours, le nombre de personnes présentes.

La petite rousse raccrocha son téléphone et leur indiqua le fond d'un couloir, en réservant sa moue la plus mielleuse à David. Celui-ci se détourna d'elle sans même la regarder.

Ils retrouvèrent Digger, rayonnant, à la porte de sa chambre. Son visage se rembrunit à la vue de Riggs.

— Vous êtes qui, vous ?

— Le plombier, fit David. Pour vous servir.

David laissa Mélanie entrer dans la chambre et referma la porte d'un coup de talon. Puis il demeura devant cette porte, les bras croisés.

— Mais c'est le serveur ! s'exclama Digger. Pourquoi vous l'avez emmené ? Cette affaire ne regarde que nous.

— Je suis venue pour connaître vos preuves, monsieur Digger. M. Reese a offert de m'accompagner. Maintenant, si vous ne voulez plus parler, je m'en vais.

Mélanie s'était ostensiblement assise juste sur le bord d'un fauteuil, pour signifier qu'elle était prête à partir à la première incartade. Digger considéra David d'un air maussade.

— Vous ne pouvez pas attendre dans le couloir ?

— Non, répondit David à la grande satisfaction de Mélanie.

Digger se mit à faire les cent pas dans la petite pièce. Il portait le même pantalon que l'autre soir, mais avait enfilé une chemise plus propre. Mélanie ne remarqua aucune valise dans la chambre, sinon un vieux sac de marin et plusieurs cahiers sur la table de chevet. Un petit magnétophone reposait sur le couvre-pied du lit.

— Vous pouvez commencer tout de suite, dit-elle. Si vous avez quelque chose d'instructif à nous apprendre, bien sûr.

Digger lui lança un regard mauvais.

— Non. Ce n'est pas comme ça que ça va se passer. Si vous voulez des preuves, il va falloir répondre à mes questions.

— Pourquoi j'y répondrais ? Rien ne m'assure que vous dites la vérité. Vous faites peut-être cela pour de l'argent.

— Quel mal y aurait-il à ça ? Vous vivez dans un château, où tout le monde satisfait le moindre de vos désirs. Qu'est-ce que vous avez fait pour mériter ça, la belle ?

Mélanie serra les lèvres. D'entrée de jeu, Digger frappait là où ça devait faire mal.

— J'ai eu de la chance, rétorqua-t-elle sèchement. Plus que vous.

— Je vais vous confier un truc, miss Stokes. À ce stade, je n'ai plus besoin de vous. J'ai rencontré l'interne qui vous a jadis trouvée aux urgences. J'ai aussi parlé aux assistantes sociales qui se sont occupées de vous.

— Et les Stokes ? demanda David, toujours adossé à la porte. Vous avez appelé ses parents ?

— Non, pas encore. Mais si elle ne se montre pas plus coopérative…

Digger s'appuya contre la table et les considéra l'un après l'autre.

— Je peux terminer mon article avant la fin de la semaine et le vendre très cher. Avec ou sans le témoignage de mademoiselle.

— J'avais donc raison. Au bout du compte, vous ne songez qu'au fric. Ça répond à ma question, monsieur Digger. Au revoir et bon débarras ! lança Mélanie en se levant, l'air dégoûtée.

Digger lui saisit le bras. Geste malheureux, David fut sur lui dans la seconde.

— Qu'est-ce que tu veux faire, le boiteux ?

À ces mots, le visage de David se ferma encore davantage. Reese était furieux et cette rage le rendait redoutable. Dès cet instant, Mélanie comprit qu'il était capable de broyer Digger s'il lui en prenait l'envie.

Mais le reporter n'était pas aussi sot. Lentement, il libéra le bras de la jeune femme et leva les mains, paumes ouvertes.

— Voyons, voyons ! On s'égare. Au fond, on veut tous la même chose. Je suis sûr qu'on va s'entendre.

David se détendit quelque peu, mais son regard demeura ferme. Agressif même. Au lieu de lui faire face, Digger s'adressa à Mélanie.

— Ce n'est pas une question de fric.

— Bien sûr que si !

— Bon sang ! Vous pensez pas que j'en ai ma claque, moi aussi, de ce journalisme minable ? Pour une fois, j'ai un vrai scoop. Que ça viole votre petit monde, j'en ai rien à cirer. Je publierai cet article que ça vous plaise ou pas.

— Alors, dites-moi quelque chose qui tienne la route.

Digger se dirigea vers la table de chevet et saisit une liasse de feuilles chiffonnées.

— Vous voulez connaître votre histoire ? Je l'ai. Voilà l'histoire de Russell Holmes et de la femme qui a porté son enfant.

— Comment en êtes-vous si sûr ? Comment pouvez-vous le savoir ?

Digger se tut quelques instants, réfléchissant aux différentes façons d'exposer son affaire.

— Holmes avait un tatouage à l'épaule. Ça figure sur la fiche signalétique remplie par la police après son arrestation. Un tatouage sur lequel il était écrit : « Raclure aime l'ange. » Raclure était le surnom de Holmes. Il n'a jamais voulu me dire qui était cet ange, se bornant à répondre qu'il était pas puceau. Hélas pour lui, Holmes parlait parfois dans son sommeil. Il répétait le mot ange. De temps en temps, il avait de petites conversations avec son bébé, son propre enfant.

» Avant qu'on l'attache à la chaise électrique, j'ai essayé de retrouver cette femme et son gosse. Je voulais savoir comment on se sent lorsqu'on est l'épouse d'un mec comme lui. Vous connaissez un peu le profil des agresseurs d'enfants, miss Stokes ?

Mélanie secoua la tête.

— Il en existe plusieurs types. Il y a d'une part l'agresseur de prédilection, qui s'attaque exclusivement aux gamins, et le criminel de circonstance, qui s'en prend aux gosses s'il en trouve autour de lui, mais qui peut tout aussi bien agresser des adultes à la place. Vous me suivez ?

Même si elle n'était pas certaine de vouloir suivre Digger dans ces zones d'ombre, Mélanie acquiesça.

Le journaliste reprit son laïus avec enthousiasme, ravi de faire étalage des connaissances qu'il avait acquises pendant ses recherches.

— La majorité des agresseurs d'enfants sont des criminels de circonstance, qu'on classe en quatre catégories bien distinctes. Vous avez d'abord le simple frustré. Ensuite, l'amoral, le pervers sexuel et l'inadapté chronique. Le frustré agressera ses propres enfants plutôt que de s'attaquer à ceux des autres. Non seulement c'est un salaud fini, mais il n'a aucun courage, c'est un mou. L'amoral, lui, est tout aussi dangereux, mais violera indifféremment ses gosses, comme ceux de son voisin. Par-dessus le marché, il est prêt à violer sa femme et celle de son voisin. Comme sa catégorie l'indique, il n'a aucune conscience morale ; pour lui, attaquer des enfants augmente le plaisir, un point c'est tout. Ensuite, il y a le pervers sexuel. Lui aussi s'attaque à n'importe qui, mais pour une autre raison. Il aime le risque, il a le goût de l'aventure et, sexuellement, il cherche à se distraire. À votre avis, qu'est-ce qui est plus grave, miss Stokes ? Agresser ses gosses parce qu'ils sont sans défense, ou les attaquer parce qu'on n'a rien de mieux à faire ?

Digger ne lui laissa pas le temps de répondre. Mélanie croyait deviner où il voulait en venir ; de toute évidence, c'était un express pour l'enfer.

— Enfin, le quatrième type est l'inadapté chronique, c'est-à-dire un solitaire, qui entretient peu de rapports avec les adultes ; il se rabat sur les enfants qu'il connaît, ou sur ceux qu'il peut approcher facilement. Il se considère lui-même comme une ordure.

Voilà donc nos quatre types. D'après vous, à quelle catégorie appartenait Russell Holmes ?

— C'était un amoral, répondit David. Il n'éprouvait aucun remords, pas même sur la chaise électrique.

Digger hocha la tête et regarda Mélanie dans les yeux.

— Oui, et il existe une autre caractéristique propre à ce type d'individus. Un truc complètement tordu. L'amoral ne fait pas que s'attaquer à ses propres enfants ; il fait des gosses pour avoir des victimes sous la main. Sous son propre toit. Je voulais retrouver la femme de Holmes pour savoir ce qu'elle a pensé le jour où elle s'est rendu compte que son mari se servait d'elle pour disposer d'une victime à domicile.

Digger fit une pause et reprit d'une voix plus grave.

— Maintenant, vous comprenez pourquoi votre mère vous a abandonnée, miss Holmes ? Vous comprenez pourquoi elle vous a éloignée du Texas ? Pourquoi elle n'a jamais cherché à vous retrouver. Vous comprenez pourquoi on vous a mise au monde…

Mélanie avait de plus en plus de mal à respirer. Une nouvelle migraine vibrait derrière son œil gauche. Les ombres reprirent leur valse, découvrant des lieux et des circonstances qu'elle aurait volontiers chassés de son esprit. La cabane en bois. La fillette serrant son jouet, qui la regardait, insouciante de l'avenir.

— Vous ne m'avez donné aucune preuve, objecta-t-elle brusquement. Vous vous contentez de nous expliquer que Holmes était Belzébuth en personne, que sa femme avait les meilleures raisons du monde d'abandonner son enfant. J'ai bien compris cela. Mais vous ne dites rien qui me convainque que je serais cette enfant-là. Comment voulez-vous qu'une pauvre Texane fasse le voyage jusqu'à Boston pour déposer son enfant dans un hôpital ?

— Franchement, je l'ignore. Mais je peux vous donner une piste. J'ai retrouvé la sage-femme qui a eu l'insigne honneur d'assister à l'accouchement de la femme de Holmes. Bien sûr, elle ne savait pas à l'époque qui étaient ces gens. Mais quand les journaux ont publié la photo du tueur en première page, elle a vite compris. Et alors qu'elle se demandait encore si elle devait prévenir la police, un type s'est pointé chez elle. Il lui a offert une grosse somme d'argent pour qu'elle oublie cette affaire et ne dise rien. Il a ajouté que, si jamais elle révélait quoi que ce soit, il y aurait des conséquences terribles. Terribles. Le genre de mec qu'on ne cherche ni à contredire ni à emmerder. Elle a accepté. Elle n'a pas pris l'argent. Par principe, conscience professionnelle ou je ne sais quoi, mais elle n'a rien dit non plus. De sorte que l'identité de l'enfant est restée inconnue bien après l'exécution de son père.

Digger eut un sourire avant de lâcher le morceau.

— Eh bien, figurez-vous, miss Holmes, que cet homme, celui qui a rencontré la sage-femme, n'était nul autre que Jamie O'Donnell ! Alors, si cette histoire ne vous concerne pas, expliquez-moi pourquoi votre parrain s'intéressait au gosse de Holmes ? Pourquoi il s'est présenté chez cette femme et pourquoi il l'a contrainte à tenir sa langue ?

— Vous… vous avez appelé Jamie ? Vous lui avez posé la question ?

— O'Donnell ? Pour qui me prenez-vous ? O'Donnell vend des armes ! Il connaît tout le monde, il supprime les gens à volonté. Je suis pas fou. J'irais pas jouer dans ses pattes.

— Qu'est-ce que vous dites ?

— Mais enfin, est-ce que vous connaissez vraiment vos parents ?

Mélanie était totalement décontenancée. Pour elle, son parrain importait des objets d'art exotique, des coffres en bois, des figurines thaïlandaises. Elle savait qu'il voyageait beaucoup. Rien de plus.

— Et cette femme, l'ange ? demanda David. Vous l'avez retrouvée ?

— Non. Comme je le disais, elle utilisait un pseudonyme elle aussi ; la sage-femme n'a jamais connu que ce pseudonyme. Je lui ai demandé de la décrire physiquement, mais ses caractéristiques sont trop ordinaires. Holmes n'a laissé aucun document personnel et son avocat est impénétrable. Impossible de lui tirer les vers du nez, c'est le genre de mec qui estime que ses clients ont le droit d'emporter leurs secrets dans la tombe.

Digger se tourna vers Mélanie.

— Vous avez certainement vécu quelques années avec votre mère biologique. Je sais que votre mémoire est défaillante, mais quand même ! Une mère reste une mère. Son nom et son image doivent dormir quelque part dans un recoin de votre cerveau. Un peu d'hypnose, ou une thérapie, devrait vous aider à vous en souvenir. Alors je pourrais réunir la mère et l'enfant. Qu'est-ce que vous en dites, miss Holmes ? Vous ne voulez pas connaître votre vraie mère ? votre vrai nom ? le jour exact de votre naissance ? Ça pourrait être amusant, non ?

On frappa à la porte.

— J'ai commandé quelque chose à manger, expliqua Digger.

David se rapprocha de Mélanie. Digger ouvrit. Il y eut deux détonations brèves, assourdies. Le reporter s'écroula sur place, la poitrine perforée.

Mélanie aperçut un homme aux cheveux noirs, portant un uniforme de groom mal ajusté et un gros revolver, qu'il pointa dans sa direction.

— À terre ! s'écria David, en l'entraînant derrière le lit.

Deux autres balles se logèrent dans le mur au-dessus de leurs têtes. David glissa la main à l'intérieur de sa veste et en tira un revolver.

— FBI, cria-t-il. Jetez votre arme !

12

David ouvrit le feu à son tour et l'inconnu riposta par trois balles, dont une frôla l'oreille de Mélanie. Cette dernière se récroquevilla. David tira de nouveau.

— Je compte jusqu'à trois, ordonna-t-il à voix basse.

— Quoi ?

— À trois, vous courez.

Deux nouvelles détonations sifflèrent à leurs oreilles.

— Un, deux, trois ! Maintenant !

David fit feu et Mélanie dut ramper un peu avant de réussir à ramener ses jambes sous elle. Sans cesser de tirer, David la poussa de l'avant ; elle réussit à s'extirper de sa position et à foncer vers la porte. L'inconnu fuyait déjà dans le couloir, emportant les cahiers de Digger, en laissant derrière lui une traînée de sang.

La jeune femme se précipita dans l'autre direction, suivie de David.

— Tout le monde à terre ! s'écria-t-il à l'adresse des clients qui sortaient de leur chambre, alertés par le bruit. Il y a un tueur dans l'immeuble. Déclenchez l'alarme ! Déclenchez l'alarme !

Les gens s'aplatirent d'un seul tenant, deux femmes poussèrent des cris. Mélanie traversa le hall de l'hôtel en toute hâte et déboucha dans Copley Street, aveuglée par la lumière resplendissante. Elle poursuivit sa course vers le coin de la rue, mais un bras puissant lui serra la taille, l'obligeant à s'arrêter. Elle poussa un cri ; l'homme la fit taire en posant une main sur sa bouche et la poussa sous un porche.

— C'est moi ! Calmez-vous !

David était blême, des gouttes de sueur perlaient sur son front. Mélanie ne distingua aucune blessure, mais il respirait avec force et semblait mal en point. Ces petits exercices violents, se dit-elle, ne sont peut-être pas recommandés pour son dos… Pour peu qu'il ait une maladie à la colonne ! Pour peu qu'il s'appelle vraiment David Reese !

Elle tenta de le repousser, mais il la retint plus fermement.

— Qui êtes-vous à la fin ? s'écria-t-elle. Qu'est-ce que vous faites ?

— Je vous protège de la ligne de feu ! Vous ne vous imaginez tout de même pas que ce genre d'homme aurait scrupule à vous tirer dans le dos !

Mélanie avait presque réussi à se libérer, mais David tenait bon.

— Je ne sais pas ce qu'il faut penser de ce genre d'homme, comme vous dites. On n'avait jamais tiré sur moi avant ce matin.

— Moi non plus. Alors, taisez-vous ! Laissez-moi réfléchir.

Il y avait de plus en plus d'animation dans la rue. L'inconnu avait sans doute fui par l'arrière de l'hôtel ;

David relâcha son étreinte et jeta un coup d'œil autour de lui.

— Vous avez pu l'identifier ?

— Non, répondit-elle, profitant de sa distraction pour se libérer.

Des sirènes s'ajoutaient au tumulte. Bientôt, deux voitures de la police débouchèrent au coin de la rue.

— C'était le type qui lisait un journal dans le hall, grommela David. Il nous a vus entrer dans la chambre de Digger.

— Vous travaillez vraiment pour le FBI ?

— Oui.

— Vous m'avez menti !

— Vous avez votre revanche. Ce mec ne tirait pas des balles à blanc, vous pouvez me croire. Maintenant, vous allez me donner la liste des personnes qui ont intérêt à vous supprimer.

Quelques minutes plus tard, David accompagna Mélanie dans la chambre de Digger, où de nombreux policiers établissaient le constat de décès. David se présenta à eux comme l'inspecteur Riggs, attaché au FBI de Boston.

Mélanie ne pouvait détacher son regard du corps de Digger, étendu sur le sol. Il avait un large trou dans la poitrine ; le sang s'était répandu tout autour de lui. Le cadavre dégageait une lourde odeur chaude, dominée par celle des matières fécales. David expliqua que la mort détendait les sphincters, libérant le contenu des viscères. Mélanie ignorait ce détail.

Un inspecteur de la police municipale fit alors son entrée dans la chambre. Vêtu d'une veste fort élégante, les cheveux soigneusement lissés et le visage rasé, il se présenta comme étant l'inspecteur Jax. Il jaugea Mélanie un moment, puis lui offrit un siège et un verre d'eau. Cela fait, il se mit au travail.

— C'est un 9 mm, dit-il en retirant les balles fichées dans le mur avec son canif de poche.

Il les déposa une à une dans un sac en plastique.

— C'était même un Beretta, ajouta David. Ça ne fait aucun doute, j'ai reconnu la détonation.

Jax pointa du doigt la traînée de sang qui s'allongeait jusque dans le couloir.

— C'est le sien ?

— Je l'ai touché à la main. Ça l'a ralenti un peu, mais pas suffisamment. Ce n'est pas un débutant, croyez-moi.

Jax recueillit la dernière balle, puis ouvrit le sac de Digger pour en faire l'inventaire.

— Deux slips. Sales. Deux chemises blanches, pas très propres non plus. Et trois bouteilles de whisky. Pleines. Au moins, on est sûrs d'une chose : voilà un homme qui respectait ses priorités.

— Je ne pense pas qu'il avait bu ce matin, dit David. J'imagine que les analyses pourront le confirmer.

Il indiqua la table de chevet.

— Le tueur a piqué les notes de Digger avant de prendre la fuite. C'était une manœuvre pas facile à réussir, étant donné que je lui tirais dessus. Je suppose que ça faisait partie du contrat. Il devait supprimer deux personnes et rapporter les cahiers.

— Deux personnes ? interrogea Mélanie. Seul Digger a été tué.

— La standardiste m'a raconté que ce mec a passé la journée d'hier dans le hall, expliqua David. Elle pensait que c'était un ami d'un des clients, mais il s'est représenté ce matin avec son journal. Autrement dit, il en était à sa deuxième journée de filature. Il nous a vus entrer dans la chambre de Digger ; il a sans doute appelé quelqu'un avec son portable et, ensuite, il a dû se rendre au sous-sol pour enfiler son uniforme de groom.

Mélanie écarquillait les yeux ; l'inspecteur Jax hocha la tête.

— Donc, le suspect est entré ici avec un Beretta, muni d'un silencieux, en sachant que vous vous y trouviez tous les trois, c'est bien ça ?

— Il ne savait pas qui j'étais et encore moins que j'appartiens au FBI. Personne ne le savait ; personne ne se doutait que je serais là non plus. C'est sans doute la raison pour laquelle il a téléphoné. Pour savoir s'il devait agir malgré ma présence.

— Son objectif était donc bien de supprimer deux personnes. Larry Digger et Mélanie Stokes.

— Il était sans doute prévenu que Mélanie rencontrerait Digger tôt ou tard. Alors il a attendu. Autant faire d'une pierre deux coups.

Jax hochait la tête, en mâchouillant un cure-dent comme s'il s'agissait de sa dernière cigarette.

— Il a dû flipper en entendant crier : « FBI ! » Pas facile de remplir un contrat quand le FBI vous canarde.

David esquissa un premier sourire.

— Je veux le croire. C'est la bonne nouvelle de la journée. La seule.

Son regard croisa celui de Mélanie, qui saisit l'allusion. Tiens, tiens ! L'inspecteur Riggs regrette d'avoir tenu son identité secrète.

— J'espère que vous n'aviez pas prévu de voyage à l'étranger, inspecteur, lança Jax. Comme vous le savez, cette enquête nous regarde ; nous aurons pas mal de questions à vous poser.

— Je mène une enquête, moi aussi.

— Ce sera ma première question. De quoi s'agit-il ?

— Je vous en prie, inspecteur. Pas maintenant.

— Maintenant ou plus tard, vous savez…

— Je préfère plus tard.

Les deux hommes se toisèrent, puis Jax consentit à céder la première manche. Il haussa les épaules et glissa son cure-dent de l'autre côté de sa bouche.

Jax et Riggs entraînèrent ensuite Mélanie hors de la pièce, afin qu'un photographe de la police prît une autre série de clichés. Un homme en blouse blanche mesurait la distance entre le cadavre et la porte de la chambre, tandis qu'un inspecteur médical examinait les lieux.

— J'aimerais que vous veniez au poste, madame, dit Jax. Il faut réaliser un portrait-robot, nous avons besoin de votre concours. On l'expédiera aux médecins de la région ; j'ai dans l'idée que notre homme se fera panser la main.

— Non ! Je veux rentrer.

Les deux détectives échangèrent un regard.

— Nous parlerons de cela au poste, dit David, en prenant Mélanie par le bras.

— Pas question ! Pour autant que je sache, je ne suis pas en état d'arrestation, monsieur l'inspecteur !

Dans ce cas, je fais ce que je veux et je rentre chez moi.

— Mélanie, écoutez-moi une minute…

— Vous voulez que je vous écoute ? s'écria-t-elle, énervée. Je ne sais même pas qui vous êtes ! Pourquoi étiez-vous chez moi samedi dernier ? Qu'est-ce qui me dit que vous ne connaissiez pas Digger depuis belle lurette ? Vous saviez qu'il allait se présenter ce soir-là ? Sur quoi enquêtez-vous, au juste ? Vous vous êtes servi de moi !

— Allons ensemble au commissariat, Mélanie.

— C'est hors de question.

David attrapa un imper qui traînait, couvrit la tête de la jeune femme et l'entraîna dehors, vers l'une des voitures de la police. Mélanie entendit les déclics des appareils photo et les voix entremêlées de reporters de la télé, qui se disputaient leur proie.

— On a trouvé le mobile du crime ? C'est un coup de la mafia ?

— Qui est cette femme ? Un témoin ? C'est un suspect ? Faites-nous une déclaration !

— Penchez-vous, ordonna David. On monte dans l'auto.

Il installa Mélanie sur la banquette arrière et la voiture démarra quelques secondes plus tard. Les cameramans tournaient encore, espérant boucler leur reportage pour les infos de 11 heures.

Somme toute, pensa Mélanie, Digger réalise enfin son rêve. La photo du vieux journaliste allait sans doute paraître en première page.

13

— Je veux simplement me changer et prendre quelques affaires, expliqua David à Mélanie en pénétrant dans son appartement.

Il lança ses clés sur le canapé ; la jeune femme demeura dans le vestibule, toujours furieuse, mais muette, car elle craignait de trahir ses sentiments. Elle aurait voulu l'écorcher vif ou le couvrir de miel et le livrer aux fourmis rouges…

Dans le fond, cette colère masquait une intense frayeur.

« *Vous êtes la cible d'un tueur à gages, mademoiselle Stokes. De plus, vous avez vu le meurtrier. Il est donc certain qu'il tentera de vous supprimer. Si vous rentrez chez vous maintenant, nous ne répondons de rien. Nous ne pourrons assurer votre protection.* »

Alors l'inspecteur Riggs, aussi chaleureux qu'un mur de briques, avait proposé d'assurer sa surveillance. Ils passeraient chez lui pour y prendre quelques effets, ils en achèteraient d'autres, puis on louerait une suite dans un hôtel pour la nuit. C'était son plan. Il n'y dérogerait pas.

Jax n'avait pas même demandé à Mélanie ce qu'elle pensait de ces dispositions. Si le FBI était en mesure de couvrir les dépenses, tant mieux, ça ne le regardait plus.

— Ce n'est pas le Club Med, je vous l'accorde, grommela David, en ramassant le linge sale par terre. Mais je passe très peu de temps ici.

— Je l'aurais deviné, dit-elle amèrement.

Il y avait tellement de vêtements, de revues, de journaux éparpillés dans tous les coins que Mélanie aurait eu peine à dire quelle couleur dominait dans ce logis. De vieilles serviettes en papier jonchaient le sol ; sur la table de la salle à manger, des lettres non encore ouvertes s'amoncelaient en désordre ; plus loin, sur un vieux bureau, l'ordinateur portatif disparaissait derrière des piles de formulaires. Toutes les pièces de l'ameublement étaient défraîchies, et pas la moindre plante nulle part !

Il y avait quand même deux affiches au mur. La première représentait un stade la nuit, et la seconde un type portant un vieil uniforme de base-ball sacrément démodé. Aussi, plusieurs casquettes de base-ball étaient accrochées au mur, à la queue leu leu, et des cassettes s'entassaient près du magnétoscope. Quatre films sur le base-ball. À n'en pas douter, pensa Mélanie, je me trouve dans un appartement thématique.

Elle renifla, un rien dédaigneuse, et fit demi-tour.

— Je patiente dehors.

— Je n'attendais personne, râla David. Allez, donnez-moi une minute. Ce n'est pas si sale que ça en a l'air.

Mélanie referma la porte. Immédiatement, la pièce fut plongée dans l'obscurité la plus complète, ce qui raviva dans son esprit le souvenir du cadavre de Digger. Elle se sentit soudain fatiguée, un peu nauséeuse aussi.

Elle ouvrit donc les stores pour dissiper ce malaise et trouver un peu de réconfort. David traversa la pièce et les referma brusquement.

— Vous n'avez aucune idée de ce que signifie l'expression « détention préventive » ?

— Mais il n'y a personne de l'autre côté de la rue ! Que des bois…

— Quelqu'un peut fort bien grimper à un arbre et vous mettre en joue.

— Si vous n'ouvrez pas vos stores, je vais gerber.

David lui décocha un regard furibond, puis se radoucit.

— Vous ne vous sentez pas bien ?

— Ne faites pas le joli cœur !

— Je n'essaie pas de faire le joli cœur…

— Si ! Vous m'avez menti. Vous ne m'avez toujours pas expliqué ce qui se passe et vous m'empêchez de rentrer chez moi.

— Mais enfin, je ne suis pas votre ennemi. J'ai même essuyé le feu pour vous !

— Pour moi ? La bonne blague. Vous suivez votre plan depuis le début. Vous me collez aux basques parce que ça fait votre affaire, rien de plus. Vous allez me répondre, David Riggs ! Pourquoi étiez-vous chez moi samedi soir ? Chenney est-il vraiment inspecteur ? Vous enquêtez sur quoi exactement ?

Du regard, il lui recommandait la prudence, mais elle n'en tint aucun compte. Elle se pencha vers lui et releva le menton. Elle désirait une bonne engueulade avec Riggs. Une engueulade, une réaction, n'importe quoi, qui chasserait la peur et le sentiment d'impuissance qui l'oppressaient depuis des heures. Aussi voulait-elle le faire réagir, parce qu'au fond elle avait bien aimé le serveur Reese. Elle avait cru trouver en lui un allié ; pour sûr, ils n'étaient pas légion ces jours-ci…

« *Alors, si cette histoire ne vous concerne pas, expliquez-moi pourquoi votre parrain s'intéressait au gosse de Holmes...* »

David se détourna.

— Bon. Il faut que je me change. Vous aussi, probablement. On va manger, ensuite on discutera.

— Vous répondrez à mes questions ?

— Si vous les posez sur un autre ton.

— Je me réserve le droit d'être déplaisante si ça me chante !

— Ça, tu peux le dire, chuchota David pour lui-même, en disparaissant dans sa chambre.

Deux minutes plus tard, il revint vêtu d'un jean et d'un pull gris. Ses cheveux étaient tout ébouriffés et sa barbe de fin de journée s'accordait à son humeur.

Il ne ressemblait plus à un agent du FBI, mais davantage à un homme dynamique, plein de santé. Mélanie le considéra longuement. Des poils noirs ombraient le dos de ses mains. Il avait la poitrine large, des hanches étroites, une mâchoire bien accrochée, imperturbable. Le genre d'homme habitué à gouverner sa vie, se dit-elle. Avec qui les événements ont tout intérêt à filer droit. Peu d'amis, sans doute. Encore moins de maîtresses…

Mais cette réflexion l'irrita, car David était précisément le type d'homme qu'elle connaissait trop bien. Son père gouvernait sa vie. Brian la protégeait sans cesse. William tenait à ses petits secrets, et son parrain, même topo.

David s'avança et elle nota qu'il cherchait à dissimuler son boitillement. Son visage demeurait fermé et il serrait les poings pour contenir la douleur. Il lui tendit un survêtement de sport, pantalon noir et T-shirt rouge.

— Allez vous changer. Je vais chercher une pizza.

Mélanie hocha la tête puis, à son grand déplaisir, éclata en sanglots.

David descendit au restaurant du coin de la rue et revint cinq minutes plus tard avec une grande pizza au pepperoni et deux salades. Il libéra la table de la salle à manger et ils prirent place l'un en face de l'autre.

Dans l'intervalle, Mélanie semblait avoir changé de gabarit. Les vêtements que David lui avait prêtés, trois fois trop grands pour elle, réduisaient à bien peu de chose sa stature, déjà menue. Elle était toute pensive aussi.

Cette crise de larmes, qui l'avait prise au dépourvu, l'embarrassait terriblement, mais pas tant que David, qui ne savait que faire en pareil cas. Il ne savait même pas où se mettre. D'ailleurs, il se sentait tout chose depuis que Mélanie était entrée chez lui. Il constata qu'il ne se rappelait plus depuis combien de temps une femme était venue ici. Des lustres, pensa-t-il. À l'époque où il pouvait encore dormir sans souffrir de crampes qui l'empêchaient de respirer. Situation que les hommes n'aiment guère partager avec autrui. *A fortiori* avec une femme…

Ils mangèrent en silence, puis Mélanie brisa la glace.

— Très bien ! Allez-y maintenant.

David termina sa bouchée de pizza.

— Posez vos questions. Je verrai si je peux y répondre.

— Voilà qui promet une conversation franche et cohérente !

— Je bosse pour le FBI, dit-il, un sourire en coin. Nous avons l'habitude des conversations franches.

— Vous faites vraiment partie du FBI ?

— Oui.

— Vous avez vraiment de l'arthrite ?

— Oui.

— Ça ne vous cause pas de problèmes ? Au boulot, j'entends…

— Je peux remplir les tâches qu'on m'assigne.

— Vous n'êtes pas obligé de faire des tests ? des exercices d'endurance ?

— Je les ai passés haut la main.

— Et vos collègues ? Ça ne les gêne pas de travailler avec quelqu'un qui…

— Je veux croire que ma personnalité rayonnante compense cela.

— Alors, qu'est-ce que vous faites ?

— J'enquête sur les fraudes.

— Ah oui ! Le blanchiment d'argent, des choses de cet ordre.

— Vous y êtes. La grande vie, quoi…

Elle le dévisagea longuement et il sentit soudain, dans son regard, la rage d'une lionne prête à fondre sur sa proie.

— Alors, cette fable de l'ancien flic qui a de l'arthrite… C'était du bluff ? Vous vouliez gagner ma confiance. Pour vous servir de moi ?

— Il me fallait une raison valable pour vous convaincre de me laisser vous aider.

— Et la vérité ? Ce n'est pas une raison valable ? À moins que les agents du FBI ne soient tenus de mentir dans l'exercice de leurs fonctions.

— Précisément, mademoiselle. Nous sommes forcés de mentir à longueur de journée.

— Et l'inspecteur Chenney ? Il travaille pour le FBI, lui aussi ?

— Oui.

— Et son petit numéro dans ma chambre ? Les indices qu'il prétendait recueillir ? Les cierges, le poney… Cet interrogatoire que vous m'avez obligée à subir ?

— Tous ces indices sont au labo. Nos techniciens bossent là-dessus. C'est une véritable enquête. J'essaie réellement de vous aider.

Mélanie faillit se moquer de lui ouvertement.

— Alors, dites-moi ce que vous faisiez à la maison, monsieur l'inspecteur. Racontez-moi ça sans détour.

David prit une autre bouchée de pizza, puis se versa un verre de soda.

— Je suivais le docteur Sheffield, répondit-il, misant sur le fait que l'infidélité de William devait l'avoir détachée de lui. Il joue, comme vous le savez, il a emprunté du fric à des gens douteux, ce qui a attiré notre attention.

Mélanie semblait incrédule.

— Dans ce cas, pourquoi me suivre ?

— Vous êtes déjà sortie avec lui. Vous étiez même fiancés. Je ne savais pas exactement où en étaient vos rapports. Ensuite, vous avez quitté la réception avec un type venu de nulle part.

— Vous avez pensé que j'allais rembourser une dette de William ?

— Oui. C'est ça.

— Si vous suiviez William, pourquoi vous occuper de moi ?

— Je craignais que vous n'ayez été en danger.

— D'accord, mais pour quelle raison ?

— J'ai commencé par faire des recherches sur Holmes. De fil en aiguille, j'ai consulté le dossier Meagan Stokes, par curiosité. Je n'ai pas tout reçu encore, mais j'ai lu assez d'articles de presse pour me rendre compte qu'il subsiste plusieurs points d'ombre dans cette histoire. Par exemple, saviez-vous que Holmes n'a jamais été formellement accusé du meurtre de Meagan ?

— Quoi ?

— Il s'en est confessé… mais seulement après avoir été reconnu coupable des six autres. En fait, la police n'a pas classé l'affaire parce qu'elle n'a jamais découvert de liens tangibles entre Holmes et ce crime-là. Votre frère a raison. Ce cheval, ce morceau de tissu déposés dans votre chambre, on ne les a jamais retrouvés à l'époque. D'où sortent-ils ? Qui conserverait un jouet ayant appartenu à une enfant assassinée ?

Tétanisée, Mélanie écarquillait les yeux.

— Vous pensez que Meagan a été tuée par quelqu'un d'autre ?

— Peut-être bien, fit David en haussant les épaules. Vous saviez qu'il y a eu demande de rançon après l'enlèvement de Meagan ? Or Holmes n'avait jamais réclamé de rançon jusque-là. De plus, ça ne correspond pas à son profil. Comment voulez-vous qu'un illettré rédige lui-même une demande de rançon ? Ce simple fait permet de supposer deux choses. Soit ce n'était pas lui, soit il agissait avec un complice. Ce dernier pourrait être un proche de votre famille ou, du moins, quelqu'un qui connaissait ses habitudes.

— Vous pensez qu'un membre de ma famille a prêté main-forte à Russell Holmes pour enlever Meagan et pour l'assassiner ?

— Je pense qu'on a commis à l'époque de bien sinistres choses, et que Holmes n'avait rien à voir là-dedans. Voilà ce que je pense.

Mélanie dévisagea tout d'abord David comme si elle allait le gifler, puis son expression se modifia du tout au tout. Elle parut soudain inquiète, effarée. Elle vida son verre de soda, les mains tremblantes.

David débarrassa la table. Quand il revint s'asseoir, la jeune femme avait recouvré son aplomb. Son visage était toujours blême, mais elle considérait l'inspecteur avec assurance, les épaules droites.

— Très bien ! Dans ce cas, exposez-moi votre hypothèse. Dites-moi exactement comment vous voyez l'affaire et ce qui s'est passé à votre avis.

— Je vous le répète, j'ai l'impression qu'il s'est produit autre chose en 72, un truc assez vilain, commis par une tierce personne. C'est la raison pour laquelle la police n'a rien découvert et c'est sans doute pourquoi ce jouet et ce morceau de tissu se sont retrouvés dans votre chambre. Enfin, quelle que soit cette chose, elle implique vos parents et leurs amis d'une manière ou d'une autre. Durant vingt-cinq ans, tout le monde s'est tu. Holmes a été exécuté, puis chacun a mené sa vie en tâchant d'oublier le drame. Aujourd'hui, un inconnu fait irruption dans le tableau et veut briser le silence. Cette personne a téléphoné à Digger pour l'informer qu'il était possible de retrouver l'enfant de Holmes. La même personne a dressé ce petit autel au pied de votre lit. Enfin, cette même personne envoie des messages.

— Quels messages ?

David avait oublié que Mélanie ignorait cet élément de l'affaire et se demanda s'il n'était pas en train d'ouvrir son jeu.

— Euh… votre père a reçu un message.

— Quand cela ?

— Samedi soir, après que vous vous êtes couchée, j'ai surpris une conversation entre lui et O'Donnell. Votre père disait qu'il avait trouvé un message sur le pare-brise de sa voiture. Un message identique à celui que Digger a reçu de vive voix.

Mélanie écoutait, méfiante et incrédule.

— De plus, votre père savait déjà que Digger était arrivé à Boston. Il en a informé O'Donnell, qui lui a répondu qu'Annie recevait des appels anonymes. D'après vous, qui est cette Annie ?

— Ann Margaret ? Il parlait d'Ann Margaret ?

— Elle vient du Texas comme tous les autres. On peut donc affirmer que votre père sait quelque chose, qu'O'Donnell sait quelque chose lui aussi, de même qu'Ann Margaret. Qui d'autre vient du Texas et se plaint de recevoir des messages ?

— William, répondit-elle en soupirant.

— Voilà. De sorte qu'il ne reste plus que votre frère et votre mère. Brian semblait aussi surpris que vous devant la petite mise en scène dans votre chambre. Alors, parlons de votre mère. Vous trouvez son comportement bizarre depuis quelque temps ?

Mélanie soupira de nouveau ; David crut déceler un acquiescement.

— Hier soir. Elle est rentrée tard, un peu avant minuit. Elle m'a dit qu'elle sortait d'un bar et… combien elle tenait à moi. Mais… comment vous expliquer ça ? J'ai senti qu'elle dissimulait ce qui la préoccupait. Et puis elle parlait avec une telle intensité, comme s'il était urgent que je sache tout de suite à quel point elle est attachée à moi. Vous voyez ? Elle parlait comme ces gens qui pensent qu'un événement malheureux va se produire. Un événement… fatal.

David hocha la tête.

— D'accord ! Nous avons donc une première hypothèse. Il est arrivé autre chose à Meagan et cela implique vos parents de quelque façon. Or un inconnu, qu'on ne peut identifier pour l'instant, connaît l'événement en question. Cette personne veut rompre le silence et sortir les squelettes du placard, si vous me permettez l'expression. Cela nous mène à la seconde hypothèse.

David fit une pause et reprit d'une voix plus posée :

— La seconde hypothèse vous concerne, Mélanie. Quelle que soit la nature des événements qui se sont produits il y a vingt-cinq ans, vous en possédez la clé.

— Mon amnésie. Ces neuf années dont je ne me souviens pas…

— Précisément. Digger ne parvenait pas à retrouver la femme de Holmes, mais il était certain que vous pouviez l'aider. Supposons que vous soyez la fille de Holmes. Vous pourriez conserver des souvenirs, qui vous échappent aujourd'hui, mais qui logent quelque part dans votre mémoire. Notre inconnu semble croire que ces souvenirs sont de quelque importance. Alors, il allume des cierges parfumés dans votre chambre, il y dépose des objets pour vous aider à vous souvenir.

— Mais c'est vague. Très imprécis.

— Pour l'instant, mais ça peut vous revenir. Du coup, vous représenteriez une menace pour cette personne, tout comme Digger avec ses notes.

— Larry Digger approchait de la solution, récapitula Mélanie. Il était réellement sur une piste et allait dans la bonne direction. De sorte que cette personne, qui ne veut pas qu'on sache, a engagé un tueur pour l'éliminer. Et si je parviens à me souvenir, on voudra me supprimer moi aussi. Mais cela ne tient pas debout. Si quelqu'un cherche à tout révéler, pourquoi voudrait-il nous éliminer, Digger et moi ?

— Il ne s'agit pas de la même personne. La première veut qu'on découvre la vérité mais, pour une raison ou une autre, elle ne peut la révéler elle-même. Elle estime peut-être qu'on ne la croira pas. Elle a peut-être honte, je n'en sais rien. Toujours est-il qu'elle emprunte des voies détournées et cherche à effrayer tout le monde.

Réfléchissez bien. Vos parents et leurs amis sont très à l'aise ; si jamais le chat sortait du sac…

David ne termina pas sa phrase, Mélanie comprit tout de suite où il voulait en venir.

— Vous pensez qu'une personne de ma connaissance a engagé ce tueur pour descendre Digger, voler ses papiers et me supprimer par la même occasion. Cette personne veut me tuer pour empêcher que je me souvienne de quoi que ce soit et effacer tout indice permettant de reconstituer les événements entourant la mort de Meagan.

Mélanie se tut. Visiblement, cette perspective la déprimait.

— C'est une guerre…, soupira-t-elle. Quelqu'un entend dévoiler un secret que les autres veulent taire. Et moi je me retrouve au milieu de tout cela. Je suis celle qui possède la clé, qui pourrait divulguer la nature exacte d'un meurtre vieux d'un quart de siècle. Misère ! Quelle que soit cette clé, David, quels que soient mes souvenirs, je vous assure que je ne tiens pas à me les rappeler.

— Vous n'aurez pas le choix, je le crains.

— C'est à voir ! répliqua-t-elle d'un ton ferme.

Mélanie se leva de table, l'épousseta, alla se laver les mains à la cuisine, fit quelques pas en silence, puis reprit sa place.

— Je suis probablement la fille de Holmes. Il y a ces souvenirs qui me reviennent. Cette cabane… ces messages…

— Nous pourrions exhumer le corps de Holmes et faire un test d'ADN. Ça résoudrait la question une fois pour toutes.

Mélanie hocha la tête, mais sa pensée était ailleurs.

— N'empêche, dit-elle. Il y a trop d'incohérences. Pourquoi mes parents auraient-ils adopté sciemment la fille de Russell Holmes ?

— Ils ne le savent peut-être pas. O'Donnell a peut-être tout manigancé.

— Mais comment ? En m'abandonnant aux urgences d'un hôpital ? En espérant que mes parents m'adopteraient ? Rien n'était moins sûr !

— Qui a eu l'idée de vous adopter, Mélanie ? Vous savez qui a proposé cela en premier ?

— Ma mère, répondit-elle sans hésiter. Elle et moi… ça a tout de suite marché entre nous…

— Eh bien, voilà ! On ne vous a pas abandonnée là par hasard. Votre père travaillait à l'hôpital ; il est descendu aux urgences à point nommé. Il y a tout à parier qu'il avait entendu parler de vous, qu'il est allé vous voir et que, plus tard, il a emmené votre mère qui se languissait depuis la perte de sa fille.

— Ça reste très hasardeux.

— Bien ! Dans ce cas, examinons les choses d'un autre point de vue. Vos parents savaient que vous étiez la fille de Holmes. Pour des raisons qui nous échappent, ils consentent à vous adopter et prennent des dispositions à cet égard. Le soir même où Holmes est mis à mort, on vous laisse à l'hôpital. Harper travaille justement ce soir-là, alors que sa femme et son fils assistent à l'exécution au Texas. Exécution à laquelle il aurait dû assister lui aussi. Digger n'avait pas tort de dire qu'il y a trop de coïncidences. Une ou deux, passe encore, mais trois et quatre, ça fait beaucoup.

Mélanie baissa les yeux. Du bout de l'ongle, elle grattait la table. Quand elle releva la tête, il y avait une telle lucidité dans son regard que David en fut surpris. Ces cheveux à reflets d'or, ce parfum citronné et ce regard clair le frappèrent comme une claque en plein visage. Mélanie reprit la parole et dit calmement, sans hésitation aucune :

— Quand bien même cela serait, je n'arriverais pas à le croire. C'est plus fort que moi, David. Mon père et ma mère ne se sont pas contentés de m'offrir un foyer, ils ont toujours été d'excellents parents pour moi. Jamais mesquins, jamais réticents. Ils m'ont donné tout ce que je voulais. S'ils avaient un tant soit peu pris part à cette machination, vous ne pensez pas qu'ils auraient eu du ressentiment à mon endroit ? Tout naturellement, chaque fois qu'ils m'auraient croisée, ils auraient revu l'homme qui a tué leur fille. Mes parents ne m'ont jamais traitée comme une enfant de deuxième ordre. Ils ne m'ont même jamais permis de penser cela. Je vous assure, David, ils sont bons, il est normal que je les aime, et ils m'aiment en retour.

— Sans doute. La famille reste la famille. Vous êtes attachée à vos parents, c'est normal…

— Je sais bien que ma vraie mère vit quelque part. J'ai un autre nom, une autre date de naissance et, comme le disait Digger, je devrais avoir envie de la retrouver. Mais non. Je m'en fiche. Je suis prête à oublier tout ça, pour peu que la famille redevienne ce qu'elle était il y a six mois. J'aime mes parents. Je les ai toujours aimés, je les aimerai toujours. Voilà ce que je ressens, David.

Celui-ci ne répondit pas tout de suite. Face à tant de franchise, qualité qu'il ne cultivait pas assez lui-même, David restait sans voix. Il examina les lattes du parquet qu'il arpentait souvent la nuit.

— Vous savez, dit-il enfin, certaines femmes amoureuses demeurent toute leur vie avec des hommes qui les battent. Bien des parents paient une caution pour sortir de taule leur fils délinquant et lui donnent une chance de se ressaisir. Mais certains de ces fils leur logent quand même une balle dans le crâne. L'amour n'est pas tout, Mélanie. Il ne nous garantit pas contre la mort. Pensez à Meagan. Je suis sûr qu'elle aimait vos parents, elle aussi.

David se leva pour chercher son sac dans la chambre ; Mélanie le retint par le bras. Il se laissa faire, mais évita son regard. Il ne voulait pas voir les larmes couler sur ses joues pâles. Malgré ses beaux discours, David savait qu'il demeurait sans ressources en pareille circonstance et il maudit son caractère qui faisait de lui un homme brusque et cassant.

— Je vais boucler mon sac, grommela-t-il. Il faut que nous partions.

Mélanie ajouta d'une voix douce, presque en un murmure :

— Ma famille est tout ce que je possède, David. Je vous en supplie, ne la détournez pas de moi.

David libéra son bras et fila dans la chambre.

14

Après que David se fut retiré dans sa chambre, en prenant soin de refermer la porte derrière lui, Mélanie marcha de long en large dans le séjour, en se frottant les bras. Depuis la fusillade du matin, elle ne parvenait pas à se réchauffer.

Des images incompatibles se télescopaient dans son esprit. Elle songeait à son parrain qu'elle adorait depuis toujours, à sa présence si rassurante. Elle revoyait son père, qui l'épaulait dans toutes ses entreprises. Elle pensait à sa mère également, si fébrile, fragile, qu'elle aimait plus que de raison. À Brian, son idole. Ann Margaret, son amie, sa confidente.

Était-il possible qu'une de ces personnes ait tué Meagan et réussi à dissimuler son crime durant vingt-cinq ans ?

Elle tenta de se convaincre que cela ne pouvait pas être. Cette hypothèse d'un complot était pure spéculation. Mais Mélanie était elle-même trop rationnelle pour se leurrer longtemps. Elle ne pouvait nier qu'on avait allumé des cierges dans sa chambre, ni qu'un tueur avait descendu Digger sous ses yeux. Avant de la mettre en joue. Elle était forcée de convenir, puisque

David l'affirmait, que la police n'avait jamais retrouvé d'indices établissant un lien entre Russell Holmes et Meagan Stokes.

En vérité, Mélanie ne savait que faire. Son père, sa mère et son frère lui manquaient cruellement, mais, à son corps défendant, elle commençait à les voir comme des étrangers.

Et eux ? De quoi avaient-ils peur ?

N'entrevoyant aucune réponse à ces questions, elle ressentit le besoin de se distraire, de penser à autre chose. Plusieurs trophées en métal, assez kitsch, étaient posés en désordre sur une étagère près du mur. Au sommet de l'un d'eux, une figurine en plastique pointait un revolver. Sur la plaque de cuivre collée dessous, une inscription gravée indiquait que le propriétaire de cette récompense avait remporté le championnat junior de tir, calibre 22. Entre ce trophée et six autres, qui servaient désormais de serre-livres, Mélanie découvrit une collection de revues sur les armes à feu, de même que plusieurs écussons, distinguant tantôt le champion, l'expert ou le tireur d'élite. Tiens, tiens ! se dit-elle. David Riggs n'est pas juste un solitaire acariâtre ; c'est un fondu des armes à feu. Tout compte fait, cette découverte ne la surprenait guère.

Le trophée le plus volumineux se trouvait au fond de l'étagère, derrière les autres, presque caché, comme si David ne savait pas s'il devait en être fier. Sur le socle, un petit joueur de base-ball se dressait, tenant sa batte sur les épaules. La plaquette de métal, frottée jusqu'à l'usure, portait l'inscription suivante : « Champion du Massachusetts, toutes catégories ».

Mélanie se leva pour examiner l'affiche au mur. Shoeless Joe Jackson. Ce nom lui disait vaguement quelque chose. Elle considéra l'autre affiche, celle de Fenway, puis inspecta à nouveau l'étagère, où elle découvrit un album de photographies, lequel renfermait en outre des coupures de journaux.

La première photo qu'elle vit, écornée, aux couleurs jaunies et passées, montrait une jeune femme aux longs cheveux foncés, sagement coiffés. Elle avait le regard vif, chaleureux, et fixait l'objectif avec détermination. Sans doute la mère de David, pensa Mélanie, qui reconnut les yeux noisette et le même regard profond. C'était une femme qui affichait un air solide et raisonnable, et qui devait mener sa barque sans faillir.

Les images qui représentaient cette femme et le pavillon rustique où vivait la famille Riggs en ce temps-là n'occupaient que les toutes premières pages de l'album. Ensuite, celui-ci était exclusivement consacré au base-ball.

Ici, David Riggs, à huit ans, portant l'uniforme des poussins de sa banlieue. Là, David, deux ans plus tard, au milieu de son équipe. Ici encore, David, Steven et Bobby Riggs posant sur le terrain. Et là encore, Bobby Riggs lançant la balle à ses fils, plus grands cette fois, plus élancés.

Venaient ensuite pêle-mêle les certificats, les distinctions. Les « Meilleur lanceur », « Meilleure équipe » ; les extraits de presse, « Un jeune plein de promesse », « Les recruteurs des lignes majeures arrivent à Woburn pour évaluer le jeu du jeune David Riggs ».

Après les articles, Mélanie trouva des photos découpées dans les revues. Des photos en couleurs. Jamais elle n'aurait cru cela possible. Cet homme, l'inspecteur Riggs, dont elle ne connaissait que l'aspect patibulaire, était complètement méconnaissable. Il souriait ! Le visage resplendissant, les traits détendus, montrant des mines réjouies au photographe. Là, il saluait la foule dans les gradins. Il était la fierté du quartier. Le seul joueur du patelin capable de rejoindre un jour les rangs professionnels.

Là-dessus, Mélanie referma l'album d'un coup sec. Non, elle allait trop loin. C'étaient là des photos personnelles, prises à une époque révolue, montrant David avec sa famille, puis jouant au base-ball. Elle n'aurait pas dû céder à cette indiscrétion. Chacun avait droit à ses secrets. Il était normal qu'elle les respectât.

Mais, bien entendu, elle rouvrit l'album aussitôt.

Comme il était beau. Cette passion qu'il avait… Cette ardeur ! Ça pouvait sans doute servir dans la police mais, comme joueur de base-ball, décidément, quelle classe ! Quel brio !

Alors Mélanie se mit à caresser le plus risqué des fantasmes féminins ; elle se demanda si elle serait capable de le faire sourire comme cela, si elle pourrait ranimer une joie semblable, simple et naturelle, si elle pourrait le consoler, jusqu'à ce qu'il se sente pleinement lui-même. Grâce à elle.

Cette fois, elle referma résolument l'album et le rangea à sa place, sur la tablette. Les photos qu'elle venait de voir l'enflammaient littéralement ; elle s'efforça donc de les chasser de sa pensée.

David était toujours enfermé dans la chambre ; Mélanie s'approcha de la porte et constata qu'il parlait avec quelqu'un au téléphone. Elle était prête à parier qu'ils discutaient de son affaire. C'est-à-dire de ses affaires. De ce qui la regardait au premier chef !

Elle prêta l'oreille. Le bois était si mince qu'elle ne perdit pas un mot. D'emblée, elle comprit que David passait un savon à son interlocuteur.

— Non. Sheffield n'est pas resté chez lui toute la soirée, merde ! Il a dit au père de Mélanie qu'il avait gagné au jeu hier soir. C'est donc qu'il est sorti. Et il semble qu'on se soit introduit dans son appartement après son départ. Non, je ne sais pas si on a volé quelque chose. Mais on a laissé un message. Et je tiens à connaître la teneur de ce message.

» Oui, Chenney. Tu vois pourquoi il est indispensable de suivre ton homme ? Ce n'est pas parce qu'on rentre chez soi avec la grippe qu'on passe la nuit à se soigner.

» Écoute. Au début, je ne savais pas quoi en penser non plus, mais cette affaire se complique. Il ne s'agit plus de simples coïncidences. Stokes a reçu un message, Mélanie pense que sa mère en a reçu un elle aussi. Et, maintenant, je ne serais pas surpris d'apprendre que quelqu'un a fricoté quelque chose chez Sheffield. Il faut qu'on sache exactement ce qui s'est passé là-bas la nuit dernière.

» Non. N'entre pas chez lui, fouille ses ordures, c'est plus simple. Oui, je sais, c'est plus salissant, mais ça fait partie du boulot. Sheffield travaille ce soir ?

» Oui, je veux que tu le files. Tu ne le perds pas de vue cette fois-ci. Même à l'hôpital. Ça commence à me tracasser cette histoire de fraude. Notre délateur sait de quoi il parle, de sorte qu'au bout du compte, on trouvera probablement une fraude bien plus importante qu'on ne le croyait.

» Ouais, ouais ! Je sais bien que tu n'y connais rien. Mais, bon sang, qu'est-ce qu'ils vous apprennent à l'école de police ? T'as un stylo ? du papier ? Prends des notes. Première leçon.

» Supposons que notre informateur voie juste et qu'ils implantent effectivement des pacemakers à des personnes en bonne forme. Un simple médecin, ou un professionnel de la santé, si brillant soit-il, ne peut pas prendre seul une décision comme celle-là. Il faut consulter un cardiologue, puis un chirurgien cardiaque. Ensuite, tu as les médecins des urgences, ceux qui accueillent le patient, les infirmières qui s'occupent de lui, l'anesthésiste qui vérifie ses fonctions vitales, qui administre les sédatifs durant l'opération. Tous ces gens examinent le patient à tour de rôle, tiennent son dossier à jour et savent ce qu'on projette. Sans parler des patients qui consultent un deuxième médecin par acquit de conscience. Des tas de gens le font, ce qui signifie qu'une autre équipe reprend tout le processus depuis le début, lit le dossier, donne son avis.

» Autrement dit, il ne suffit pas de bidouiller le rapport ou de glisser un faux diagnostic dans le dossier. Les hôpitaux sont organisés de telle façon que ces erreurs-là sont quasi impossibles. Ensuite, nos suspects doivent avoir sous la main un patient présentant un minimum de symptômes pertinents, qui souffre au moins d'une douleur dans la poitrine ; ils doivent s'assurer qu'il ne s'agit pas d'un infarctus du myocarde.

Quoi ? Une crise cardiaque, Chenney. Infarctus du myocarde et crise cardiaque, c'est la même chose.

» Après, suivant la procédure habituelle, les médecins des urgences exigent un électrocardiogramme, une radiographie, des prises de sang, pour vérifier les enzymes du cœur. Certaines de ces enzymes mettent de douze à trente-six heures avant de se révéler, de sorte que, même si les résultats de la radio et de l'électrocardiogramme sont satisfaisants, on garde le patient un jour ou deux en observation. À plus forte raison si les membres de sa famille ont déjà eu des problèmes cardiaques, ou s'il est considéré comme un patient à risque, obésité, tension élevée, que sais-je ? De plus, d'après ce que j'ai appris, les médecins de l'Hôpital général sont à la pointe en matière de cathétérisme cardiaque. Il y a donc lieu de croire que leurs collègues des urgences recommanderont des analyses de cet ordre, histoire de vérifier l'état des artères.

» Alors, ils dirigeront le patient vers ce service, où on introduira un cathéter dans l'artère fémorale, avant d'injecter une solution colorante. Pour cela, il est indispensable d'administrer au malade de puissants sédatifs. Ensuite, on le confie aux soins intensifs, pour qu'il récupère. Là aussi on lui donnera des sédatifs, au cas où il se réveillerait au milieu de la nuit et retirerait son cathéter par mégarde.

» Là seulement – pour la première fois depuis son arrivée à l'hosto –, nos suspects ont une occasion d'intervenir. La nuit, les infirmières affectées à l'unité des soins intensifs sont généralement peu nombreuses, et elles s'occupent des cas les plus graves. Et notre patient, bourré de sédatifs, n'est pas en mesure de distinguer ce qui se passe autour de lui. Quelqu'un peut se glisser dans sa chambre, lui injecter un médicament quelconque, tripoter l'électrocardiographe et se barrer ni vu ni connu.

» C'est là que tu interviens, Chenney. Interroge le personnel, demande aux gens s'ils voient souvent Sheffield rôder dans le secteur. Si jamais c'est le cas, nous saurons déjà une chose importante.

» Non. Je ne connais pas encore le lien entre ces fraudes-là et le meurtre de Meagan Stokes, mais le délateur semble en savoir bien plus que nous là-dessus. Au fait, tu as obtenu les résultats du labo ?

» Deux groupes sanguins ? Merde. Ça se complique. Autre chose ? Oui, je sais, c'est trop tôt. Bon ! Demande-leur de faire un test d'ADN. Je suppose qu'il y a du sang de Meagan. Quant à l'autre, je n'en ai pas la moindre idée. Le bureau de Houston a envoyé le dossier Meagan Stokes ?

» Comment ça, il n'est pas disponible ? C'est une affaire classée depuis vingt-cinq ans ! Le dossier doit forcément se trouver aux archives.

» C'est absurde. Il ne peut pas *être sorti*. Les archives du FBI ne sont pas une bibliothèque, Chenney !

» Zut ! Dans ce cas, quelqu'un est sur la même piste que nous. Bon ! Et la police de Houston ? Elle a faxé son dossier, oui ou non ? Hum ! Allez ! raconte-moi ça, je t'écoute.

» Une assurance vie ? Pour deux enfants. Un million chacun. Tu connais beaucoup de parents qui assurent leurs gamins pour un million de dollars, toi ? Ça expliquerait l'achat d'un palais dans Beacon Street.

» Tu dis ? On n'a jamais trouvé d'objets appartenant à Meagan Stokes ? C'est ce que je pensais. D'accord, je te rappellerai tout à l'heure de l'hôtel. Tu me faxeras le dossier. Ne t'en fais pas pour Lairmore. Je dirige la manœuvre, j'encaisse les coups. Je suppose qu'il me convoquera demain pour m'engueuler, après, la vie reprendra son cours comme auparavant, t'en fais pas. Tu te rends dès ce soir aux soins intensifs, tu n'oublies pas ?

» Eh oui ! Tu es fatigué, Chenney. Moi aussi. Hélas, celui qu'on traque semble décidé à rattraper le temps perdu. Digger se pointe samedi soir. Dimanche, on installe des cierges chez Mélanie et, lundi matin, un tueur me tire dessus. Dieu sait ce qui se passe en ce moment même. Il va falloir qu'on tienne le rythme quelques jours, j'en ai peur.

» Moi ? J'assure la surveillance de Mélanie, ce soir.

» Oui, c'est ça ! Je me réserve toujours les bons coups. Allez ! Amuse-toi bien avec Sheffield. Salut !

Mélanie se précipita sur le canapé. La porte de la chambre s'ouvrit juste après et David pénétra dans le séjour en se grattant la tête, l'air soucieux.

— Le labo n'a pas terminé les analyses, lança-t-il sans préambule. Mais on sait déjà qu'il y a des traces de deux groupes sanguins sur le morceau de tissu.

Mélanie hocha la tête. David n'en dit pas davantage. Il se tenait debout au milieu de la pièce, les mains sur les hanches, et semblait réfléchir à dix choses à la fois. Il avait l'air épuisé aussi. De nouvelles rides étaient apparues au coin de ses lèvres et près des yeux. Son visage était tendu, ce qui lui donnait une expression grave et dure.

Il se dirigea vers le répondeur téléphonique, posé sur une table. Le voyant lumineux clignotait. David mit l'appareil en marche, retourna dans la chambre, puis revint dans le séjour.

« Allô ! David ? C'est ton père. Je n'ai pas de nouvelles de toi. J'imagine que tu es débordé. Je viens de lire un article sur les nouvelles façons d'améliorer les flingues. J'aimerais que tu m'apportes ton Beretta. Je voudrais vérifier un ou deux trucs. »

Soudain, la voix de Bobby Riggs se brisa. Mélanie l'entendit ravaler péniblement sa salive, puis il reprit la parole.

« Bon… euh… Je voulais juste vérifier si tu étais là. Appelle-moi dès que tu peux. J'ai des billets pour le match des Red Sox. On s'est pas parlé depuis longtemps. Fais-moi signe. Ciao. »

Mélanie observa David du coin de l'œil. Son visage était aussi expressif qu'un masque de plâtre. Deuxième message :

« Riggs ? Dites donc ! Vous écoutez vos messages de temps à autre ? Je viens d'apprendre que vous avez été mêlé à une fusillade ? La police de Boston me parle d'un homicide. Qu'est-ce que c'est que cette histoire ? Vous deviez vous contenter de filer des suspects. En plus, quand un de mes hommes décharge son arme, je n'aime pas l'apprendre par un agent de la paix ! Je vous attends demain, 7 heures, dans mon bureau. Et n'oubliez pas d'apporter un rapport ! »

L'interlocuteur raccrocha abruptement et David sourit, visiblement mal à son aise.

— C'est mon patron. Il veut me proposer de l'avancement…

Troisième message. Cette fois, une voix d'homme, sèche mais pondérée, se fit entendre.

— Inspecteur principal Pierce Quincy à l'appareil. Je vous appelle de Quantico. Désolé de vous déranger chez vous, monsieur Riggs, mais notre bureau de Houston me signale que vous avez demandé copie du dossier Meagan Stokes. J'aimerais savoir pour quelle raison vous vous intéressez précisément à ce cas. Vous pouvez me joindre au…

David nota le numéro ; Mélanie, qui épiait sa réaction, remarqua qu'il était soudain très attentif.

— Ça alors ! s'écria-t-il après quelques instants de silence. Qu'est-ce qu'il leur prend ?

— Il a simplement dit que vous vouliez le dossier…

— Sans blague ! Le bureau de Houston prétend qu'il n'est pas disponible. Vingt-quatre heures après, Quincy téléphone chez moi pour savoir ce que je veux en faire. Pourquoi tout le monde s'intéresse subitement à la même affaire classée depuis 1972 ? Et pourquoi Quincy ?

Mélanie le dévisagea sans comprendre.

— Vous seriez infiniment aimable, inspecteur, de traduire cela en langage clair pour ceux qui n'ont pas vos lumières…

David secoua la tête. À coup sûr, l'appel de Quincy le préoccupait terriblement et l'agaçait même un peu. Avant de répondre, il se dirigea vers la cuisine, prit un sac de carottes surgelées dans le congélateur et l'appliqua sur ses reins.

— Vous n'avez jamais entendu parler de Pierce Quincy ? Il a été mêlé à l'affaire Beckett, l'automne dernier.

— Le tueur en série qui s'est échappé de Walpole ?

Mélanie avait entendu parler de cette affaire. Pour dire vrai, rares étaient ceux qui, en Nouvelle-Angleterre, n'avaient pas verrouillé leurs portes et leurs fenêtres en apprenant que cet ancien flic, l'assassin d'une dizaine de femmes, s'était évadé de la prison de haute sécurité de Walpole. Pendant sa cavale, laquelle dura quelques jours à peine, Beckett s'était fort distingué. Mélanie ne se rappelait pas combien de personnes il avait tuées exactement, mais il y en avait eu plusieurs.

— C'est Quincy qui a dessiné le profil psychologique de Beckett avant sa première arrestation. Du coup, on l'a nommé consultant auprès des policiers chargés de la deuxième enquête. Il a mis au point leur plan d'attaque. Avant qu'on l'attrape, Beckett a tué une femme qui travaillait pour nous, vous vous en souvenez peut-être ? Personne ne savait quel rôle elle jouait exactement, mais, lorsque Quincy a dit qu'elle était morte dans l'exercice de ses fonctions, croyez-moi, personne n'a posé de questions. Depuis que Beckett est sous les verrous, Quincy est considéré comme le spécialiste hors pair en matière de crimes violents. Au FBI, c'est un intouchable. C'est un peu comme si Dieu le Père venait de m'appeler pour me parler de Meagan.

15

— Pourquoi une telle sommité veut-elle vous parler de Meagan ?

— Il n'y a qu'une façon de le savoir, dit David en saisissant le numéro.

Mélanie ne se sentait pas très rassurée. Le menton haut, les épaules droites, elle souhaitait être assez forte pour entendre ce qui allait être dit. Cette histoire concernait sa famille et elle aurait fait n'importe quoi pour ses parents.

Mais, tout en même temps, elle se sentait déchirée, faible, épuisée. Elle redoutait la vérité autant qu'elle désirait la connaître. La vérité, se dit-elle, ne nous libère pas à tous les coups. Elle jette parfois en travers de notre chemin des turpitudes qui éloignent de nous ceux qui nous sont chers…

— Pourquoi n'allez-vous pas vous reposer quelques minutes dans la chambre pendant que je règle cette affaire ? proposa David.

— Je peux faire face.

— La journée a été longue, non ?

— Il s'agit de mes parents, David. Je veux savoir.

Après un instant d'hésitation, il se contenta de hausser les épaules, mais son expression avait changé. Il avait l'air plus compréhensif, attitude qui prit Mélanie au dépourvu. Si David Riggs commence à se montrer aimable, pensa-t-elle, je vais perdre complètement mes moyens. Il se détourna avant que l'émotion ne les trouble tous deux.

David installa un haut-parleur téléphonique sur la table de la salle à manger et ils prirent place, l'un et l'autre, de chaque côté. Malgré le décalage horaire, Quincy répondit dès que son téléphone se mit à sonner.

— Ici David Riggs. Vous m'avez laissé un message. Avant d'aller plus loin, je tiens à vous prévenir que j'ai branché le haut-parleur et que Mélanie Stokes est présente avec moi dans la pièce.

— Bonsoir, mademoiselle Stokes, dit Quincy, courtois.

Puis il ajouta, à l'adresse de David cette fois-ci :

— Pourquoi Mlle Stokes prend-elle part à cette conversation ?

— J'enquête sur une affaire qui la concerne directement, répondit David sèchement. C'est pour elle que j'ai demandé des renseignements sur Meagan Stokes au bureau de Houston. Maintenant, comment se fait-il que vous vous intéressiez à cela ? Cette affaire n'est-elle pas classée depuis belle lurette ?

— Oui, mais j'ai été tout aussi surpris d'apprendre qu'un inspecteur de Boston désirait consulter le dossier que j'avais en main. D'après les renseignements que je possède à votre sujet, vous enquêtez habituellement sur les fraudes ou les escroqueries, non ?

David se raidit et Mélanie eut l'impression de se trouver dans une joute entre deux hommes qui allaient rivaliser de discrétion et garder secret aussi longtemps que possible ce qu'ils savaient l'un et l'autre. En tant qu'officier subalterne, David dut néanmoins jeter la première carte.

— Je ne souhaite pas expliquer maintenant les raisons pour lesquelles je m'occupe de cette enquête, mais je vous dirai pour commencer que Mlle Stokes est la fille adoptive de Harper et de Patricia Stokes. Il y a deux jours, le reporter Larry Digger…

— Celui du *Dallas Daily* ?

— Lui-même. Digger se pointe chez Mlle Stokes et prétend qu'elle est la fille de Russell Lee Holmes. Hier, un inconnu a dressé une sorte d'autel au pied de son lit, composé d'un petit poney en bois rouge, ayant vraisemblablement appartenu à Meagan Stokes, d'un morceau de tissu bleu, qui provient fort probablement d'une robe de Meagan, et de quarante-quatre cierges parfumés au gardénia, posés de telle façon qu'ils formaient le mot Meagan. Aujourd'hui, on a tué Larry Digger à bout portant. Pouvez-vous me dire maintenant pour quelle raison vous avez le dossier de Meagan entre les mains ?

— Quarante-quatre cierges ? répéta Quincy en prenant des notes. Mais ce jouet, ce morceau de tissu… Vous êtes certain qu'ils appartenaient à l'enfant ?

— Ils sont au labo. On complète les analyses. Cela dit, Brian Stokes, le frère de Meagan et de Mélanie, les a déjà identifiés formellement.

— Hum ! Intéressant. Je ne vois aucune référence à cela dans le dossier. En revanche, la police avait découvert dans la planque de Holmes plusieurs objets ayant appartenu à ses autres victimes.

— Pourquoi avez-vous le dossier ?

— Du calme, inspecteur.

David accusa le coup et l'autre garda le silence un instant avant de poursuivre.

— Je suis désolé de m'être montré un peu vif au téléphone. Depuis quelque temps, dans le cadre d'un projet interne, j'ai entrepris des recherches sur Russell Holmes, histoire d'alimenter notre corpus psychologique.

— Qu'est-ce que c'est que ça ? murmura Mélanie, en se penchant vers David.

— Il étudie le profil psychologique de Holmes pour enrichir notre banque de données sur les criminels violents, expliqua David. En général, le FBI confie ce genre d'études à ceux qui ont des problèmes de surmenage.

— Vous savez, inspecteur, plus on côtoie la mort, plus on apprécie la trêve et le chant des oiseaux.

Mélanie sentit que cette réflexion était davantage l'expression d'un sentiment de nostalgie que celle d'une véritable sagesse, et l'inspecteur Quincy lui parut soudain fort sympathique.

— Mais l'inspecteur Riggs a raison, ajouta Quincy. Notre service recueille toutes les informations concernant les meurtriers, les violeurs, bref, les gens que vous ne désirez présenter à votre mère sous aucun prétexte. En analysant les données et en comparant le cas de ces divers agresseurs, nous sommes parvenus à dégager un certain nombre de caractéristiques essentielles pour établir des profils psychologiques.

» Pour le travail qui m'occupe actuellement, j'ai suggéré qu'on reprenne d'anciennes affaires classées et, le mois dernier, je me suis intéressé à celle de Russell Holmes. Vous comprendrez mon étonnement. En plein boulot, quelqu'un m'appelle pour me parler justement de ce dossier. Êtes-vous bien au courant de l'affaire Meagan Stokes, mademoiselle ?

— C'est un sujet dont mes parents ne parlent pas volontiers.

— D'après vous, pourquoi Digger est-il venu vous voir ?

— On m'a déposée dans un hôpital lorsque j'avais neuf ans. Je ne garde aucun souvenir du lieu où je me trouvais avant cela. J'imagine que ça fait de moi une cible toute désignée pour un homme comme lui.

— Nous avons déjà considéré cet aspect de la question, interrompit David, impatient. J'ai lieu de croire que certaines allégations de Digger sont exactes, mais ce n'est pas la raison pour laquelle j'ai demandé qu'on m'envoie une copie du dossier Stokes.

— Ah oui ! Pour quelle raison, alors ?

— Parce que je ne suis pas aveugle, rétorqua David. Je sais lire entre les lignes. Comme vous vous en êtes probablement rendu compte, inspecteur, il est douteux que Holmes ait assassiné Meagan Stokes.

Même si Mélanie connaissait déjà l'opinion de David, cette hypothèse lui semblait toujours aussi farfelue. Toutefois, au bout du fil, Quincy ne paraissait pas autrement surpris.

— Excellent ! inspecteur Riggs. Depuis deux semaines, je me demande d'ailleurs comment procéder. Après tout, il n'y a jamais prescription dans les cas d'homicide, or je suis pratiquement certain que Holmes n'a pas tué Meagan Stokes.

— Il était innocent ? s'enquit Mélanie.

— Je ne dirais pas cela, mademoiselle. Je pense qu'il a effectivement assassiné six enfants, mais je doute fort qu'il ait enlevé puis tué Meagan Stokes, c'est tout.

— Holmes n'a jamais été jugé pour l'assassinat de Meagan, rappela David. On l'a reconnu coupable du meurtre de six autres enfants et il s'est accusé de celui de Meagan après coup. Après qu'on l'a condamné. Et il a avoué cela à Digger.

— D'après vous, pourquoi lui a-t-il fait cette confidence ? demanda Quincy, comme un instituteur interroge un élève.

— Parce qu'il était déjà condamné à mort. Pour lui, un meurtre de plus ou de moins…

— Minute ! objecta Mélanie. Même si ça ne changeait rien pour lui, pourquoi Holmes aurait-il accordé cette faveur à Digger ? D'après ce que je sais, ce n'était pas à proprement parler un être très obligeant.

— Je ne pense pas qu'il ait fait cela sans contrepartie, dit David, évitant de croiser le regard de la jeune femme. Je suppose qu'on lui a fait une proposition qu'il ne pouvait pas refuser.

Mélanie fut estomaquée. Elle et David venaient de discuter de cette histoire, pourquoi n'en avait-il rien dit ? Quelle idée tordue lui trottait dans la tête ?

— Je crois, reprit-il prudemment, que nous avons étudié les raisons pour lesquelles vos parents auraient pu adopter sciemment la fille d'un assassin. Parce que ce dernier, en échange, était disposé à dissimuler leurs méfaits.

Mélanie cessa brusquement de respirer. L'air n'entrait plus dans ses poumons. Elle eut l'impression que l'appartement vacillait, qu'elle tombait la tête la première dans un précipice.

— Mélanie ? appela David, visiblement inquiet.

Elle tourna la tête. Le regard de David était si franc, si anxieux, qu'il se teintait de reflets d'or. Comment n'avait-elle pas remarqué que la bienveillance, comme la colère, colorait ses yeux des mêmes reflets ? Elle désira soudain qu'il la prît dans ses bras, comme il l'avait fait le premier soir entre le jardin public et la maison de ses parents. Elle voulut respirer de nouveau ce parfum d'after-shave qui la réconfortait. Elle baissa les yeux et fit en sorte de reprendre son souffle. La boule qui lui nouait l'estomac se dissipa peu à peu.

— Une chose à la fois, proposa Quincy avec tact. Vous soulevez là d'intéressantes hypothèses, inspecteur Riggs. Il reste que vous ne possédez pas toutes les informations pertinentes. Vous êtes bien sûre, mademoiselle Stokes, de vouloir entendre la suite de cette conversation ?

— Oui, lança-t-elle d'une voix rauque. Je le suis.

Quincy commença son exposé en douceur.

— En 1969, lorsque Russell Holmes a kidnappé sa première victime, Howard Teten venait à peine de développer les techniques qui nous permettent aujourd'hui d'établir le profil psychologique d'un criminel. La police texane et le FBI ont procédé avec Holmes comme ils le faisaient toujours en pareil cas. Ils ont tout bonnement enquêté sur un meurtre. Ils ont cherché à savoir comment les crimes avaient été commis, au lieu de se demander pourquoi l'assassin agissait de cette façon ; au lieu de se demander quelles pulsions le poussaient à se conduire de la sorte. Il s'agit là d'un point de vue tout à fait différent, car les méthodes d'un tueur en série varient parfois avec le temps. Tel criminel commence par attacher ses victimes et, quelques années plus tard, il lui prend la fantaisie de les droguer à la place. Mais quel que soit le cas de figure, il éprouve le même besoin impérieux de dominer des femmes. C'est tellement invariable que ça constitue ce que nous appelons une signature. Et il reproduira cette signature, depuis le premier jusqu'au trentième meurtre, même si apparemment les autres éléments diffèrent.

» En 69 donc, la police ne connaissait pas ce principe des signatures. Elle attribua à Holmes un meurtre qu'il n'avait pas commis, simplement parce qu'il ressemblait à ses précédents crimes et, surtout, parce que la police n'avait pas les moyens, ni les connaissances, qui lui auraient permis de distinguer les principaux axes de sa pathologie. Holmes détestait les enfants pauvres de race blanche. Nous sommes bien d'accord là-dessus ?

David hocha la tête et Mélanie murmura un timide oui.

— De plus, il était illettré. Il avait abandonné l'école en CM2, il avait fait un tas de petits boulots, ses collègues se plaignaient de son sale caractère ; le dernier rapport que nous ayons à son sujet, signé par son employeur, contient une seule remarque : « Holmes crache tout le temps. » En fait, il haïssait les enfants pauvres de race blanche, parce qu'au fond de lui-même, et au premier chef, c'est sa propre personne qu'il détestait. Il soulageait cette haine en jetant son dévolu sur des fillettes ou des garçons vulnérables pour répudier en quelque sorte ses propres origines. Holmes n'avait aucun problème de conscience, mais il cultivait une haine et une rage féroces.

» Illettré, sans instruction, il n'exprimait pas cette rage d'une manière subtile ou raffinée. Les six meurtres qu'il a perpétrés ressemblent à des raids. Il s'introduisait dans des quartiers défavorisés qu'il connaissait bien, où il passait inaperçu, et il attrapait le premier enfant qui lui tombait sous la main. Par la suite, la police a découvert la baraque dans laquelle il a commis ses crimes les plus odieux.

— Elle était bien au fond des bois ? murmura Mélanie. Une seule pièce. Bonne construction, pas une brèche, mais les vitres sont tellement sales que je ne distingue pas au travers. L'une d'elles est fendue par le milieu. Je revois l'araignée qui se promenait sur la fissure…

— Mademoiselle Stokes, fit Quincy avec circonspection. J'ai des photographies de cette cabane sous les yeux. De bonnes photos en couleurs, prises par la police. Je ne sais pas au juste ce que vous décrivez ici, mais je peux vous assurer qu'il n'y avait aucune fenêtre dans la baraque de Holmes. Construction rudimentaire, faite à la main, et des tas de brèches partout, vous pouvez me croire. Même que plusieurs lattes du plancher sont arrachées. Les policiers ont trouvé dessous son butin de guerre…

Mélanie se dressa.

— Vous voulez dire que… je n'ai pas décrit la planque de Holmes ?

— Du tout !

— Dans ce cas, peut-être… Peut-être que je n'y étais pas… Peut-être que je ne suis pas…

— À moins que Holmes n'ait séquestré Meagan ailleurs, fit David.

— À moins qu'il ne soit pas l'assassin de Meagan, rectifia Quincy.

— Mais alors, quelle serait la raison de ma présence dans cette pièce en train d'observer Meagan ? demanda-t-elle à David.

— Je ne sais pas. Meagan était peut-être détenue ailleurs et, pour une raison ou une autre, vous vous y trouviez aussi.

— Mademoiselle Stokes, quand vous nous dites que vous revoyez Meagan, qu'est-ce que vous entendez par là exactement ?

Mélanie ne sut que répondre et, du regard, chercha le soutien de David.

— Mlle Stokes ne fait que commencer à se souvenir, expliqua-t-il. Elle distingue de toutes petites choses seulement. C'est une des raisons pour lesquelles nous pensons que Digger voyait juste. Mlle Stokes croit se rappeler qu'elle était enfermée dans une cabane avec Meagan.

— De quoi vous souvenez-vous encore ?

— Rien d'autre. C'est tout.

— Mais vous commencez à peine à replonger dans vos souvenirs, c'est bien ça ? Étudiez bien les images qui vous traversent l'esprit. Nous pourrions apprendre de vous bien des choses, surtout pour ce qui a trait à l'affaire qui nous intéresse ici. Vous accepteriez de venir à Quantico ? Je connais d'excellents hypnotiseurs qui s'occuperaient de vous…

Mélanie réprima un éclat de rire.

— C'est fou ! Tout le monde est fasciné par mes ressources psychologiques. Tout le monde sauf moi, bien sûr.

— L'hypnose, mademoiselle Stokes ! Dans une clinique spécialisée. Je vous jure que nous prendrions soin de vous.

— Je vous remercie. Mais non.

— Mademoiselle Stokes…

— Je vous ai dit merci. Ces événements se sont produits il y a plus de vingt ans. Je ne tiens pas à me souvenir d'enfants morts…

Sans doute déçu, Quincy garda le silence quelques instants.

— J'entends bien, dit-il enfin. Dans ce cas, récapitulons en nous fondant sur les notes de la police. Russell Holmes détestait les enfants pauvres. Il les enlevait, les torturait dans sa bicoque, puis il les étranglait à mains nues. C'est là un autre signe, qui nous indique que Holmes commettait ces meurtres pour des motifs strictement personnels. Métaphoriquement, c'est lui-même qu'il tuait. Ensuite, il se débarrassait des corps sans se poser de questions. Il les balançait dans des égouts, des fossés ou des terrains vagues. Là encore, il soulageait sa haine et son dégoût des enfants. Le fait de se débarrasser d'eux de cette manière, comme s'il s'agissait de vulgaires poupées de chiffon, sans même les protéger contre les intempéries, nous donne une bonne idée de son profil psychologique. Et voilà que nous en arrivons à l'affaire Meagan Stokes.

— Ce n'était pas une enfant pauvre, enchaîna David. Contrairement aux autres cas, il y a eu une demande de rançon. De plus, le corps était enterré dans la forêt. Décapité.

— Elle se trouvait dans la voiture de la bonne quand on l'a kidnappée, précisa Mélanie à voix basse. Cette voiture était garée devant la maison de la mère de la bonne. Celle-ci n'habitait-elle pas un quartier défavorisé ?

— C'était un quartier ouvrier, ajouta Quincy prudemment, mais plus favorisé que ceux du sous-prolétariat où Holmes avait l'habitude de frapper. En outre, la description de Meagan ne correspond nullement à celle des précédentes victimes. Meagan était soignée, pomponnée, bien vêtue. Elle était assise dans une belle auto et tenait à la main un jouet européen. C'était une enfant vive, s'exprimant avec facilité. Si Holmes, comme je le crois, était animé de pulsions autodestructrices, rien chez Meagan ne devait fouetter sa haine primitive, ni faire monter sa pression artérielle. Meagan ne lui rappelait pas ses origines.

— Il y a peut-être là une forme de vengeance, suggéra Mélanie. Il haïssait les autres enfants parce qu'ils lui ressemblaient, mais il aura tué Meagan parce qu'elle le dominait d'une certaine manière.

— C'est une chose possible, mademoiselle Stokes, mais peu probable. Ce serait un changement singulier au chapitre des mobiles et des pulsions qui poussent un criminel de cette sorte à agir comme il le fait. Il est rare que la pathologie d'un tueur en série subisse des modifications de cette nature. Dans certains cas, il arrive qu'un meurtrier attaque un autre genre de personnes, parce que ce jour-là il ne trouve pas à sa portée le type de victime auquel il s'en prend habituellement. Mettons qu'un tel préfère les blondes d'une vingtaine d'années. Un jour, la tension monte, devient insoutenable, et il jette son dévolu sur une brune qui a la trentaine. Chez lui, le besoin d'attaquer des femmes est moins sélectif et il le soulage en tuant une brune. Toutefois, pour d'autres assassins, certaines caractéristiques de la victime sont indispensables. Ces hommes-là ne se bornent pas à attaquer des femmes. Il leur faut des femmes « faciles ». Ils ne s'attaqueront pas à une mère de famille parce que les prostituées se font rares ce jour-là. Une mère de trois enfants ne soulagerait pas leur terrible besoin de tuer. Ces hommes, vous savez, choisissent leurs victimes comme la plupart d'entre nous tombent amoureux. Ils nous avouent avoir passé des semaines, des mois, des années même à chercher la personne qui répondait à leurs attentes. Au début, ils sont à l'affût de certaines caractéristiques physiques ; dans le cas de Holmes, il s'agissait d'enfants pauvres, malingres, sales et de race blanche. Et puis, un beau jour, voilà qu'ils la reconnaissent. C'est celle-ci entre mille. Et pas une autre. Ils en ont les mains moites, leur cœur bat plus vite, alors ils savent que ce sera Elle.

» Holmes entrait dans cette catégorie de tueurs. Je ne pense pas que la petite Meagan Stokes, alerte, propre et soignée, ait éveillé chez lui le besoin de tuer. Pour dire les choses plus familièrement, elle n'était pas son genre.

— Mais il y a d'autres facteurs encore, ajouta David, en regardant Mélanie dans les yeux. Par exemple, comment voulez-vous qu'un illettré rédige seul une demande de rançon ?

— Excellente déduction, inspecteur, lança Quincy. J'ai justement une copie de cette demande devant moi. En 1972, la police estimait qu'il s'agissait d'une sorte de message sans orthographe, composé à partir de mots découpés dans le journal. Un point, c'est tout. Ces caractéristiques coïncidaient avec l'idée que la police se faisait alors de Russell Holmes. Il reste que, si on examine attentivement le document en question, cette hypothèse ne tient pas la route. Les mots sont placés sur le papier avec beaucoup de soin et une précision qu'on ne rencontre pas chez un illettré farouche. La colle ne bave pas sur les côtés. Enfin, il n'y avait aucune empreinte digitale, ni même de salive derrière l'enveloppe. Celui qui a confectionné cette demande de rançon était patient, précis ; il connaissait les techniques de la police. Rien de tout cela ne correspond au profil de Holmes.

Tremblante, Mélanie alla se verser un verre d'eau à la cuisine.

— Alors, pourquoi est-ce que je revois Meagan dans cette cabane ? Si Holmes ne l'a pas enlevée, pourquoi je suis là, avec elle ?

— Je n'en suis pas encore certain, mademoiselle Stokes, mais vos souvenirs m'intriguent beaucoup et je me demande s'ils se rattachent vraiment à l'affaire Meagan Stokes. J'ai l'impression que l'assassin de Meagan connaissait les antécédents de Holmes et qu'il a tenté de reproduire l'un de ses meurtres pour confondre la police. Ce cas ne relève pas de la névrose, ou de la psychose. C'est la volonté bien nette, froide et rationnelle, de dissimuler un autre crime. Lorsqu'on a enlevé Meagan, les autorités supposaient que le criminel séquestrait ses victimes quelque part avant de les tuer. Celui ou celle qui s'est attaqué à Meagan savait cela et aura décidé de la détenir dans quelque bicoque pour faire illusion. Et pour qu'on songe à Holmes. En 1972, semblable précaution suffisait à berner la police et le FBI.

» Comme je vous le disais plus tôt, l'étude du profil psychologique nous permet d'aller bien au-delà des simples similitudes matérielles ou conjoncturelles. Elle nous aide à comprendre les motivations profondes des meurtriers. Là encore, l'affaire Meagan Stokes ne coïncide absolument pas avec ce que nous savons du caractère de Holmes. Ce qui m'amène à vous parler du dernier facteur, le plus déterminant à mon sens : l'état dans lequel on a retrouvé le cadavre.

» Les précédentes victimes de Holmes étaient toutes nues et abandonnées telles quelles à l'air libre. Pas Meagan. Certes, elle était nue, mais son corps était enveloppé dans une couverture. De plus, on l'avait enterrée après lui avoir coupé la tête et mutilé les mains. Que savez-vous de la décapitation, inspecteur Riggs ?

— Que voulez-vous dire ?

— En général, les criminels décapitent leurs victimes pour deux raisons principales. La première est logique. Les meurtriers plus astucieux, souvent des psychopathes cherchant à brouiller les pistes, coupent la tête pour rendre l'identification de la victime plus difficile. Parfois, ils coupent les mains dans le même but.

— Mais nous sommes tous d'accord pour dire que Holmes n'était ni logique ni astucieux, coupa David. Quelle est la seconde raison ?

— Elle est d'ordre affectif. Lorsqu'un criminel éprouve de la culpabilité, du remords ou de la honte, il coupe parfois la tête pour dépersonnaliser son crime. Cela nous indique que la victime est un proche du meurtrier.

— Seigneur ! s'écria Mélanie, qui devinait ce qui allait venir.

— En résumé, expliqua Quincy d'une voix posée, le corps de Meagan a été enveloppé dans une couverture par une personne qui était soit particulièrement soigneuse, soit attachée à l'enfant.

— Ses parents ! fit David, avant d'ajouter, presque rageur : Pour l'argent. Pour le million de dollars !

— Quoi ! fit Mélanie, alarmée.

— Harper et Patricia Stokes avaient contracté une assurance vie d'un million de dollars pour chacun de leurs enfants, répondit Quincy, toujours calme. Avant même que Holmes ne confesse ce dernier crime, la police enquêtait déjà sur les affaires de votre père. Les années 1970 ne furent pas roses pour lui. Il avait beaucoup spéculé et perdu pas mal d'argent. En fait, s'il n'avait pas touché cette assurance, il aurait été obligé de déclarer faillite.

— Mais on ne tue pas sa fille pour de l'argent, objecta Mélanie. En aucun cas… même pour un million. Et, si les deux enfants étaient assurés, pourquoi s'en prendre à Meagan ? Pourquoi ne pas tuer Brian, à la place ? Malheur ! Pourquoi pas Brian ?

Mélanie pencha la tête, horrifiée à cette idée. Certes, Brian devait y avoir pensé lui aussi. Il y a même lieu de croire, se dit-elle, que Brian, si ombrageux, avait passé les vingt-cinq dernières années à se poser la même question : pourquoi pas moi ? De plus, il avait toujours manifesté de l'animosité à l'égard de son père, presque de la haine. Est-ce qu'il se doutait de quelque chose ?

— Mais on ne peut pas feindre un enlèvement ? demanda-t-elle, les larmes aux yeux. Ils ne pouvaient pas retenir Meagan dans une cabane, puis toucher la rançon ? Déjà, ce serait plus vraisemblable…

— Sauf qu'ils n'auraient pu expliquer d'où venait cet argent, conclut David à voix basse. Si Harper et Patricia s'étaient retrouvés du jour au lendemain avec cent mille dollars, les gens autour d'eux auraient eu des doutes. S'ils perdent leur fille en revanche, et qu'ils touchent l'assurance, tout est normal, c'est dans l'ordre des choses.

— À ceci près que leur fille est morte. Or ils ne feraient jamais une chose pareille. Je les connais, David. Ce sont mes parents. Je vous jure qu'ils sont incapables de commettre pareille horreur, pour du fric, en plus !

— Mademoiselle Stokes, interrompit Quincy, la voix grave. Je suppose que vous ne tenez pas à entendre ce que je vais vous dire, mais, d'après les renseignements que j'ai sous les yeux, il semble que l'assassin ait décapité le cadavre de Meagan parce qu'il éprouvait de la culpabilité. Il l'a enterrée parce qu'il ressentait du remords et il l'a enveloppée dans une couverture par amour, tout simplement. Mademoiselle Stokes, je ne connais que trois cas où, comme ici, le corps de l'enfant était enterré avec soin et, dans ces trois cas, l'assassin était la mère.

— Pitié…

— Les tueurs en série ne se soucient pas d'emmailloter leurs victimes, mademoiselle Stokes. Cependant, le fait de protéger un enfant, même quand il est trop tard, même lorsqu'on est responsable de sa mort, demeure un geste très maternel. Aussi, à partir des données que je possède à ce sujet, il me paraît nécessaire de relancer cette affaire, inspecteur Riggs. Dans un premier temps, j'enquêterai sur tous les membres de la famille avec la plus grande attention. J'étudierai les mobiles de chacun ; je chercherai à savoir quelles étaient leurs activités au cours de l'été de 1972, y compris celles des amis et des proches. Enfin, je commencerai ce travail en me penchant sur le cas de Patricia Stokes.

16

L'hôtel Waltham n'était pas un établissement de luxe mais tout de même de bonne catégorie. David et Mélanie y retinrent une suite, composée de deux chambres et d'un séjour, au décor bleu et lilas. Les meubles étaient en faux bois de cerisier, comme on en retrouve souvent dans les hôtels de Nouvelle-Angleterre. L'une des chambres se trouvait à l'étage et la seconde au rez-de-chaussée, adjacente à une kitchenette. David déposa son sac dans la pièce du bas, plus proche de la porte, tandis que Mélanie faisait les cent pas dans le séjour, le teint pâle comme de la craie.

Le drugstore non loin de l'appartement de David ne vendait que des articles de première nécessité, de sorte que Mélanie dut conserver les vêtements trop grands que David lui avait prêtés. Accoutrée de la sorte, elle paraissait minuscule, surtout à ce moment alors qu'elle se tenait à la fenêtre, les bras croisés, le regard perdu dans la nuit sans lune. Les phares des voitures roulant sur l'autoroute balayaient sa figure au passage.

— Alors ? fit David, pour briser le silence. Qu'est-ce que vous en pensez ?

— C'est bien. Ça ira…

Il souhaitait qu'elle ajoute quelque chose, mais elle demeura muette. Il ne savait que faire. Depuis la conversation avec Quincy, Mélanie se murait en elle-même. Son regard blasé ressemblait à celui d'un vétéran de dix campagnes et elle serrait les lèvres, qui ne formaient plus qu'un trait fin au bas de son visage. Elle est visiblement au bout du rouleau, pensa-t-il. Cette attitude commençait à l'inquiéter.

Mélanie alluma la télé. La présentatrice des infos débitait sa dépêche d'une voix sombre. « En fin de matinée, des coups de feu ont retenti au centre de Boston. » Des images tournées à l'extérieur de l'hôtel Midtown se succédèrent à l'écran. Des badauds, bouche bée, considéraient l'entrée de l'édifice et quelques touristes prenaient des photos. Mais les journalistes savaient peu de chose et le reportage de dix secondes s'acheva sans qu'on en apprenne davantage.

Elle éteignit le poste, prit une revue, la feuilleta rapidement, puis la posa sur la table basse. Ses mains tremblaient. David l'observait. Il ne parvenait pas à l'imaginer prisonnière dans un cabanon, détenue par des émules de Holmes.

Il installa son ordinateur portatif sur la grande table. Il se proposait de travailler une bonne partie de la nuit, de faire d'autres recherches et de mettre de l'ordre dans ses notes. Le lendemain, dès 7 heures, il devait rencontrer Lairmore en compagnie de Chenney. La discussion promettait d'être corsée. Lairmore aimait les choses nettes, sans bavure ; il entendait que les enquêtes soient réglées comme du papier à musique. Il ne devait pas trouver drôle que ses hommes, chargés d'une enquête sur des fraudes, tentent d'élucider un meurtre vieux de vingt-cinq ans ; il ne se gênerait pas pour le leur dire.

David pénétra dans la petite cuisine, fourra plusieurs sacs de légumes surgelés dans le congélateur, puis se ravisa. Son dos le faisait souffrir. Il avait des élancements. Des crampes même.

Je ne dors sans doute pas assez, se dit-il. En plus, je suis tendu. Et, par-dessus le marché, je tire des coups de feu, alors que le recul du revolver me cause invariablement les mêmes douleurs. Il faut se rendre à l'évidence. Le FBI avait eu raison de le muter au service des fraudes. David n'était plus en mesure de courir dans les ruelles sombres au moment crucial. Il ne pouvait plus sauter du toit des immeubles. C'était un homme malade, dont la maladie s'aggravait. Chaque soir maintenant, trois choix s'offraient à lui, aussi palpitants les uns que les autres : carotte, chou-fleur ou brocoli.

Cette fois, il jeta son dévolu sur le chou-fleur. Il coinça deux paquets derrière la ceinture de son jean et quitta la cuisine. Il avait l'air d'un pauvre type. Et il le savait.

Mélanie était retournée près de la fenêtre et appuyait la paume de ses mains sur la vitre. Son visage avait une expression rigide mais résignée, qui troubla David un instant.

Un vieux souvenir lui traversa l'esprit. Il avait neuf ans. Sa mère venait de quitter l'hôpital et rentrait enfin à la maison. Elle était étendue sur le canapé du séjour. Bobby, Steven et David l'entouraient. Les deux premiers s'efforçaient de sourire. Bobby avait expliqué à ses fils que leur mère se mourait, qu'on ne pouvait rien pour elle. Ils devaient être courageux. Autant que possible.

La mère de David lui caressait les cheveux, frottait la joue de Steven, comme elle le faisait autrefois quand il était bébé. Elle détournait le regard, un regard franc, droit, résigné, empreint de douleur ; David en avait eu le souffle coupé. À peine eurent-ils le temps de jouir de sa présence que le cancer l'avait emportée.

David chassa ces pensées sombres. Il n'était plus un gosse. Il devait se comporter en adulte. Mais, avec ses sacs de légumes surgelés, il ne devait pas donner une image bien virile à Mélanie.

— Vous devriez peut-être vous reposer un peu, non ?

Mélanie se tourna vers lui ; son visage n'exprimait aucun sentiment.

— Qu'est-ce que vous allez faire ?

— Bosser. Je dois voir mon patron demain matin, et rencontrer l'inspecteur Jax juste après. Ce sera une longue journée.

— Et moi ? Qu'est-ce que je dois faire pendant ce temps-là ?

— Avant tout, rester cachée. Reposez-vous. Je ne sais pas… Allongez-vous sur la causeuse et sirotez du café…

— M'allonger sur la causeuse en sirotant du café ? s'exclama-t-elle, le sourcil haut, la voix perçante, les joues en feu.

David regretta cette réponse par trop désinvolte.

— M'allonger sur la causeuse en sirotant du café ! répéta-t-elle. Non mais sans blague ! En moins de deux jours, j'apprends que je suis sans doute la fille d'un foutu meurtrier, que mes parents adoptifs sont de foutus meurtriers, qui tuent des mômes pour masquer leurs foutus forfaits, et vous voulez que je passe la journée à boire du café de Colombie ! Quel pied !

David ploya sous l'attaque, mais son tempérament reprit le dessus. D'accord, il était maladroit. Les mots justes lui manquaient. Il n'était qu'un pauvre mec, surmené, incompris, sexuellement frustré.

— Je peux toujours vous emmener au bureau, répliqua-t-il, mais le FBI ne fait pas garderie…

Mélanie fit les gros yeux. Une artère saillait le long de son cou ; elle serrait les poings, la colère la faisait trembler. David comprit tout de suite qu'elle cherchait l'affrontement. Elle voulait crier, hurler, sortir de cette chambre et fuir en courant. Il le voyait dans ses yeux, dans son regard – il le sentait.

Il eut soudain un désir impérieux. L'embrasser, là, sur-le-champ. Il voulut abolir d'un coup la distance qui les séparait, sentir ses lèvres contre les siennes et laisser libre cours au flot d'émotions qui bouillonnait en lui depuis deux jours. Oh ! Mélanie ! Mélanie la sauvageonne. Mélanie la torturée. L'authentique, la vraie Mélanie. Il désirait prendre à bras-le-corps cette authenticité-là, sans ignorer que ce serait un autre mensonge, le moins pardonnable, sans doute.

— Je veux être seule, lança-t-elle abruptement.

— Pour vous cacher encore ? Faire semblant que tout va pour le mieux ?

— C'est vous qui me dites ça ? répliqua-t-elle en levant le menton.

Elle feignit l'indifférence, mais David devina qu'elle était vraiment furieuse, ses joues étaient trop rouges et ses yeux trop brillants. Ainsi, elle était irrésistible.

Il fit un geste dans sa direction, mais elle secoua la tête.

— Pas question ! Je me fous de votre vigueur. Je me fous de votre parfum à l'after-shave. Je me fous de tout et même de vous avec qui je passerais sûrement une nuit autrement plus excitante que, par la pensée, avec Russell Holmes !

— Vous avez donc ce genre de pensées ?

— Bien sûr, qu'est-ce que vous croyez ? Vous m'avez prise dans vos bras le premier soir. Vous m'avez protégée, rassurée…

Sa voix se brisa ; elle émit un petit gémissement qui troubla David encore davantage et il retint son souffle. Puis elle pinça les lèvres et reprit son expression butée.

— Mais tout ça, c'était bidon ! Ni de l'amabilité ni de la gentillesse. Juste un satané flic fédéral qui fait son boulot. Rien d'autre. Vous m'avez menti. J'en ai ma claque. J'en ai marre que tout le monde me mente !

— Mais je suis forcé de dissimuler mon identité. Ça fait partie de mon travail. Les mensonges ne sont pas tous du même ordre.

Mélanie eut un rire sarcastique.

— Sophisme ! Simple prétexte ! Misère ! Ma pauvre mère…

Elle se laissa tomber dans un fauteuil : David n'hésita plus et se précipita vers la jeune femme. Elle était réticente ; il l'entoura de son bras, se disant que, si elle le giflait, ce serait sa faute, à lui. Mais non. Elle soupira, comme si elle s'abandonnait, puis elle se blottit dans ses bras.

Comme elle était menue ! Et ces cheveux blonds, si soyeux, ce parfum citronné… Il désirait tant la protéger. Il aurait tant voulu devenir son idole.

Il l'attira contre lui, la prit sur ses genoux en la berçant quelque peu. Elle ne pleura pas. Il avait senti qu'elle ne pleurerait pas. Mais elle empoigna le chandail de David et enfouit le visage dans son cou.

— Je les aime, murmura-t-elle. Ce sont mes parents et je les aime. Y a-t-il du mal à ça ?

— Non. Sans doute pas.

— Ils m'ont donné tout ce que je voulais, David. Ils jouaient avec moi, ils m'aimaient tout autant que moi, de mon côté, je le pouvais. Ils m'emmenaient même voir des vide-greniers. Imaginez. Les Stokes achetant des objets usagés. Ce ne pouvait être un mensonge. C'est impossible.

— Je n'en sais rien.

Mélanie serra plus fort le chandail.

— C'est comme si j'avais neuf ans, dit-elle à voix basse. Je me réveille de nouveau à l'hôpital, avec ces tubes et ces aiguilles. Mais, cette fois-ci, personne ne vient me libérer.

— Chut ! répéta-t-il.

Mélanie se mit alors à pleurer. Au bout d'un moment, David l'embrassa sur la tête. Plus fort, en caressant ses cheveux. Il but aussi les larmes qui coulaient sur ses joues. Il posa les lèvres dans son cou, sur son front, ses oreilles, partout, sauf sur la bouche. Car il savait – et tous deux le savaient – qu'il y avait une limite à ne pas franchir.

Mélanie souleva la tête et il frôla le coin de sa bouche, le bout de son nez, l'extrémité de son menton, la fossette sur sa joue.

— Encore ! quémanda-t-elle. Encore.

David l'embrassa dans le cou. De petits baisers successifs, à la manière des ados en pleine puberté, qui se bécotent sur le canapé du salon. Il prit le lobe de son oreille entre ses lèvres et le suça comme un mamelon. Mélanie soupirait, se tortillait sur ses genoux, se frottait sur son sexe en érection. Ils se mirent tous deux à respirer de plus en plus fort.

Mélanie Stokes avait un long cou, séduisant au possible. Des joues douces comme de la soie. Il embrassa le bas de son visage et, une fois de plus, ses lèvres rencontrèrent le coin de sa bouche. David sentait son souffle chaud, haletant, il la sentait plus cambrée aussi, tendue. Il suffisait d'un mouvement et ils se seraient embrassés franchement. Les lèvres de Mélanie se trouvaient juste au-dessous des siennes. Gourmande, elle les écartait. Il la vit frémir, frissonner. Il pouvait à peine se dominer.

Alors, lentement, très lentement, il s'adossa au fauteuil et ils poussèrent un profond soupir en même temps.

Il fallait reprendre ses esprits et se rendre à la raison. David était un inspecteur du FBI, qui enquêtait sur son père. Il n'avait pas encore dit toute la vérité à Mélanie. Même s'il ne pouvait plus être le joueur de base-ball dont son père avait rêvé, il était capable de se conduire comme l'homme qu'il voulait devenir.

— Ça va ? demanda-t-il.

— Mieux.

Les hanches de Mélanie reposaient toujours sur son sexe ; elle ne semblait pas y prêter attention. Bon ! Voilà ce que c'est de ne plus être un ado, pensa David. On sait respecter les limites. Il prit une longue mèche de ses cheveux et l'enroula autour de sa main. Elle avait une chevelure splendide, qui sentait bon. Il aurait voulu y enfouir les mains et la caresser, jusqu'à ce que la jeune femme soupire d'aise. Son érection commençait à l'incommoder et il changea de position.

— Votre after-shave ? C'est bien du *Old Spice*, non ? Je croyais que plus personne n'achetait ça.

— Oh ! mon père en mettait, je ne fais que l'imiter.

— Vous êtes très proches tous les deux ?

— On l'était…

Mélanie Stokes avait de jolies oreilles. Elle avait sans doute de jolis doigts de pied aussi.

— On l'était ?

— On s'éloigne… C'est comme ça…

— À cause de votre arthrite ? Si je comprends bien, votre père est aussi démonstratif que vous ?

— Je suis comme lui. Il m'a tout appris.

— Je vois ! Et votre mère n'est plus là pour brouiller les cartes.

David n'avait jamais vu les choses sous cet angle, mais il estima que Mélanie avait peut-être raison sur ce point.

— Parlez-moi de votre mère, dit-elle, plus attentive. Dites-moi comment ça fait de grandir avec ses vrais parents. Des parents qui vous aimeront toujours.

Cette prière le prenait au dépourvu. Il sentit la souffrance derrière les mots, sa gorge se serra.

— Comment dire ? Je ne me souviens pas très bien. Vous connaissez les enfants. Ils tiennent le monde pour acquis.

— Votre mère faisait des biscuits ? Quand j'étais à l'hôpital… Pour moi, une mère portait un tablier blanc et faisait cuire des biscuits, en y mêlant de petits morceaux de chocolat. Je me demande pourquoi cette image était si forte, si nette en moi.

— En effet. Ma mère faisait des biscuits. Avec du chocolat. À la Saint-Patrick, elle ajoutait du sucre vert. Mais ça fait des années que je n'ai pas songé à cela, précisa-t-il en se frottant le front. Elle nous lisait des histoires aussi. Elle tenait à ce que nous rangions nos chambres. Elle riait des blagues que mon père racontait le soir en rentrant du boulot. Elle était très jolie, aussi. Quand j'étais gosse, je trouvais qu'elle était la plus jolie du quartier.

— J'en suis sûre.

— Je me souviens du jour… où elle est revenue de l'hôpital avec mon père. Ils se tenaient par la main et mon père pleurait. Je ne l'avais jamais vu pleurer jusque-là. Ils n'ont dit qu'un mot : cancer. Comme si ça expliquait tout.

— Pas facile d'expliquer cela à un enfant.

— Je pense qu'ils ne trouvaient pas les mots. Mon père nous avait dit que maman aurait besoin de notre aide pour le ménage. Alors, dans l'après-midi, Steven et moi, pour la première fois de notre vie, on a nettoyé la salle de bains, question de lui faire la surprise. Mais quand on astique la robinetterie avec une savonnette, les résultats ne sont pas terribles… Et puis, vous nous auriez vus avec l'aspirateur…

— Vous avez mis le foutoir ?

— On a passé l'aspirateur dans les rideaux… On n'arrivait plus à les tirer de là.

— C'est charmant de vous imaginer tous les deux pleins de bonne volonté comme ça…

— Ouais ! Quand elle est allée suivre son traitement de chimio, on s'est attaqués au plancher de la cuisine. Quand elle a commencé la radiothérapie, on a fait les carreaux. Elle a eu une rechute, on a shampouiné les tapis. Les voisins nous mitonnaient de petits plats, des ragoûts. Ils disaient : *La petite dame a des « malaises », ses fils et son mari doivent mourir de faim.* Ils faisaient des commentaires sur la propreté de la maison, sur nos bonnes mines. Ils trouvaient que nous étions de braves petits soldats, Steven et moi.

» Et puis maman est rentrée de l'hôpital, une dernière fois. On avait changé les draps, savonné les meubles, battu les rideaux au grand air, frotté l'argenterie. Elle s'est allongée sur le divan du salon et elle est morte. Parce que c'est comme ça. Le cancer tue, même si on a été sage, même si on est un mari affectueux, prêt à faire n'importe quoi pour éviter que ça se produise.

— Je suis navrée…

David haussa les épaules. Le ton de sa voix était plus amer qu'il n'aurait voulu, mais il ne trouva rien à dire pour détendre l'atmosphère. Il ne se remémorait jamais cette époque de sa vie et il eut l'impression de s'être mis à nu.

Il desserra son étreinte et se carra dans le coin du fauteuil.

— Vous savez… il est difficile de parler de ces choses-là.

— Je m'en doute, David.

— Hum ! J'ai… j'ai besoin d'un peu de recul.

— Je sais.

— Tant de malchance, bon sang, tombant sur la même famille !

Cette fois, Mélanie ne dit mot et David eut un soupir rageur. Il se releva, les mains sur les hanches, et considéra la pièce autour de lui.

— Il est assez tard, Mélanie. Vous ne pensez pas ?

— Si. Allons au lit. Je veux dire… Allons dormir. Chacun sa chambre.

— Installez-vous en haut. Je préfère rester près de l'entrée.

— Vous serez absent toute la journée ?

— Il faut absolument que je voie mon patron. Ça ne l'amuse pas que j'aie déchargé mon arme, ce matin. Contrairement à ce que vous pensez peut-être, ce sont des choses qui arrivent rarement. Surtout quand on travaille au service des fraudes.

— Vous avez fait ce qu'il fallait. Vous avez réussi à me sortir de la chambre ; vous avez blessé le tueur.

— Lorsqu'on tire sur des cibles durant des années, il faut savoir mettre dans le mille quand ça compte.

— C'était un être humain, David. Pas un carton.

— Ouais ! On ne dira pas la même chose quand il viendra rôder dans les parages. Bon ! Je me débrouillerai pour que la réunion ne se prolonge pas outre mesure. Faites la grasse matinée. Commandez un petit déjeuner. Prenez un jour de repos.

— Peut-être que… je devrais appeler ma mère.

— Pas question !

— Il le faut. Je ne peux pas découcher sans la prévenir. Vous ne vous doutez pas à quel point elle se fait du souci.

David lui décocha un regard noir.

— Dans ce cas, ne dites rien de ce qui s'est passé. Tant que nous ne saurons pas qui est derrière tout ça, pourquoi on cherche à vous supprimer, c'est trop dangereux. Compris ?

— Je dirai que je passe la nuit chez un ami.

— Aucun détail. Toute précision vous créerait des problèmes.

— Bien, mon colonel !

Elle monta l'escalier.

— Vous pouvez laisser la lampe allumée, si vous le désirez.

— Ça ira. Je suis une grande fille. Je n'ai plus peur dans le noir.

— Une grande fille ? Moi, je suis un agent du FBI et les agents du FBI sont tous des couards. Je vous assure qu'il n'est pas un inspecteur vivant qui ne dorme sans veilleuse.

Mélanie lui sourit du haut des marches. Un sourire reconnaissant, qui lui serra le cœur.

— Merci, lança-t-elle.

David la regarda monter, tandis que le chou-fleur se liquéfiait sur ses reins. Puis il se tourna vers son ordinateur et consulta le fax expédié par Chenney. C'était la copie du dossier réuni par la police de Houston en 1972.

Son dos le faisait souffrir encore et les yeux lui piquaient. Il alla se faire du café et se mit au travail.

— Qui que tu sois, murmura-t-il, je t'attraperai. Après ce que tu as fait à Meagan, je te coincerai, je le jure.

17

Patricia dormait déjà quand le téléphone se mit à sonner. Elle rêvait qu'elle était redevenue la Miss Texas d'autrefois, longeant la scène devant le jury, avec son sourire emprunté et ses fausses perles. Allez ! Regardez bien. Admirez-moi.

Et, en effet, on l'admirait. Les hommes sifflaient d'enthousiasme et poussaient des cris de joie. Les femmes écrasaient une larme devant tant de grâce et d'élégance. Patricia remportait les suffrages dans son Texas natal. Son père était fier d'elle et, quand le président du jury déposait sur sa tête la tiare de diamant, Patricia fermait les yeux en espérant que cette minute durerait toujours.

Puis elle retournait dans les coulisses et Jamie O'Donnell la prenait dans ses bras.

« La plus belle. Tu es la plus belle ! »

Patricia gloussait de plaisir, l'embrassait avec passion. Elle ouvrit les yeux ; derrière Jamie, elle vit le corps de sa fille, décapité.

« Méchante maman. Sorcière. »

Patricia se réveilla en sursaut en poussant un cri de terreur.

C'était la nuit. Sombre. Le téléphone sonna une seconde fois et elle chercha le combiné à tâtons. L'heure clignotait au réveil sur la table de chevet. Un peu plus de minuit. Harper n'était toujours pas rentré.

— Allô ! maman ?

Déboussolée, Patricia faillit crier une nouvelle fois.

— Maman ? C'est Mélanie.

Incapable de prononcer un mot, Patricia hocha la tête et, serrant le combiné, s'efforça de recouvrer ses esprits.

— Oui, chérie. D'où m'appelles-tu ? Il est plus de minuit. Tu vas bien ?

Il y eut un silence, un long silence, et Patricia perçut un soupir d'embarras au bout du fil.

— Chérie ? Tu vas bien ?

Elle ne pouvait s'empêcher de penser : « Tu as reçu un message, toi aussi ? Quelqu'un s'est glissé dans ta voiture ? Il t'a menacée ? kidnappée ? assassinée ? Seigneur ! Je t'en prie ! Mon bébé. Dis-moi que tu vas bien, s'il te plaît. Je te jure que jamais… »

— La journée a été longue, dit Mélanie laconique. J'ai rencontré un ami. On est allés en boîte. Je vais rester chez lui ce soir.

Patricia fronça les sourcils. Jamais sa fille n'allait boire avec des inconnus. À plus forte raison, elle ne passait pas la nuit chez eux.

— Tu es sûre d'aller bien ? Je peux aller te chercher si tu veux. Ça ne me dérange pas, je t'assure.

— Je vais très bien.

— Tu as encore de la migraine ? Ça nous inquiète, ton père et moi.

— Ça vous inquiète ?

— Bien entendu ! Qu'est-ce que tu crois ? Je ne comprends pas ce qui t'arrive, Mélanie. Tu m'appelles au milieu de la nuit, ta voix me paraît bizarre. Je t'en prie, si tu sens le besoin de parler, de t'épancher…

Sa voix devint suppliante et Patricia sentit tout à coup la même oppression qu'elle avait jadis éprouvée lorsque, rentrant à la maison, elle avait aperçu plusieurs voitures de police garées devant chez elle.

— Mélanie ?

— Tu te rappelles le jour où tu es venue à l'hôpital, la première fois ? Tu te souviens de la première fois que tu m'as vue ?

— Bien sûr. Pourquoi…

— Moi, quand je t'ai vue, je m'en souviens, je te trouvais tellement belle, si charmante. Je voulais déjà devenir ta fille. Je ne sais même pas pourquoi. C'était comme ça. Mais qu'est-ce que tu as pensé, toi, en me voyant ?

— Tu… tu m'as fait une forte impression, Mélanie. Tu étais si menue, abandonnée, sans même un nom, sans souvenirs du tout. Tu aurais dû être folle de peur. Mais non. Tu souriais. Confiante. Tu lançais des blagues qui faisaient rire tout le monde. Tu avais l'air… sûre de toi. Comme j'ai toujours voulu l'être…

— Mais pourquoi m'adopter ? Vous aviez déjà parlé d'adopter un enfant, papa et toi ?

— En vérité… non.

— Pourquoi ce revirement ? demanda Mélanie, plus tendue. Pourquoi, du jour au lendemain, adopter une fillette de neuf ans ?

— Je ne sais pas. Comme je t'ai déjà dit… Dès que je t'ai vue, j'ai voulu t'avoir avec moi…

— Mais pourquoi, maman ? Pourquoi ?

— Enfin ! Je ne sais pas.

— Mais si, tu le sais, je veux que tu me le dises. Tout de suite ! Pourquoi m'as-tu adoptée ?

— Parce que tu ressemblais à Meagan. C'est ça que tu veux entendre ? Quand je t'ai vue, j'ai pensé à Meagan et, immédiatement, j'ai désiré te prendre…

Patricia s'interrompit, saisissant soudain le sens des mots qu'elle venait de prononcer. À l'autre bout du fil, le silence confirmait ses appréhensions les plus pessimistes. Seigneur ! Qu'est-ce que j'ai fait ?

— Meagan, répéta Mélanie calmement. Tu m'as regardée et tu as vu Meagan…

— Non, ce n'est pas ce que je veux dire, Mélanie. Tu me troubles, tu me pousses à te répondre et…

— J'ai trouvé une famille parce que je ressemblais à une fillette assassinée. Votre maison, votre amour… Tout ce temps-là, vous désiriez seulement que Meagan vous revienne.

— Non ! s'écria Patricia, en sanglots. Ce n'est pas ce que je voulais dire.

— Si, maman. C'est tout à fait cela. Finalement, on approche de la vérité. Pourquoi est-ce si difficile, dans cette famille, de voir la vérité en face ?

— Mélanie, mon ange, écoute-moi. C'est humain. Au début… Il est possible qu'au début cela m'ait troublée. Peut-être ai-je vu ce que je voulais voir. Mais je sais que tu n'es pas Meagan. Rappelle-toi quand je te faisais porter ces robes de dentelle, que je bouclais tes cheveux. Rappelle-toi ce que tu ressentais. Je l'ai compris, Mélanie. Je me suis rendu compte que ça te faisait du mal. J'ai arrêté net. J'ai compris que je ne recherchais pas Meagan tant que ça. Elle avait disparu mais, grâce à Dieu, j'avais une autre fille. Différente. Toi, Mélanie. Qui aimes les fripes et les meubles d'occasion. J'ai découvert que j'aimais sincèrement cette Mélanie-là. Tu m'as guérie, mon ange. Tu es ce qui m'est arrivé de mieux dans la vie, je te le jure. Ta vie n'a pas été un mensonge. Je t'assure, je t'aime.

Pour toute réponse, il n'y eut tout d'abord qu'un silence glacial au bout du fil, un silence lourd, empli des doutes et des souffrances de Mélanie. Patricia ferma les yeux, une larme coula sur sa joue, qu'elle ne prit pas la peine d'essuyer.

— Mélanie ?

— Tu aimais vraiment Meagan ?

— Quelle question ! Plus que moi-même !

Autre silence.

— Il… il faut que j'y aille maintenant.

— Mélanie. Je t'aime tout autant.

— Bonne nuit, maman.

— Mélanie…

— Bonne nuit.

Sa fille raccrocha et Patricia se retrouva seule dans l'obscurité. Elle songea à ces journées chaudes et ensoleillées, là-bas, au Texas, quand sa première fille, qu'elle aimait tant, était encore vivante. Elle pensa au message trouvé dans son auto. Elle songea à son fils qui ne parlait plus à son père. Elle songea à Jamie O'Donnell, à toutes ces fautes. Irréparables.

Le docteur William Sheffield s'était assoupi à l'Hôpital général, dans une chambre libre, comme il avait appris à le faire durant ses études. Sur le coup de 3 heures, le bip de sa montre retentit à plusieurs reprises. William s'assit au bord du lit et, sans transition, passa du sommeil profond à l'état de vigilance, de parfaite lucidité, comme seuls les médecins savent le faire. Il avait légèrement mal au crâne toutefois. Le whisky, sans doute. Plus tôt dans la soirée, il s'était en effet enfermé à la dérobée dans une chambre pour boire et se donner du courage, en manipulant le revolver dissimulé sous sa blouse blanche. De cette manière, il était parvenu à oublier ce qu'il avait trouvé la veille en rentrant chez lui, un tas d'organes frais et roses, posés sur son lit, à côté d'une pomme rouge, toute luisante. Sur la glace de la salle de bains, une inscription, en lettres de sang : « On a toujours ce qu'on mérite. » Par chance, l'alcool l'avait transporté dans des songeries réconfortantes, où il n'était plus que le parfait anesthésiste, le fameux docteur Sheffield, l'homme à qui tout réussit et qui gagne à la roulette, grâce à son chiffre porte-bonheur.

« Quelques autres encore et on arrête, lui avait répété Harper le matin même.

— Mais c'est beaucoup trop risqué.

— Sottises. »

William sentait depuis quelques jours que le tranquille Harper Stokes, toujours si maître de lui, n'était plus ni si tranquille ni si confiant. Il ne lui avait jamais connu ces coups d'œil où perçait quelque inquiétude.

« Encore trois. Tu sauras le faire, William. Ça épongera tes dettes et tu pourras repartir de zéro. Blanc comme neige. En tant qu'anesthésiste, tu gagneras toujours ton demi-million de dollars par an ; si tu ne te remets pas à jouer bêtement, tu mèneras un excellent train de vie, sans être emmerdé par qui que ce soit. C'est ce que tu as toujours voulu, non ? »

C'était bien ce que William avait toujours voulu. Une belle maison, une belle voiture, des costumes chics. Porter les symboles de la réussite sociale : chaussures, gourmette, chevalière…

Ainsi avait-il fini par acquiescer.

Il s'était tapi dans la chambre avec sa bouteille de whisky et, vers 2 heures, s'était faufilé dans l'unité des soins intensifs, où il avait injecté à l'élu une pleine fiole de propranolol.

Maintenant, il jouait avec la seconde fiole au fond de la poche de sa blouse.

À 3 heures, l'hôpital était plongé dans une sorte d'engourdissement général. Ce n'étaient partout que lumières tamisées pour ne pas gêner le sommeil des patients ; çà et là, il y avait la présence discrète de quelques infirmières, parlant à voix basse, sur fond de bourdonnements émis par les appareils de survie. William s'introduisit de nouveau dans cette aile de l'édifice ; les couloirs étaient déserts.

Le nouvel « élu » était arrivé le matin même. C'était un homme de soixante-cinq ans, actif, en excellente santé. Son père était mort sous ses yeux à cinquante ans, aussi, à la première alerte, aux premières douleurs dans la poitrine, il avait composé le numéro du Samu, qui l'avait conduit dare-dare aux urgences de l'Hôpital général.

Durant la journée, il avait subi tous les tests nécessaires et imaginables, y compris une fluoroscopie, qui avait confirmé le bon état de ses artères. Le soir, on lui avait administré une dose de sédatifs, afin qu'il ne débranche pas le cathéter piqué dans son bras. Son cœur battait normalement. On n'avait décelé aucune enzyme cardiaque nuisible. Selon toute vraisemblance, il recevrait son congé dès le lendemain.

Mais, une heure plus tôt, le docteur Sheffield lui avait injecté une solution à base de propranolol, et l'élu avait subi une première attaque, que l'infirmière sut contenir en administrant quelques millilitres d'atropine.

C'était la première manche. Il était temps d'aborder la seconde. L'infirmière surmenée avait disparu pour se porter au chevet d'un autre malade.

Tout ça, c'est la faute des compressions budgétaires, se répétait William. La faute des infirmières idiotes qui ne se méfient pas assez des gens comme lui. La faute des patients paranoïaques, qui croient pouvoir bouffer des pizzas et du beurre à l'ail sans conséquences. La faute de tout le monde, sauf la sienne. Lui n'était qu'un pauvre diable de solitaire, un orphelin abandonné, cherchant à faire sa niche dans un monde implacable.

William saisit le goutte-à-goutte et y planta l'aiguille de sa deuxième fiole. Le pouls du patient tomba brusquement sous les trente battements par minute et le moniteur cardiaque lança son signal d'alarme.

William fila vers la porte, mais, au moment de la franchir, il aperçut dans le couloir l'infirmière en chef qui courait dans sa direction, suivie d'une autre infirmière.

Il se roula en boule derrière une pile de draps sales qui traînaient dans un coin. La première infirmière fit irruption dans la pièce.

— Monsieur Boer, monsieur Boer. Ne nous refaites pas ce coup-là !

Sa collègue arriva à son tour.

— Le pouls. Il bat encore.

— Il respire. Pression sanguine ?

L'infirmière se pencha sur l'appareil qui retentissait toujours.

— Faut lui donner de l'atropine. C'est la deuxième fois ce soir. Voyons, monsieur Boer, vous n'allez pas nous quitter comme ça !

L'infirmière sortit précipitamment de la chambre et revint quelques instants plus tard. William l'entendit tapoter sur sa seringue pour éliminer les bulles d'air.

— Allez, allez ! répétait-elle.

Soudain, le signal s'interrompit. Grâce à l'atropine, le pouls était revenu à la normale.

— Avec ça, son état devrait rester stable un moment.

— Tu as prévenu le docteur Carson ?

— Pas encore. Je vais l'appeler. Deux attaques en trois heures, ce n'est pas rassurant.

— Tu as encore besoin de moi ?

— Merci, Sally. Je m'occupe de tout.

Sally quitta la pièce. L'infirmière appela la cardiologue de garde.

Une fois encore, tout se déroulait comme prévu, et comme le docteur Stokes l'avait expliqué à William deux ans plus tôt :

« À ton avis, quel est le point faible des hôpitaux ? Je vais te le dire. Tout y est routine. Chaque situation d'urgence commande telle ou telle procédure. Tout est prévu et planifié. Dans le fond, la médecine est plus monotone que nos collègues ne veulent l'admettre. Il faut tirer parti de cette routine justement. »

— Il a eu deux bradycardies depuis hier soir, expliqua l'infirmière au docteur Carson, qu'elle avait probablement réveillée. Je lui ai donné de l'atropine la première et la seconde fois. Le cœur bat normalement.

William n'avait aucune difficulté à imaginer la réponse de la cardiologue.

« Deux fois ? Hum ! Laissez-le branché. On demandera à son médecin de l'examiner demain matin ; on consultera le docteur Stokes. Gardez-le à l'œil. Bonne nuit. »

L'infirmière raccrocha. William pouvait enfin souffler. Il se sentait nerveux pourtant, angoissé, sans raison. Tout se déroulait comme d'habitude, sans bavure, sans accroc. Deux injections, deux bradycardies, le cardiologue recommande la seule chose raisonnable en l'espèce : l'implantation d'un pacemaker. Le docteur Stokes donne son accord. Tout est dit. Alors, pourquoi cette maudite infirmière restait-elle plantée là ?

William entendit des pas dans le couloir. Des pas lourds, qui approchaient. Puis il aperçut des chaussures d'homme près de la porte. Des mocassins en daim marron.

— Je suis désolée, monsieur, objecta l'infirmière. Il est interdit de circuler ici. Vous êtes aux soins intensifs.

— Oui, je sais. Seuls les membres de la famille sont autorisés à…

— Uniquement durant les heures de visite.

— Bien sûr, je sais. Mais je travaille au FBI et…

William serra les lèvres.

— Je suis un ami de ce patient, ajouta le visiteur. Je veux dire que… c'est un vieil ami de la famille. J'ai appris qu'il avait eu des douleurs aujourd'hui, qu'on l'avait envoyé aux urgences. J'avais cru comprendre que ce n'était pas grave, mais je le retrouve aux soins intensifs. Avec le boulot que je fais, je ne peux pas venir durant les heures de visite. Je voulais juste jeter un coup d'œil ; la personne à l'accueil m'a dit qu'il y avait des problèmes. Vous pouvez m'expliquer ce qui se passe exactement ?

Cet homme mentait, c'était clair, un enfant de quatre ans l'aurait deviné. Un agent du FBI ne se pointe pas à l'hosto à 3 heures du matin pour « voir un ami ».

Alors, soudain, William comprit tout. Le message. Le tas de viscères. On avait déposé cela dans sa chambre pour lui rappeler ce qu'ils faisaient, Stokes et lui. Quelqu'un savait. Quelqu'un lançait un inspecteur à ses trousses. Et, dans une seconde, cet inspecteur-là allait faire semblant de laisser tomber son arme et ouvrirait le feu sur lui.

— Monsieur, je vous assure, vous ne pouvez pas rester là. Je suis forcée de vous demander de partir.

— Mais il va bien, au moins ?

— M. Boer passe une très mauvaise nuit. Je crains qu'il ne faille l'opérer demain matin. Son médecin vous en dira plus que moi.

— Une opération à cœur ouvert ? lança le visiteur alarmé, mais curieusement enthousiaste en même temps.

— C'est possible.

— Je vous en prie, dites-moi exactement ce qui s'est passé.

L'infirmière entraîna l'homme hors de la chambre, en lui exposant la situation.

« On a toujours ce qu'on mérite », se répétait William, médusé.

Lentement, il glissa une main sous sa blouse et sortit son revolver. Il débloqua le cran de sûreté.

Il était prêt à faire face. Il n'était plus ce gosse avachi, mort de trouille, croupissant dans un orphelinat du Texas, comme jadis. Il avait fait du chemin depuis cette époque. Il était temps qu'il prenne sa vie en main.

« On a toujours ce qu'on mérite. »

Oui. Et si jamais on le poussait à cette extrémité, il ne se déroberait pas. Harper Stokes pouvait penser ce qu'il voulait, croire que William était dupe. Stokes n'avait encore rien vu.

18

Jamie O'Donnell, assis sur un canapé tendu de velours bleu dans l'une des suites de l'hôtel Four Seasons, situé devant le jardin public, tout près de la résidence des Stokes, sirotait un ballon de cognac en jouant de la télécommande.

Un vieux hibou comme moi, se disait-il, ne devrait pas regarder la télé dans l'obscurité totale ; je ferais mieux de l'éteindre, d'aller me blottir auprès d'Annie. Une bien belle femme, cette Annie…

Pourtant, Jamie restait rivé au poste et zappait d'une manière obsessionnelle.

À bien des égards, Jamie O'Donnell se considérait lui-même comme un homme ordinaire. Il avait travaillé dur toute sa vie et s'était battu pour sortir de la pauvreté. Il avait tué des hommes et les avait regardés mourir. Il avait accompli des choses dont il était fier et d'autres auxquelles il préférait ne pas songer le soir venu.

Sa famille s'était installée au Texas alors qu'il n'avait que treize ans. L'année suivante, Jamie travaillait déjà dans les champs pétrolifères. À vingt ans, il avait les épaules solides et le cou large des ouvriers aguerris. La plupart du temps, son visage était noir comme de la suie, de même que ses ongles. Il n'était pas à proprement parler un jeune homme séduisant, mais il ne se laissait pas abattre pour si peu.

Le soir, quand le soleil déclinait, Jamie quittait le premier son boulot, sautait sous la douche et descendait en ville. Le plus souvent, il allait flâner dans le campus universitaire. Cet endroit le faisait rêver. Il y fit la connaissance de Harper Stokes.

Des amis communs les présentèrent l'un à l'autre. Ils se toisèrent et surent tout de suite à qui ils avaient affaire. Perspicace, Stokes devina qu'O'Donnell n'était pas là dans son milieu naturel. À coup sûr, ce costaud mal dégrossi ne fréquentait pas l'université. O'Donnell n'était pas dupe non plus. Le longiligne Harper Stokes, toujours tiré à quatre épingles, ne venait certainement pas de la haute lui non plus. C'était une sorte de transfuge, tout comme lui.

Durant quelques mois, ils prirent l'habitude de se jauger l'un l'autre, de s'envoyer des piques, jusqu'au jour où ils devinrent copains comme cochons.

Déjà, à cette époque, Harper parlait sans cesse de fric. Il était toujours curieux de savoir quels costumes portaient les autres, quelles voitures ils conduisaient, combien elles coûtaient. Jamie comprenait cela. Il passait assez de temps les pieds dans le pétrole pour vouloir sortir de là un jour ; il savait qu'il deviendrait quelqu'un, lui aussi.

Harper lui servait de longs discours sur la façon de s'habiller, de s'exprimer, sur les avantages sociaux qu'on tire de l'instruction. Jamie ne s'en offusquait pas. Au contraire. Peu à peu, il réussit à soigner ses manières. En retour, il enseignait au jeune étudiant en médecine le moyen de mettre un terme à une discussion mal engagée, par un crochet du droit, science dans laquelle tout homme d'esprit doit exceller.

Enfin, le vendredi soir, ils se penchaient ensemble sur des sujets plus graves, plus sérieux. Harper, le lettré, qui tenait absolument à épouser une gosse de riches, n'obtenait pas même un rendez-vous avec la première venue, tandis que l'autre tombait les filles par douzaines. Jamie adorait les femmes et celles-ci le lui rendaient bien. De loin en loin, il en refilait une à Harper. C'était la moindre des choses entre jeunes gens de bonne compagnie.

Et puis, un beau jour, Patricia fit irruption dans leur vie.

Curieux comme l'amour peut inspirer aux hommes une conduite bien plus répréhensible que ne le ferait même un sentiment comme la haine.

Pourtant, les choses finissent toujours par s'arranger, philosophait Jamie. Pour l'essentiel, lui et son vieux pote avaient obtenu de la vie ce qu'ils en attendaient autrefois. Harper habitait les beaux quartiers de Boston, il avait une épouse sur laquelle les hommes se retournaient, des enfants tout ce qu'il y a de bien, une brillante situation et une excellente réputation. Aujourd'hui, les gens de la bonne société ne levaient plus le nez devant le réputé docteur Stokes.

Jamie, quant à lui, n'avait pas à se plaindre non plus. Il faisait le tour du monde et avait bâti un empire commercial. Durant ses voyages, il descendait dans les hôtels les plus chics et croisait ceux qui comptent, ceux qu'il faut connaître. Sans doute ses connaissances n'évoluaient-elles pas toutes dans le grand monde, mais lui avait du pouvoir, il était riche, personne ne profitait de son travail, il était son propre patron.

Quelle leçon pouvaient tirer de cela les deux vieillards qu'ils étaient aujourd'hui, se disait-il, sinon que la familiarité engendre le mépris.

Une heure plus tôt, Harper avait appelé Jamie qui somnolait sur le canapé. O'Donnell connaissait son homme. Sa voix lui parut tout de suite trop calme, sa colère trop contenue.

— Dis donc, O'Donnell ! Qu'est-ce qui te prend ? Ça fait vingt-cinq ans. Moi, j'ai tenu parole. On est trop vieux pour ces conneries-là.

— Il est 2 heures du matin, Harper. Je ne sais pas de quoi tu me parles et j'ai pas envie de jouer aux devinettes au milieu de la nuit.

— Le message dans ma voiture, bon sang ! Ta campagne de harcèlement contre William. Quelle classe ! On s'introduit chez lui, on dépose des viscères sur le couvre-pied. Quel goût !

— Quoi ? s'écria Jamie en rigolant. J'aurais payé cher pour voir ça. Il a vomi, j'espère. Je n'ai jamais pu encadrer ce couillon.

— Arrête ton cirque, O'Donnell. Je veux savoir pourquoi tu fais ça. On a trop à perdre. Tous autant que nous sommes.

— T'as tout faux, Harper. Je ne comprends pas plus que toi ce qui se passe. J'ignore qui est derrière ça. Soit dit en passant, depuis hier soir, vous n'êtes plus seuls sur sa liste.

— Qu'est-ce que tu veux dire ?

— J'ai reçu un petit cadeau moi aussi. Le concierge me l'a remis en main propre. C'était bien emballé, je dois dire : ruban, rosette, un beau paquet…

— Qu'est-ce que c'était ? demanda Harper perplexe.

— C'était placé dans un pot en verre. Ça flottait dans un liquide dégueulasse. Une bite, mon vieux. Avec ses couilles. Un pénis dans le vinaigre !

Il y eut quelques secondes de silence au bout du fil. Une fois sa surprise passée, Harper éclata de rire. Puis sa voix redevint grave.

— Un pénis ? Charmant. Dis-moi, Jamie. Tu rêves toujours d'elle ? Tu baves toujours sur ma femme ?

— Écoute, je le répète, je n'ai rien à voir là-dedans. Ça fait des décennies. Tu penses bien que je n'en suis plus là…

— Des décennies ? Tu parles ! Même les reines de beauté n'ont plus le même look après trente ans, c'est ça ?

— T'es stupide, Harper.

— Tu aimerais le croire mais, en fin de compte, c'est moi qui ai cueilli la fille. Je sais que ça te remue encore. Je le sais. Tu n'as jamais été capable de la comprendre, pas plus que tu n'arrives à me comprendre, moi. Et ça te fout les boules !

— T'es hors sujet, mon vieux.

— Quel sujet ?

— Quelqu'un sait, Harper. Après toutes ces années, quelqu'un a deviné ce qui s'est passé jadis avec Meagan.

Harper réfléchit à la situation, puis, ensemble, ils récapitulèrent les derniers événements. Il y avait lieu de s'alarmer. Harper avait reçu un message, William avait trouvé un tas d'organes sur son lit, de même qu'un message. À son tour, Jamie découvrait des horreurs dans le vinaigre. Il y avait également les appels anonymes que recevait Ann Margaret à la Croix-Rouge. Enfin, Larry Digger était en ville.

— C'est peut-être lui après tout, suggéra Jamie.

— Impossible. Il n'a pas assez d'imagination pour monter un truc pareil.

— Et Patricia ? Elle a reçu quelque chose ?

— Elle ne m'en a rien dit.

— De toute façon, elle n'en parlerait jamais. Pas à toi, en tout cas.

— Mais elle en glisserait un mot à Brian, ça, j'en suis sûr. Et il serait assez furieux pour me le dire.

— Même aujourd'hui ?

— Tu sais tout comme moi que mon fils me déteste plus que jamais. Ça doit te faire plaisir d'ailleurs…

— Franchement, non, répliqua l'autre sans arrière-pensées. Pas du tout.

Harper s'éclaircit la voix. La brouille avec son fils le perturbait vraiment. Jamie le sentit et, contre toute attente, en éprouva une certaine pitié.

— Et les migraines de Mélanie ? lança soudain Harper.

— Qu'est-ce que tu veux dire ?

— Ce n'est peut-être pas du stress, comme je le croyais. Mélanie n'a pas eu de migraines depuis plus de dix ans. Pourquoi en a-t-elle tout à coup ? Ce sont peut-être ses souvenirs qui la taraudent…

— Possible, en effet.

Jamie ne put rien ajouter de plus. Cette possibilité alarmait Harper tout autant que lui. Dans cette affaire, les souvenirs de Mélanie constituaient l'élément imprévisible et crucial ; ils pouvaient tout dénouer, ou tout remettre en cause. Au début, Harper et Jamie y avaient songé continuellement, mais, après tant d'années, ils ne s'étaient plus souciés de cela.

— La vérité suit sa propre logique. Le plus surprenant, c'est qu'elle ait mis tout ce temps à nous rattraper.

— Mais enfin ! s'écria Harper. Qui tire les fils ?

— Je ne sais pas.

— Pourquoi pas toi ? Brian, peut-être ?

— Qu'est-ce qu'on aurait à y gagner, Harper ? Dis-moi ce qu'on en tirerait ? Mélanie nous haïrait aussi sec ; tu t'en fous peut-être, pas moi. Et je suis certain que Brian ne s'en fout pas lui non plus.

— Trop tard, O'Donnell. On a trop à perdre. Alors, ça suffit. J'emmène ma famille en Europe.

— En Europe ?

— Oh ! je ne te l'ai pas dit ? fit l'autre d'une voix doucereuse, et Jamie sut aussitôt qu'il allait lui assener le coup de grâce. J'en ai parlé à Patricia ce matin. On part en vacances. Toute la famille. Brian compris. On fait nos valises et on décolle. Tant pis pour le reste. Patricia est ravie ; elle trouve ça très romanesque.

Jamie ne répondit rien. Il serra le combiné contre son oreille et attendit la suite.

— Tu ne piges pas ? Patricia m'aime. Elle m'a toujours aimé. Je sais ce qui la rend heureuse. Je suis son genre, O'Donnell. Alors, tu connais notre marché ; tu t'occupes de cet inconnu, le sale boulot, c'est ton rayon. Pas le mien.

Harper raccrocha.

— Oui, elle t'a toujours aimé, murmura Jamie comme si l'autre pouvait l'entendre. Elle t'a toujours aimé, mais tu t'en balances, voilà le problème. T'as une belle petite famille bien propre, mais tu t'en fous, comme il en a toujours été !

À son tour, il raccrocha violemment, puis sentit la fatigue lui peser.

Il était 4 heures, la télé diffusait un bref bulletin d'informations. Fusillade dans un hôtel du centre-ville. Un reporter, Larry Digger, avait été tué.

Jamie écarquilla les yeux. Harper n'avait rien dit à ce propos. Que se passait-il donc ? Jamie monta le volume. Le meurtrier avait réussi à s'enfuir, il était armé, considéré comme dangereux. Un portrait-robot parut à l'écran et Jamie identifia tout de suite l'agresseur.

De fureur, il lança la télécommande contre le mur et renversa la table basse dont le plateau de verre se fracassa en morceaux.

— Fumier ! Sale petit mec ! Comment oses-tu me faire ça !

La porte de la chambre s'ouvrit. Mal éveillée, en chemise de nuit, Ann Margaret le considéra l'air hagard.

— Jamie ?

— Va te coucher !

Ann Margaret ne bougea pas.

— Jamie, qu'est-ce qui ne va pas ?

— Va-t'en ! Sors d'ici !

Ann Margaret se rapprocha de lui.

— Assez, Jamie. Tu sais fort bien que, quoi que tu fasses, je peux composer. Je t'aime, chéri. Je t'aime vraiment.

Jamie ronchonna et pencha la tête. Il s'avança vers elle, le corps couvert de sueur, la poitrine en feu. Puis il la prit dans ses bras, conquis et rompu.

Cette femme avait une forme de beauté et une force bien à elle. Elle possédait une volonté indomptable, solide, raisonnable aussi. Jamais de paroles inutiles, jamais de prétentions idiotes. De plus, elle avait raison. Quoi qu'il fasse, elle savait l'affronter et aller au fond des choses. À la vérité, elle n'était ni meilleure ni pire que lui-même et Jamie l'aimait justement pour cela. Il l'aimait profondément. C'était d'ailleurs l'un des rares phénomènes qui l'effrayaient.

Toujours allumée, la télé répandait autour d'eux sa clarté fantomatique. Plus tôt dans la soirée, sans y réfléchir, Jamie avait sorti le pot en verre et Annie l'aperçut soudain, posé en évidence sur un meuble.

— Jamie ?

Il ferma les yeux.

— C'est arrivé aujourd'hui, dit-il d'une voix bourrue. Une mauvaise plaisanterie, j'imagine. Une sale blague.

— Une blague à propos d'elle, tu veux dire ?

— Annie, je t'en prie, c'est une vieille histoire…

— Pas assez vieille pour qu'on l'ait oubliée. Pas assez vieille pour qu'on renonce à te la faire payer.

Jamie ne sut que répondre.

— Tu l'aimes encore ?

— Non, Annie. Plus du tout.

— Elle reçoit des sexes, elle aussi ? Des ceintures de chasteté, peut-être ?

Jamie saisit son bras et la força à le regarder dans les yeux.

— Annie, je t'assure que ceci n'a rien à voir avec Patricia.

— Comment le sais-tu ? Qu'est-ce qui se passe ?

— Harper a reçu un message.

— Quel genre de message ?

— Le genre qui vous menace d'écoper. En plus, Larry Digger est arrivé à Boston et Mélanie recommence à souffrir de migraines. Et William… a reçu un message aussi. Invariablement le même topo : « On a toujours ce qu'on mérite. »

— Ça ne finira donc jamais ?

— Comment te répondre ? Certains mènent la belle vie sans histoire, tandis que d'autres…

Jamie saisit son revolver et enfila l'étui sous sa veste.

— Ne laisse entrer personne. Ne réponds même pas au téléphone.

— Qu'est-ce que tu vas faire ?

— Je ne sais pas encore.

— Jamie…

Il se dirigea vers la porte, l'ouvrit, puis se retourna. Les mots lui résistaient. Il fit un effort et parvint à prononcer les seules paroles qui se rapprochaient un tant soit peu de sa pensée :

— Je vais prendre soin de toi, Annie. Compte sur moi. De toi et de Mélanie. C'est promis.

*

Brian Stokes se réveilla en sursaut. Comme c'était la cinquième fois cette nuit-là, son amant finit par lui demander :

— Tu veux en parler un peu, ou tu préfères que j'aille chercher les lames de rasoir ?

— Fous-moi la paix.

— Tu parlais dans ton sommeil, Brian. Je t'ai entendu appeler quelqu'un.

— Boucle-la !

Mais Nathan se redressa et s'adossa au mur derrière lui. Après Mélanie, il était la seule personne en qui Brian eût confiance. Il repoussa la couverture sur ses genoux et rajusta son pyjama ; à n'en pas douter, il se préparait à engager une conversation franche et suivie.

— Tu appelais Meagan, expliqua-t-il d'une voix douce. Voyons, Brian, même éveillé, tu ne prononces jamais ce nom-là.

— Tais-toi !

Brian se dirigea vers la fenêtre. Il était au bord des larmes et contempla la ville endormie. Cependant, d'autres images le hantaient.

Il revoyait les obsèques, ce jour d'autrefois, lugubre et nuageux. Il revoyait sa mère, titubant durant la cérémonie, à moitié ivre et folle de douleur. Il revoyait son père aussi, imperturbable, le visage sec comme du granit, couvrant sa femme de son mépris.

Il se rappela le silence qui régnait dans la maison les jours qui suivirent, cette maison où ne résonneraient plus les rires de la fillette. Un soir, Harper avait crié à Patricia : « Mais où étais-tu toute la journée ? Si seulement tu étais rentrée… » À quoi sa femme avait répondu : « Je ne voulais pas… Je ne savais pas… Je pensais que Brian voulait rester seul avec moi. Tu sais comment il peut être, surtout avec elle… — Eh bien ! maintenant, il t'aura tout à lui, c'est ça ? Il a réussi à t'avoir tout à lui ! »

Nathan se leva à son tour et se rapprocha de son ami.

— Tu t'en fais pour ta sœur ? Tu es dans cet état depuis que tu l'as vue.

— Je ne tiens pas à en parler.

— Comme tu voudras. Mais combien de temps vas-tu te haïr encore ? Combien de temps vas-tu en vouloir à Mélanie d'avoir l'audace de t'aimer ?

— Non, c'est…

— Elle a besoin de toi. Tu ne l'as même pas rappelée.

— Tu ne comprends pas.

Nathan lui décocha un regard lourd de sous-entendus. Il avait déjà vu son ami dans les pires moments d'angoisse et de crise où, plein du dégoût de lui-même, Brian pouvait à peine se traîner hors du lit. Il comprenait la situation bien mieux que l'autre ne voulait l'admettre.

— Dans ce cas, explique-moi. Donne-moi une seule bonne raison de repousser ta sœur comme tu le fais.

— Elle saura mieux s'en tirer si je ne suis pas là, rétorqua Brian, embarrassé. Il vaut mieux qu'elle ne me voie pas.

— Et quoi encore ! Ta sœur t'adore. Qui appelle-t-elle au premier problème ? Son grand frère. Parce qu'elle sait que tu vas l'aider. Elle sait que tu t'es toujours occupé d'elle. Elle te fait confiance, Brian. Elle t'aime. Pourquoi es-tu devenu si réticent à son égard ?

— C'est différent, cette fois-ci.

— Ta sœur a besoin d'aide. Ce n'est pas différent en soi.

— C'est plus compliqué que tu ne le penses. Elle ne sait rien de Meagan. Personne ne sait. Même moi, je ne veux pas savoir !

— Écoute, Brian. De tous les mecs que je connais, tu es le seul qui ait révélé son homosexualité pour dissimuler un autre secret.

— Je n'ai pas…

— Je connais mon rayon. Je sais déceler les signes irréfutables. J'ai vu d'autres gars annoncer à leurs parents qu'ils sont homosexuels, je sais très bien que ce n'est pas facile. Mais, en général, après quelque temps, ils en sont soulagés. Tu n'as jamais éprouvé ce soulagement, non ? Six mois après, tu es toujours aussi angoissé. Pourquoi ? Si tu as fait la paix avec toi-même, pourquoi es-tu plus contrarié qu'auparavant ?

Brian était incapable de répondre à cela, mais Nathan voyait juste.

— Parce que ce n'était pas ça, ton secret. Je me trompe ?

Brian ne répliqua pas.

Cinq heures. L'aube se levait à l'horizon et dorait les ombres dans les rues de la ville. L'homme se détourna finalement de la fenêtre. Il était épuisé après une nuit éprouvante, certes, mais qui l'avait mis dans un réel état d'excitation.

La partie était en cours. Non seulement les protagonistes étaient réunis, mais encore ils se déplaçaient tant bien que mal sur l'échiquier dressé par lui seul.

Curieux que des gens qui se détestent demeurent proches tout ce temps. Tant mieux, après tout. Il était plus facile, pour lui, de les manipuler.

Harper commençait à craindre son ombre, William ne sortait plus sans son arme, Brian passait des nuits blanches plongé dans l'angoisse et tous les autres, hystériques, s'accrochaient à leurs secrets, en priant que personne ne les perce jamais.

Un tueur à gages circulait parmi les joueurs et une première victime figurait au tableau de chasse.

Mélanie. Il ignorait où elle se trouvait en ce moment, mais elle était sans doute à l'abri. Autrement, elle l'aurait appelé.

Oui, dans cette partie d'échecs, Mélanie tenait le rôle du roi. Elle était la cause de tout cela et le prix à gagner.

« Allez, Mélanie. À toi de jouer.

Il est temps que tu te souviennes maintenant.

Il est l'heure de recoller les morceaux.

L'heure de rentrer chez ton père.

De me revenir. »

19

— Alors ? demanda Lairmore d'un ton brusque. Qu'est-ce qui se passe à la fin !

Il était 7 heures précises. L'inspecteur principal ne plaisantait pas sur le chapitre de la ponctualité. Il portait un costume gris de la meilleure coupe, une chemise blanche soigneusement repassée et, sur son crâne, pas une mèche ne dépassait. Lairmore présidait derrière un immense bureau en noyer ; sur le mur brillait l'emblème bleu du FBI avec ses treize étoiles et ces trois mots : fidélité, courage, intégrité. Même lorsqu'il recevait ses hommes en petit comité, Lairmore donnait l'impression de tenir une conférence de presse.

Toutefois, David l'aimait bien comme il était.

À cinquante ans, ou peu s'en faut, le chef du service des fraudes médicales savait exactement ce que symbolisait chacune des couleurs et chaque élément représenté sur l'écusson du FBI. Il était prêt à jurer envers et contre tous, jusqu'à la tombe même, que l'ancien patron de la boîte, Edgar Hoover, n'avait de sa vie tripoté une petite culotte. Dans son esprit, cette malheureuse histoire reposait sur un lamentable malentendu. Lairmore était un conservateur, un fonctionnaire, un bureaucrate ; il estimait qu'après le crime organisé les fraudes médicales constituaient le pire fléau entachant l'honneur des États-Unis. Ces crimes-là coûtaient à la nation dix centimes par dollar, sans parler des risques énormes pour la santé publique, et lui, Lairmore, se décarcassait pour éradiquer pareille scélératesse. Il croyait en son travail ; c'était chez lui un acte de foi, et une qualité bien rare de nos jours, pensait David.

Lairmore toisa ses hommes qui manifestement n'avaient pas fermé l'œil de la nuit.

— Tout de même ! Vous auriez pu vous raser. Vous doucher ! Nous ne sommes pas à un enterrement de vie de garçon !

Chenney et David échangèrent un regard penaud.

— J'ai passé la nuit à filer Sheffield, expliqua le premier. Et j'ai trouvé une piste, une sacrée bonne piste !

— Moi, j'ai fait des recherches sur Meagan Stokes jusqu'aux petites heures du matin. On m'a tiré dessus. J'ai eu un entretien téléphonique avec Pierce Quincy. Mais aucune piste.

— Quoi ! Vous avez parlé à Quincy ? À Quantico ?

— Oui, tard hier soir. Il est toujours au boulot lui aussi. Pourquoi travaille-t-il toujours jusqu'à des heures impossibles ?

— Du calme, dit Chenney.

— Dieu du ciel ! s'exclama Lairmore. Allez, suivez-moi.

Lairmore sortit de la pièce, entraînant les deux agents à sa suite. Au bout du couloir, il glissa quelques pièces dans la machine à café, puis leur tendit deux gobelets. Ils le remercièrent de la tête en soufflant sur le café brûlant et revinrent dans le bureau du chef, qui bougonnait toujours.

Dès qu'ils eurent retrouvé leurs sièges, David essuya une série de reproches comme quoi il épuisait son équipier et compromettait les chances de résoudre cette enquête, « sinon cruciale, du moins très importante ». David encaissa le coup en serrant le gobelet au creux de sa main et rassembla ses esprits, afin de fournir une réponse crédible quand son chef lui en donnerait l'occasion. À sa surprise, celle-ci se présenta plus vite qu'il ne le souhaitait.

— Commençons par l'affaire Meagan Stokes, ordonna Lairmore, en jetant le dossier Stokes/Sheffield sur son bureau. Pourquoi vous retrouvez-vous à enquêter sur une affaire classée depuis vingt-cinq ans ? Sur un homicide en plus !

David reprit l'histoire depuis le début et conclut son exposé en affirmant qu'à son avis, la famille Stokes dissimulait des secrets autrement considérables que de simples fraudes médicales.

Lairmore voulut bien l'admettre, mais en partie seulement.

— En général, dit-il, nos criminels débutent par de petits larcins. Ils arnaquent les compagnies d'assurances par exemple, puis, petit à petit, se mettent à trafiquer les ordonnances, à fabriquer de fausses factures, et ainsi de suite. Mais depuis que je travaille ici, Riggs, jamais je n'ai vu quelqu'un commencer sa carrière de malfaiteur par un meurtre et la finir par des escroqueries. Expliquez-vous.

David eut un sourire plein de lassitude.

— On ignore si Stokes commet vraiment des fraudes ; il n'est même pas certain qu'il ait été mêlé à l'enlèvement de sa fille. Quincy soupçonne davantage la mère.

— Non, c'est Harper ! interrompit Chenney. Je le sais. J'ai coincé Sheffield.

Sans reprendre son souffle, Chenney raconta d'un trait sa nuit à l'Hôpital général. Un certain Boer s'étant plaint de douleurs à la poitrine, on l'avait immédiatement accueilli aux urgences. Le soir, il reposait à l'unité des soins intensifs, drogué, mais apparemment bien portant. Et puis, coup sur coup, deux bradycardies. En ce moment même, il était sans doute allongé sur le billard et Stokes lui implantait très certainement un stimulateur cardiaque. Or, hier, plusieurs personnes ont aperçu Sheffield aux soins intensifs, après ses heures de travail et sans qu'on lui connaisse là de patients attitrés. D'après Chenney, cette coïncidence était pour le moins suspecte.

— Ce matin, j'ai appelé une amie pharmacienne. Elle m'a expliqué que deux bêtabloquants bien précis peuvent faire croire qu'un patient a besoin d'un pacemaker. Le propranolol et la digoxine. Les deux ralentissent le rythme cardiaque, mais la digoxine peut aussi l'accélérer et même provoquer la mort. D'après mon amie, c'est trop risqué. Autrement dit, Sheffield a vraisemblablement injecté du propranolol à Boer.

» En résumé, conclut-il l'air triomphant, une seule injection de propranolol peut soulever des inquiétudes, mais un cardiologue ne recommandera pas forcément l'intervention. En revanche, si le patient subit deux bradycardies l'une après l'autre…

— On estimera qu'il a un grave problème circulatoire et qu'il lui faut un pacemaker, compléta David.

— En effet, c'est enfantin, dit Lairmore. Sheffield passe à peine deux minutes dans la chambre pour chaque injection. Ensuite, on recommande une opération, qui se prolonge à tout casser une heure, et pour laquelle Stokes touchera deux mille dollars d'abord, et quatre mille autres pour son brevet, si le patient choisit le stimulateur qu'il a lui-même mis au point. S'ils répètent ce coup-là, mettons, deux fois par semaine…

— Sheffield rembourse ses dettes de jeu et Stokes peut s'offrir ce que bon lui semble, conclut David. S'il est une chose dont nous sommes certains, c'est que Stokes aime vivre sur un grand pied.

Lairmore acquiesça en hochant la tête. Chenney en revanche semblait perplexe.

— Mais même si on prouve que Stokes pratique des opérations frauduleuses, quel rapport avec le meurtre de sa fille ?

— C'est bien ce que j'aimerais savoir !

Malgré sa fatigue, David posa les coudes sur ses genoux, se pencha vers son chef et entreprit d'exposer ses hypothèses par le détail.

— Hier soir, j'ai relu le dossier que la police de Houston avait constitué à l'époque ; j'y ai trouvé quelques indices qui peuvent nous aider à mieux comprendre. En 1972, la situation financière des Stokes était carrément catastrophique. Certes, ils vivaient dans une grande demeure, mais celle-ci leur avait été offerte par le père de Patricia. Jamais Harper n'aurait pu se payer une maison pareille. Il était interne, c'est à peine s'il gagnait dix mille dollars par an. Il tapait ses amis et ses proches pour que sa femme jouisse du confort et du luxe qu'elle avait toujours connus. En plus, il venait de contracter une deuxième hypothèque pour la maison ; il avait trois versements de retard lorsque sa fille a été enlevée. Sur le strict plan financier, la mort de Meagan fut providentielle pour Harper et Patricia Stokes.

— Bien ! Nous avons là un mobile, dit Lairmore.

Chenney ne paraissait toujours pas convaincu.

— Si Stokes manquait de fric, il aurait pu commencer ses opérations bidon, tu ne penses pas ?

— Non. Les internes sont salariés. Qu'ils implantent un ou douze pacemakers par semaine, ça ne leur rapporte pas un centime de plus.

Cette fois, Lairmore souleva une objection.

— N'empêche. Stokes pouvait se rabattre sur bien d'autres choses encore. Revendre des drogues disponibles à l'hôpital. S'arranger avec les représentants des compagnies pharmaceutiques pour toucher des bakchichs ; ce ne sont pas les moyens qui manquent. Nous savons tous que ceux qui travaillent dans le domaine de la santé sont en mesure de profiter de leur position pour s'enrichir. C'est la raison pour laquelle je pense que Chenney n'a pas tort. Les Stokes avaient besoin d'argent, nous sommes d'accord là-dessus, mais vous ne m'avez pas convaincu que des gens comme eux tueraient froidement leur fille pour toucher du pognon.

— C'est juste, admit David. Ce qui nous mène à la deuxième piste. Harper avait un mobile, mais il n'était pas le seul dans ce cas. En fait, tous les membres de cette famille avaient des problèmes à l'époque.

D'ailleurs, la police de Houston suspectait quatre personnes : Stokes, sa femme, O'Donnell et, croyez-le ou non, Brian Stokes, le fils. Si Harper n'est pas l'assassin, examinons le cas des trois autres.

» La mère d'abord. Elle était riche, avant même de connaître son mari. Elle est la fille d'un baron du pétrole, un père dominateur qui tenait à elle comme à la prunelle de ses yeux. J'ai l'impression qu'il n'appréciait pas beaucoup Harper ou, plutôt, qu'il estimait que le jeune interne n'était pas assez bien pour sa fille. Cela ne l'a pas empêché d'organiser une cérémonie de mariage grandiose et d'offrir à Patricia une sorte de manoir à flanc de colline. Hélas, quand celle-ci découvrit quel genre de vie mènent les femmes de médecins, elle a trouvé la situation moins drôle. Brian avait encore la couche aux fesses que sa mère se languissait déjà, pour rester poli. Elle s'est mise à dépenser beaucoup de fric ; elle sortait faire la noce et passait plus de temps avec O'Donnell qu'avec son propre époux ; cela dit, Harper passait également plus de temps avec les petites infirmières qu'avec sa femme.

» D'après le témoignage de certains amis de la famille, ils ont tenté de se réconcilier. Durant quelque temps, Harper s'est absenté moins souvent, et ils ont pris la décision d'avoir un deuxième enfant. Il semble que, cette fois, ils aient réussi à calmer le jeu. Patricia a cessé de faire la fête pour se consacrer à son rôle de mère. Elle fréquentait les organismes de charité, faisait du bénévolat mais, avant tout, elle était heureuse auprès de ses gamins. Si on en croit la bonne, Harper et Patricia ont alors recommencé à faire chambre commune ;

toutefois, on n'avait pas besoin de changer les draps très souvent, si vous voyez ce que je veux dire.

— Mais c'est vrai pour la plupart des couples, objecta Lairmore. Si c'était l'indice d'une activité criminelle, il faudrait surveiller tous les gens mariés depuis plus de cinq ans !

— Sans doute, mais nous n'en avons pas terminé avec les Stokes. Meagan est désormais dans le tableau. Les parents et leurs enfants s'entendent comme jamais. Soudain, six mois avant la mort de la fillette, Patricia et Harper remettent ça : ils se disputent tous les soirs. Une domestique a parlé de ces querelles à des amis de la famille ; Patricia l'a virée aussi sec. Enfin, plus étonnant, voilà que Jamie O'Donnell refait surface.

— Patricia avait une aventure avec lui, dit Chenney.

— Il semble bien. La police n'a jamais pu le prouver, mais on suppose qu'il ne fréquentait pas les Stokes simplement pour leur table. Patricia s'est alors mise à boire. Jusque-là, tout le monde croyait que la mort de Meagan l'avait poussée dans l'alcoolisme, mais la police a découvert qu'elle avait commencé à boire avant le drame. Tout juste avant, ce qui permet de croire qu'un événement quelconque l'a perturbée considérablement. Dieu sait de quoi les femmes sont capables en pareil cas.

Lairmore hocha la tête, méditatif.

— Intéressant. D'un côté, nous avons un médecin qui se tue au boulot, et de l'autre une épouse alcoolique qui s'amourache du vieil ami de la famille. Quel lien y a-t-il exactement entre O'Donnell et les Stokes ?

— Harper l'a rencontré à l'université, mais O'Donnell ne suivait pas d'études. C'est un autodidacte ; il s'est enrichi par ses propres moyens. Adolescent, il bossait comme ouvrier dans les champs de pétrole puis, peu à peu, il s'est débrouillé. De prime abord, on pourrait penser que Harper et O'Donnell n'étaient pas nés pour s'entendre, mais ils ne manquaient pas d'ambition l'un et l'autre, et il faut croire que ça les rapprochait. Bien entendu, ils se sont orientés dans des voies tout à fait différentes. Harper est devenu le père de famille modèle, respecté de toute la communauté, tandis que l'autre a des contacts. Interpol possède même un dossier sur son compte.

— Quoi ?

— Oui, les policiers d'Interpol étaient persuadés qu'il trempait dans des trafics d'armes, mais on n'a jamais pu le prouver. O'Donnell a des relations, c'est tout. Il possède une compagnie d'import-export et paie ses impôts le 15 avril comme chacun d'entre nous.

— À ceci près qu'aucun d'entre nous ne couche avec Patricia Stokes, ajouta Chenney.

— D'accord. Nous avons donc un mobile – l'argent –, et le triangle amoureux typique. Harper en voulait peut-être énormément à sa femme ; il se sera résolu à tuer Meagan pour corriger Patricia, la faire souffrir et régler ses problèmes financiers du même coup. Autre possibilité : O'Donnell pensait peut-être que Patricia ne quitterait pas Harper tant qu'ils auraient des enfants et il aura décidé de remédier à la situation. Enfin, un certain jour, Patricia était peut-être trop tendue, complètement ivre ; Meagan aura choisi ce jour-là pour lui taper sur les nerfs plus que de raison. Exit Meagan. Nous en arrivons maintenant au suspect numéro trois. Brian Stokes.

— Décidément, plus on connaît ces gens-là, plus on les estime, marmonna Chenney.

— Oui, ce n'est pas précisément une famille exemplaire, je te l'accorde. Enfant déjà, Brian donnait du fil à retordre à tout le monde. J'ai lu dans le rapport de la police qu'il passait son temps à casser des objets dans la maison, au point de faire pleurer sa mère pratiquement tous les soirs. L'inspecteur a noté que la bonne avait reçu l'ordre très strict de ne jamais laisser Brian seul avec sa sœur. Il semble qu'il prenait plaisir à casser ses jouets. Enfin, pour compléter le tableau, en 1972, Brian voyait déjà un psy. J'ai cru comprendre qu'il jouait avec les allumettes depuis un moment.

— Vous charriez ! lança Lairmore en se redressant. Vous allez probablement nous dire qu'il torturait les bêtes et qu'il mouillait son lit à neuf ans !

Lairmore faisait référence à trois facteurs relevés par les psychologues du FBI. D'après leurs études et statistiques, les tueurs en série avaient tous adopté, à un moment ou l'autre de leur enfance, au moins deux de ces comportements. Mais ce n'était pas le cas de Brian Stokes.

— Non. Une fois seulement, il a provoqué un petit incendie sans conséquence. Mais le plus curieux vient ensuite. Brian et Patricia n'avaient aucun alibi le jour où Meagan a été kidnappée. Patricia déclara qu'elle avait conduit son fils chez le thérapeute ; la police a vérifié, mais à 10 heures la séance était terminée. La bonne a appelé les flics à 14 heures pour signaler la disparition de l'enfant ; Patricia et Brian sont rentrés en voiture à 17 heures, apparemment surpris d'apprendre la nouvelle.

— Et Stokes ? O'Donnell ? Ils ont fourni des alibis ?

— Pas plus. Harper a juré qu'il se trouvait au travail, mais personne à l'hosto n'a pu le confirmer. O'Donnell a prétendu qu'il n'était pas en ville ce jour-là, sans le prouver. Mieux : la police mettait même en doute les déclarations de la bonne, quant à l'heure exacte de l'enlèvement. Cette femme parlait à peine l'anglais ; elle évitait de croiser le regard des enquêteurs durant l'interrogatoire et se rapprochait sans cesse de Harper. On a pensé qu'elle avait peut-être eu une aventure avec lui ou, du moins, qu'elle surveillait ses réponses pour ne pas lui déplaire. Bref, ce jour-là, n'importe qui aurait pu enlever Meagan, à n'importe quelle heure. On n'est sûrs de rien. La seule chose qu'on sache, c'est que tel jour l'enfant n'était plus là. Le lendemain, quelqu'un déposait une demande de rançon à l'hôpital où travaillait Harper, et ensuite le malfaiteur n'a plus donné signe de vie. Enfin, huit semaines plus tard, un type qui promenait son chien a découvert le corps.

» À mon sens, Quincy voit juste. Tout sent mauvais dans cette affaire et cela concerne toutes les personnes en présence. Si Russell Holmes n'avait pas avoué ce meurtre, la police aurait enquêté sur les Stokes et sur O'Donnell jusqu'à ce que le chat sorte du sac. La compagnie d'assurances n'aurait pas payé la prime durant l'enquête. Pour conclure, cette petite confession de dernière minute, faite à Digger, a mis fin à une enquête qui aurait pu devenir très embarrassante pour les Stokes et qui leur a permis de toucher un million de dollars.

— C'est là une confession bien providentielle, en effet, dit Lairmore à voix basse.

— N'est-ce pas ! s'exclama David.

— Quincy veut relancer l'enquête ?

— Il le laisse entendre. Mais il n'est pas obligé de le faire d'une façon officielle. Nous allons éclaircir tout ça dans le cadre de la nôtre.

— Pas question.

— Comment ça, pas question ?

— Avec tout le respect que je vous dois, inspecteur Riggs, je vous rappelle que vous travaillez toujours au service des fraudes. L'inspecteur Chenney a découvert que nous avions les meilleures raisons du monde de surveiller Harper Stokes et William Sheffield ; si nous obtenons des preuves solides, nous serons en mesure de porter des accusations. Voilà votre boulot. C'est là-dessus que vous devez plancher.

— Mais le tueur ? Larry Digger…

— La police municipale s'en chargera. Quant à l'affaire Meagan Stokes, elle est entre de bonnes mains. Quincy la résoudra sans problème.

— Ah non ! s'écria David en bondissant de son fauteuil. C'est mon affaire ! Je me suis décarcassé jour et nuit pour rassembler les éléments – c'est mon enquête ! Une femme à moitié morte de trouille est planquée dans une chambre d'hôtel, parce qu'elle n'ose plus rentrer chez elle. Et tout cela a un lien direct avec l'affaire sur laquelle je bosse.

— Non, il n'y a aucun lien tangible, répliqua Lairmore, le regard sombre.

— Et comment qu'il y en a ! En 1972, les Stokes manquaient d'argent, leur fille est morte, ils ont touché un million de dollars. Aujourd'hui, Harper Stokes recommence à vivre au-dessus de ses moyens ; il met au point une nouvelle combine et opère des gens bien portants pour du fric. C'est comme un mode de comportement chez lui.

Chenney considérait David comme s'il avait perdu l'esprit.

— Pas du tout, ce n'est pas un mode de comportement. Tuer sa fille est autrement plus grave que d'implanter des pacemakers sans raison.

— Dans un cas, il y a fraude économique, dans l'autre, fraude médicale.

— Non ! Dans le premier cas, il s'agit d'un meurtre ; le second est de nature criminelle, sans doute, mais sans conséquences graves. Un pacemaker inutile n'expose à aucun danger. L'appareil se déclenche seulement en cas de crise cardiaque.

— Le patient peut avoir une attaque et crever sur le billard durant l'intervention. Stokes met des vies humaines en danger. C'est une faute grave.

— C'est quand même moins crapuleux que de tuer sa fille.

— Chenney a raison, trancha Lairmore. Vous avez bien trouvé un mobile, Riggs, mais aucun suspect probant. On sait que Stokes aime suffisamment la belle vie pour commettre des escroqueries, mais quelle preuve avons-nous qu'il serait capable de tuer pour de l'argent ? Aucune. Il a commis des actes de violence dans le passé ?

— Non.

— Il a maltraité ses enfants ? brutalisé sa femme ? A-t-il même manqué à ses obligations familiales ?

— Non.

— Les rapports nous confirment qu'il a prodigué à ses enfants tous les soins nécessaires pour qu'ils se développent normalement, et même au-delà. Il ne les a jamais battus, les voisins ne rapportent aucune scène de ménage. Vous-même, dans votre premier rapport, notiez qu'il est réputé bon père de famille, affectueux, très généreux à l'égard de sa femme.

— Oui, reconnut David, les dents serrées.

— Patricia Stokes maintenant. Je sais que Quincy se pose des questions à propos d'un cadavre enveloppé dans une couverture ; même chose là : cette femme a-t-elle jamais été accusée de quoi que ce soit ? Négligence ? Mauvais traitements ?

— Elle a un problème avec l'alcool.

— Oui, elle a rechuté il y a six mois. Y a-t-il eu des plaintes depuis ? A-t-elle eu un comportement violent ?

David fut bien obligé de secouer la tête.

— Cela nous mène à Jamie O'Donnell. Cet homme a peut-être un passé criminel, un casier judiciaire, il faut voir. D'après Digger, il aurait rencontré une sage-femme au Texas. Mais une fois de plus, tous s'accordent à dire qu'il adore ses filleuls et qu'il est très proche de la famille.

» Reste Brian Stokes. Vous avez vous-même déclaré qu'il aimait tendrement sa seconde sœur, qu'il la couvait, qu'il l'a toujours protégée. Admettez-le, Riggs, cette affaire vous dépasse. Les mobiles existent, les occasions de commettre des crimes ne manquent pas non plus, mais les différents individus ne correspondent pas au profil d'un meurtrier, du moins pas à mes yeux.

Alors, laissez agir les spécialistes. Quincy est l'homme de la situation.

— Mais tous ces gens, tous ces éléments sont liés entre eux. Et je vais vous dire comment.

Lairmore et Chenney levèrent la tête, impatients de connaître sa conclusion.

— Le délateur, dit David. Il a appelé notre service le jour même où il lançait Digger sur la piste de Mélanie. Il semble vouloir venger la mort de Meagan et faire en sorte que chacun ait ce qu'il mérite. S'il nous a mis sur ce coup, c'est bien que tout est lié, c'est l'évidence.

Lairmore demeurait sceptique, mais poussa un long soupir.

— Très bien ! Je veux bien vous donner une dernière chance. Trouvez un suspect plausible. Donnez-moi la preuve que Harper, Patricia ou Brian Stokes est assez froid, cruel ou désaxé pour projeter l'assassinat d'une fillette de quatre ans, et je vous laisserai enquêter là-dessus durant votre temps libre. Pour l'instant, j'estime que seule la fraude médicale est ici manifeste.

— OK ! fit David.

Puisque Lairmore ne désirait visiblement pas discuter plus longtemps d'un meurtre commis il y avait de cela un quart de siècle, ils se penchèrent ensemble sur ce que Chenney avait découvert. Toutefois, sans preuves formelles, il n'y avait pas trente-six solutions. On connaissait le mobile, on savait comment procédait le malfaiteur, mais il fallait le surprendre en flagrant délit, ou tenir un témoin oculaire crédible. Or trouver un témoin oculaire dans un hôpital n'était pas une mince affaire. Médecins et infirmières respectaient une certaine loi du silence et ne se dénonçaient pas volontiers les uns les autres.

D'un commun accord, ils décidèrent que Chenney se ferait passer pour un employé d'entretien à l'Hôpital général. Sa tâche allait consister à surveiller l'unité des soins intensifs, à interroger le personnel en douce, et peut-être aurait-il la chance de prendre Sheffield sur le fait.

David, pour sa part, hérita d'une corvée palpitante. Celle de réunir toutes les pièces administratives possibles de manière à constituer un dossier en béton : relevés bancaires, factures, bilans financiers ; enfin, essayer de trouver des preuves de règlements illicites entre Stokes et Sheffield.

Après la réunion, David étudia avec toute l'objectivité dont il était capable le cas de Mélanie Stokes. Avant le soir, il était forcé de reconnaître la justesse des observations de Lairmore. Migraines mises à part, Mélanie était en pleine forme, pas une blessure, pas un os brisé, pas même une ecchymose dont l'origine serait douteuse. Tout le monde s'entendait pour affirmer que c'était une femme heureuse, équilibrée, pour qui on organisait chaque année une fastueuse réception à l'occasion de son anniversaire.

Enfin, si l'on en croyait les personnes interrogées par David, tous les parents et les proches de Mélanie l'aimaient à la folie.

20

Mélanie se réveilla le mardi matin en songeant à Meagan, à ses parents aussi, dont elle avait toujours cru qu'ils l'aimaient autant qu'elle-même les adorait.

Elle se campa devant la coiffeuse et considéra son reflet dans la glace. Pour sûr, elle ne ressemblait pas à Meagan. Cette dernière était bien plus jolie et sans doute le serait-elle encore aujourd'hui.

Mélanie se détourna de ce miroir si peu magique et dévala l'escalier. David était déjà parti ; elle découvrit un mot dans la cuisine.

« Je suis en réunion avec mon patron. Je rentrerai après 17 heures. Ne sortez sous aucun prétexte. D. »

Mélanie posa le message sur la table et fit le tour de la pièce, cherchant à s'occuper. Elle trouva des sacs de légumes dans le congélateur et un pot de café soluble sur le plan de travail. Pour se distraire, elle fit bouillir de l'eau, puis alla consulter son agenda. Le vendeur de livres anciens devait s'impatienter. Aujourd'hui, il était prévu que Mélanie déjeune avec une vieille copine de l'université, puis qu'elle se rende à la réunion du comité organisateur d'un bal de charité pour les enfants de l'hôpital. On était presque en juin et il fallait retenir au plus vite les artistes qui devaient participer à ce bal, autrement ce serait un fiasco.

Elle décrocha le téléphone et annula tous ses rendez-vous. Elle prétexta qu'elle avait la grippe et chacun compatit. On lui conseilla de prendre du repos et on jura pouvoir se passer d'elle sans problème.

Un peu déçue, elle raccrocha. Elle aurait préféré que ses interlocuteurs manifestent plus d'embarras, qu'ils lui disent qu'on avait absolument besoin d'elle, qu'on était incapable de s'en tirer seul. Qu'elle était indispensable.

Comment sa mère avait-elle pu dire qu'elle cherchait Meagan à travers elle ? Comment avait-elle pu voir l'une en regardant l'autre ?

En avait-il toujours été ainsi ?

Son père, sa mère, son frère, son parrain, tous ceux qui l'avaient adoptée en quelque sorte, qu'elle considérait comme les siens, lui avaient donné un foyer ; pensaient-ils invariablement à Meagan lorsqu'ils la voyaient ?

Lasse de se poser des questions, Mélanie entreprit de trouver des réponses tangibles.

Sur un bloc de papier, elle dessina un cercle et écrivit le nom de Meagan à l'intérieur. Autour, elle traça plusieurs autres cercles pour Patricia, Harper et Jamie O'Donnell. Elle en ajouta trois autres encore, représentant Russell Holmes, Larry Digger et elle. Puisque David semblait lui prêter un rôle dans l'affaire, elle fit de même pour Ann Margaret. Enfin, au point où elle en était, Mélanie dessina un cercle pour William.

Neuf personnes entouraient la même fillette.

Cela fait, elle tira un trait entre Meagan et Patricia, un autre entre Meagan et Harper, et ainsi de suite avec Brian et Jamie. Ces liens si nets sur le papier lui donnaient un peu l'impression de révéler l'existence d'une autre femme dans la vie de son amant. Pourtant, malgré ses réticences, elle devait l'admettre. Meagan avait été la première. Ensuite, Mélanie tira un trait entre Meagan et Digger, qui, en qualité de journaliste, l'avait approchée indirectement. En revanche, elle ne parvint pas à trouver le moindre rapport entre Meagan et William, non plus qu'entre Meagan et Ann Margaret.

Le cas de Holmes paraissait encore plus problématique. Elle aurait bien voulu écrire « Meurtrier » sous son nom mais, la veille, Pierce Quincy avait soulevé des doutes trop légitimes. Holmes n'avait eu aucune relation avec Meagan, bien qu'on lui en connût plusieurs avec certaines personnes.

Après un moment d'hésitation, Mélanie tira un trait entre Holmes et son propre nom. Le père et la fille. Voilà. C'était écrit noir sur blanc. À partir de là, le raisonnement se composa tout naturellement.

Un peu après 17 h 30, David frappa trois coups à la porte et entra. Il tenait à la main un grand sac en papier. À demi allongée sur le canapé, Mélanie leva un sourcil interrogateur.

— Des mets chinois, dit-il, cherchant à jauger son humeur.

— Parfait.

Il se dirigea vers la cuisine.

— Du bœuf à l'orange et du poulet, sauce épicée.

— Très bien !

Contrairement à ce qu'il avait craint, Mélanie ne semblait pas lui en vouloir du tout. Elle avait passé la journée devant son croquis et, après mûre réflexion, avait acquis la certitude, ô combien salutaire, que personne au sein de sa famille ne pouvait avoir tué Meagan Stokes. Cela lui avait remonté le moral et elle était sereine.

Elle alla rejoindre David à la cuisine.

Il avait retiré sa veste, dénoué sa cravate et retroussé jusqu'aux coudes les manches de sa chemise. Cependant, il semblait avoir passé une sale journée. Un instant, Mélanie eut envie de poser la main sur sa joue pour le réconforter. Mais comment réagirait-il ? La veille, elle avait aimé qu'il la prît dans ses bras comme il l'avait fait.

— Il y a des bols dans le placard.

Mélanie trouva les bols ; ensemble, ils mirent le couvert, puis commencèrent à dîner en silence.

— Alors ? Comment s'est passée votre journée ?

— J'ai regardé la télé. C'est tout dire. Et vous ?

— J'aurais préféré regarder la télé… Vous êtes parvenue à dormir la nuit dernière ?

— Un peu.

— Vous avez rêvé de Meagan ?

— Vaguement. Meagan, oui… La même cabane. Mais vous y étiez, vous aussi.

Il leva les yeux, étonné, un grain de riz collé au coin des lèvres. Sans réfléchir, Mélanie le détacha d'un coup de pouce. Ce geste les prit de court l'un et l'autre, et elle retira sa main d'un coup sec.

— Euh… J'étais dans la cabane avec vous et Meagan, expliqua-t-elle, le souffle bref.

— Moi ? dit-il en étudiant le contenu de son assiette. Qu'est-ce que je faisais là ?

— Du ménage.

— Du ménage ?

— Meagan était assise dans un coin, très effrayée, serrant son poney contre elle. Puis vous êtes entré ; vous avez commencé à balayer le plancher, à retirer les toiles d'araignée, à laver les carreaux… Oh ! Vous installiez des rideaux aussi.

— Moi ? Des rideaux ?

— De très jolis rideaux, je dois dire. Meagan était contente.

— Drôle de façon de protéger la veuve et l'orphelin, marmonna-t-il en repoussant son bol.

Mélanie remarqua qu'il avait les traits tirés et l'air soucieux ; elle en eut le cœur serré.

— Vous désirez savoir ce que j'ai appris, moi ?

À son tour, Mélanie repoussa son bol et redressa les épaules.

— Bien sûr. Mais sans détour. Dites-moi ça tout net.

— Rien. Le formidable agent du FBI n'a strictement rien appris. Cette affaire n'a ni queue ni tête.

David entreprit de débarrasser la table.

— Et le tueur ?

— L'inspecteur Jax a vérifié auprès des hôpitaux et des cliniques de la région. Jusqu'à maintenant, pas un signe de notre homme.

— Et dans la chambre de Digger ? Il y avait des papiers, des notes ?

— Non. Pas ça.

Il déposa les bols dans l'évier de la cuisine.

— Et l’affaire Meagan Stokes ? Vous en avez discuté ?

— Bien entendu. Nous avons tout repris depuis le début, mon patron, Chenney et moi. Nous sommes tous tombés d’accord sur un point : Quincy est dans le vrai, il soulève les bonnes questions. Pour ma part, je suis persuadé que Holmes n’a pas commis ce meurtre-là. Ne restent plus que les membres de votre famille, comme vous le savez. Ils ont tous un mobile.

— L’argent. La prime d’un million de dollars, dit-elle en se relevant.

— Mieux ! Nous pensons que votre mère avait une liaison avec O’Donnell.

— Quoi ?

— Ça figure dans le rapport de la police de Houston. O’Donnell venait souvent à la maison et vos parents – comment dire ? – avaient des problèmes conjugaux… Des disputes, des engueulades.

Mélanie secoua la tête.

— Mes parents n’élèvent jamais la voix. Ils discutent derrière des portes closes.

— À l’époque, en tout cas, ils discutaient assez fort pour attirer l’attention des voisins et des domestiques. Il paraît que votre père n’était pas très fidèle…

— Il flirte passablement, admit-elle en faisant un geste de la main. Très bien, je vous l’accorde, c’est peut-être plus que de simples flirts. Mais si curieux que cela puisse paraître, j’ai l’impression que ma mère s’en fiche un peu. J’ai toujours pensé qu’elle voyait le travail de mon père et son mode de vie comme quelque chose qui est l’apanage des hommes. L’éternel masculin, et tout.

— Ce qui est bon pour l'un…

Mélanie serra les lèvres. Cette dernière réplique la blessait. Pourtant, depuis quelques jours, elle avait le sentiment d'apprendre de plus en plus de détails sur la vie de ses parents et de les connaître de moins en moins. Elle se dirigea vers la table basse et saisit le bloc sur lequel elle avait consigné ses réflexions de la journée.

— Ensuite, il y a votre frère…

— Soyez sérieux. Il avait neuf ans !

— Oui, mais il était déjà assez déséquilibré pour voir un psy. De plus, votre mère ordonnait à la bonne de ne jamais le laisser seul avec Meagan. Il était très jaloux, brisait constamment ses jouets. Rappelez-vous, il a reconnu lui-même avoir balancé le petit cheval sur la cheminée. Il reste que ça ne fonctionne pas. J'ai fait toutes les vérifications possibles et imaginables : rien ne laisse supposer que vos parents soient capables d'assassiner un enfant de quatre ans.

— Voilà ! s'écria Mélanie, en brandissant son bloc. Regardez. J'ai noté les caractéristiques du meurtrier telles que Quincy les a décrites hier ; j'ai fait ma petite analyse. Jusqu'à maintenant, je vous répondais que mes parents ne pouvaient pas avoir fait cela, parce que je les aime trop et que les gens qu'on aime ne peuvent pas avoir comploté pour accomplir des choses pareilles. Je reconnais que ce sont des considérations qui n'ont aucun poids dans une enquête criminelle, aussi me suis-je résolue à étudier la situation de votre point de vue.

Mélanie s'assit sur le canapé et posa le bloc sur la table basse. David prit place à côté d'elle. Elle sentait la chaleur de sa cuisse contre la sienne et s'efforça de porter son attention sur le croquis.

— Voilà. Meagan est au centre et mes parents tout autour. Ici, il y a ce que nous savons des liens entre les personnes, et là, ce que nous savons de chacune d'elles. J'ai bien réfléchi à ce que disait Quincy à propos du profil psychologique des assassins. Je ne suis sans doute pas assez objective pour affirmer que mes parents sont bons ou méchants, mais je crois pouvoir dire, en revanche, s'ils sont intelligents, consciencieux ou étourdis.

— Très bien, dit David, les yeux rivés sur le dessin. Je suis prêt à vous accorder cela.

— J'ai noté les observations de Quincy concernant celui, ou celle, qui a tué Meagan. D'après lui, il s'agit d'une personne méticuleuse, qui a une bonne connaissance des méthodes policières. Ensuite, il soulignait qu'elle devait être assez futée pour pouvoir s'approcher de Meagan. Par ailleurs, il fallait qu'elle soit assez coriace pour transiger avec un individu comme Russell Holmes. Tout en même temps, elle est maternelle, ou du moins attentive, et elle éprouve assez de remords pour envelopper le corps, puis l'enterrer. Enfin, elle devait se sentir coupable au point de couper la tête de la victime.

Cet aspect sordide terrifiait Mélanie même sur un schéma. Elle ravala sa salive mais, veillant à ce que l'attention de David ne se relâche pas, elle frappa le dessin du bout de son crayon.

— Tout cela constitue un ensemble de caractéristiques assez original. Particulier, diriez-vous. Maintenant, considérons chacun des protagonistes. Mon père, d'abord. Il est intelligent et méticuleux, mais, bien que je l'aime beaucoup, je n'affirmerais pas qu'il manifeste des sentiments paternels. Les étreintes et les embrassades ne sont pas son fort ; il laisse ça à ma mère. Quant à sa connaissance des procédures policières, je pense que, de sa vie, il n'a jamais eu de contravention pour excès de vitesse. Il ne regarde jamais les séries policières à la télé, il ne lit pas non plus de thrillers ; bref, à mon sens, ces histoires-là le dépassent complètement ; il se ferait pincer par le premier détective venu. Est-il assez dur pour en imposer à un homme comme Russell Holmes ? Ça me paraît franchement impossible. Il voit une manucure une fois par semaine ; Holmes n'en aurait fait qu'une bouchée.

» Voyons un peu le cas de ma mère maintenant. D'accord, elle est maternelle, et c'est le genre de femme à éprouver du remords et de la culpabilité. Mais croyez-vous vraiment qu'elle soit méticuleuse ? Vous avez dû remarquer comme ses mains tremblent. Bien qu'à mon avis elle soit intelligente, je n'irais pas jusqu'à dire qu'elle est futée, ou malicieuse, et elle ne sait rien des procédures de la police. En aucun cas elle n'approcherait un type comme Holmes. C'est inimaginable. Autrement dit, elle ne correspond pas au profil non plus.

» Qu'en est-il de mon parrain ? Je serai franche. J'ai toujours eu l'impression qu'il connaissait la vie, si vous voyez ce que j'entends par là. Il a une façon de bouger, de se déplacer, qui en dit long. Pour les femmes qu'il aime, cette attitude est très rassurante, réconfortante ; on se sent protégée, un peu comme une gamine que le mec le plus baraqué du quartier a à la bonne, vous voyez ? Jamie a eu une enfance difficile ;

je suppose qu'il doit être capable d'intimider des gens comme Holmes. Il en sait sans doute long sur la police et ses méthodes. Mais il n'est pas méticuleux pour deux sous. Il est au contraire un peu fruste, très brut. Je ne peux l'imaginer faire du mal à un enfant. Pour un homme comme lui, ce serait presque… déshonorant. Il peut certainement se montrer cruel envers quiconque menacerait ceux qu'il aime, mais il préférerait se faire couper un bras plutôt que de lever la main sur un gosse. Sans doute est-il un peu maternel, affectueux, comme il l'a été avec Brian et moi, mais il n'est ni froid ni calculateur, et pas du tout consciencieux. Nous en arrivons donc à mon frère.

— C'est un médecin lui aussi. Il doit être méticuleux…

— À neuf ans ? Que savait-il des procédures policières à cet âge ? Comment voulez-vous qu'un gamin de neuf ans convainque Russell Holmes de reconnaître un crime qu'il n'a jamais commis ? Ça ne tient pas la route.

Mélanie se tourna vers David, les sourcils relevés.

— Vous voyez bien que personne ici ne correspond à celui que cherche Quincy. Je ne suis pas spécialiste, mais, quand on étudie les choses sous cet angle, ça ne fonctionne pas. Le meurtrier ne fait pas partie de ma famille, un point, c'est tout.

Mélanie poussa un soupir et s'adossa au canapé. David lui prit le bloc des mains et le crayon. Il ajouta quelques traits çà et là et, en moins de temps qu'il ne faut pour le dire, détruisit d'un coup tout ce raisonnement.

— Vous avez parfaitement raison, Mélanie. Personne ici ne rassemble les caractéristiques requises et c'est bien la raison pour laquelle personne ne fut inquiété. Mais je suis un sot de ne pas l'avoir compris plus vite. Ce n'est pas une, mais toutes ces personnes qui ont reçu des messages anonymes. Si vous les mettez ensemble…

— Non.

— Mais si. Je suis désolé, mais c'est sûrement ça.

Mélanie quitta le canapé, contrariée, et se mit à arpenter la pièce dans tous les sens. David prenait des notes et semblait se parler à lui-même.

— La réunion de tous ces gens fait sens. Si on les prend un à un, ça ne marche pas, mais tous ils rassemblent les caractéristiques et les connaissances nécessaires pour commettre un crime comme celui-là. Harper rédige la demande de rançon ; il lui vient l'idée de présenter le meurtre comme une reproduction de ceux de Holmes. Votre mère, qui se sent si coupable, enveloppe le corps. Votre parrain va l'enterrer et transige avec Holmes, dès lors que la police commence à se montrer trop curieuse. Il lui propose de confesser le meurtre de Meagan, en échange de quoi, vos parents donneront un foyer à son enfant. Imaginez comme cette idée a dû lui plaire ! Il avait passé sa vie à maudire la misère ; un beau jour, on lui propose de placer son gosse chez des gens bien nantis. Ça ne se refuse pas !

— Mais… mais le meurtre lui-même. Personne n'est assez cruel pour le commettre. Vous-même l'avez dit. Personne n'a cette cruauté-là.

David leva les yeux, visiblement distrait. Mélanie sentit que cette histoire devenait pour lui un problème à résoudre, voire un simple rébus. Elle en fut choquée.

— Et si ce n'était pas un meurtre, Mélanie ? S'il s'agissait d'un accident ? Supposons qu'un jour, par jalousie, Brian ait dépassé les bornes.

— Je vous en prie ! s'écria-t-elle, horrifiée.

— Pensez-y. Brian a neuf ans. Il est fou de jalousie, ou de rage, comme vous voudrez. Un jour, il va trop loin, il s'en prend à Meagan et passe à l'acte. Que font vos parents ? Ils viennent de perdre un enfant, ils ne veulent pas qu'on interne l'autre.

— Non.

— O'Donnell semble attaché à Brian, lui aussi. En outre, il était sans doute prêt à faire n'importe quoi pour apaiser la douleur de votre mère. Finalement, nous avons là trois adultes qui, faisant fi de leurs divergences, décident de mettre la main à la pâte.

— Mais la décapitation ? les mains brûlées…

— Ils n'avaient peut-être pas le choix. Quincy a bien expliqué que les meurtriers décapitaient parfois leur victime pour dissimuler le crime. Meagan est peut-être morte accidentellement. Qui sait si elle n'est pas tombée dans un escalier ? si on ne l'a pas frappée à la tête ? Dans ce cas, il fallait la décapiter pour que la police ne découvre pas la cause exacte de sa mort. Si elle a reçu un coup, les flics pouvaient retrouver des particules métalliques, des fibres de bois, ou même un peu de peinture dans la blessure, autant d'éléments qui permettent d'identifier l'arme du crime. Alors, on ne fait plus ni une ni deux. On coupe la tête, ça élimine tous les indices, puis on reproduit les caractéristiques des meurtres d'un tueur en série dont on aura lu les forfaits dans les journaux.

Mélanie exprimait la plus vive réprobation.

— Cependant, la police avait toujours des doutes, poursuivit David. Harper ne savait pas tout des crimes de Holmes ; sa tentative de dissimulation échoue. Par la suite, la police arrête Russell Holmes ; Harper décide alors de remonter jusqu'à lui. O'Donnell lui rend visite au pénitencier et ils concluent un marché. Je suis vraiment navré, Mélanie, mais ce scénario est tout à fait plausible. Vous êtes la fille de Holmes, on vous a adoptée le soir de son exécution pour cacher les circonstances de la mort de Meagan.

— C'est faux ! C'est faux !

Mélanie s'était figée, bras croisés, et le ton de sa voix était plus aigu, plus inquiet aussi qu'elle ne l'aurait voulu. David se leva à son tour. Elle vit dans son regard une expression qu'elle n'avait encore jamais remarquée. Était-ce de la tendresse ? de la pitié ? Il lui prit les mains et, d'un geste inattendu, l'attira vers lui. Alors, seulement, elle se rendit compte qu'elle tremblait depuis un moment, sans pouvoir se contenir.

— Peut-être, dit-il enfin. Mais on ne peut pas nier que Digger a été tué. Ni oublier ces coups de feu, dirigés contre vous.

À ces mots, Mélanie vacilla. Ses genoux fléchirent et, si David ne l'avait tenue à cet instant, elle serait tombée sur le sol. Elle agrippa sa chemise pour se rattraper ; tout son corps s'abandonna et David la serra plus fort contre lui.

— Ne vous en faites pas, murmura-t-il, en baisant ses cheveux. Je ne les laisserai pas vous faire du mal. Je ne laisserai personne vous faire du mal. Jamais.

— Ce sont mes parents… Je les aime.

Mélanie enfouit son visage au creux de l'épaule de David et se pressa tout contre. Un instant plus tard, elle sentit qu'il l'entraînait vers le canapé. Il s'y allongea avec elle, l'entourant de son corps. Il caressa ses cheveux, le bas de son dos, ses lèvres touchèrent sa joue, l'ourlet de son oreille, doucement. Tendrement.

Mélanie se retourna vivement vers David et, d'une manière presque violente, appliqua ses lèvres contre les siennes ; leurs dents se heurtèrent, leurs souffles se mêlèrent, elle se cambra comme si elle voulait se fondre dans sa personne, se couler dans la volupté qui l'envahissait. Il réagit avec la même ardeur, l'attirant vers lui plus encore, la prenant tout entière.

Puis, lorsqu'il sentit ses seins gonflés, frémissants, son corps palpitant, il se rejeta sur le côté, hors d'haleine. Tout juste si Mélanie n'entendait pas son cœur battre à cette distance, mais elle vit ses mains agitées d'un irrépressible tremblement.

— Ça suffit, dit-il.

— Pourquoi ?

— Parce que ce ne serait pas bien.

David s'éloigna du canapé pour échapper à son attirance. Il constatait que Mélanie n'était pas d'humeur à essuyer un refus et que lui-même, à cet instant, n'avait pas l'aplomb de lui résister. Son sexe bombait le pantalon ; il fourra les mains au fond de ses poches arrière pour se retenir de sauter sur elle à nouveau.

Mélanie songeait à revenir à la charge. Elle voyait bien qu'il la désirait, que ce désir était impératif, or elle avait justement besoin qu'on la désire. Lui, un autre, n'importe qui.

Mais David avait raison. Elle était trop éprouvée ; après coup, elle le détesterait autant qu'elle-même se maudirait. Elle se releva et se dirigea vers la fenêtre.

— Ils ne m'ont jamais fait de mal, David. Ils ont toujours été si bons pour moi.

Il y eut un moment de silence.

— La police devrait retrouver le tueur d'un jour à l'autre. Dès qu'on aura mis la main sur lui, on apprendra des choses.

— Il dira qui l'a engagé.

— C'est ça.

— Et alors, on saura…

— Tout juste.

— Bien !

— Il faut que je dorme un peu, dit-il en s'étirant.

— Je sais.

— Vous restez là ? Comment vous sentez-vous ?

— Ça ira.

— Nous trouverons les réponses. Je vous promets qu'on ira au fond de cette affaire.

Mélanie se contenta de sourire. Elle n'était plus si sûre de vouloir connaître la vérité. Ne valait-il pas mieux ignorer certaines choses ? David fit un mouvement vers la chambre, mais se retourna vers elle, le regard impénétrable.

— Vous savez, dit-il d'une voix douce. Vous avez beaucoup moins besoin d'eux que vous ne le croyez. Vous êtes plus forte que vous ne le pensez.

— Ça change quoi au fait que je les aime ?

David ne sut que répondre.

Mélanie demeura éveillée une bonne partie de la nuit, assise sur le canapé, enserrant ses genoux. Elle songea à ses parents, à son frère, à son parrain, à leur façon de se conduire avec elle. Elle se rappela comment ils la tenaient dans leurs bras pour la faire rire ; elle songea à l'affection qu'ils lui avaient prodiguée depuis le début, comme si elle était pour eux un don du ciel longtemps désiré, une faveur enfin obtenue…

Avant de s'endormir, elle ne put s'empêcher de penser encore à tout ça : si je suis réellement la fille de Russell Holmes, pourquoi, si j'en crois Quincy, mes souvenirs de cette cabane ne correspondent-ils pas aux photos versées au dossier ? S'il y avait vraiment eu complot pour couvrir Brian, mon père le déshériterait-il aujourd'hui ?

Le tueur, pensa-t-elle avant de s'assoupir. Lui, il révélera tout.

Mais rien n'est jamais si simple. Le lendemain matin, la sonnerie du téléphone les réveilla tous deux. C'était l'inspecteur Jax. Il avait effectivement trouvé le tueur.

Hélas, celui-ci était mort.

21

— Ce ne sera pas joli joli, je vous préviens, dit David.

Mélanie hocha doucement la tête, les yeux tournés vers la vitre latérale, regardant les camions-remorques filer sur l'autoroute 93 et les usines, au loin, qui crachaient leurs volutes de fumée. Ils approchaient du port. Mélanie respira d'ailleurs une première bouffée d'air salin.

— Jax dit qu'on l'a trouvé dans l'eau. C'est encore pire dans ces cas-là. Je vous assure, vous devriez attendre que le corps ait été nettoyé. Vous pourrez l'identifier à la morgue, sur vidéo.

— Il faudrait attendre jusqu'à demain matin, non ?

— En effet. Les employés de la morgue ne chôment pas.

— Alors, je préfère régler ça tout de suite, dit-elle d'une voix ferme. Si c'est lui, et qu'il est mort, je rentrerai chez moi. Inutile de remettre ça à demain.

— Gardons-nous de prendre des décisions hâtives.

David prononça ces mots d'une voix insouciante, mais Mélanie comprit qu'il entendait revenir tôt ou tard sur ce point. Elle lui décocha un regard furtif, mais il garda le sien rivé sur la route. De toute évidence, il ne désirait pas en parler maintenant. Très bien. Cela pouvait attendre l'identification du corps. Toutefois, elle ne changerait pas d'idée. Depuis la nuit dernière, Mélanie avait longuement réfléchi et pris certaines décisions quant à la conduite à tenir.

La sortie de l'autoroute se présentait à droite ; David dut se rabattre et zigzaguer entre trois rangées de voitures pour l'atteindre. Un chauffeur, un touriste probablement, klaxonna pour lui reprocher la manœuvre, mais ses voisins ne semblaient même pas l'avoir remarquée. À présent, le quai s'allongeait devant eux. On ne pouvait pas s'y tromper : c'était bien là qu'on avait récupéré le corps.

Des voitures de patrouille étaient garées tout autour et des rubans de plastique jaune délimitaient un périmètre. Un policier obèse et maussade leur fit signe de dégager, mais, quand David eut décliné son identité, il s'effaça comme si l'insigne du FBI était la carte d'un club sélect dont les membres avaient préséance pour observer les cadavres.

David arrêta l'auto le long d'une vieille guimbarde. Il sortit de la voiture, la contourna, puis ouvrit la portière à Mélanie. Celle-ci se rendit compte qu'il agissait toujours de la sorte et qu'il se donnait la peine de tirer sa chaise quand elle s'asseyait. L'éducation de sa mère, sans doute… David lui tendit la main, mais, lorsqu'il lui offrit son bras, elle secoua la tête, préférant marcher seule.

Ils se dirigèrent vers un groupe de détectives en civil, accompagnés d'un expert médical. L'air était piquant, chargé de sel et lourd d'une odeur douceâtre de pourriture. Ce secteur du port n'était guère touristique, à peine si Mélanie le connaissait. Une vieille usine d'emballage de poisson semblait avoir connu de meilleurs jours. Sur l'eau stagnante, trouble et huileuse, flottaient des carcasses de mouettes et de poissons morts, au milieu desquelles les policiers avaient repêché ce jour-là le cadavre d'un homme. Bien que David l'ait prévenue deux fois plutôt qu'une, Mélanie chancela en percevant l'odeur fétide.

L'inspecteur Jax, un cure-dent au coin des lèvres, se retourna pour les accueillir. Il serra énergiquement la main de David et hocha la tête en direction de la jeune femme.

— Alors, mademoiselle Stokes, comment va ?

— Personne ne m'a encore tiré dessus. Je vais sans doute mieux que lundi.

Jax sourit, puis reprit un air sérieux.

— J'espère que vous êtes prête. C'est pas beau à voir…

— David m'a mise en garde.

— Vous ne voulez pas attendre de voir la vidéo de la morgue ?

— J'ai déjà répondu à…

— D'accord, j'ai compris. Vous en avez marre de vivre aux dépens du FBI. Vous voulez rentrer chez vous. Bon ! Je vous donne la consigne. Il n'est pas nécessaire que vous deviez vous souvenir de ce visage jusqu'à la fin de vos jours. Vous vous contentez d'un simple coup d'œil. Si vous pensez que c'est lui, vous me le dites. Un coup d'œil…

— Je rentre chez moi et j'oublie tout…

Ils suivirent l'inspecteur Jax qui s'approcha de la dépouille. David posa la main sur l'épaule de Mélanie.

Pour sûr, c'était l'homme qui avait fait irruption dans la chambre de Digger. Il était couché sur le dos, le visage bouffi, grisâtre et caoutchouteux, les mains gonflées posées au-dessus de la tête, le bout des doigts rongés par les charognards. Son costume sombre, gorgé d'eau, était couvert d'algues, et sa chemise blanche percée de deux balles.

— Alors ?

— C'est lui, répondit Mélanie sans détourner le regard.

Les morts ne ressemblaient décidément pas à l'idée qu'elle s'en faisait jusque-là. L'autre jour, à l'hôtel, il y avait trop de sang ; cette fois, l'homme avait l'air d'un extraterrestre. Après son séjour dans l'eau, il ressemblait à un mannequin de cire.

— Je pense qu'on a tiré deux fois à bout portant, expliqua Jax d'un ton détaché. Probablement hier. Il ne sera pas facile de l'identifier. Pas de papiers sur lui et plus d'empreintes. Les poissons se sont servis. On va l'envoyer au labo pour l'autopsie, mais, avec toute cette lavasse, ce sera encore plus difficile. J'ai demandé que Jeffrey Ames s'en charge. C'est le meilleur.

— Je le connais, commenta David. Il est excellent, en effet.

— Vous connaissez Jeffrey ? s'enquit Jax, intéressé.

— Je fais partie de l'Association de tir du Massachusetts. Jeff en est membre lui aussi.

— Une minute ! Vous êtes membre de l'Association ? David Riggs. Attendez. Vous ne seriez pas le fils de Bobby Riggs par hasard ?

David hocha la tête ; le visage de l'inspecteur s'illumina.

— Ah ! mais je suis ravi de l'apprendre ! Votre père est un copain. Lui aussi fait du bon travail. Transmettez-lui mes amitiés. À propos, dites-lui que je lui apporterai mon revolver. La mire me rend dingue.

— Je n'y manquerai pas. Vous pensez obtenir le premier rapport quand ?

— Pas avant quarante-huit heures, je le crains. J'exigerai qu'on fasse vite, mais on est pas mal bousculés ces temps-ci. Le printemps est une saison redoutable sous le ciel de Boston…

— Vous savez qui l'a tué ? demanda Mélanie, l'estomac noué.

— Je n'ai pas de témoins, si c'est ce que vous voulez dire. On est en train de relever les indices dans le secteur ; pour l'instant, on n'a rien trouvé. Même pas du sang. On l'a probablement descendu ailleurs. Les types du labo découvriront sans doute quelque chose sur ses chaussures, ou sur les vêtements, ce qui nous aidera peut-être à repérer les lieux du crime. Étonnant ce que les chimistes réussissent à faire aujourd'hui…

— Et les papiers qu'il a volés ? Ceux de Digger ?

Jax secoua la tête.

— Non, rien. Si vous voulez mon avis, il est retourné voir celui qui l'a engagé pour lui remettre ces papiers et se faire payer. L'autre était furax. Il aura estimé qu'un boulot fait à moitié ne valait que du plomb. Les salauds, vous savez, ne sont pas toujours honnêtes…

— Autrement dit, on ne sait rien. Cet homme est mort, c'est clair, mais celui qui l'a engagé peut contacter un autre tueur, puis un autre… et ainsi de sui…

La voix lui manqua. Jax et David la regardaient attentivement. Mélanie prit une longue inspiration, en s'appuyant sur David qui la soutenait toujours, puis elle hocha la tête et les deux hommes poussèrent un soupir de soulagement.

— Alors ? Vous allez m'expliquer à la fin ? questionna l'inspecteur. Ou il faut que j'attende la prochaine victime les bras croisés ?

— Ça dépend, répondit David. Vous pensez la trouver quand ?

— Non, non et non ! J'en ai ma claque de bosser avec les mecs du FBI ! s'exclama Jax en crachant son cure-dent. Écoutez. Je fais ce que je peux avec ce qu'on me donne, inspecteur Riggs. Je ne dispose ni des ressources ni des experts du FBI. J'estime néanmoins que, pour de petits flics comme nous, on parvient quand même à faire du bon boulot. Alors quoi ? Vous me donnez une piste ou vous me laissez bosser à l'aveuglette ?

— Larry Digger savait qui sont mes vrais parents, expliqua Mélanie. Du moins, il le prétendait. Il semble qu'on ne veuille pas que je le découvre à mon tour.

— Pourquoi ça ? Tout le monde retrouve ses parents aujourd'hui. C'est aussi courant que du beurre allégé en matières grasses au supermarché.

— Parce que mon père était peut-être un tueur en série. Parce que mes parents n'aimeraient sans doute pas qu'on apprenne qu'ils m'ont adoptée en sachant que j'étais sa fille.

Cette fois, l'inspecteur était suspendu à ses lèvres.

— En effet, c'est un tout autre topo. Alors, Digger prétendait savoir d'où vous venez ?

— C'est ce qu'il disait. Il n'a pas eu le temps de nous donner de preuves, mais nous avons eu un long entretien avec lui, samedi soir, à ce propos.

— Il prétendait que vos parents vous avaient adoptée en toute connaissance de cause ? Ce sont des saints, ou quoi ? Je pensais que les résidents de Beacon Street ne se mêlaient jamais qu'à leurs semblables. Écoutez, mademoiselle Stokes, je peux faire aussi bien que l'inspecteur Riggs, mais si vous voulez que je vous aide, il faut me dire tout. Ensuite, j'aviserai.

— Inutile de vous préciser que cette enquête est déjà en cours, dit David. Si vous désirez vraiment nous donner un coup de main, inspecteur, je vais vous dire de quoi nous avons besoin. L'agresseur est mort, mais nous ne savons pas qui l'a engagé. Puisque le premier contrat n'a pas été rempli, il est probable qu'on cherchera à supprimer Mlle Stokes une nouvelle fois. Si vous entendez parler de quoi que ce soit…

— Je vous le ferai savoir, entendu.

Puis, se tournant vers Mélanie, Jax ajouta :

— Je bosserai là-dessus autant que je le peux, et monsieur le détective, ici présent, semble tout disposé à faire de son mieux lui aussi, mais ces choses-là prennent du temps, mademoiselle. Je n'aurai pas le rapport préliminaire avant deux ou trois jours, et cela, seulement si les chimistes découvrent un indice. Avec les corps qui séjournent dans l'eau, ça prend généralement plus de temps. Déjà, je peux vous assurer que les balles qui ont tué cet homme ne présentent aucune rainure, autrement dit, les types du labo ne pourront pas identifier l'arme de manière précise. Nouveaux délais… Pour vous parler franchement, il pourrait s'écouler des semaines avant que nous trouvions la première preuve. Puisque vous êtes en danger…

— L'inspecteur a raison, dit David, ravi de se trouver un allié à ce propos. Je vous ramène à l'hôtel, Mélanie ; on va vous acheter des vêtements, trouver un bon prétexte pour vos parents. On peut leur dire que vous avez besoin de prendre du recul, de faire le point. Ce qui est vrai, du reste. Ce serait certainement plus prudent…

— Non.

— Mais si…

— Non ! Je sais qui je suis, David. J'ai vingt-neuf ans, j'ai vécu les vingt dernières années chez Harper et Patricia Stokes, c'est là que je dois aller.

— Mais ils vont vous faire descendre !

— Vous n'en savez rien. Nous n'avons pas l'ombre d'une preuve, juste des tas d'hypothèses fumeuses. Je ne vais sûrement pas me planquer à cause de ça dans une chambre d'hôtel où on ne fera qu'échafauder d'autres scénarios plus obscurs. En outre, le fait de retourner chez moi est le plus sûr moyen de faire progresser l'enquête.

— Je ne veux pas que vous risquiez votre vie pour cela…

— Ce n'est pas à vous d'en juger, David. C'est ma décision. Je rentre.

Mélanie tourna les talons et se dirigea vers la voiture. Riggs la rattrapa par le bras.

— Vous n'allez tout de même pas vous placer dans la ligne de tir.

— Ils ne me feront aucun mal. J'en suis convaincue.

— Dès qu'il est question de vos parents, vous perdez tout bon sens ! Vous devenez sourde, obstinée. Vous êtes tellement fascinée par l'image romanesque que vous avez conçue de votre famille que vous allez vous faire abattre !

— Merci de vos judicieux conseils, David. Je n'en pense pas moins de vous.

Mélanie libéra son bras et s'élança vers la voiture.

Jax sifflait entre ses dents.

— J'ai l'impression qu'on l'a foutue en rogne…

— Elle ne comprend pas.

— N'exagérons rien. Elle vient de passer cinq minutes en tête à tête avec un macchabée ; elle a fort bien compris.

— Mais non. C'est une enfant abandonnée, ça fausse son jugement. Elle s'imagine que ses parents sont parfaits, qu'ils ont toujours besoin d'elle. C'est un fantasme, une lubie, compréhensible peut-être, mais une lubie quand même. Ça va la tuer.

Jax haussa les épaules.

— Et s'il s'agissait de votre famille, Riggs ? Si c'était de votre père qu'on parlait. Vous ne seriez pas romanesque et naïf vous aussi ?

— Ah, suffit ! lança David, en rejoignant la jeune femme dans l'auto.

Ils roulèrent vers le centre-ville sans dire un mot. David pianotait sur le volant et Mélanie gardait les yeux tournés vers le côté. Au bout d'un moment, David prit la parole :

— Vous êtes bêtement têtue.

— C'est un trait de famille, j'imagine.

Six ou sept cents mètres plus loin, David, incapable de se contenir plus longtemps, lança :

— Mais bon sang ! Vous ne pouvez pas nier qu'on cherche à vous tuer !

— Je ne le nie pas.

— Vous vous jetez dans la gueule du loup.

— Loin de là. Je rentre chez moi, tout simplement. C'est mon droit. Je vais faire la bise à ma mère, à mon père ; je vais appeler mon frère et avoir une discussion franche avec lui, ensuite je ferai de même avec mon parrain.

— Et vous pensez que, par miracle, ils vont se mettre à tout vous raconter ! Je ne sais pas ce qui est arrivé à Meagan exactement, mais, quoi qu'il en soit, ils ont gardé le secret là-dessus durant vingt-cinq ans. Aujourd'hui, quelqu'un perd la tête au point d'engager un tueur. Vous pouvez me croire, ils ne vont pas se confesser comme de braves gens. Même à leur fille chérie.

Mélanie inspira profondément.

— Ils ne sont pas le diable, quand même.

— Pas loin. Mais enfin, Mélanie ! s'écria-t-il en frappant le volant. Vous voulez vraiment que je le dise !

— Peut-être.

— Je suis policier. C'est hors de question.

— Je n'enregistrerai pas vos propos, monsieur l'agent, je vous le promets.

David ronchonna, mais elle insista. Jusqu'à cette minute, Mélanie n'avait pas mesuré l'importance qu'elle lui accordait. Elle se pencha vers lui et le dévisagea. Elle avait besoin d'être sûre qu'il s'en faisait pour elle ; il fallait qu'elle sache que les derniers jours n'avaient pas été un mensonge de plus.

— Je suis fou d'inquiétude, voilà, c'est dit. Vous comptez pour moi, Mélanie, plus que vous ne le pensez. J'ai peur qu'on vous fasse du mal.

— Je sais.

— Je comprends votre point de vue. Ça vous va ? Même si je ne suis pas un fils modèle, ma famille est importante pour moi. S'il s'agissait de mon père, ou de mon frère, je ne sais pas si je ferais mieux que vous.

— Il faut que je leur fasse confiance, David. Ils m'ont donné tellement d'affection.

— Mais bien sûr qu'ils vous ont aimée ! Qu'est-ce que vous croyez ? Pour eux, personne n'a jamais été aussi proche de Meagan !

Mélanie eut un mouvement de recul. Elle savait qu'il disait cela pour la provoquer ; il ne ratait pas son coup d'ailleurs. Ses yeux commencèrent à lui piquer ; elle était au bord des larmes.

Certes, chacun veut être aimé pour ce qu'il est et David se montrait injuste en laissant entendre que, quoi qu'elle fasse, Mélanie resterait toujours une fille de second ordre pour ses parents. Elle se tourna sur le côté et regarda fixement le paysage par la vitre latérale.

David quitta l'autoroute, traversa le quartier des affaires et déboucha dans Beacon Street, où il ralentit à quelque distance de la résidence des Stokes. Mélanie tenta de recouvrer son calme, de se donner une contenance, mais, quand David éteignit le moteur, elle ne se sentait pas prête encore.

— Soyez prudente.

Sa mauvaise humeur s'était dissipée et son visage trahissait une angoisse qui atteint Mélanie en plein cœur.

— Je vous remercie, répondit-elle en touchant le dos de sa main.

Il se déroba à son geste d'un mouvement brusque, en secouant la tête.

— Je ne veux pas de cette reconnaissance. Ce n'est ni de la politesse ni de la courtoisie de ma part. Je suis vraiment inquiet.

— Je le sais. Ça fait partie de votre charme.

— Qu'est-ce que c'est que cette histoire ! Je n'ai aucun charme ! Je suis vieux, rébarbatif, perclus d'arthrite. Ne me dites pas que j'ai du charme !

— Si. Je sais qu'il y a une bonne nature derrière tout cela.

— Fantasme de femme, marmonna-t-il.

— C'est la vérité.

Mélanie crut qu'il allait protester, mais non. Il poussa un long soupir et, cette fois, prit sa main dans la sienne.

— Mélanie, pour plusieurs raisons évidentes, je ne peux pas me présenter chez vous, comme ça, et vous rendre visite.

— Je m'y attendais.

— Vous devrez vous débrouiller seule.

— Je le sais.

— Mais ça me fout la trouille !

— Entendu.

— Bon, très bien, je vous donne le numéro de mon bipeur. Si vous avez le moindre ennui, vous me sonnez. Vous faites des cauchemars ? Je viens. De mauvais souvenirs ? Je viens. Vous composez ce numéro et j'arrive tout de suite. Compris ?

Mélanie saisit le morceau de papier qu'il lui tendait.

— Merci, dit-elle encore. Il faut que j'y aille maintenant.

— Mélanie, attendez…

Mais elle n'attendit pas. Elle sortit de l'auto et se dirigea d'un pas ferme vers la maison sans se retourner, même quand il redémarra la voiture.

Voilà, elle était seule.

Les branches des cerisiers en fleur s'agitaient langoureusement dans le vent. Les jacinthes embaumaient. C'était une journée de printemps splendide. Une de plus.

Mélanie considéra la haute silhouette de la maison en brique où elle habitait, les imposantes portes en bois, les lourdes grilles en fer forgé, les fenêtres de sa chambre, là-haut.

Elle frissonna un instant, puis elle entra.

22

Maria, la bonne, l'accueillit d'un hochement de tête cordial et respectueux. Elle remarqua les vêtements froissés, les cheveux en bataille, mais ne fit aucun commentaire. Les parents de Mélanie et M. O'Donnell déjeunaient sur la terrasse. Mademoiselle avait-elle besoin de quelque chose ?

Mélanie secoua la tête et fila vers la terrasse. Au même instant, Jamie fit irruption dans la cuisine par la porte de service. L'air surpris, il s'immobilisa en apercevant la jeune femme.

— Mélanie ? dit-il en tendant les bras comme il le faisait toujours, mais non sans une certaine hésitation cette fois. Elle l'embrassa, constatant qu'elle avait besoin de contact physique bien plus qu'elle ne l'avait cru. Avant même qu'elle se détende, Jamie recula en la tenant par les épaules.

— Qu'est-ce qui se passe, chérie ? Il paraît que tu es partie deux jours sans donner signe de vie… Pourquoi inquiètes-tu ta mère ? Ça ne te ressemble pas…

Mélanie ne répondit pas tout de suite. Voilà qu'elle se trouvait face au premier membre de sa famille depuis qu'elle avait pris sa décision et elle ne savait plus très bien ce qu'elle voulait dire. Peut-être redoutait-elle ce qu'on allait lui répondre ? David avait raison. C'était plus difficile qu'elle ne le pensait. Sa première question la prit elle-même au dépourvu :

— Est-ce que tu m'aimes ?

— Bien entendu, ange. Tu es la femme que je préfère dans ce vaste monde !

— Pourquoi ?

— Pourquoi ? répéta-t-il en haussant le sourcil. Tu as de ces questions… Je ne sais pas. Sait-on pourquoi on aime ? J'imagine que c'est parce que tu m'aimes, toi aussi…

— Tu es sûr que c'est ça ? Depuis le début, tu as toujours été présent. Quand mes parents ont organisé une fête après mon adoption, tu étais là ; la première fois que je suis allée à l'école, tu m'as accompagnée ; pour mes anniversaires… C'est beaucoup d'attention de la part d'un parrain, non ?

— Ah ! mais tu es une filleule tout à fait particulière !

— Mais pourquoi ? Pourquoi tu m'aimes tant ? Qu'est-ce que tu attends de moi ?

Sa voix devenait plus aiguë ; Jamie fit un geste pour la réconforter, puis, très calme, répondit le plus simplement du monde :

— Je t'aime parce que tu es toi. J'ai toujours voulu que tu sois heureuse avant tout.

Mélanie se dit que c'était le compliment le plus charmant qu'on lui ait fait, mais sentit aussitôt qu'il n'en pensait pas un mot. Et, pour la première fois, elle se méfia de lui. Il y eut quelques instants de silence, un silence de plus en plus pesant, et O'Donnell, tendre jusque-là, fut bientôt sur ses gardes.

— Si quelque chose n'allait pas, demanda-t-il, tu me le dirais ?

— Je ne sais pas. Tu me le dirais, toi ?

— Certainement pas.

— Pourquoi ? J'ai vingt-neuf ans ; je peux entendre n'impor…

— Et moi, j'en ai cinquante-neuf. Je suis beaucoup plus vieux et plus avisé, mieux informé…

— Informé de quoi, Jamie ? De l'existence du reporter Larry Digger ? de celle d'une sage-femme au Texas ? de Russell Holmes ? Plus renseigné sur Brian et Meagan Stokes, peut-être ?

O'Donnell la dévisagea avec curiosité. Son regard était plus perçant, plus pénétrant qu'à l'ordinaire.

— Pas sur Brian. Mais sur toi, Mélanie, beaucoup plus.

— Jamie…

Il ajusta son imper pour se donner une contenance.

— Je vais demeurer à Boston plus longtemps cette fois-ci. Les affaires sont en pleine effervescence. Si tu as besoin de quoi que ce soit, ajouta-t-il d'un air entendu, appelle-moi au Four Seasons, à n'importe quelle heure du jour ou de la nuit. Je viendrai.

— Jamie…

— J'ai rencontré une femme, Mélanie. Je ne t'en ai pas parlé ? Je songe à m'établir. Je deviendrai peut-être un résident de cette ville… qui sait ? Tu me vois en homme marié ? Bah ! T'as raison. De quoi aurais-je l'air ? C'est le rayon de Harper ça, pas vrai. Mais que veux-tu ? Je deviens sentimental avec l'âge.

— Jamie…

— Le Four Seasons. Tu m'appelles, je viens sur-le-champ. En attendant, essaie de te reposer un peu.

O'Donnell s'éclipsa sans permettre à Mélanie d'ajouter quoi que ce soit.

Une minute après son départ, elle ouvrit les portes vitrées donnant sur la terrasse. Ses parents y étaient attablés. Seuls. Harper portait sa tenue de chirurgien et lisait le journal. Il avait sûrement eu une opération dans la matinée. Patricia, assise en face de lui, découpait des quartiers de pamplemousse, en grignotant du pain grillé. De si loin que Mélanie s'en souvienne, sa mère avait toujours déjeuné d'un pamplemousse et de pain complet.

En l'entendant approcher, Patricia se tourna vers sa fille. Leurs regards se croisèrent, embarrassés. L'une et l'autre se rappelaient le coup de fil de la veille et, pour la première fois, Mélanie ressentit une gêne devant sa mère. Enfin, Patricia sourit et lui tendit les bras.

Mélanie eut l'impression que ses jambes mollissaient ; depuis quarante-huit heures, elle attendait ce moment : ces retrouvailles avec sa mère. Elle voulait respirer à nouveau la senteur de son Chanel, mêlée à celle d'une crème de Lancôme ; elle désirait l'entendre lui répéter encore et encore : « Tout ira bien, ma chérie. Tu es une Stokes maintenant. Nous prendrons soin de toi. »

— Comment s'est passée ta soirée ? interrogea sa mère d'un ton détaché.

— Très bien, répondit Mélanie, immobile.

Elle fixait les pavés de la terrasse, puis toucha du doigt un pétale de rose à sa portée. Patricia baissa les bras, puis retourna à son pamplemousse, les mains tremblotantes. Mélanie se sentait plus misérable que jamais.

Harper leva les yeux de son journal, considéra sa fille, sa femme, puis sa fille de nouveau, en fronçant les sourcils.

— Mélanie ? Tu vas bien ? Ça fait des jours qu'on ne t'a vue…

— J'avais besoin de prendre du recul.

— C'est bien possible, mais nous sommes toujours tes parents. La prochaine fois, songe à nous appeler. Politesse élémentaire.

— Bien sûr, murmura-t-elle. Et vous ? Quoi de neuf ?

— Beaucoup de boulot. Tôt ce matin, j'ai dû implanter un autre pacemaker. Cet hôpital ne me laisse pas un instant de repos.

— Ton père et moi avons pris une décision, coupa Patricia. Nous croyons qu'il est temps de partir ensemble en vacances. Avec Brian aussi.

— Oui, en Europe, précisa Harper.

— Quoi ?

— J'ai toujours dit que nous devrions prendre des vacances en famille, expliqua son père. J'ai finalement proposé à ta mère de faire nos valises et de partir sans plus attendre. Nous passerons six mois à voyager en Angleterre, en France, au bord de la Méditerranée. Ce sera très bien.

— Mais je n'ai pas l'intention d'aller en Europe, s'écria la jeune femme. Du moins, pas maintenant.

— Voyons, c'est absurde, fit Patricia. Tu as besoin de vacances. Tu les mérites, même. Ce sera formidable, tu verras. On va se reposer, lézarder au soleil.

Mélanie secoua la tête. Elle considéra ses parents l'un après l'autre, elle n'arrivait pas à capter leur regard. Patricia jouait avec ses doigts sous la table et Harper tapotait sa chaussure, en se penchant vers la gauche, puis vers la droite, d'une façon maladroite.

Soudain, Mélanie se persuada qu'il ne s'agissait pas de vacances, mais d'une fuite. Avait-on allumé des cierges dans leur chambre ? Avaient-ils reçu des appels anonymes ? Prenaient-ils le large comme ils l'avaient fait jadis en quittant le Texas ?

— Je n'irai pas ! déclara-t-elle.

— Nous t'offrons un voyage en Europe. Il est entendu que tu viens avec nous.

Elle secoua la tête, les mains collées sur les cuisses. Lorsqu'elle reprit la parole, sa voix devint plus flûtée à mesure qu'elle exposait ses raisons.

— Ce ne sont pas des vacances. Tu ne prends jamais de vacances. Si jamais tu t'éloignais de ton hôpital de plus d'un kilomètre, tu te transformerais *illico* en statue de sel.

Harper commençait presque à loucher.

— Je ne sais pas de quoi vous parlez, mademoiselle, et je n'aime pas beaucoup ce ton…

— Je vous parle de sincérité. Je vous demande ce qui est arrivé à Meagan Stokes.

Un silence de plomb suivit ces mots. Patricia pâlit. Après un instant, Harper repoussa sa chaise et bondit sur place, indigné, le visage pourpre.

— Comment oses-tu ! Comment oses-tu parler de ça devant ta mère ?

— Et pourquoi pas ? Ça fait vingt-cinq ans ! Pourquoi ne parlez-vous donc jamais de Meagan ? Ce n'est pas que vous n'y songez jamais. Maman passe des nuits devant son portrait, toi-même tu le contemples en sirotant ton whisky. Brian se réveille en criant son nom, Jamie se mord les lèvres chaque fois qu'il doit prononcer le mien. Meagan est partout présente dans cette maison ; elle fait partie de notre vie. Pourquoi ne parle-t-on jamais d'elle ? De quoi avez-vous peur ?

— Ça suffit ! Je ne tolérerai pas que tu t'adresses à nous, tes parents, de cette façon-là…

— Mes parents, en effet, parlons-en ! Il n'est jamais question d'eux non plus. Pourquoi n'as-tu pas cherché à les retrouver ? Pourquoi ne m'as-tu jamais proposé de voir un hypnotiseur, ou de suivre une thérapie pour m'aider à connaître ma véritable identité ? Pourquoi travaillais-tu le soir précisément où on exécutait Russell Holmes, au lieu d'accompagner maman et Brian au Texas ?

— Mélanie ! fit Patricia, le souffle coupé. Qu'est-ce… qu'est-ce que tu dis là ?

La jeune femme n'eut pas le temps de répondre, Harper leva la main pour interrompre sa femme et se tourna vers sa fille avec une expression semblable à celle qui avait été la sienne le jour où Brian lui avait annoncé son homosexualité.

— Comment oses-tu ! Comment oses-tu venir chez moi et me parler sur ce ton ? Après ce que j'ai fait pour toi ! Non, mais c'est pas vrai ! Je t'ai donné un foyer, j'ai fait tout ce qu'un père doit à sa fille. J'ai pris soin de toi, j'ai payé tes études, je t'ai guidée dans la vie depuis le début. Pas une fois je n'ai manqué à mes devoirs, jamais je n'ai lésiné quand il s'agissait de toi. Je t'ai traitée comme mon propre enfant, toi, une ingrate, une fille gâtée…

— Mais dis-le, dis-le ! Une bâtarde ! Une fille d'assassin ! C'est ça que tu essaies de me dire ? C'est ça que tu penses de moi ?

— Petite effrontée !

Harper la gifla violemment. Mélanie s'affaissa sur le pavé de la terrasse, sans un mot, pas même un gémissement, mais perçut sa mère, plus loin, qui réprimait un soupir de désespoir.

Lentement, elle releva la tête.

— Ça ne se résoudra pas comme ça, papa, souffla-t-elle. Le chat sort du sac. Même le meilleur chirurgien de Boston ne pourra pas empêcher la vérité d'éclater au grand jour. Même toi, tu n'y parviendras pas.

— Je ne vois pas de quoi tu parles.

— Assez ! s'exclama Patricia. Je vous en prie, assez…

Mélanie et Harper se tournèrent vers elle ; Patricia tentait péniblement de se lever, le corps secoué de tremblements, les yeux gonflés de larmes retenues.

— Je vous en prie. Ne fais plus jamais ça. C'est ta fille, Harper. Tout comme Brian est ton fils. Ils sont ce que nous avons de plus précieux. Qu'est-ce qui te prend ?

— Je lui inculque un peu de reconnaissance. Tu vois ce qui arrive lorsqu'on les gâte trop ! Tu vois ce qu'ils sont devenus tous les deux !

— Harper, je t'en prie, répéta Patricia en posant la main sur l'épaule de son mari.

Celui-ci la repoussa immédiatement.

— Tu t'y mets toi aussi ? J'en ai assez. Qui paie l'hypothèque de cette maison ? Qui achète les autos dans lesquelles vous roulez ? les vêtements que vous portez ? la nourriture que vous bouffez ? Certainement pas toi, Patricia, ni ton père. Il a donné son fric à des organismes de charité en nous conseillant de gagner le nôtre. Eh bien, c'est ce que j'ai fait ! Je me rends à l'hôpital tous les jours, je fais un boulot plus stressant que tu ne l'imagines. Tout ça pour quoi ? Comment ma propre femme me remercie pour ça ?

» Et toi, ajouta-t-il en se tournant vers sa fille. C'est bien joli, les œuvres de charité, mais ça ne paie pas les factures. Et comment te conduis-tu dans cette maison ? Tu disparais pendant des jours comme si tu te foutais de tout ! Qu'est-ce qui arriverait si je faisais comme toi, hein ? Vous n'y pensez même pas ! Mes enfants font la noce à longueur de journée, moi, j'allonge les chèques. Ma femme s'achète des colifichets, dorlote son dépit, et moi je vais bosser chaque matin quel que soit le temps et quelle que soit mon humeur ! Zut à la fin ! Patricia. Je ne t'ai jamais demandé qu'une chose. Que tu remplisses ton rôle de mère auprès de tes enfants. Mais, après la mort de Meagan, tu n'as même pas été capable de t'acquitter de cela. T'es devenue une pleureuse à temps plein. Pas étonnant que Brian ait viré pédé. Pas étonnant qu'il préfère les mecs.

C'était plus que Patricia pouvait en entendre, mais Harper n'avait pas terminé.

— Alors, ne commence pas à me reprocher quoi que ce soit !

Puis, se tournant de nouveau vers Mélanie :

— Et toi, ne t'avise pas de me parler encore sur ce ton. Je suis chez moi, dans ma maison, que j'ai payée. C'est moi qui la fais rouler. Je consacre ma vie à ça. Je prends soin de vous, que j'en aie envie ou pas. Vous passez votre temps à vous amuser, même après la mort de ma fille je n'ai pas eu ce luxe. Vous êtes des égoïstes, égocentriques, qui…

La voix lui manqua. Mélanie sentit qu'il était sur le point de pleurer. Elle avait poussé son père au bord des larmes !

Il s'essuya les yeux du revers de la main, reprit vite contenance, mais sa colère n'était pas tombée pour autant.

— Je retourne à l'hôpital. Quand je reviendrai, je veux que vous ayez réfléchi toutes les deux. Et toi, Mélanie, j'exige que demain matin tu nous présentes des excuses. Ensuite, tu feras tes valises. Que tu le veuilles ou non, on part tous en voyage. C'est dit.

Harper quitta la terrasse et, quelques secondes plus tard, fit claquer la porte principale. Le silence emplit la maison. Patricia considéra sa fille, qui ne savait que dire ni que faire. Sans réfléchir, Mélanie palpa sa joue gauche, qui chauffait encore. Jamais son père n'avait usé de violence, pas devant elle en tout cas. Aussi saisissait-elle mal la scène qui venait de se produire.

— Il a besoin de repos, murmura Patricia. Il travaille sous pression depuis des semaines…

Mélanie ne dit rien.

— Ça va s'arranger, tu verras, reprit sa mère d'une voix plus anxieuse. Les familles sont comme ça. On connaît de mauvaises phases, on les surmonte, on passe au travers, ça fortifie…

— On ne devrait peut-être pas les surmonter justement. Au fond, nous aurions peut-être besoin de nous séparer, tous les quatre.

Mélanie se releva en chancelant. Sa fameuse migraine ophtalmique s'éveillait de nouveau.

— Il faut avoir vingt-neuf ans pour dire une chose pareille, souligna Patricia. Nous devons apprendre à pardonner, Mélanie, à pardonner et à oublier.

— Pourquoi ça ? Vous n'avez jamais oublié Meagan. Apparemment, vous ne vous êtes jamais pardonné ce drame, papa et toi, sinon il aurait été incapable de raconter la moitié de ce qu'il vient de me dire. Qu'est-ce que vous avez fait au Texas ? Pourquoi ne me le dis-tu pas ?

Patricia blêmit une nouvelle fois, les épaules courbées, et Mélanie pensa qu'elle avait peut-être obtenu là ce qu'elle désirait depuis le début : voir sa mère brisée, vaincue, plus que jamais terrifiée. Mais, à la réflexion, ce spectacle ne lui procurait aucun plaisir.

Mélanie gagna sa chambre qui était dans un désordre indescriptible. Partout, des taches de couleur, rouge, vert, bleu. Orange et jaune. Un vrai capharnaüm.

Elle retira ses vêtements et se glissa sous la douche. Alors, sans plus se retenir, sous le jet chaud et rassurant, elle sanglota longuement. Plus tard, tandis qu'elle se séchait, elle remarqua qu'elle ne ressentait ni peur ni colère, juste de la fatigue. Elle était épuisée.

Elle avala un sédatif, se blottit entre les draps et s'endormit aussitôt.

Une fois, durant son sommeil, elle ouvrit les yeux et vit son père, debout devant la porte de la chambre, les mains sur les hanches, qui la considérait avec réprobation.

Mais elle s'était rendormie et rêva qu'elle courait dans des sous-bois, des brindilles s'accrochaient à ses cheveux, l'odeur des gardénias flottait dans l'air.

« Je veux rentrer à la maison.

— Cours, Meagan, vite ! »

Le souffle de quelqu'un, derrière, se rapprochait d'elle.

« Vite, Meagan. Cours ! »

Les gardénias, les arbustes, les brindilles, les pas lourds et menaçants, toujours plus proches…

« Non ! »

Quand Mélanie s'éveilla pour la seconde fois, Patricia était assise au bord du lit à côté d'elle et lui caressait les cheveux.

— Tout va bien, ma chérie. Je ne perdrai pas un autre enfant. Je te le promets.

23

David travailla fort tard ce soir-là. Penché sur son bureau, il passait et repassait la main dans ses cheveux, en compulsant des piles de dossiers, les yeux gonflés de fatigue, la nuque raide, les reins saisis dans un étau. Pourtant, il s'obstinait à travailler malgré l'heure, hanté par la certitude que le temps pressait et jouait contre lui.

Plus tôt dans la soirée, Chenney avait inspecté les ordures de Sheffield. Il y avait découvert un sac plein de viscères de porc, des draps souillés de sang et une pomme intacte. À moins que l'anesthésiste n'ait de curieuses distractions, David supposait que ces organes avaient été déposés chez lui pour l'impressionner, tout comme il en allait du poney et des cierges dans la chambre de Mélanie. Après vingt-cinq ans, l'un des protagonistes en avait peut-être assez de tout ce silence ? Avait-il envoyé d'autres messages dont le FBI n'avait pas entendu parler ?

Cette question exaspérait David plus que les précédentes. Il avait l'impression, désagréable entre toutes, d'être mené en bateau par un type, non seulement bien réel, mais adroit, avisé, qui parvenait à alarmer tout le monde, et à disparaître aussi vite.

À 16 heures, David avait demandé à Jax où celui-ci en était de ses recherches.

— Je mène quarante-deux enquêtes de front et j'ai deux cadavres non identifiés sur les bras. Et vous ?

— Vous avez identifié le corps trouvé ce matin ?

— Non. Les cartes demeurent muettes sur ce point. Je songe à consulter un extralucide. Mais pas de crainte de ce côté-là, on n'a que ça à faire…

— Et les registres du téléphone public ? Vous les avez vérifiés ? Savez-vous avec qui le tueur était en contact ?

— Écoutez, Riggs. Il faut faire de longues démarches pour obtenir l'autorisation de consulter ces registres-là. Si vous désirez les dépouiller à ma place, je ne demande pas mieux.

— C'est votre enquête.

— Tout juste ! Alors dites-moi pourquoi je perds mon temps à vous parler ?

Jax lui raccrocha au nez. De toute évidence, mener quarante-deux enquêtes exténuait son homme…

Après cet appel, David avait senti monter en lui un fort sentiment de colère et de frustration. Pourtant, Jax n'avait pas tort. Obtenir des autorisations des cours de justice n'était pas une mince affaire et vérifier les registres des appels passés depuis un téléphone public du centre de Boston n'était pas une partie de plaisir non plus. Cela prenait du temps, or David avait besoin de réponses rapides.

À 19 heures, Lairmore s'était arrêté devant la porte de son bureau.

— Alors, on en est où ?

— Au même point que ce matin. Avec un cadavre de plus.

Lairmore fit la grimace ; David l'interrogea du regard.

— Mauvaise journée, patron ?

— Vous pouvez le dire. Mauvaise semaine, plutôt.

David jugea bon de ne pas insister. Lairmore avait ses propres affaires, tout comme David les siennes. Sur son répondeur, un voyant lumineux clignotait. Ce devait être un troisième message de son père, et David ne lui avait toujours pas répondu.

David se pencha sur le dossier ouvert devant lui. Son bureau était couvert de documents disparates, semblables aux pièces d'un immense puzzle. Il y avait là, entre autres, une chemise contenant les rapports financiers de la famille Stokes et David devait en venir à bout au plus vite, car une autre réunion était prévue le lendemain aux aurores avec Lairmore. Les colonnes de chiffres s'allongeaient sur le papier ; rien de bien compromettant dans tout cela. Harper touchait de l'argent, il en dépensait, on aurait peut-être pu lui faire remarquer qu'il existait d'autres choses dans la vie que les costumes Armani, mais guère plus.

David poussa un long soupir. Il avait laissé deux messages chez Brian Stokes, et le frère de Mélanie ne rappelait pas. À 20 heures, David se rendit à son domicile. Personne. Pas même un filet de lumière derrière les rideaux. Il avait ensuite appelé le cabinet médical où Brian travaillait ; on lui avait répondu que le docteur Stokes était grippé. Depuis quarante-huit heures, personne ne l'avait vu, pas même un message de lui.

À 21 heures, David téléphona au laboratoire. On n'avait toujours rien trouvé de probant. Pas d'empreintes. Les cierges provenaient d'une petite fabrique artisanale du Maine, qui distribuait ses produits chez une centaine de détaillants de la région. Le poney avait l'air ancien, en effet, mais que dire d'autre ? Les taches sur le morceau de tissu, en revanche, appartenaient à deux groupes sanguins bien distincts. On procédait à des tests d'ADN, mais on n'aurait pas de résultats avant la fin de la semaine, et on ne pouvait pas faire mieux. De toute manière, pour que ces tests soient d'une quelconque utilité, il fallait les comparer à d'autres, qu'on ne possédait pas pour l'instant.

Tu ne peux rien faire de plus, mon vieux, se dit David. Tu essaies de l'aider ; tu fais de ton mieux.

Mais je lui ai menti. Je ne lui ai pas dit que le FBI soupçonnait Harper de pratiquer des opérations frauduleuses.

C'est ton travail. Tu fais ton boulot. C'est la meilleure façon de l'aider.

Oui, mais si cela pouvait changer quelque chose ? Si le fait de savoir qu'on enquête sur son père modifiait son point de vue, elle serait davantage sur ses gardes, elle saisirait mieux le contexte ?

Ça, tu n'en sais strictement rien, Riggs. Comme le dit Chenney, il y a un monde entre se rendre coupable d'opérations frauduleuses et engager un tueur pour supprimer sa fille adoptive.

Finalement, David était rentré chez lui.

Il posa son bipeur sur l'oreiller et, plus tard, rêva qu'il se trouvait dans un cabanon avec Mélanie, mais sans Meagan Stokes. Il faisait le ménage, frottait le parquet avec vigueur, comme si cela pouvait les sauver.

Mélanie était allongée sur le sol au milieu de la pièce ; quels que fussent ses efforts pour astiquer le plancher, elle ne bougeait pas, demeurait complètement inerte.

Dans l'embrasure de la porte, Russell Holmes rigolait en observant son manège.

Chenney était crevé, lui aussi. Dans l'après-midi, il avait bien songé à faire la sieste, mais les fouilles dans les ordures de Sheffield, puis les recherches dans les dossiers de l'orphelinat texan ne lui avaient pas laissé une minute de répit. Par chance, il avait tout de même soutiré quelques confidences intéressantes. D'après l'une des religieuses de l'orphelinat, William Sheffield était jadis une véritable peste. Elle croyait même se souvenir qu'il avait empoisonné sciemment l'un de ses condisciples, plus âgé que lui. Pas au point de provoquer sa mort, mais d'une manière assez cruelle pour que le condisciple en question ne supporte plus de le voir. Autrement dit, l'élégant anesthésiste avait des antécédents plus louches qu'on ne le soupçonnait au premier abord.

Pour l'heure, Chenney déambulait dans les couloirs de l'Hôpital général, en poussant devant lui un chariot encombré de balais, de torchons, d'une poubelle et de plusieurs rouleaux de papier hygiénique. Les couloirs étaient déserts et l'éclairage tamisé.

Un peu plus tôt dans la soirée, lorsque l'infirmière de garde s'était portée au chevet d'un patient, Chenney avait jeté un coup d'œil aux dossiers posés sur son bureau. Il n'avait pu en tirer le moindre renseignement. Il n'y comprenait rien. Les dossiers, c'était le boulot de Riggs…

Ensuite, il avait repéré deux patients hospitalisés pour des problèmes cardiaques. Le premier semblait assez mal en point. Édenté, la bouche ouverte, il soufflait péniblement dans un masque à oxygène. Sa peau, presque grise, plissait misérablement autour de son cou. Quel que soit l'état de cet homme, se dit Chenney, il est gravement atteint.

Le second était plus jeune. La cinquantaine. Bien de sa personne, les cheveux soigneusement coupés, un léger hâle de printemps et des biceps solides. « La prochaine fois que je croise l'infirmière, je l'interroge discrètement pour connaître l'état de santé de celui-ci », se promit le jeune détective.

Perdu dans ses pensées, Chenney poussait toujours son chariot quand il heurta quelqu'un qui portait la blouse blanche.

— Pardon, excusez-moi.

L'homme tressaillit, se tourna vers lui. C'était Sheffield. Chenney s'accrocha aux poignées de son chariot pour retrouver son équilibre, oubliant une seconde son rôle d'employé d'entretien, puis il se ressaisit.

— Alors, tu dégages ? fit Sheffield.

Chenney crut percevoir une haleine chargée de whisky.

— Excusez-moi, répéta-t-il, en reculant et en fixant le sol.

Par chance, Sheffield ne semblait pas d'humeur à bavarder avec le personnel et poursuivit son chemin.

Bon ! Que faire maintenant ?

Le mieux était sans doute de filer dare-dare aux soins intensifs. Est-ce que Sheffield allait refaire le même coup deux nuits de suite ? Possible.

Chenney entendit l'autre s'éloigner, mais ne le vit pas se retourner une dernière fois, l'air méprisant. Le regard de Sheffield tomba sur les chaussures du balayeur empoté ; il reconnut immédiatement les mocassins de daim marron et son estomac se noua.

Il s'élança vers les premières toilettes venues et vomit dans la cuvette. Il tira ensuite deux flacons de propranolol de la poche de sa blouse, les essuya soigneusement avec des serviettes en papier et jeta le tout dans une corbeille.

« Harper veut me piéger. Le salaud ! Il espère se débarrasser de moi et s'en tirer seul, sans éveiller de soupçons. L'enflure ! Ça ne se passera pas comme ça. »

Il fallait qu'il se calme, d'autant plus que Sheffield savait deux trois petites choses sur le compte de Stokes.

— On a des problèmes, lança Harper au bout du fil, sans prendre la peine de se présenter.

— Hé ! Ça te donnerait des boutons de me laisser dormir de temps à autre ? protesta O'Donnell.

Il jeta un coup d'œil au réveil lumineux sur la table de chevet : 2 heures. Pas juste un raseur. Un véritable emmerdeur, se dit-il.

— Garde la ligne un moment, ajouta Jamie, en se glissant hors du lit, où Annie dormait à son côté.

Il saisit le téléphone et l'emporta dans la pièce voisine, en prenant soin de refermer la porte derrière lui.

— Qu'est-ce que tu veux ? Tu viens d'acheter tes billets pour l'Europe et tu ne te tiens plus de m'annoncer ça ?

Ce projet de voyage lui restait dans la gorge. Il avait l'impression que Harper s'éclipsait au moment critique et le laissait dans la mouise.

— Oublie l'Europe. Je t'appelle à propos de William. Il disjoncte complètement. Il m'a téléphoné hors de lui, persuadé qu'un type portant des mocassins italiens lui court après. Il dit que je ne vais pas m'en tirer comme ça, il a raccroché. J'ai tenté de le joindre deux fois. Pas de réponse. Je suis allé chez lui, l'appartement est dans un désordre ! Mais pas de William, pas de bagnole non plus.

— T'as raison. Ce couillon pète les plombs.

— Bon sang ! Il pense que je cherche à le piéger. Je n'ai jamais eu cette intention-là ! Qui est derrière tout ça, Jamie ? Je pensais que tu le saurais à cette heure ?

— J'y travaille. Je voulais appeler Digger pour tâter le terrain. Il a eu un empêchement… Grave. On l'a descendu.

— Quoi ?

— Fais pas l'idiot, Harper ! Je sais que c'est toi.

— Et quoi encore ! Qu'est-ce qui se passe ? On cherche à me coincer, Jamie. Quelqu'un est en train de tout foutre en l'air ; c'est pas des blagues, tu dois me croire. Même Mélanie se met à me critiquer, à parler de Meagan…

O'Donnell ne répondit pas tout de suite. Jamais il n'avait vu son vieil ami si affolé. Il crut en éprouver quelque plaisir, mais non. Il se méfiait. Il craignait que l'autre ne lui joue la comédie. Il était toujours difficile de savoir à quoi s'en tenir avec Harper.

— Tu n'as pas fait supprimer Digger ?

— Non !

— Moi non plus.

— Mais alors… qui ?

— Je ne sais pas.

— Il faut absolument que tu règles ça, Jamie. Tout se déglingue, il ne s'agit plus de coïncidences. Pas après tout ce temps. Ça n'a aucun sens. Tout était classé, rangé, terminé. Il n'y avait aucune raison…

— Sinon que tu as repris tes petites opérations, Harper. Je t'avais prévenu. Reste propre. Ne te salis pas les mains…

— Très bien, très bien, j'arrête. Mais retrouve-moi William et arrange les choses avec lui.

— Pourquoi m'écouterait-il ? Il me hait, tu le sais.

— Pourquoi ? Parce qu'il est de ton espèce, Jamie. Tu te rappelles ?

O'Donnell garda le silence un instant, puis secoua la tête. Pour sûr, Harper était homme à frapper un copain à terre. Il y avait toujours du voyou chez lui.

— Très bien, répondit-il, réticent. Mais c'est la dernière fois, je te préviens. Donne-moi un jour ou deux… Au fait, Harper ?

— Quoi ?

— Tu as parlé à ton fils dernièrement ?

— Je voulais l'appeler, je le ferai demain.

— Je te souhaite bonne chance. J'essaie de le joindre depuis hier. Il semble que Brian ait disparu, comme William. Aussi, je commence à me poser des questions, Harper. De sérieuses questions.

24

Mélanie se réveilla le lendemain, la joue toujours endolorie. Délicatement, elle tâta l'ecchymose. Hum ! C'était douloureux, mais ça guérirait, pensa-t-elle. Cette réflexion la surprit elle-même ; au fond, cela s'appliquait à tout ce que Mélanie vivait depuis quelques jours.

Elle descendit au rez-de-chaussée. Aucun bruit. Harper n'y était pas. Patricia non plus. Même Maria semblait être sortie.

Mélanie composa le numéro de téléphone de Brian. Son frère n'était pas chez lui. Elle appela son cabinet. La standardiste lui répondit que le docteur était grippé depuis quarante-huit heures au moins. Mélanie n'y crut pas une seconde. Si Brian était malade, il resterait chez lui.

Ensuite, elle songea à l'appel anonyme dont Digger lui avait parlé. Dans l'agitation des derniers jours, elle avait oublié de vérifier. Elle appela donc la compagnie de téléphone et demanda qu'on lui adresse au plus vite la liste des appels effectués de chez elle au cours des dernières semaines. C'était déjà un début. Mais que faire en attendant ?

Mélanie fit les cent pas dans les pièces du rez-de-chaussée, avec l'impression bizarre et désagréable que son corps ne lui appartenait plus. Même la maison lui semblait un décor de théâtre, une toile de fond, pour donner le change. Le séjour aux murs tendus de soie rose lui paraissait conçu pour des rencontres mondaines. Dans l'entrée, le marbre de Carrare remplissait à merveille son rôle, qui consistait à impressionner les directeurs d'hôpitaux. Dans la salle à manger, la table massive, à douze couverts, convenait parfaitement aux longs dîners en famille et aux petites conversations que les Stokes échangeaient le soir après leurs dures journées.

Et cette terrasse, à l'arrière, avec ses grands pots en terre cuite, ses rosiers, sa table en fer forgé, n'était-elle pas le lieu idéal pour corriger une fille insolente ?

Suffit ! Elle descendit à la cave, où on avait entreposé plusieurs cartons, portant tous une même étiquette : MEAGAN STOKES. 1968-1972.

Lorsque Mélanie eut douze ans, Patricia avait proposé qu'on aménage la cave de manière que les enfants puissent s'y amuser, mais Harper avait rejeté cette idée, sous le prétexte qu'on avait besoin d'espaces de rangement et que cette cave faisait l'affaire.

A priori, l'objection paraissait raisonnable, à ceci près que les Stokes n'avaient rien à ranger là. Ils ne possédaient ni vieux vêtements ni livres écornés, pas même de vieux jeux de société. Pas de tapis tachés non plus, ni de fauteuils en loques. Harper se montrait très méthodique à cet égard. De tous les vieux objets, on dressait une liste ; on l'évaluait, puis on expédiait le tout à l'Armée du Salut qui, en échange, remettait un reçu pour déduction d'impôts. Chaque chose avait sa valeur, sauf ces quelques cartons, dont le contenu demeurait sans prix.

À neuf ans, piquée de curiosité, Mélanie avait déjà fouillé dans ces boîtes, afin d'en apprendre davantage sur ses nouveaux parents. Ses petits doigts avaient caressé les langes du baptême de Meagan, sa belle robe en velours rouge du réveillon de Noël, et son doudou tricoté à la main. Mélanie avait admiré le moulage en bronze des petites chaussures, l'empreinte de la menotte dans l'argile et les premiers dessins de couleur. Ce faisant, elle avait éprouvé un fort sentiment de culpabilité, mêlé à une vive excitation. Elle savait qu'il ne fallait pas toucher à ça, mais elle était possédée du désir d'en savoir toujours plus à ce sujet.

C'était tout ce qui restait de Meagan Stokes et Mélanie voulait connaître la nature de l'amour que ses parents avaient eu pour elle.

Elle ouvrit d'abord la boîte contenant l'album de photographies. Les premières avaient été prises au Texas. On y voyait Jamie, Harper et Patricia dans une vieille décapotable blanche. Son père et son parrain portaient des costumes à rayures, semblables à ceux des gangsters dans les années 1950. Ici, Jamie tenait dans ses bras la jeune et ravissante Patricia, souriant à l'objectif. Là, Jamie faisait la moue, tandis que le sémillant Harper embrassait sa future épouse.

Puis venaient les photos du mariage. Patricia et Harper pénétrant dans une cathédrale, main dans la main. La mariée portait ce jour-là une robe de princesse et une traîne de tulle immaculée, attachée à ses hanches fines.

On voyait ensuite Jamie sur le perron de l'église, smoking blanc et col noir, en parfait témoin du marié. Il souriait toujours, mais se tenait éloigné de Patricia, presque à l'extérieur du cadre. Quelle que fût leur relation à cette époque, il était clair que le mariage avait modifié la donne.

Puis les photos du premier bébé. Brian Stokes, 25 février 1963, 4,200 kilos. Brian dans les bras de son père, resplendissant, et Patricia, souriante à côté, les traits tirés. Brian dans son berceau. Ses premiers pas. Brian âgé de trois ans, cherchant à saisir une statuette hors de sa portée dans un couloir. Tout de suite après, le même Brian, l'air surpris, la statuette en miettes à ses pieds. Au verso, Patricia avait noté : « Premier contact avec l'art. Qu'en sera-t-il ensuite ? »

Brian toujours, déguisé en diablotin pour Halloween, à propos de quoi sa mère avait écrit : « Brian dans sa phase démoniaque. Au moins, ça lui va bien. »

À partir du moment où Patricia avait entamé sa deuxième grossesse, Brian était passé au second plan. On reconnaissait ici la souple maman devenue toute ronde. Patricia, de profil, se tenant le ventre et portant son regard dans le lointain. Patricia en pique-nique, assise sur une couverture étendue dans l'herbe et Brian courant derrière elle. Patricia encore, enceinte jusqu'au cou cette fois, tenant un ours en peluche, la silhouette de Brian, à peine visible dans le fond. Derrière cette photo, l'écriture de Jamie : « Patricia. 1968. Plus belle que jamais. »

Page suivante : Meagan. Patricia pressant le nouveau-né contre sa poitrine. Meagan endormie, le visage rouge et bouffi, serrant son petit poing. Brian aux côtés de sa mère et de sa nouvelle sœur. À la maternité, Jamie, éclatant de rire, son gros doigt retenu dans la main de la petite.

Sans transition, on sautait brusquement une ou deux années. Ici, Brian donnait à manger à Meagan. Là, il faisait la lecture à sa sœur. Les deux enfants déguisés pour Halloween, Brian toujours en démon, Meagan en Cendrillon. Tous les deux absolument radieux. Ensuite, Patricia, Brian et Meagan, souriant de concert, la jeune mère resplendissante, ses enfants incroyablement blonds, heureux et magnifiques.

Mélanie referma l'album. Ses mains tremblaient. Elle savait ce qui s'était produit ensuite. Un certain jour torride de l'été, le matin, Patricia et Brian avaient confié Meagan à la bonne, avant de se rendre chez le thérapeute. Et, durant l'après-midi, la fillette avait cessé d'exister pour eux.

Il n'y avait aucune allusion à Russell Holmes dans ces cartons. Ni coupures de journaux ni même un avis de décès. Telle page, on voyait Meagan souriant au photographe et, page suivante, plus de Meagan. Sans explication.

Mélanie feuilleta l'album à nouveau. Jamie, Harper et Patricia. Harper et Patricia. Brian bébé. Brian à trois ans. Patricia enceinte. Meagan nourrisson. Meagan et Brian.

Une question, une sorte de doute la taraudait.

Patricia enceinte. Meagan bébé. Meagan et Brian.

Mélanie ne parvenait pas à formuler cette question. C'était comme un mot au bout de la langue, qui vous échappe. Patricia enceinte. Meagan bébé. Brian et Meagan…

Ça y est ! Harper. Pourquoi n'y avait-il pas de photo montrant le père avec sa fille ?

À cet instant, Mélanie perçut du bruit au rez-de-chaussée. On avait ouvert la porte d'entrée. On la referma. Il y eut des pas au-dessus d'elle.

Mélanie s'empressa de ranger l'album à sa place. Pour ses parents, ces cartons étaient sacrés ; dans les circonstances actuelles, mieux valait qu'on ne la surprenne pas en train de fouiller dedans.

Les pas traversèrent le salon, puis longèrent le couloir menant au bureau. C'était sans doute Harper, pressé de mettre de l'ordre dans ses papiers.

Mélanie monta précautionneusement le vieil escalier en bois et entrouvrit la porte. La voie était libre. Elle vérifia sa mise devant la grande glace de l'entrée, ajusta son short, son corsage, bleu et jaune.

D'après les bruits qui lui parvenaient du bureau, elle devina que son père n'était pas dans son assiette.

Elle jeta un dernier coup d'œil dans la glace. Tant pis ! Certes, Harper n'aimait pas qu'on le prenne en défaut, mais, parfois, quand on s'expliquait avec lui, il était capable de reconnaître ses torts. Mélanie décida de lui présenter des excuses ; elle verrait bien ensuite comment il réagirait. Ce serait un premier pas vers la réconciliation.

Elle s'approcha du bureau, s'attendant à voir son père penché sur son secrétaire ; elle aperçut William. Seul, des feuilles de papier éparpillées devant lui et un revolver en main.

William passait une mauvaise journée, une mauvaise semaine et – pourquoi le nier ? – menait une existence lamentable. Mais il saurait se tirer d'affaire quel que soit le prix à payer pour cela. Il lui fallait simplement des preuves et, pour sûr, Stokes conservait bien quelque part des reçus et des factures.

— William ? Qu'est-ce que tu fais là ?

Le jeune homme se figea, avant de se retourner lentement. Il aperçut Mélanie devant la porte, les mains fourrées dans les poches arrière de son short, intriguée, le regard posé sur son arme.

— William ?

— Tu ne devrais pas être là, Mélanie.

Il pensait trouver la maison déserte. Il avait cru pouvoir entrer incognito. Mais voilà que Mélanie le surprenait, or l'obéissante Mélanie Stokes rapportait tout à son papa.

— Enfin, William, qu'est-ce que tu fais ?

— J'admire les fastes de ta maison, répondit-il en levant la main vers les murs lambrissés. Quelles splendeurs ! Je me suis toujours demandé quel effet ça fait de rentrer tous les jours dans un intérieur comme celui-ci. Je me suis toujours demandé pourquoi ma mère n'avait pas eu l'idée lumineuse de m'abandonner aux urgences d'un hosto.

— Il faut que tu partes, William. Mon père est absent, tu n'as aucune raison d'être ici.

— Tu veux que je te dise un truc ? lança-t-il en se dirigeant vers elle. Je me fous de ce que tu penses. Tu n'es qu'une fille adoptive. Tu sais que dalle.

— William !

Mélanie voulut battre en retraite. Il savait qu'elle ne s'était jamais méfiée de lui, qu'elle ne l'avait jamais redouté même. Il surprit sur son visage une expression de frayeur qui lui procura une vive satisfaction. D'un geste habile, il réussit à la coincer contre le mur.

— William, bas les pattes !

— Et pourquoi donc ? Je t'ai vue toute nue, Mélanie. Tu as déjà été à moi.

— Suffit !

Il agrippa une poignée de cheveux et tira violemment. La jeune femme gémit et sentit les yeux lui piquer.

— Tu comprends mieux maintenant ?

— Du tout.

— Oh ! mais c'est vrai, tu ne sais rien. Pour une fille soi-disant intelligente, c'est fou comme tu connais mal tes parents. Tu te crois plus futée que le brave William, mais tu vaux pas mieux. Tu es seulement plus crédule. Moi, d'un regard, j'avais jaugé ton père, mais toi, après vingt ans, tu ne te doutes toujours de rien. Qui est le plus malin maintenant, hein ! dis-moi ça ?

Il tira plus fort et, cette fois, Mélanie ne put réprimer un petit cri de douleur. William en tira un plaisir intense.

— Ton charmant papa croyait me coincer ; il voulait me faire porter le chapeau pour ses opérations. Il pensait que je serais trop stupide pour voir dans son jeu. Tu savais pas ça non plus ?

William agita le canon de son revolver autour de lui.

— Tu vois tout ça, Mélanie ? Rien que du bien mal acquis, ma vieille. Ton père est peut-être le meilleur cardiologue de Boston, mais il comprend rien au fric. Il s'enfonce tout le temps, il dépense sans compter. Tu crois que le fameux docteur Stokes va se résoudre à réduire son train de vie ? Tout faux. Plutôt que de limiter les frais, il met au point de petites magouilles, il découpe des innocents en pleine forme, il leur fout des pacemakers dans le ventre. Oh ! Ça ne fait de mal à personne, les compagnies d'assurances vont casquer... Ben voyons ! Maintenant, tu le trouves comment, ton cher papa ? Toujours aussi chic ? aussi classe ? Qu'est-ce que tu dis de ça ?

Les lèvres de Mélanie frémissaient, mais elle leva les yeux vers lui et le considéra avec mépris. Pour l'humilier.

— Je ne sais pas de quoi tu parles.

À ces mots, il répondit par une gifle bien sentie. Mélanie ne fit pas même la moue, ce qui le déçut, mais le coup fendit sa lèvre inférieure, des gouttes de sang affluèrent et sa bouche se mit à enfler.

— Oublie ton gentil papa, ma vieille. J'ai pas envie de trouver d'autres surprises en rentrant chez moi. On a ce qu'on mérite – mon œil ! J'ai repéré un agent du FBI, tu peux être sûre qu'on me fera pas porter le chapeau.

— T'as reçu un message, c'est ça ?

— Quel message ? Non. Une note rédigée en lettres de sang sur mon miroir. Qui aurait cru que ton père était capable de ça, hein ?

— Il y avait un lien entre toi et Russell Holmes ? Tu connaissais Meagan ?

William ne savait pas à quoi Mélanie faisait allusion ; en outre, il s'en fichait. Pour la faire taire, il pressa son corps contre le sien, prenant plaisir à la frayeur qui l'envahissait.

— Tu veux que je te dise la vérité ? Ton père est un escroc, qui préfère opérer de braves gens en pleine santé plutôt que de reconnaître qu'il est fauché. Ta mère est une pauvre poivrote, incapable de faire jouir son homme, et ton frère une lopette qui perd ses moyens devant les nanas. En plus, ton fameux parrain est une crapule patentée. Pas mal comme portrait de famille, non ? Deux criminels, une poivrote et un pédé. Et toi, t'es quoi au milieu de tout ça ? Une dinde, ma vieille. La plus grosse dinde de l'hémisphère Nord, que tout le monde dupe depuis vingt ans. Qu'est-ce que tu penses de ça ?

Fier de sa sortie, William sourit. Mélanie leva le menton comme si elle entendait riposter, mais il surprit un doute dans son regard, une sorte d'imploration, comme elle aurait fait pour lui demander de revenir sur ses paroles.

Il prit son élan et la gifla plus fort en pleine figure.

— Saleté ! Comment as-tu osé me plaquer comme ça !

— Et toi ? Comment oses-tu me traiter de cette façon ? s'écria-t-elle, en tentant de le repousser.

Il n'eut aucun mal à prévenir son geste, lui saisit le poignet et le tourna.

— Il me faut le numéro du coffre. Je veux tous les papiers de ton père.

— Je ne le connais pas.

Il lâcha son poignet et la frappa au visage avec la crosse du revolver. Dans le mouvement, Mélanie heurta sa tête contre le mur, puis glissa sur le sol, sonnée.

— Digger, murmura-t-elle. Larry Digger.

— De quoi parles-tu ? Donne-moi le numéro.

— Est-ce que mon père… a fait descendre Digger ?

— De quoi tu causes ? Stokes est un escroc. Pas un tueur que je sache. Vite ! Le numéro du coffre !

— Qu'est-ce qui est arrivé à Meagan ? Qu'est-ce qu'ils lui ont fait ?

— Tu me fatigues, avec ta Meagan. Donne-moi le numéro, ou je tire.

Il enroula une longue mèche de cheveux blonds autour de sa main gauche et força Mélanie à se relever. Elle lui donna un coup d'épaule dans le bas-ventre, il en perdit le souffle ; elle le frappa violemment sur la poitrine du revers de la main, tout en écrasant son pied.

— Putain !

Il recula et brandit le revolver entre eux.

— Je vais te crever la peau, sale traînée !

— Arrête ! lança-t-elle, hors d'haleine, en agrippant sa main et en tentant de le maîtriser.

Le coup partit tout seul. Ils s'immobilisèrent tous les deux au milieu de la pièce. William écarquillait les yeux et Mélanie le regardait avec un même effroi puis, lentement, il s'écroula sur le sol, une balle dans le ventre.

Le sang giclait partout, sur ses mains, sur le parquet, sur les feuilles de papier répandues par terre. Mélanie songea à la mort de Digger. C'était pareil.

— *Mi Dios !* s'écria quelqu'un derrière.

Mélanie se retourna et aperçut Maria devant la porte, des sacs d'épicerie à la main.

— Je… je ne voulais pas.

Maria tourna les talons et s'enfuit. Effarée, Mélanie se rendit compte qu'elle tenait le revolver, que ses mains et ses bras étaient couverts de sang.

Tout ce qu'elle avait jamais voulu, c'était trouver une famille, un foyer, des gens qui l'aimeraient, qui s'occuperaient d'elle.

Or tout n'était que sang et mensonges.

Sans réfléchir, elle saisit son sac à main, sortit de la maison en vitesse et se mit à courir. Sans s'arrêter.

25

Lairmore était en train de chapitrer vertement ses deux inspecteurs lorsque le bipeur de David l'interrompit au milieu d'une phrase.

— Il faut que je réponde, lança ce dernier en quittant la salle de réunion.

Lairmore poussa un autre juron, David fit comme s'il n'avait rien entendu. Le numéro affiché sur l'avertisseur lui était inconnu. Il alluma son portable et entendit au loin des voix, mêlées à des bruits d'autos et de camions.

— Riggs à l'appareil.

Il y eut un instant de silence ; tout de suite, il sut que c'était elle.

— Mélanie ?

— Vous m'avez menti.

— Mélanie, où êtes-vous ?

— Vous m'avez dit que vous enquêtiez sur William. Pas sur mes parents. Ah ! Vous avez dû bien dormir ce soir-là ! Le brave détective ne faisait que son boulot.

— Écoutez-moi. J'essaie de vous aider.

— Suffit, Riggs ! Vous avez osé me mentir. Vous avez osé me cacher la vérité après tout ce qu'on avait dit.

— Mélanie…

— Le coup est parti tout seul. Je précise ça en passant… William allait me tuer. Vous pourrez l'expliquer à mes parents, si jamais ça les intéresse. Au point où nous en sommes, je doute qu'ils se soucient encore de moi. Au fait, vous aviez raison. Je ne sais rien d'eux.

— Dites-moi exactement où vous êtes. J'y cours sur-le-champ.

— Pas question. Depuis le début, tout le monde me manipule, c'est assez. À partir de maintenant, je n'en fais plus qu'à ma tête. Salut !

Elle raccrocha sans attendre. Furieux, David lança une grossièreté et plusieurs têtes se retournèrent sur lui. Lairmore sortit de la salle de réunion, suivi de Chenney.

— Riggs !

— Appelez l'inspecteur Jax, conseilla David en saisissant son imper. C'était Mélanie Stokes. Elle vient de tirer sur William Sheffield.

La résidence des Stokes était devenue le point de mire de tout le quartier. Deux ambulances et trois voitures de police obstruaient le porche, gyrophares allumés, et plusieurs flics en uniforme quadrillaient les environs. Deux chaînes de télé se trouvaient déjà sur place ; à n'en pas douter, une équipe d'ABC allait se pointer d'un moment à l'autre.

Tous ces reporters à pied d'œuvre, les voisins penchés à leurs fenêtres, ou sur leur perron, et les touristes armés de leurs appareils photo entravaient la circulation. Riggs gara sa voiture un peu plus loin et se précipita vers la maison ; Chenney le suivait, hors d'haleine. En route, David avait tenté de rejoindre Mélanie, mais sans succès. Ensuite, Jax lui avait confirmé la mort de Sheffield, ajoutant que ses collègues avaient plusieurs questions à poser à leurs bons amis du FBI.

David présenta son insigne aux policiers de faction devant l'entrée. Chenney se contenta de jouer des coudes et, une fois à l'intérieur, ils passèrent devant de nombreux photographes de la police, plusieurs détectives et d'autres agents, avant d'atteindre le bureau de Stokes. Patricia se tenait dans un angle de la pièce, les bras croisés, tripotant son menton de ses doigts bagués. Elle semblait aussi perdue qu'effarouchée.

Son mari, l'air renfrogné, se trouvait dans le coin diamétralement opposé. On l'avait sans doute appelé en pleine opération, son masque de chirurgien pendait à son cou. Les poings sur les hanches, hostile, il serrait les dents.

Debout devant la porte, Jamie O'Donnell se composait une attitude à la fois pensive et alarmée.

— Qu'est-ce que vous voulez, expliquait Harper, agacé. Elle s'occupe du ménage. Il est entendu qu'elle voulait bien faire, c'est son travail.

— Dites plutôt qu'elle a effacé des preuves, rétorqua Jax, campé devant lui.

— Comment voulez-vous qu'elle le sache ? Elle pensait bien faire.

David comprit tout de suite ce que Jax reprochait à Stokes. Sur le parquet, le sang n'était plus circonscrit en un même endroit, mais s'étendait partout, comme une eau de lessive. Difficile après cela d'interpréter les circonstances du drame. Par terre, au pourtour, comme des traits rouges à intervalles irréguliers, d'autres éclaboussures révélaient que des feuilles de papier avaient disparu. On pouvait supposer que Sheffield était mort en laissant tomber des documents compromettants.

— Si jamais je découvre que vous y êtes pour quelque chose, docteur Stokes, je vous inculpe pour falsification de preuves et tentative délibérée de nuire au travail des enquêteurs. Tenez-vous-le pour dit.

— Vous faites ça, inspecteur, et mon avocat ne reculera devant rien pour vous dégommer.

— Je vous en prie, interrompit Patricia, la voix chevrotante. Quelqu'un peut me dire ce qui est arrivé à Mélanie ? Où elle est ?

— Nous la cherchons toujours, madame.

— Je suis sûre qu'elle ne l'a pas fait exprès. Elle n'avait aucune raison de s'en prendre à William.

— Ça, on n'en sait rien, lança Harper. Après la scène d'hier ? Il faut que tu l'admettes, Patricia. Notre fille est très perturbée depuis quelque temps. Sa rupture avec William l'a peut-être déstabilisée plus qu'on ne croyait. J'en sais rien…

— Harper ! s'exclama son épouse.

— Elle souffre de migraines, elle ne dort pas bien. Elle a même découché ! Je ne vais pas raconter des salades aux détectives. Toi et moi ne savons plus rien de nos enfants.

David ne réfléchit même pas. Un moment, il était auprès de Chenney, écoutant Harper incriminer sa propre fille, l'instant d'après, il tenait Stokes fermement contre le mur, en serrant le col de sa blouse dans ses poings.

— Vous n'allez pas la tenir responsable de ça ! La mort de Sheffield tombe à pic pour vous. Elle arrange trop bien vos affaires. Bon sang ! Vous la laisseriez se faire tuer sans broncher. C'est presque réussi. Une seconde fois !

— Enfin ! laissez-moi, bredouilla l'autre, éberlué.

— Du calme, dit O'Donnell en s'approchant d'eux. Calme-toi, mon vieux.

David prit alors conscience que, de toutes les personnes présentes, seule Patricia était surprise par les insinuations qu'il venait de faire. Pris à la gorge par un type qu'il connaissait jusque-là comme simple serviteur, Harper ne semblait pas étonné du tout et O'Donnell, devant deux hommes qu'il n'avait vus de sa vie, ne l'était pas davantage.

Autrement dit, ils savaient. Ils connaissaient l'identité de David, celle de Chenney ; ils en savaient sans doute plus sur cette enquête que les agents du FBI eux-mêmes.

David recula et considéra alternativement Harper et Jamie. Ceux-ci le regardèrent sans rien trahir de leurs pensées.

— Non, reprit David. Je ne marche pas. Vous ne saviez pas de quoi Sheffield était capable si on le poussait à bout. Vous l'avez toujours considéré comme un pauvre type. Il a décidé de prendre les choses en main et de foutre le bordel dans votre combine. En fin de compte, Mélanie est la seule personne qui ait fait preuve de bon sens aujourd'hui.

— Je ne sais pas de quoi tu parles, mon vieux, dit Jamie.

— Mais bien sûr que si. Félicitations ! Vous avez réussi à mettre votre filleule en danger. Après tout, vous en avez l'habitude, O'Donnell, non ? Selon mes calculs, c'est la deuxième fois que vous tentez le coup. Vous perdez la main. Vous vous faites vieux.

Jamie lui décocha un regard sombre qui, dans l'esprit de David, confirma son hypothèse et justifiait son bluff.

— Fais attention, mon vieux. Sois très, très prudent.

— Prudent ou pas, mon vieux, je répéterai la même chose. Chaque jour, je vois plus clair dans votre jeu. Vous savez qu'il n'y a jamais prescription en matière d'homicide. À plus forte raison dans le cas d'une enfant. À plus forte raison dans le cas d'une pauvre fillette sans défense. Je parie qu'elle aimait ses parents, elle aussi. Tout autant que Mélanie.

Après avoir prononcé ces mots, David se dirigea vers la porte et entendit Patricia qui demandait :

— Mais de quoi parle cet homme ? Qu'est-ce qui est arrivé à Mélanie ? Quelqu'un a pensé à appeler Brian ?

— Vous parlez de Brian Stokes, madame ? s'enquit Jax.

— Bien entendu, répondit-elle, de plus en plus médusée.

— Son ami vient de lancer un avis de recherche. Il y a deux jours, Brian Stokes est allé se promener et on ne l'a pas revu depuis.

C'en était trop pour Patricia. Elle poussa un petit gémissement et perdit connaissance. Son mari ne fit pas un geste, Jamie la rattrapa.

— Ça t'ennuierait de m'expliquer de quoi il retourne ? demanda Chenney, une fois qu'ils eurent quitté la maison.

— Il y a eu une fuite, répliqua David. Officiellement, ces types-là ne nous connaissent pas, or ils se comportent comme s'ils savaient déjà qui nous sommes.

— Tu penses que Mélanie leur a dit ?

— Non. Elle ignorait que j'enquête sur son père.

Arrivé à la voiture, David ouvrit brusquement la portière côté chauffeur et grimpa dans l'auto. Chenney dut se hâter pour prendre place à sa droite.

— Pour l'instant, tu ne réponds à aucune question, sauf à celles de Lairmore. T'as bien vu ? Ils n'étaient même pas surpris de m'entendre parler de Meagan. Ils savaient exactement à quoi je faisais allusion.

— Ils sont impliqués, alors ?

— Jusqu'au cou, rétorqua David en mettant le moteur en marche. Sauf Patricia. Tout ça la dépassait complètement.

— Ouais ! Et on va où, là ?

— Chez Brian Stokes. Je suis à peu près sûr que Mélanie l'a rejoint.

— N'empêche que tu t'es découvert, Riggs. Si jamais Lairmore apprend ce que t'as dit, il te suspend pour un mois. Minimum.

David ne répondit pas.

26

L'appartement de Brian Stokes faisait songer à un laboratoire de stérilisation au sein d'un institut de recherches sur la prophylaxie. C'est du moins ainsi qu'il apparut à David quand il s'y introduisit. Après qu'ils eurent obtenu du concierge qu'il leur ouvre la porte, David et Chenney se retrouvèrent dans un logis de quatre pièces, au troisième étage, meublé d'un canapé en cuir noir et d'objets en verre ou en acier. Exclusivement.

— Il n'y a même pas un portrait de famille, remarqua Chenney.

— Il n'est pas dans les meilleurs termes avec ses parents.

— Ah oui ! La fille adoptive les adore, mais le fils aîné ferait tout pour se débarrasser d'eux…

Ils firent ensemble le tour des pièces. Pas un brin de poussière nulle part, pas l'ombre d'un mouton sous les meubles, pas même un vêtement oublié sur une chaise. Pour sûr, en matière de propreté, Brian Stokes aurait pu donner des leçons à David et Steven à l'époque où leur mère était hospitalisée.

— Que de la bière et du yaourt au frigo, nota Chenney.

— Et aucun message sur le répondeur, ajouta David, l'air soucieux. Tu trouves ça normal ? Après deux jours d'absence ?

— On peut les écouter et les effacer à distance maintenant.

— Hum ! Possible.

Ils passèrent tout l'appartement en revue une seconde fois. Rien à signaler. Décidément, pensa David, ce garçon est beaucoup trop soigneux. Trop propre. Il est certainement déséquilibré. Personne, sain d'esprit, ne vivrait dans un cadre aussi aseptisé.

Le concierge affirma n'avoir vu aucune blonde pénétrer dans l'immeuble depuis le matin, mais, comme il semblait s'intéresser aux *soaps* diffusés en continu à la télé, il était possible que ceux-ci aient trompé sa vigilance. Il n'avait pas vu Brian non plus. « Mais n'allez pas croire que j'épie les mecs, ajouta-t-il en remontant son pantalon sur sa panse. Plusieurs locataires ont franchi le pas, si vous voyez ce que je veux dire ; je veux pas leur donner des idées. »

David et Chenney quittaient l'immeuble assez désappointés ; ils se dirigeaient vers la voiture quand une voix d'homme les apostropha.

— Inspecteur Riggs ? Inspecteur Chenney ?

Les deux détectives se retournèrent dans le même mouvement et Chenney porta la main à son revolver. Aussitôt, Brian Stokes sortit de l'ombre d'un porche. Il semblait n'avoir pas dormi depuis des jours.

— Du calme, Chenney, dit David. Je ne pense pas que M. Stokes songe à nous tirer dessus.

— Je désire simplement vous parler, confirma Brian.

— Vous savez où se trouve votre sœur ?

Brian secoua la tête.

— Non. Elle a laissé un message. J'ai toujours tenu ce rôle dans la famille.

— Vous le teniez déjà quand Meagan a été enlevée ?

Stokes dévisagea David avec perplexité.

— Vous pensez que je suis pour quelque chose dans la disparition de Meagan ? Pourquoi pas ? Il n'est rien que je n'aie envisagé moi-même.

— Brian…

— J'aimerais vous montrer un truc, inspecteur. Venez. Il faut que je vous parle d'un certain événement aussi. En fait, j'aurais dû en parler à tout le monde depuis bien longtemps.

Ils suivirent Brian Stokes, qui les entraîna dans une rue étroite, à l'écart, bordée de vieilles maisons imposantes, sans doute hors de prix. Quand ils furent parvenus au niveau de la dernière maison, le frère de Mélanie sortit un trousseau de clés et poussa une lourde porte.

— Mon copain habite ici, expliqua-t-il, en les précédant dans l'escalier.

— Vous voulez dire votre amant.

— Si vous préférez. Normalement, personne ne devrait savoir que je dors souvent ici.

— Normalement ?

— Oui. Mais mardi matin, un coursier a livré un colis ici même. À mon nom.

David et Chenney échangèrent un regard entendu.

— Et depuis, vous vous cachez, c'est ça ?

— J'avais besoin de réfléchir.

— Et l'avis de recherche ?

— C'est moi qui ai demandé à Nathan d'appeler la police. Pour brouiller les pistes. Qu'il croie que j'ai disparu.

— Il ?

— J'espérais que vous pourriez m'en dire plus, inspecteur.

Ils montèrent jusqu'au troisième ; Brian déverrouilla une autre porte et les invita à entrer. Puis il fila immédiatement à la cuisine. Cet appartement était tout l'inverse du premier : parquets de bois verni, mur de brique intérieur, tapis de laine et coussins de daim traînant un peu partout. David comprit que Brian vivait ici avec son ami, que l'autre appartement n'était qu'une façade.

— Nathan est là ?

— Non, il travaille, répondit le frère de Mélanie depuis la cuisine. Il est médecin lui aussi.

— Et Mélanie ? Vous l'avez vue ?

Brian rejoignit les deux inspecteurs, une boîte de carton à la main.

— Non. Je vous l'ai déjà dit.

— Mais vous savez que Sheffield a été tué.

— Il y a une demi-heure, j'ai écouté mon répondeur. Il y avait deux messages. Le premier, c'était Mélanie. Elle paraissait tellement calme que j'ai cru à une blague. Elle dit que William avait essayé de la tuer, mais qu'elle avait tiré sur lui dans la bagarre. Elle tenait à m'assurer qu'elle allait bien. Ensuite, elle a parlé de vous ; il paraît que vous enquêtez sur mon père. Vous avez sans doute de bonnes raisons. Puis elle a ajouté…

Stokes dut reprendre son souffle avant de terminer sa phrase.

— Elle a ajouté : Je sais que Holmes n'a pas tué Meagan. Et elle a dit…

Une fois de plus, il s'éclaircit la voix.

— … qu'elle m'aimait et qu'elle me remerciait de tout ce que j'ai fait pour elle depuis vingt ans.

Le regard de Brian était posé sur la boîte devant lui. Il serrait les dents. Un muscle saillait dans son cou. Non seulement ce type a peu confiance en lui, pensa David, mais il se déteste. Il se dégoûte lui-même. Au point de se tenir responsable de tous les malheurs qui frappent sa famille.

— Et l'autre message ?

— C'était Jamie. Il appelle trois fois par jour. Lui aussi m'a parlé de la mort de William. Il prétend qu'il se passe des événements graves, que nous devrions en parler, lui et moi. J'ai l'impression qu'il a reçu un petit cadeau lui aussi. En fait, je pense que nous en avons tous reçu…

— Tous ?

— Ma mère, papa, Jamie, Mélanie et moi. Tous ceux que le drame a touchés autrefois. Certains d'entre nous s'en souviennent mieux que d'autres. Laissez-moi vous montrer.

Brian souleva le couvercle de la boîte. Au fond, sur un lit de Sopalin blanc, il y avait une langue de bœuf, noire et racornie.

Le jeune médecin considéra les deux inspecteurs à tour de rôle.

— Il y avait un message, en plus. « On a toujours ce qu'on mérite. » Je crois comprendre ce que ça signifie. Je venais de perdre une sœur, je ne voulais pas perdre mon père par-dessus le marché.

David prit un siège, sortit un calepin de sa poche et un stylo.

— Commençons par le début. J'ai plusieurs questions en souffrance, certaines vous concernent directement. D'abord, où étiez-vous le jour de l'enlèvement de Meagan ? Qu'est-ce que vous avez fait ce jour-là, vous et votre mère ?

Brian Stokes respira profondément puis, sans quitter du regard la langue au fond de la boîte, entama son histoire :

— Vous savez, je n'étais pas ce qu'on appelle un enfant sage. Aujourd'hui, on dirait probablement que je souffrais d'hyperactivité. J'étais surtout très nerveux, anxieux, et personne, ma mère moins que tout autre, ne savait que faire de moi. Pour dire vrai, l'ambiance à la maison était plutôt chargée, lourde ; je ne sais pas quels étaient les rapports de mes parents au début de leur mariage, mais, à partir du moment où j'ai pris conscience de ce qui se passait autour de moi, mon père m'est apparu comme une sorte de bourreau de travail, accordant tout son temps et son énergie à ses patients, au point de n'avoir aucune attention pour nous. La plupart du temps, ma mère était désabusée ; elle passait ses journées à jeter l'argent par les fenêtres, prête à tout pour attirer l'attention d'autrui. Vers huit ans à peu près, je me suis rendu compte que mon père ne travaillait pas si tard, que ma mère n'ignorait pas ses infidélités, qu'elle-même ne songeait qu'à faire la noce. C'est un peu comme si j'avais été élevé par un robot et une fille de seize ans, vous voyez ? Ils ne se disputaient pas devant moi, mais, lorsqu'ils étaient ensemble, dans la même pièce, on percevait une tension, des vibrations désagréables… Les enfants sentent ces choses-là.

— Ouais ! s'écria Chenney.

Surpris, Brian et David se tournèrent vers lui. Apparemment, le jeune détective savait à quoi Brian faisait allusion.

— Puis il y a eu la naissance de Meagan. Elle était tellement charmante, elle souriait tout le temps. Elle rayonnait, c'est bien simple. Joyeuse, elle nous tendait les bras pour qu'on la prenne. Tout le monde l'adorait ; les voisins, les femmes au supermarché, tout le monde craquait. À moins d'avoir un cœur de pierre, on tombait automatiquement sous son charme et elle nous aimait tout autant. Jamais je n'avais inspiré de tels sentiments à qui que ce soit. Du coup, je suis devenu jaloux. Agressif. Pourtant, je n'étais pas insensible moi non plus. Même jaloux, je l'aimais véritablement. Je me demandais comment mes parents avaient pu donner naissance à une enfant aussi épanouie.

» Puis j'ai commencé à avoir des craintes, des lubies. Je redoutais que l'attitude de mes parents ne la perturbe tout comme elle m'avait perturbé. Mon père allait se détourner d'elle ; ma mère, par indifférence ou lassitude, s'en détacherait aussi ; un jour ou l'autre, Meagan comprendrait que c'étaient deux égocentriques, cédant à leurs propres caprices. Alors, j'ai commencé à briser ses jouets, à piquer ses affaires ; je pensais qu'en étant dur avec elle, déplaisant, elle deviendrait plus forte, moins vulnérable en tout cas, qu'elle apprendrait à se protéger. Je lui faisais du mal, mais je croyais vraiment que c'était dans son intérêt.

— Et le dernier jour ? répéta David. Qu'est-ce que vous avez fait ?

— Le dernier jour ? L'un des plus beaux de ma vie, inspecteur. Durant quelques heures, j'ai été heureux. Ce jour-là, je rencontrais le thérapeute pour la quatrième fois. Après la séance, il a voulu parler à ma mère, seul à seule. Je ne sais pas exactement ce qu'ils se sont dit, mais, en sortant de son cabinet, ma mère m'a offert une glace. Elle en a pris une elle aussi. Or ma mère, le jour en tout cas, ne se nourrit jamais que de pamplemousse et de pain complet. Bref. Nous sommes allés flâner, il n'y a pas d'autre mot ; on a traîné toute la journée.

» À un certain moment, ma mère m'a expliqué que les choses allaient changer désormais. La famille avait traversé une mauvaise phase, on avait cru que je ne m'en rendais pas compte. Tout cela était terminé. Elle désirait me consacrer plus de temps, elle constatait à quel point la famille était plus importante à ses yeux que tout le reste ; elle était prête à tout pour rétablir la situation et faire en sorte que nous soyons unis. Elle a ajouté qu'elle m'aimait vraiment et que tout allait s'arranger.

» Ensuite, nous sommes allés au jardin public. Je me suis assis sur une balançoire et, même si j'étais assez grand pour me balancer seul, elle s'est amusée à me pousser. J'adorais ça. Je me souviens d'avoir pensé que j'étais presque heureux. J'ignore si j'avais éprouvé un semblable sentiment jusqu'à ce jour.

» Après, nous sommes rentrés à la maison et un agent nous a dit, comme ça, sans détour, que Meagan avait disparu. Vous êtes pessimiste, inspecteur ? Moi, je le suis en tout cas.

— Donc, vous avez passé la journée ensemble ?

— Oui. Toute la journée.

— Vous avez vu Meagan dans la voiture de la bonne ?

— Non. Nous étions partis avant cela.

— Brian, êtes-vous sûr que Russell Holmes a enlevé votre sœur ?

— Franchement, j'ai toujours cru que c'était lui. Si le diable pouvait prendre forme humaine, il ressemblerait à Holmes, j'en suis convaincu.

David fronça les sourcils. Brian semblait dire la vérité. S'il avait effectivement passé la journée avec sa mère, ni lui ni Patricia n'étaient impliqués dans l'enlèvement de la fillette.

— Dans ce cas, pourquoi ce colis renfermant une langue ? demanda-t-il, irrité.

Brian serra les dents.

— Je n'en suis pas sûr, mais… Vous savez, le coup des cierges dans la chambre de Mélanie, ça m'a pris totalement au dépourvu. Le fait qu'elle puisse être la fille de Holmes aussi, jamais je n'avais imaginé une chose pareille. Alors, je ne sais pas. Tout ce que je puis dire, c'est que certains événements ont échappé à la police à l'époque. Quelqu'un veut que ces événements-là se sachent aujourd'hui. Il y a trois jours par exemple, mon parrain a reçu un pénis dans le vinaigre. Pourquoi, d'après vous ?

— À cause de sa liaison avec votre mère ?

— Voilà. Mon père n'était pas responsable de tous les problèmes à la maison…

Brian haussa les épaules et respira profondément.

— Quant à cette langue… En 72, mon père n'était pas assez riche pour verser une rançon de cent mille dollars. Il était interne et bossait comme un dingue pour rembourser les dettes accumulées durant ses études. C'est Jamie qui lui a prêté l'argent. J'étais là quand il est arrivé avec sa mallette pleine de fric. Cent mille dollars en espèces.

Il releva la tête et croisa le regard des deux inspecteurs.

— Mon père n'a jamais déposé cet argent à l'endroit désigné. Il est parti un jour avec son propre porte-documents, et il était vide. Je le sais, parce que j'ai vu la mallette cachée sous le lit dans la chambre de mes parents. Je l'ai ouverte, tout le pognon était là… Vous comprenez maintenant ? Mon père n'a jamais versé la rançon. Il est tellement pingre qu'il a gardé l'argent. Pour se venger, Holmes a donc tué ma sœur.

Depuis quelques secondes, Brian s'exprimait avec difficulté ; l'émotion, la rage aussi infléchissaient sa voix.

— Et je n'en ai jamais rien dit. Je n'en ai pas parlé aux flics, à Jamie, à ma mère, à personne. Soir après soir, j'observais mon père durant le repas ; il disait à ma mère que tout allait s'arranger, en mentant effrontément ; il a vendu ma sœur pour cent mille dollars et je n'ai jamais eu le cran de le dénoncer. Jamais. C'est pas l'envie qui manquait pourtant. Ça me torturait, mais je ne pouvais pas. Incapable. Bon sang ! Je ne pouvais pas !

D'un geste brusque, Brian repoussa la boîte posée sur la table basse. La langue roula sur le tapis, obscène.

David secoua la tête. Ainsi donc, Harper et Patricia n'avaient pas inventé une histoire pour couvrir leur fils. Il fallait que ce soit Stokes ou O'Donnell. L'un ou l'autre avait tué de sang-froid.

— Si ça peut vous réconforter de quelque façon, dit David, je suis pratiquement certain que Holmes n'a pas enlevé votre sœur. Ce n'est pas lui qui l'a tuée non plus. Cela expliquerait pourquoi votre père n'a pas déposé l'argent à l'endroit convenu. Il savait que c'était inutile.

— Attendez. Vous pouvez me répéter ça ?

David regarda Brian dans les yeux.

— À mon avis, votre père ne souhaitait pas mettre la main sur cent mille… mais bien sur un million de dollars.

— Quoi ?

— L'assurance vie. Vous et Meagan étiez assurés pour un million de dollars chacun.

De toute évidence, Brian ignorait ce détail. Son visage devint blanc et crispé.

— L'ignoble crapule ! Je le tuerai de mes mains. Je ne peux pas croire que…

— La demande de rançon était rédigée de telle manière que Holmes ne pouvait en être l'auteur. De plus, Meagan ne correspondait pas au profil de ses autres victimes. On n'a jamais trouvé de preuves formelles permettant de croire qu'il ait été mêlé à cette affaire. En fait, tout ce que nous avons, ce sont ses aveux.

— Mais pourquoi s'accuser de ça ?

— Pour que son enfant jouisse d'une bonne éducation. Mélanie est la fille de Holmes ; vos parents l'ont adoptée pour couvrir leurs agissements. Cela dit, ça ne change rien pour elle…

— Bien sûr que non. Mélanie est une excellente femme. Elle est même ce que cette famille a connu de mieux. Mais il faut être la fille du diable pour aimer les Stokes !

David jugea bon de ne pas relever ce commentaire.

— Bref. Il faut que vous m'aidiez. Jusqu'à maintenant, nous avions des raisons de croire que vous pouviez, vous et votre mère, être mêlés à ce crime. Dans la majorité des cas semblables, l'assassin est un membre de la famille, de sorte que nous ne pouvions pas écarter cette possibilité. Mais vous avez des alibis. Qu'en est-il de votre père ?

— Il travaillait ce jour-là. Du moins, j'ai toujours cru qu'il était à l'hôpital. Mon père est sans doute un fils de garce, mais je n'arrive pas à l'imaginer en train d'assassiner un enfant… Ce n'est pas le genre d'homme à se salir les mains.

— Qu'en est-il d'O'Donnell en ce cas ?

Brian pencha lourdement la tête.

— Jamie nous adorait. C'est l'évidence. Il jouait avec nous, il nous offrait des cadeaux, nous gâtait, nous passait tous nos caprices. Mais…

— Mais ?

— Comment dire ? C'est un homme qui a fait des trucs. Un vieux baroudeur, vous voyez ? Il a beaucoup vécu comme on dit. J'ai toujours eu l'impression que… Si mon père ne veut pas se salir, Jamie, pour sa part, n'est jamais si bien que les deux mains dans le fumier.

— Vraiment ? Vous le voyez comme ça ?

— Possible. Mais Meagan était une fillette. Jamie O'Donnell peut s'en prendre à un adulte, ou à quelqu'un qui aurait trompé ses amis, je ne le vois pas maltraiter un enfant. Surtout pas Meagan. Vous savez, le premier mot qu'elle a appris était son nom. Papa était furieux.

— Alors, analysons les choses d'un autre point de vue. Il existe deux possibilités. Une ou plusieurs personnes ont agressé Meagan. Vraisemblablement votre père, ou O'Donnell. Un inconnu connaît la vérité. Il essaie de la révéler d'une manière tordue. Qui d'autre sait que vous avez vu l'argent de la rançon ?

Brian secoua la tête.

— À mon avis, personne n'en a eu connaissance. Si j'avais eu l'impression que quelqu'un savait, je l'aurais considéré comme un allié ; je me serais confié à lui.

— C'est impossible. Quelqu'un doit savoir ! Sinon, pourquoi cette langue…

— Honnêtement, inspecteur, personne ne le savait.

— Russell Holmes ! s'écria Chenney. Il connaissait tous les détails de l'affaire. Il savait que Stokes n'a jamais versé la rançon, il savait que madame et O'Donnell avaient une liaison. Avant de passer aux aveux, il a certainement exigé qu'on lui raconte tout. Il est assez taré pour échafauder un plan comme celui-là.

— Holmes est mort, coupa Brian, agacé. Je l'ai vu mourir.

— Ce n'était peut-être pas lui. Ça faisait peut-être partie du marché. Pourquoi se contenter d'assurer l'avenir de son enfant ? Il s'est peut-être accusé du meurtre pour avoir la vie sauve ?

David dévisagea son collègue un peu découragé.

— Rien ne nous prouve que Holmes est toujours vivant.

— N'empêche. Il manque un élément. Tu ne peux me dire le contraire.

— Restons-en aux faits, Chenney. D'abord, quelqu'un sait ce qui s'est produit en 1972. Il veut briser le silence. Il se doute peut-être que la rançon n'a jamais été versée et que Brian est dans le secret. Cette même personne savait aussi où se trouvaient le poney et la robe de Meagan durant toutes ces années. Il faut que ce soit un proche de la famille. Après tout, c'était peut-être Sheffield ? Un soir, votre père se sera enivré, il aura trop parlé, Sheffield aura cru que c'était un moyen de lui soutirer de l'argent. De le faire chanter, quoi ! Il faut absolument que nous allions faire un tour chez lui.

» Cela nous mène à la deuxième personne : le meurtrier, celui qui ne veut surtout pas que ça se sache. Il a engagé un tueur pour éliminer Digger, qui en savait trop, et pour supprimer Mélanie, qui commence à se souvenir.

— Quoi ? s'écria Brian.

David le mit au fait des derniers événements et conclut :

— J'ignore qui est cette personne, mais vous pouvez être certain qu'elle ne plaisante pas. Tout compte fait, c'était une bonne idée que votre ami lance un avis de recherche, docteur Stokes. Aussi, je répète ma question. Puisque Mélanie est en danger et que nous avons affaire à un assassin : où se trouve votre sœur ?

— Aucune idée, inspecteur. Elle m'a seulement laissé un message.

— Mélanie sait qu'il est imprudent de rentrer à Beacon Street ; elle n'arrive pas à vous retrouver. Mais elle ne peut pas disparaître comme ça de la surface de la terre ! D'après vous, chez qui elle irait se réfugier ?

Le visage de Brian s'illumina.

— Chez Ann Margaret. Sa patronne à la Croix-Rouge.

De l'appartement de Brian Stokes, il fallait trente-cinq minutes pour se rendre à Dedham en voiture. Chenney tenait le volant et David s'empara du téléphone. D'abord, il informa l'inspecteur Jax que Mélanie avait laissé un message à son frère et reconnaissait avoir tué Sheffield en état de légitime défense. Jax lui apprit que des témoins avaient aperçu la jeune femme dans une cabine téléphonique du Government Center. Une équipe était sur place pour relever des indices et retrouver l'arme du crime. Enfin, on avait mis la main sur le chauffeur de taxi qui l'avait conduite chez Brian. D'après cet homme, elle était pâle, calme, mais « un peu inquiétante ». Au cours des prochaines heures, la police allait ratisser les environs de Beacon Street, interroger les voisins, contacter les entreprises de taxis, prévenir les aéroports et faire des vérifications auprès des banques. Jax estimait pouvoir retrouver sa piste sous peu. Une jeune femme de bonne famille, dit-il, n'est pas de taille à semer la police bien longtemps.

David approuva toutes ces mesures, mais se garda de révéler où il se rendait en ce moment même. Les agents du FBI devaient collaborer avec leurs collègues de la police municipale, cela ne signifiait pas se laisser doubler par eux.

Chenney gara la voiture dans le parking de la Croix-Rouge quelques minutes après 15 heures. Les deux inspecteurs découvrirent Ann Margaret, installée dans un minuscule bureau, où elle remplissait des formulaires. Le pupitre était des plus ordinaires, les chaises droites et les classeurs en métal gris. La femme qui travaillait là correspondait à ce décor. Petite, réfléchie, les cheveux gris coiffés en petites boucles sages ; elle avait le visage ridé et le teint légèrement hâlé. Elle portait une tenue blanche d'infirmière, stricte et impeccable. Le genre de femme qui remplissait les tâches qu'on lui assignait.

Quand David et Chenney pénétrèrent dans la pièce, elle leva les yeux en fronçant les sourcils et pâlit quelque peu en apprenant qu'ils appartenaient au FBI.

— Que se passe-t-il ? demanda-t-elle, comme si elle redoutait de mauvaises nouvelles depuis un moment.

— Nous aimerions vous poser quelques questions à propos de Mélanie Stokes, répondit David.

Immédiatement, son visage exprima un certain trouble. La présence d'agents du FBI dans son bureau ne la surprenait pas outre mesure, mais que ceux-ci veuillent l'interroger sur Mélanie était nettement plus inattendu. David montra du doigt deux chaises en plastique jaune.

— On peut ?

Ann Margaret était trop bien élevée pour refuser et les deux hommes prirent place devant elle.

— Je ne vois pas ce que vous voudriez savoir sur Mélanie Stokes, dit-elle en posant son stylo. Elle ne travaille pas aujourd'hui.

— Elle est bénévole ici depuis combien de temps ?

— Cinq ans. Mais elle va bien ? Qu'est-ce qui se passe ?

— Vous connaissez William Sheffield ?

— Oui. C'était son fiancé. Écoutez, ajouta-t-elle en se penchant vers les détectives, les lèvres serrées. Avant d'aller plus loin, je veux savoir ce qui se passe.

— Aujourd'hui, quelqu'un a tiré sur William Sheffield. Nous avons des raisons de croire que Mélanie Stokes tenait le revolver.

— Impossible ! fit-elle, soufflée.

— Si, madame.

— Mais… mais…

Ann Margaret semblait perdre ses marques.

— Il est mort ?

— Oui, madame. Mais gardez cette information pour vous, jusqu'à ce que nous ayons prévenu la famille.

— William n'en a pas. Il était orphelin lui aussi. C'est l'une des caractéristiques qu'il avait en commun avec Mélanie.

— Qu'est-ce que vous savez de leurs rapports ?

— Je ne…, bredouilla-t-elle, visiblement sous le choc. Mélanie est plus qu'une collègue pour moi. C'est une amie. Elle était très heureuse lorsqu'il s'est déclaré.

David la laissa poursuivre sans mot dire.

— Harper, le père de Mélanie, les a présentés l'un à l'autre. Enfin, je crois. Ils sont sortis ensemble six mois, ils avaient l'air heureux. Un jour, Mélanie m'a confié que William était un peu jaloux, parce que, contrairement à lui, elle avait été adoptée par une famille aisée. Elle ne comprenait pas que ça l'agace. Après tout, William était devenu anesthésiste, il menait une existence enviable. Il est possible que cette jalousie ait créé un problème entre eux. Depuis leur rupture, Mélanie ne me parlait pas souvent de lui. Mais j'ai cru comprendre qu'ils se sont séparés d'un commun accord.

— Elle vous a donné l'impression qu'elle désirait renouer avec Sheffield ? Cette rupture l'avait-elle blessée ?

— Non. Pas du tout. Mais même si c'était le cas… Écoutez, inspecteur, William et Mélanie n'étaient pas faits l'un pour l'autre. Ce n'est pas une raison pour tuer qui que ce soit. William était un jeune homme charmant, intelligent, un excellent médecin. Et puis, c'est de l'histoire ancienne, cette rupture… Il doit y avoir une autre explication.

— Mélanie vous a parlé de ses activités dernièrement ?

— Vous savez, je ne l'ai guère vue depuis quatre ou cinq jours. Elle ne semble pas aller très bien. Elle a des migraines…

Ann Margaret coupa court à ces explications qui pouvaient porter à conséquence. David attendit qu'elle reprenne la parole, mais, apparemment, elle jugeait que le mieux était de ne rien ajouter.

— Il faut absolument que nous lui parlions, lança David.

— C'est certain…

— Si vous savez où elle se trouve…

— Je l'ignore.

— Vous êtes sûre qu'elle ne vous a pas appelée ?

— Je suis sa patronne, inspecteur. Pas sa mère.

— Vous savez que, si jamais nous découvrons que vous cachez un suspect…

Ann Margaret demeura imperturbable. Si elle en savait plus, pour sûr, elle ne le dirait pas. David lui remit sa carte et se leva. Chenney fit de même. Avant de franchir la porte, Riggs se retourna.

— Au fait, avez-vous déjà entendu parler d'Angela Johnson ?

Il crut la voir sourciller.

— Non.

— Et Annie ?

— Je m'appelle Ann Margaret Dawson. C'est le seul nom auquel je réponds, inspecteur. Du moins, quand tout va bien…

— Alors ? Qu'est-ce que tu en penses ? demanda Chenney lorsque les deux hommes eurent rejoint la voiture.

— Je ne sais pas encore.

— La nouvelle l'a pas mal ébranlée, il me semble.

David pianota sur le volant quelques secondes, avant de faire démarrer l'auto.

— Il vaut mieux la garder à l'œil.

— Je doute que ce soit très utile. Mélanie Stokes a la frousse. Si tu avais la trouille, tu courrais te réfugier à la Croix-Rouge, toi ?

— Non, mais si je m'appelais Margaret Dawson, je ne sourcillerais pas en entendant le nom d'Angela Johnson.

— Qui c'est ?

— La femme de Holmes.

— Tu crois ? s'exclama Chenney, les yeux écarquillés.

— Ann Margaret, Annie, Angela ; ça commence à faire beaucoup de A, tu ne trouves pas ?

— Elle est du Texas en plus.

— Elle a le même âge que Holmes.

— Bon sang !

David hocha la tête, les yeux rivés sur la route. Il songeait à dix choses à la fois. Chenney garda le silence jusqu'aux abords de Boston puis, soudain, s'exclama :

— Riggs ! On est des ânes bâtés !

— C'est possible.

— Réfléchis une minute. Les Stokes n'ont aucune raison d'ébruiter leurs méfaits. O'Donnell non plus. Mélanie encore moins. Et tu es certain que Russell Holmes est mort.

— Ça, j'en suis sûr, en effet.

— Mais la femme de Holmes ? Elle doit être au courant, elle ! Et depuis le début.

— T'as raison, Chenney. On est des ânes bâtés !

— Elle connaît probablement les circonstances du meurtre, elle fréquente les Stokes.

— Ce qui expliquerait les cierges chez Mélanie. Une mère qui abandonne sa fille pour lui offrir une vie meilleure… un jour, forcément, elle voudra…

— Qu'elle se souvienne. Elle espérera que sa fille voudra la retrouver.

— C'est certain ! Écoute, demain, première heure, tu…

— Je cherche tout ce qui concerne Angela Johnson.

— Ann Margaret Dawson.

— Compris.

27

Ce soir-là, David rentra chez lui vers 22 heures. Quelques secondes, devant la porte de son immeuble, il eut une appréhension. Mélanie savait où il habitait. Viendrait-elle le retrouver ? Lui accorderait-elle une chance de s'amender ?

Il déverrouilla la porte de l'appartement, l'ouvrit toute grande. La clarté de la lune illuminait son fourbi, glissait sur le vieux canapé vert et, par un jeu d'ombre, mettait en relief sa collection de trophées poussiéreux qu'il ne se décidait pas à jeter.

Aucun signe de Mélanie.

Deux heures plus tôt, la police avait appris que la jeune femme venait d'effectuer coup sur coup deux retraits automatiques à la banque. En outre, les préposés de ladite banque affirmaient qu'elle s'était présentée au comptoir en fin d'après-midi pour retirer une somme plus importante. On estimait qu'elle circulait maintenant avec quelques milliers de dollars en liquide. Or on pouvait partir loin avec quelques milliers de dollars. David cherchait à deviner où elle comptait se rendre.

Il se traîna jusqu'à la cuisine et opta ce soir-là pour un sac de petits pois surgelés. Ses reins le faisaient souffrir atrocement ; à vrai dire, sa carrière lui semblait suivre la même pente.

La presse faisait grand cas de la mort de Sheffield. Depuis plusieurs heures, les journalistes pressaient le responsable des relations publiques du FBI de répondre à leurs questions. Déjà, on savait que deux agents étaient passés à Beacon Street pour examiner les lieux du crime. On voulait apprendre pourquoi le FBI s'intéressait à cette affaire. Lairmore se bornait à dire que l'organisme fédéral apportait toujours son soutien aux forces de l'ordre quand celles-ci le jugeaient nécessaire. Une déclaration qui n'abusait ni ne contentait personne.

Avant longtemps, les reporters allaient découvrir que le FBI enquêtait sur les docteurs Stokes et Sheffield ; bientôt, quelqu'un se souviendrait d'avoir aperçu Larry Digger chez les Stokes samedi soir, établirait un lien entre les deux meurtres et l'affaire prendrait des proportions aussi considérables que navrantes. On ne se gênerait pas pour accabler le FBI de tous les maux : meurtres irrésolus ; mauvaise administration, gaspillage. Quand il s'agissait de critiquer la police fédérale, les journalistes n'étaient jamais à court de calomnies.

D'ailleurs, vers 17 heures, Lairmore avait bien prévenu Riggs et Chenney : « Nous avons essuyé assez de reproches depuis le début des années 1990. Vous allez vite réparer les dégâts, sinon vous deviendrez les premiers agents du FBI à distribuer des PV au coin des rues. »

David retira sa veste, dénoua sa cravate, en faisant les cent pas dans son séjour.

Récapitulation. Selon toute vraisemblance, Harper Stokes avait conclu un pacte avec Russell Holmes. Ce dernier devait reconnaître avoir tué Meagan, Stokes touchait un million de dollars, en échange de quoi, la fille de Holmes serait élevée au sein de la bonne société. Ensuite, les événements se déroulent comme prévu ; chacun vit heureux durant des années, jusqu'au jour où Stokes manque de fric à nouveau.

Il met alors au point une nouvelle magouille et il implante des stimulateurs cardiaques à de braves gens pour en tirer des bénéfices. Il se plaît à répéter que ça ne fait de mal à personne. Pour un type capable de dissimuler un meurtre durant un quart de siècle, rien de plus simple que de réussir ce coup-là.

Sinon que, cette fois-ci, Stokes n'avait pas pris de précautions suffisantes. Quelqu'un voyait clair dans son jeu et entendait lui faire payer ses crimes. Dans quel but ? Venger la mort de Meagan ? Récupérer Mélanie ? Ou simplement parce que cette personne en voulait à mort à Stokes ? Possible. Un type tue sa fille. Il en adopte une autre, l'élève durant vingt ans, tout ça pour la dénoncer à la police ?

La sonnerie du téléphone retentit ; David décrocha immédiatement.

— Mélanie ?

Il y eut un silence au bout du fil.

— David ?

C'était Bobby Riggs.

— Papa ? Tu vas bien ? demanda David, sans songer à masquer sa déception. Il est tard.

— Oui, excuse-moi, je ne voulais pas te réveiller. Mais puisque je n'arrive pas à te joindre le jour… T'as eu mes messages ? Je me demandais…

Bobby semblait blessé, quelque peu humilié. David serra les dents.

— Oui, ça va. Je suis… très occupé. C'est tout.

— Le boulot va bien ? s'enquit son père, cherchant à manifester plus d'enthousiasme. Tu sais, j'ai des idées pour ton Beretta.

— Écoute, mon revolver fonctionne très bien. Hum ! J'ai vu Jax. On a travaillé ensemble ces derniers jours. Il m'a demandé de te saluer.

— Ah oui ! Jax. Un brave garçon. Il tire bien, mais pas comme toi. Au fait, tu vas jamais t'entraîner ? On pourrait se retrouver là-bas ?

— Je ne sais pas. Je suis au milieu d'une enquête très complexe.

— Encore des histoires de médecins ?

— Ouais !

Il y eut une longue pause. David portait son poids d'une jambe sur l'autre. Les légumes dégelaient et dégoulinaient au bas de ses reins. Il devait absolument reprendre le fil de la conversation, demander à son père comment les Red Sox s'en tiraient ces jours-ci. Bobby rompit le silence.

— Ton frère prend d'excellentes initiatives, tu sais ? Il a remplacé son lanceur habituel par celui que je lui ai recommandé. Un jeune. Bourré de talent.

— Excellente nouvelle, en effet.

— À part ça… J'ai repeint les murs de la maison. En gris. Les plinthes, bleu foncé. Mais ça ne modifie pas beaucoup l'ambiance.

— Tu aurais dû me le dire. Je t'aurais donné un coup de main.

— Oh ! j'ai tout mon temps. Pas besoin d'aide.

Un autre silence. Embarrassant.

— Et comment va ton dos ?

— Pas mal, mentit David.

— Tu prends ces cachets dont parlait le médecin ?

— Non, c'est pas la peine.

— David… Je suis ton père. Tu me racontes un peu ce qui se passe dans ta vie ?

David leva les yeux, son regard tomba sur le trophée rangé derrière les autres, qui lui rappelait le jour où son père, fou de joie, lui avait presque brisé les côtes en le félicitant. Souvenir douloureux. Souffrance morale plutôt. Car, par la suite, David avait déçu Bobby. Il était capable de surmonter bien des épreuves, de passer l'éponge sur bien des humiliations, mais décevoir son père, non, il ne parvenait pas à se faire une raison. D'une voix hésitante, il répéta :

— Je suis très… occupé. Rien de plus. J'ai encore plein de boulot. Il faut que je te laisse.

— Toujours des escroqueries ?

— Oh ! des escroqueries, des fraudes. Des meurtres aussi. Ces mecs-là… je n'arrive pas à les prendre de vitesse.

— Tu réussiras, lança Bobby, tout à fait confiant.

David baissa les paupières, agacé.

— Mais t'en sais rien. Écoute, papa, je n'ai pas abandonné ma carrière de lanceur de base-ball pour faire partie des incorruptibles qui épinglent Al Capone. Je bosse pour le service des fraudes médicales ! C'est un emploi administratif. Je compulse des dossiers. Il n'y a rien de révolutionnaire là-dedans. Aujourd'hui, à cause de moi, une femme a tué un homme pour se défendre. Elle est en cavale, morte de trouille, et tout ça c'est ma faute, tu comprends ?

— Je suis sûr que tu vas la tirer d'affaire.

— Bon sang ! Écoute-moi donc une minute. Je ne sauve la vie de personne. Je ne sauve pas la société non plus. Je récupère les centimes et les dollars qu'on vole à l'État – ça s'arrête là. Je passe le plus clair de mon temps à lire des assignations à comparaître. J'ai pas besoin d'un flingue sophistiqué, je colle des Post-it jaunes ! C'est des Post-it qu'il me faut, tu piges ?

Un silence glacial suivit ces paroles. David prit conscience de ce qu'il venait de dire et du ton sur lequel il avait parlé.

— Excuse-moi, je travaille trop. Je ne dors pas assez.

— Je ne sais pas exactement quel travail tu fais, David, répondit Bobby d'une voix sombre. J'essaie d'imaginer, je t'assure, mais je n'ai pas ton instruction. Je n'ai pas fréquenté l'université non plus. Je me débrouille avec mes dix doigts, je connais les armes, je connais le base-ball. Quand tu jouais encore, je pouvais te suivre. Je comprenais. Et puis tu as obtenu un diplôme. Un vrai diplôme. T'es entré à l'école de police. Maintenant, tu études des dossiers, tu poursuis des médecins, des hôpitaux, des compagnies d'assurances, et ces gens-là ne sont pas idiots. Alors, non, je ne connais pas ton boulot. Je suis habile de mes mains, je répare les revolvers, tu ne viens plus jouer avec nous, alors je bricole. C'est à peu près tout ce qui me reste. Je ne peux plus te conseiller, je peux pas t'épauler, je n'arrive même plus à te parler. Alors, je bricole ton flingue. Ça te paraît peut-être médiocre, mais je préfère avoir l'air médiocre que complètement largué.

— Papa, je t'en prie…

David ne sut que répondre. Il devait rassurer son père, le réconforter, trouver des propos plus aimables, ou carrément raccrocher avant de faire une autre connerie. Il se surprit à dire :

— Écoute, papa. Aujourd'hui, j'ai déçu une femme. C'est pas seulement que j'ai mal fait mon boulot. Elle avait confiance en moi, elle avait besoin de moi, je l'ai trompée… enfin, je lui ai menti, je me disais qu'il le fallait, que ça faisait partie du travail, mais j'ai menti. J'ai fait un truc que jamais tu n'aurais fait, je le sais.

Bobby garda le silence un moment, puis reprit :

— Tu es bon, David. Tu as fait une erreur, tu le sais, tu vas régler ça.

— Mais je ne sais même pas où elle est !

— Dans ce cas, trouve-la ! Tu es le gars le plus brillant que je connaisse, David. Je t'assure que c'est vrai. Quand le médecin a dit que ta maladie était héréditaire, une sale pensée m'a traversé l'esprit. Je m'en voulais, j'ai culpabilisé durant des jours, mais, dans le fond, je pense toujours la même chose.

— Quoi ?

— Je me suis dit que, si un de nous devait forcément écoper de cette maladie, il valait mieux que ce soit toi. Tu lançais bien, tu étais même le meilleur lanceur de l'État, mais tu as plus, David. Que ferait Steven s'il ne pouvait pas jouer au base-ball ? Qu'est-ce que je ferais, moi ? Toi, en revanche, tu as hérité de ta mère. De sa vivacité d'esprit. Tu es devenu un agent du FBI. T'as déjà pensé combien on t'enviait, ton frère et moi ?

David ne parvenait même plus à déglutir.

— Probablement pas…

— Tu t'en es bien tiré, David. Vraiment. Je le pense.

David demeura muet.

— Bon ! Il est tard, tu as encore du travail, tu me l'as dit…

— Écoute, je te rappelle bientôt. Je te passerai mon Beretta. Tu pourras bricoler à ton aise.

— Bien. Je t'apporterai des Post-it.

David eut un rire rauque.

— Merci.

— Bonne nuit, David.

— Bonne nuit.

David raccrocha et s'assit quelques minutes dans la salle à manger. Il se sentait vidé, crevé, un peu réconforté aussi. Voilà longtemps qu'il n'avait pas parlé si franchement avec son père. Il pensait qu'à son âge, trente-six ans, le soutien d'un père ne changeait plus grand-chose. Foutaises ! Quel que soit l'âge, ça comptait, bien sûr…

Mais il coupa court à ces pensées car, tout à coup, il comprit. Mélanie était en fuite. Elle se sentait trahie ; elle pensait que son existence n'avait été qu'un long mensonge. Une fois pour toutes, elle voulait savoir qui elle était véritablement. David sut, soudain, où elle était allée. Il décrocha le téléphone et tira Chenney du lit.

28

Seule dans la pénombre de son petit pavillon, Ann Margaret repoussait le moment de se coucher. Un peu plus tôt, en s'asseyant au salon dans sa tenue d'infirmière, elle s'était doutée qu'il ne rentrerait pas tout de suite, mais beaucoup plus tard, lorsque personne n'y prêterait attention. Finalement, elle l'entendit ouvrir la porte du jardin et s'approcher du séjour à pas de loup.

— J'imagine que tu connais la nouvelle, dit-il après un moment.

Ann Margaret observait Jamie O'Donnell depuis son fauteuil de l'autre côté de la pièce. Elle savait qu'aucun mot, aucune explication ne pouvait changer le cours des événements. En fait, elle n'aurait pas dû l'attendre. Mais ils avaient connu ensemble tant d'épreuves et de bons moments, comme amis d'abord, comme amants depuis peu, qu'elle voyait en cet homme l'occasion de toucher enfin sa part de bonheur. Elle avait cru tirer le bon numéro cette fois et que l'amour, le vrai, lui souriait.

C'était oublier qu'elle tombait invariablement amoureuse de ceux qui faisaient son malheur.

— Je suis désolé, mon ange, dit Jamie d'une voix tendre. Je suis vraiment… navré.

Il se rapprocha d'elle.

— Ne bouge surtout pas.

— Annie, je t'en prie, écoute-moi…

— Des agents du FBI m'ont appris que Mélanie l'avait tué. Comment est-ce possible ? Qu'est-ce qui a flanché cette fois-ci ?

— Je ne le sais pas. Tu ne penses tout de même pas que j'ai souhaité ça. C'est lamentable, désolant. Mais je ferai ce qu'il faut.

— Ah oui ! Le tout-puissant Jamie O'Donnell ! lança-t-elle en se levant, surprise que ses jambes la portent encore. Si je révèle quoi que ce soit après toutes ces années, tu me tueras ? C'est bien ça ?

— Ne dis pas cela, mon amour. Ne parle pas comme ça.

— Mais c'est la vérité, non ? Tu t'es toujours cru meilleur que Stokes. Au fond, tu ne vaux pas mieux que lui. Vous salissez systématiquement ceux que vous aimez. Les hommes devraient oublier leurs maudites armes et passer plus de temps à materner les gamins.

Elle s'approcha et O'Donnell voulut la prendre par les épaules, mais elle lui assena une gifle si retentissante que l'écho se répercuta dans les pièces voisines. Tous deux savaient que Jamie répondait toujours coup pour coup ; cette fois-ci, il réussit à se dominer. Il serra les poings le long de ses cuisses pour éviter de la frapper. Ann Margaret pensa que c'était peut-être la preuve qu'il l'aimait vraiment. Tout comme il aimait Patricia Stokes.

— Je suis désolé, Annie.

— Ah ! laisse tomber.

— Même si tu me détestes, nous avons conclu un marché. Il faut que tu le respectes.

— J'ai vendu mon âme, oui !

— Vingt-cinq ans, Annie. Durant vingt-cinq ans, tu as mené une vie agréable. Tu le sais. Bien plus agréable que celle à laquelle tu pouvais prétendre. J'ai tenu parole. Dès le premier jour, je t'ai dit que Jamie O'Donnell tenait toujours parole. C'était vrai. Et je n'en pense pas moins aujourd'hui.

Des larmes montèrent aux yeux d'Ann Margaret ; cette réaction émut Jamie et le déconcerta bien davantage que la gifle. Jamais il ne l'avait vue pleurer. Pas une seule fois. Il admirait sa force de caractère depuis le début. Peu à peu, son admiration s'était transformée en amour.

— Je t'en prie, Annie. Ne pleure pas…

— Je t'ai aimé, murmura-t-elle. Je croyais que mon affection pouvait tout arranger. C'est le contraire qui se produit.

— Il n'y a aucune raison que ça change, je t'assure.

— Mais si. Tu as toujours su que ça finirait comme ça, non ?

Plutôt que de répondre, il tenta de saisir sa main, mais elle recula.

— Je ne veux plus jamais vous revoir, les Stokes et toi. J'ai fait une erreur autrefois, j'ai payé pour. Je ne veux pas passer le reste de ma vie à payer encore.

— Tu ne penses pas ce que tu dis…

— Et si jamais il arrive quelque chose à Mélanie, je te préviens, t'auras pas une minute de repos,

O'Donnell. Je t'étranglerai de mes mains. Je le jure. Ne t'imagine pas que j'ai rien appris des gens que j'ai fréquentés dans ma vie. Ne me sous-estime pas. La cruauté des hommes est peu de chose comparée à celle dont les femmes sont capables. N'oublie jamais ça.

Elle se détourna de lui et disparut dans le couloir. Jamie la regarda s'éloigner. Une douleur lui enserra la poitrine ; un moment, il crut avoir une attaque, mais aussitôt il se souvint. Il avait ressenti la même douleur le soir où Patricia l'avait quitté pour retourner vers Harper. Sans doute sa relation avec Jamie était-elle passionnée, mais Harper, lui, le retors Harper Stokes, était son « genre ». Il murmura pour lui-même :

— Annie, mon amour. Ne fais pas de bêtises. Ne m'oblige pas à te descendre.

Patricia s'approcha de l'armoire où elle rangeait l'alcool. Elle en ouvrit la porte et saisit une bouteille de gin. Son geste était lent ; elle avait l'impression de tenir un poids de vingt-cinq kilos.

Elle était seule. Harper faisait sans doute ce qui l'occupait chaque soir à ces heures impossibles et Patricia s'en fichait. Elle se fichait de tout d'ailleurs.

Elle posa les yeux sur la bouteille.

Non. Ne fais pas ça. Ne répète pas la même erreur. Tu n'es pas obligée de succomber encore.

Mais après tout, pourquoi pas ? Comment réglait-on les problèmes au sein de cette famille, sinon par l'évasion ? Mon mari, mon fils ont tant de haine en eux… Et ma fille ? Ma fille bien-aimée, la joue encore rouge des outrages de son père… forcée de tuer un homme !

Le téléphone sonna. Patricia saisit le combiné, tout en dévissant le bouchon de la bouteille.

— Qu'est-ce que c'est ?

— Maman ?

— Brian !

— Tu es en train de boire ? Tu penses que c'est ce qui te reste à faire, non ?

— Oh, Brian ! sanglota-t-elle. Je veux qu'elle rentre. Qu'est-ce qu'ils lui ont fait ? Comment j'ai pu la perdre, elle aussi ?

— J'aimerais pouvoir te haïr, maman. Pourquoi je n'y arrive pas ?

— Excuse-moi. Pardonne-moi tout, s'exclama-t-elle, pleurant plus fort.

Patricia déposa la bouteille sur une table devant elle.

— D'abord, j'ai pensé que ce nouvel épisode allait t'anéantir. Que ce serait le coup de grâce pour toi. Ensuite, je me suis dit que ce n'était pas mon problème. Que je devrais m'en foutre. Je ne suis pas responsable de toi. Puis j'ai songé à Mélanie. J'ai compris combien je la décevrais si je ne faisais rien, alors je t'appelle. Mais est-ce que tu l'aimes ? En fin de compte, l'aimes-tu vraiment ?

— Absolument.

— Moi aussi. Qu'est-ce qu'on a fait de mal cette fois-ci ? Comment avons-nous pu encore nous tromper à ce point ?

Brian se mit à sangloter à son tour. Ils pleurèrent ensemble, au téléphone, parce que, autrefois, c'étaient eux qui avaient voulu adopter Mélanie. Dans leur amour pour elle et leur chagrin de l'avoir déçue, la mère et le fils trouvaient un terrain d'entente.

Brian finit par se ressaisir. Il informa Patricia de l'arrivée de Digger à Boston, des propos que celui-ci avait tenus à Mélanie. Il parla des cierges dans la chambre, de la mort du reporter, de Mélanie qui se croyait la fille de Russell Holmes et pensait que ses parents avaient conclu un marché avec le monstre.

— Mais c'est absurde ! protesta Patricia, la main sur la bouteille.

— Vraiment ? Alors dis-moi… Je sais que vous vous disputiez tout le temps à cette époque-là, même si vous avez les disputes en horreur. Alors pourquoi ? Pourquoi papa était-il furieux au point de pousser des hurlements dans la maison ?

Le cœur de Patricia battait à tout rompre. C'est injuste, pensa-t-elle. Une mère n'a pas à se mettre à nu comme ça devant son fils.

— C'était à cause de Meagan ? Vous vous disputiez à propos de Meagan, c'est bien ça ?

— Oui.

— Et à propos de Jamie ?

Patricia ferma les yeux. Les mots ne pouvaient franchir ses lèvres. C'était au-dessus de ses forces.

— Parce que Meagan était sa fille ? Voilà pourquoi elle était si charmante ! J'ai toujours su que vous n'étiez pas capables, papa et toi, de donner naissance à une fille si épanouie !

— Brian…

— Alors, pour cette raison, il l'a tuée ! Bon sang ! Tu n'as pas encore compris ? C'était pas Holmes ! La police n'a jamais prouvé qu'il avait tué Meagan. C'était ton mari ! Il l'a tuée pour toucher une prime d'assurance. Un million de dollars. Il l'a assassinée parce qu'il savait qu'elle n'était pas sa fille. Il a détruit sa famille pour du pognon. Et nous, on l'a laissé faire…

— Voyons, Brian, tu ne peux pas savoir ces choses-là. On ne sait pas…

— Mais si, je sais ! J'ai vu cette satanée rançon ! Un jour, Jamie l'a apportée à la maison ; papa ne l'a jamais versée…

— Arrête !

— J'ai vu la mallette planquée sous votre lit. Ton mari a empoché l'argent, parce qu'il savait que Meagan était déjà morte !

— Je t'en prie. Ne dis pas des horreurs pareilles, c'est ton père ! Comment peux-tu ? Il t'a toujours aimé.

— Il m'a foutu à la porte.

— Mais il essaie de te joindre depuis des jours ; il veut que tu reviennes. On part en Europe, Brian ! On part tous ensemble, comme une famille heureuse !

Patricia prononça ces mots sur un ton si aigu qu'elle-même eut conscience de s'exprimer comme une démente. Non. Ils ne formaient plus une famille heureuse depuis longtemps. Son mari avait claqué la porte à son fils ; tout juste s'il ne livrait pas sa fille à la police. Il a manœuvré pour ne pas verser la rançon. Il savait que Meagan était la fille de Jamie. Dieu du ciel ! Non seulement j'ai vécu avec le meurtrier de ma fille, pensa Patricia, mais je l'ai aimé ! Je le remercie pour les fleurs qu'il m'offre, pour la moindre attention qu'il m'accorde. J'attends qu'il prenne sa retraite pour l'avoir tout à moi. Cet homme-là ! Ce piètre individu, terrifié à la seule idée de passer pour un homme ordinaire ! Affolé à la pensée de ne pas s'élever au-dessus de ses parents ! Un type qui ne se rend pas compte combien on l'aime ! Combien Meagan l'aimait.

— Je te préviens, maman. Je ne le défendrai plus. J'ai peine à croire le mal qu'il nous a fait.

— Mais c'est ton père, Brian…

— Écoute, maman, tu es alcoolique, tu es d'accord avec moi ? Ton propre mari achète lui-même tout l'alcool que tu bois. Tu ne trouves pas ça curieux ? Bref. Je pars à la recherche de Mélanie. J'ai déjà perdu une sœur ; je ne manquerai pas à mes devoirs envers la seconde.

Il raccrocha. Patricia se retrouva seule dans le noir. Les mains tremblantes, elle déboucha la bouteille, la porta à la cuisine et la vida dans l'évier en acier inoxydable.

On a toujours ce qu'on mérite. Faux ! Je ne l'ai pas eu, moi. Je méritais de vivre avec des enfants heureux et pleins de santé. Je méritais de voir ma fille devenir une adulte. Ma seule faute est d'avoir été trop faible, trop sensible, et même à ça j'ai tenté de remédier. J'ai congédié Jamie. J'ai donné la priorité à ma famille. Je n'ai rien caché à Harper. Je lui ai dit que je l'aimais.

Patricia alla chercher les bouteilles de whisky et retourna à la cuisine pour les vider dans l'évier. Les vapeurs de l'alcool lui piquaient les narines. Elle fit de même avec le Cointreau, le brandy, le Courvoisier. Même chose avec les six bouteilles de vodka. Tout y passa. Les eaux-de-vie, de prune, de poire, l'extrait de vanille pour les gâteaux et le sirop contre la toux. Elle ratissa la maison, ouvrit grand les placards, ceux de la cuisine, des salles de bains, jusqu'à ce qu'il n'y ait plus trace d'alcool sous quelque forme que ce soit.

Il l'a tuée pour toucher la prime d'assurance. Il l'a assassinée parce qu'il savait qu'elle n'était pas sa fille. Mélanie avait raison. J'aurais dû divorcer depuis des lustres. Séparée, la famille aurait été plus heureuse.

Patricia vida un second flacon de sirop contre la toux dans l'évier de la cuisine. Ce n'était pas assez. Il fallait que la purge soit totale. Mais que faire ? Que jeter encore ?

Son regard tomba sur le réfrigérateur, elle glissa la tête à l'intérieur, saisit la laitue, la fourra dans le broyeur à déchets, appuya sur le bouton. Après la laitue, les pommes. Tout entières. Puis elle déboucha les pots de mayonnaise, de ketchup, de moutarde et les vida à leur tour. Elle réserva le même sort au pain, à la bière, au fromage, aux œufs, aux yaourts, aux pamplemousses. Tout dans le broyeur.

Elle était en proie à une sorte de frénésie. Ses cheveux fouettaient son visage, ses gestes se succédaient à un rythme trépidant, mécanique.

Mélanie, ma chérie, tu méritais tellement plus. Tellement mieux que ça. Mais je te sauverai ! Je vais lutter. Pour une fois, je me tiendrai debout pour sauver mes enfants. Je ne suis pas qu'une ivrogne.

Harper pénétra dans la cuisine au moment où Patricia fourrait la moitié d'une dinde dans le broyeur à déchets. Devant ce spectacle insolite, il s'immobilisa, l'air ahuri.

— Mais t'es devenue complètement folle ?

Patricia mit en marche l'appareil, qui pulvérisa la volaille avec un bruit mécanique.

— Patricia ? Qu'est-ce que tu fais ?

Elle tourna les yeux vers son mari ; sa main droite était recouverte d'un pansement, mais il ne semblait pas s'en soucier ; il l'observait, complètement sidéré.

Puis il leva son autre main et son visage prit une expression inquiète, attendrie. Dieu qu'il était séduisant lorsqu'il la regardait avec ces yeux-là. Patricia songea aux années passées ensemble, à leurs erreurs, à la certitude qu'elle avait eue que tout serait un jour pardonné, qu'ils redeviendraient heureux, comme auparavant, parce qu'ils le méritaient.

Pourquoi tout ce gâchis ? Comment avons-nous pu nous faire si mal ? Comment as-tu pu agresser Meagan ? Elle t'appelait papa. Elle avait peut-être appris le nom de Jamie en premier, mais c'est toi qu'elle appelait papa…

— Je te quitte, dit-elle simplement.

— Patricia, chérie, que se passe-t-il ? Tu t'es mise dans un état…

Une seconde, il jaugea les bouteilles vides alignées sur le sol.

— Tu n'as tout de même pas… Tu allais si bien…

— Je vais toujours très bien. Qu'est-ce que ça peut te faire ? C'est toi qui achètes cet alcool.

— Veux-tu bien me dire ce qui ne va pas ? On part en Europe !

— Une fuite ! Voilà ce que c'est. Une défection. J'étais trop sotte pour le voir. Tu as reçu des messages, toi aussi ? On a toujours ce qu'on mérite, c'est ça ?

Harper se raidit. Patricia trouva le courage de lever la tête et de le regarder dans les yeux sans fléchir.

— Eh bien, non ! ajouta-t-elle. En fin de compte, on n'a pas eu ce qu'on méritait. Je méritais beaucoup mieux que de perdre ma fille, et toi, si jamais tu as fait ça, tu mérites l'enfer.

Avec la rage du désespoir, elle se dirigea vers la porte ; elle devait quitter cette pièce, échapper à l'emprise de ce regard bleu, sinon elle y succomberait encore, mais Harper la rattrapa par le bras.

— Patricia, laisse-moi t'expliquer.

— Tu ne peux pas expliquer le fait que tu aies pu maltraiter notre enfant. Elle pensait que tu étais son père. Je me fiche des gènes, tu étais son père !

— Enfin ! Je n'ai jamais maltraité Meagan ! Qu'est-ce que c'est que cette histoire ?

— Mensonges ! Brian m'a dit…

Malgré sa main blessée, Harper secoua sa femme par les épaules.

— Bon sang ! Écoute-moi ! Regarde-moi quand je te parle. Je suis ton mari depuis trente-cinq ans. Je te le jure : jamais je n'ai maltraité Meagan.

— Et le million de dollars…

— Voyons, Patricia, elle avait quatre ans ; quel genre d'homme tu penses que je suis ?

Le ton de sa voix semblait sincère, mais Patricia secoua la tête.

— Je ne le sais plus ! Tu fiches ton fils à la porte, tu dis à la police que notre fille a peut-être tué William parce qu'il l'avait quittée…

— Je peux t'expliquer tout cela. Il faut seulement que tu me donnes un peu de temps. Tout part à vau-l'eau et bien plus que tu ne le penses. Ne me quitte pas maintenant. J'ai besoin de toi. Tu comprends ? J'ai vraiment besoin de toi.

Patricia hésita une seconde, considéra son époux. Dans son regard, elle lut la peur et la honte mêlées.

Voilà pourquoi ils étaient ensemble depuis tout ce temps. Ils partageaient les mêmes sentiments. Les mêmes émotions les habitaient. La peur, la honte. Deux égocentriques. Comment avaient-ils pu croire qu'ils deviendraient un jour de bons parents ?

— Adieu ! Harper, répondit-elle en se libérant de lui.

Elle quitta la cuisine et s'élança vers l'escalier.

— Tout est à mon nom ! cria-t-il derrière elle. Si jamais tu franchis cette porte, j'annule tes cartes de crédit, ton chéquier, tout. En dix minutes, tu n'es plus rien.

— Je m'en fiche.

Quelques instants plus tard, munie d'une simple mallette de voyage, Patricia Stokes referma la porte de la maison. Le vent du soir, doux et parfumé, l'enveloppa immédiatement comme une caresse. De l'autre côté de la rue, les réverbères répandaient une faible clarté dans le jardin public ; des taxis filaient sur les avenues latérales.

— Fini, Patricia ! criait Harper de la fenêtre de leur chambre. Ne reviens jamais me supplier à genoux. C'est fini. T'as compris ? Fini !

Sur le trottoir désert, Patricia ouvrit les bras en respirant l'air embaumé.

— Libre, murmura-t-elle. Mélanie, ma chérie, je suis enfin libre.

Là-haut, Harper referma la fenêtre d'un geste rageur. La chambre tournait comme un manège autour de lui ; il dut s'asseoir au bord du lit. Une minute, il demeura dans cette position, sonné, incapable de réfléchir, attentif au seul bourdonnement de ses oreilles.

Elle était partie. Patricia l'avait quitté. Était-ce possible ? Toutes les balles avec lesquelles il jonglait depuis tant d'années lui échappaient une à une. Les messages dans l'auto. Les viscères chez William. L'horrible présent adressé à Jamie. Le changement d'attitude incompréhensible et radical de Patricia, de Mélanie aussi. Les absurdes accusations dont William l'avait accablé. Et Jamie, persuadé que le FBI enquêtait sur ses opérations frauduleuses…

Cette fois, pour sûr, il ne s'en tirerait pas. Puis, se raidissant, il décida de faire face. Il fallait contre-attaquer. Sauver sa famille.

Jamais il n'aurait cru que les événements pouvaient prendre cette tournure. Tout au début, il avait vu Patricia comme une compagne idéale. Une femme très belle, gracieuse, séduisante. L'épouse parfaite pour un médecin dont la carrière prenait son essor. Une mère exemplaire pour des enfants à venir. Suivant les conseils d'O'Donnell, il l'avait courtisée d'une manière presque obsessionnelle et, peu à peu, une idée prit forme dans son esprit, une idée surprenante : cette créature de rêve pouvait l'aimer d'un amour véritable. Elle croyait plus que lui-même en ses talents ; elle avait foi en ses dons. Elle était capable d'oublier ses origines modestes et de voir en lui l'homme qu'il voulait devenir sans trop y croire.

Harper était tombé amoureux de sa propre femme. Mais à partir de là, tout s'était délité. Il y eut leurs infidélités réciproques, le mal qu'ils se faisaient l'un l'autre ; Harper comprit qu'il décevait son épouse, qu'il la négligeait ; il ne savait que faire pour pallier cela et il sombra dans une sorte de désarroi.

Jusqu'au jour où il découvrit la liaison de Patricia et d'O'Donnell. D'un coup, la rage et la colère l'obnubilèrent. Il n'eut plus qu'une envie : gifler ce beau visage qui lui mentait ouvertement. Il pensait que, s'il frappait sa femme, elle ne pourrait plus l'humilier, ni le blesser. Il deviendrait insensible à ses mensonges, aux tromperies. Leur amour se transformerait en un mariage de raison. Comme il se doit.

Par la suite, ils s'étaient installés à Boston. Confronté chaque jour à l'hostilité de son fils, Harper s'était consacré à l'éducation de sa fille adoptive. Parfois, il surprenait dans le regard de Patricia une tendresse sage et tranquille. Une espèce de soumission. Et, au fil du temps, sa rage s'amenuisa, son amour refit surface. Plus posé. Plus tendre.

Il aurait décroché la lune pour son épouse. Pour son fils aussi. Brian obtiendrait tout ce dont il avait été privé dans sa jeunesse. Il en serait de même pour Mélanie, peut-être. Car même si elle n'était pas sa fille, même si Harper savait d'où elle venait exactement, elle l'admirait et il ne pouvait pas ne pas y être sensible ; certaines semaines, il se prenait à penser qu'ils formaient une famille idéale tous les quatre.

Mais l'argent filait vite. Trop vite. Et le temps de la retraite approchait. Il n'avait rien mis de côté.

Comment expliquer à une ancienne reine de beauté qu'elle doit trouver du boulot à soixante ans ?

Non. Le mieux était de manœuvrer autrement. Personne n'en serait blessé. William en tirerait quelques bénéfices. Il n'y aurait aucun mal, pas d'embrouilles. Quelques semaines encore, puis on arrête.

Harper était totalement démuni ; il ne savait que faire, son château de cartes s'écroulait lamentablement.

Plus tôt, ce soir-là, dans un café chic, il avait croisé le regard d'une jolie rousse, installée dans le même fauteuil depuis une semaine. Il lui avait offert un verre, puis un autre, et d'autres encore. Elle l'avait accompagné à l'hôtel, au Four Seasons. Sous son bustier noir, elle portait de la lingerie fine, satinée, vaporeuse. Harper se souvenait d'avoir eu du mal à dégrafer son soutien-gorge…

Soudain, tout avait chaviré. Il avait perdu connaissance.

Lorsqu'il avait repris ses esprits, quelques heures plus tard, il était assis dans sa voiture. Portières verrouillées. Une chanson passait sur le lecteur de cassettes. Une chanson des Rolling Stones, « Sympathy for the Devil ».

Le bandage recouvrant sa main droite était imbibé de sang frais. Ses doigts le picotaient. Précautionneusement, il avait soulevé le pansement pour regarder sous la gaze et le cœur lui avait manqué.

Maintenant, seul dans sa chambre, assis au bord du lit, il répétait comme une litanie :

— Je n'ai jamais maltraité Meagan. Pourquoi ne veut-on pas me croire ? Je n'ai jamais blessé personne !

Non loin de là, dans une autre chambre obscure, un autre homme se pressait, fourrant ses affaires dans des sacs de voyage. Il n'avait pas expédié tous les présents figurant sur sa liste, mais l'essentiel était fait. Le plus coupable d'entre eux avait reçu ses étrennes le jour même. Désormais, il fallait se hâter.

William était mort. Mélanie avait tiré sur lui. Pour sûr, c'était inattendu. Mais ça le réjouissait. Il reconnaissait là sa fille. Il en était fier.

Mais il n'était plus temps de tergiverser, ni de peser le pour et le contre. Tout se précipitait.

Il tira la fermeture Éclair du dernier sac et quitta la chambre. Déjà, il avait en poche son billet pour Houston ; il savait que Brian s'en était procuré un lui aussi. Harper et Patricia n'allaient pas tarder à faire de même.

Le piège était tendu. Tout devait finir là même où ça avait commencé.

Pour toi, Meagan. Juste pour toi.

29

Pour une fille de bonne famille, Mélanie estimait qu'elle ne s'en tirait pas trop mal. Somme toute, elle faisait une excellente fugueuse. Après avoir retiré de la banque tout l'argent possible en un jour, elle jeta ses cartes de crédit dans une ruelle, à l'exception d'une seule. Dans une ville comme Boston, il se trouverait bien un truand pour les utiliser et entraîner la police sur une fausse piste. Elle pouvait toujours l'espérer.

Cela fait, elle acheta une casquette de base-ball pour dissimuler ses cheveux, des lunettes noires, un T-shirt démesuré et un sac à dos qui lui donnaient l'allure d'une étudiante un peu timide.

Elle se rendit ensuite à la gare centrale, au centre de la ville, et se procura un aller simple pour New York. Sur place, un taxi la conduisit à l'aéroport Kennedy, où elle buta sur un premier problème. Pour monter dans un avion, il était impératif de présenter une pièce d'identité crédible, or elle ne pouvait trouver de faux papiers sur-le-champ. Jouant le tout pour le tout, elle donna son vrai nom et s'envola pour Houston.

À l'aéroport Hobby, elle suivit les panneaux de signalisation jusqu'au comptoir d'information.

L'homme qui l'accueillit se montra fort aimable et surtout très utile. Il lui remit une carte de la région, sur laquelle il indiqua l'itinéraire à suivre pour se rendre à Huntsville. En voiture, c'était une équipée d'une heure et demie, guère plus. « Vous pouvez pas le manquer, mademoiselle. Vous prenez la I-45 jusqu'à la I-10 ; arrivée là, vous suivez les panneaux. Non, vous n'aurez aucune difficulté à trouver un hôtel. Vous êtes à Houston ici. Tout est à l'échelle texane. Il y a des centres commerciaux, des motels et des restaurants tous les vingt mètres. Ne vous étonnez pas de croiser trois ou quatre convois funèbres chaque jour. Nous sommes tellement nombreux ici qu'il y a forcément beaucoup de décès. Alors faites attention à vous. Compris ? »

Mélanie trouva ensuite le comptoir de location de voitures. Cette fois, il fallait présenter un permis de conduire et une carte de crédit. Elle remplit les formulaires en se mordant les lèvres.

Cela fait, elle prit possession du véhicule et s'engagea sur l'autoroute au moment où la nuit tombait.

Partout, ce n'était qu'une succession de centres commerciaux, de gigantesques parkings de voitures en vente et des Motel 6. À droite, dans la lumière déclinante, les hauts immeubles de Houston surgissaient de terre comme une ville imaginaire, érigée sur la Lune. À un certain moment, les voitures s'immobilisèrent sur l'autoroute pour laisser passer un convoi funèbre. Trente kilomètres plus loin, un second convoi les obligea à stopper encore.

Mélanie avait l'angoissante impression d'être sur un tapis roulant interminable. Elle passait devant un hôtel et, sept kilomètres plus loin, elle croyait passer à nouveau devant le même. Phénomène analogue avec les vendeurs d'autos et les restaurants ; tout était gris, tout était bétonné. En arrivant à la bretelle de l'autoroute 10, elle vit un autre Motel 6 et décida qu'il était temps qu'elle s'arrête.

Elle régla sa chambre en espèces. Derrière le comptoir de l'accueil, un homme, aussi prévenant que celui de l'aéroport, lui indiqua une pharmacie des environs, une épicerie et une quincaillerie. Il fit si bien qu'elle osa lui demander où se procurer une arme. Il ne sourcilla même pas. Au contraire. Une jeune femme voyageant seule devait se protéger. À plus forte raison aux abords de Huntsville. Savait-elle que le pénitencier abritait sept mille deux cents locataires ?

Mélanie l'ignorait. Elle prit note de cela et, au lieu de se diriger vers sa chambre, décida d'aller jeter un coup d'œil aux magasins.

Elle s'acheta des fruits, histoire de se rappeler qu'elle faisait partie du monde des vivants. Puis elle passa aux ciseaux, au maquillage et à la teinture pour cheveux. Prise d'une espèce de frénésie compulsive, elle emplit plusieurs sacs de vêtements bon marché, de piètre qualité.

Elle rapporta le tout dans sa chambre. Il était trop tard pour descendre chez l'armurier. Elle tourna les trois verrous de la porte, puis se contempla dans la glace.

Dieu, qu'elle avait le visage blême… Des cheveux blonds presque blancs. Et d'impressionnants cernes violacés autour de ses yeux bleu barbeau…

Mélanie se prit de haine pour elle-même. Tout ce qu'elle était, tout ce qui la touchait, la dégoûtait abominablement. Elle ressemblait à Mélanie mais elle n'était pas Mélanie. Elle n'était qu'une enfant abandonnée, sans nom, sans identité, sans passé, sans filiation aucune.

Ma mère dit que je ressemble à Meagan ? La bonne blague. « Quand je t'ai regardée, j'ai vu Meagan… » Une fille d'assassin, oui ! La fille d'un criminel. Voilà ce que répétait Digger. Une fille de meurtrier. « Dites-moi, quand vous regardez des enfants, ça vous démange ? Ça vous fait quoi ? »

Mélanie saisit la paire de ciseaux et coupa à toute volée dans sa chevelure. Sans précaution aucune. Ses cheveux tombaient en masse à terre, mais rien ne pouvait lui faire cesser ce massacre. Si elle en éliminait assez, peut-être ne serait-elle plus cette Mélanie Stokes. Si elle se débarrassait de ces cheveux-là, peut-être ne verrait-elle plus le sang de William sur ses mains et celui de Digger sur la moquette de l'hôtel Midtown. Et, si elle coupait encore, peut-être la fille de papa montrerait-elle son vrai visage. Peut-être la reconnaîtrait-on enfin…

En vérité, jamais elle ne s'était sentie aussi seule depuis le jour où, à neuf ans, elle avait ouvert les yeux dans la chambre blanche de l'Hôpital général.

Mélanie se réveilla le lendemain dès 6 heures. Elle déjeuna d'une moitié de melon et d'une mauvaise brioche au fromage, enveloppée dans du plastique. Elle avala le tout avec du café noir, très amer comme on en trouve dans les motels. Puis elle se doucha et revêtit son nouvel accoutrement. Pour bien faire, elle se maquilla outrageusement les yeux et la figure. Voilà. Elle était prête.

Non seulement la ville possédait le plus grand centre de détention du Texas, mais encore elle abritait le musée du pénitencier de Huntsville. Celui-ci ouvrait ses portes à 9 heures et Mélanie voulait être la première au guichet. S'il existait dans ce pays un endroit où elle pouvait obtenir des renseignements sur Russell Holmes, c'était bien au musée du pénitencier de Huntsville.

Elle se rendit d'abord au syndicat d'initiative, où elle ramassa des cartes et des plans multicolores, puis elle pénétra dans l'agglomération urbaine. Pour une ville célèbre pour ses exécutions capitales, Huntsville était somme toute assez agréable. Des rues très larges, des boutiques aux façades de style Far West, de longs trottoirs irréprochables, un palais de justice imposant face à une pelouse vert émeraude et le fameux « Salon des glaces », commerce à l'appellation curieuse, où l'on offrait des esquimaux, des cornets et des sorbets à l'ancienne mode.

Si pittoresque qu'elle fût, la ville n'en était pas moins parfaitement quadrillée. Mélanie ne mit pas plus de trois minutes à repérer le musée du pénitencier. Elle gara sa voiture le long d'une barre en bois à laquelle on attachait jadis les chevaux, puis elle suivit un trottoir en pente douce, sous un soleil implacable, promettant un après-midi bien humide et de violents orages. Une famille de touristes patientait déjà au guichet en prenant des photos, l'air extatique.

Le musée, minuscule en vérité, trouvait difficilement sa place entre une immense joaillerie et une boutique spécialisée dans la vente d'articles du Far West. L'intérieur manquait de relief. Les murs étaient plus ou moins plongés dans la pénombre et la moquette marron avait connu de meilleurs jours. Au milieu de la salle principale, une grande maquette reproduisait l'architecture du centre carcéral et, sur des présentoirs mobiles, d'autres maquettes montraient ses différentes unités.

Mélanie longea les murs où étaient accrochés des portraits représentant les valeureux gardiens et directeurs de la prison. Elle apprit qu'on organisait parfois des rodéos dans l'enceinte de l'établissement. Elle se recueillit ensuite quelques minutes devant la chaise électrique, qui trônait au milieu d'une salle d'exécution reconstituée. Son bois luisait comme autrefois et de larges sangles en cuir pendaient de chaque côté, de même que des électrodes en parfait état de marche. Derrière l'instrument de supplice, on avait affiché les menus réclamés par les condamnés pour leur dernier repas. Il y en avait 362, pas un de moins.

Plus loin, dans la « Salle des prisonniers célèbres », Mélanie trouva enfin ce qu'elle cherchait, à savoir des photos de brigands réputés comme Bonnie et Clyde et, bien sûr, Russell Holmes. Hélas, l'étiquette punaisée sous la photo de ce dernier donnait peu de détails : « Reconnu coupable du meurtre de six enfants, Russell Lee Holmes fut le premier prisonnier à trouver la mort sur la chaise électrique après la levée du moratoire sur la peine de mort. Il fut également le dernier. Ses pieds et ses mains ayant explosé au moment fatal, le Texas a maintenant recours aux injections. »

— On peut trouver des informations sur certains prisonniers en particulier ? demanda-t-elle au conservateur.

— On reçoit parfois des livres, des enregistrements. Certains sont plus complets que d'autres…

— Et je peux les trouver où ?

— Tout ça est en pile là-bas, près du mur. Allez jeter un coup d'œil, la belle, et prenez votre temps. L'histoire du pénitencier de Huntsville est l'une des plus palpitantes qui soient ; on est ici pour la faire connaître.

Mélanie feuilleta les livres en question et choisit deux ou trois ouvrages défraîchis.

Les heures se succédèrent, monotones. À un certain moment, le conservateur quitta les lieux et un étudiant en médecine, tenant à la main l'*Anatomie* de Gray, prit place derrière le guichet jusqu'au milieu de l'après-midi. Quand le conservateur comprit que la jeune femme n'entendait pas bouger de sitôt, il lui demanda l'autorisation de l'enfermer quelques minutes dans le musée, le temps de chercher un casse-croûte de l'autre côté de la rue. À son retour, il lui offrit un morceau de sandwich au bœuf épicé, mais Mélanie n'avait pas faim.

Elle passa ces heures à lire des témoignages sur la mort de nombreuses personnes et sur le processus inéluctable qui les conduisait à la peine capitale. L'auteur de l'ouvrage était un journaliste de Huntsville versé dans les affaires criminelles : Larry Digger.

Mélanie poursuivit sa lecture. Au bout d'un moment, un nouveau visiteur pénétra dans le musée. Dès qu'elle entendit la clochette de l'entrée, sans même regarder, elle sut que c'était lui. Alors, elle prit conscience qu'elle attendait cet instant depuis le matin. Elle savait que, le premier, il devinerait où elle se trouvait. Après tout, elle s'était confiée à lui ; David était le seul qui lui inspirât confiance.

Elle ne leva pas les yeux.

— Mélanie ? dit-il d'une voix douce.

Elle posa l'index sur une photo en noir et blanc au milieu du livre de Digger et lança :

— Je vous présente mon père.

30

— Allez, Mélanie. Il est temps de vous expliquer maintenant.

Le regard dur et sévère, David se tenait au milieu de la chambre que Mélanie avait louée au motel. Il n'avait pratiquement pas dormi et avait roulé continûment depuis le petit matin. Aussi n'était-il pas d'humeur à présenter des excuses, ni à en entendre ; de toute manière, il était excédé. Non, il se sentait coupable plutôt, effrayé et coupable. Nauséeux aussi, car tout ce temps il avait craint que Mélanie ne fût en danger. Or David Riggs n'avait pas l'habitude de s'inquiéter pour les autres. Il observa le visage de la jeune femme, encore enflé des coups que William lui avait donnés, et la colère l'emporta sur le reste.

Mélanie ne semblait guère disposée à lui faciliter les choses non plus. De toute évidence, elle avait adopté un nouveau look. Minijupe noire, à peine plus large qu'un serre-tête, T-shirt en coton blanc, dévoilant le nombril, et du fard appliqué à la truelle, aurait-on dit.

David croyait deviner ce qu'elle cherchait à prouver en s'attifant de la sorte, et ça lui soulevait le cœur.

Elle haussa les sourcils, leva le menton et déclara :

— Désolée, inspecteur. J'invoque le cinquième amendement de la Constitution. Je ne témoignerai pas contre moi-même.

— Mélanie…

— Qu'est-ce que vous pensez de ma nouvelle tenue ? Pas mal, non ? C'est très texan, vous savez… Ça me donne l'air plus jeune aussi. Je pense que Russell Holmes serait fier de moi.

— Ça suffit. Vous poussez trop loin le bouchon.

— Au contraire. Je devrais aller plus loin encore.

— Mais vous n'êtes pas… vous n'êtes pas ce genre de grue…

— Dans ce cas, qui suis-je, David ? s'écria-t-elle. Vous pouvez me le dire ?

David lui prit le bras.

— Vous avez eu d'autres visions, d'autres cauchemars ?

— Peut-être bien, peut-être pas. Je n'étais jamais venue au Texas jusqu'à maintenant. Pourtant, tout m'est familier ici.

— Vous vous laissez aller…

— Qu'est-ce que ça peut vous faire ? protesta-t-elle, en libérant son bras et en bravant son regard. Pourquoi êtes-vous venu ? Vous avez changé de sentiments à mon endroit ? Je vous le dis tout net : c'est trop tard !

— Écoutez-moi, bon sang ! Vous êtes recherchée comme témoin principal pour le meurtre de William Sheffield.

— Vous venez m'arrêter ?

— Je vous interroge.

— Allez-y ! Braquez-moi le spot dans les yeux !

— Qu'est-ce que vous attendez ? Vous voulez des excuses ? Très bien, je m'excuse. Vous voulez que j'aie du remords ? Je peux aller jusque-là. Mais faites-vous vite une idée de tout ça, parce que j'essaie de vous aider et parce que vous avez joliment besoin d'aide ! Votre père commence à déclarer que vous n'êtes pas dans votre assiette depuis quelques jours, que vous avez peut-être appuyé sur la détente parce que William vous a plaquée. Imaginez ! Vous tuez un homme et votre père est prêt à vous balancer à la police. La situation est grave !

Mélanie cligna des yeux et il vit qu'elle accusait le coup, mais elle se ressaisit et s'assit au bord du lit. Sa minijupe remonta au haut des cuisses.

— Bah ! fit-elle, prenant un air dégagé. Bien mal acquis ne profite jamais, comme on dit…

— Sottises ! Je ne crois pas un mot de ce qui sort de la bouche de Harper Stokes. Votre mère et votre frère n'en croient rien non plus. Vous avez des alliés, Mélanie. Je vous assure.

— Vous avez retrouvé Brian ?

— Oui. Il est désolé d'avoir raté votre appel.

— Vraiment ? dit-elle d'une voix mélancolique, avant de serrer les poings pour ne pas flancher. Et ma mère ? Comment va-t-elle ?

— Un peu secouée, mais elle fait face. Votre frère nous a raconté ce qui s'est passé le jour de l'enlèvement ; le FBI ne pense pas que votre mère ou lui ait pu agresser Meagan.

— Autrement dit, seul mon père demeure suspect. Il n'y a pas à dire… les hommes de ma vie…

— Il n'a aucun alibi. Il peut fort bien avoir orchestré le meurtre pour toucher la prime. En plus, il avait vraiment besoin d'argent à l'époque.

— Si c'est lui, il n'a pas agi seul. Il n'aurait jamais approché un homme comme Holmes. Jamie a dû lui prêter main-forte.

— J'ai l'impression moi aussi que Harper et O'Donnell vont de pair. Un vrai duo de choc…

Mélanie eut un sourire vague et David crut lire dans ses pensées. Les deux hommes qui comptaient le plus dans sa vie avaient organisé l'enlèvement et le meurtre d'une fillette. Qui en avait eu l'idée ? Qui l'avait exécutée ? Meagan avait-elle eu conscience de ce qui se passait ?

— William se plaisait à dire que ma famille est un leurre, reprit Mélanie après quelques secondes de silence. Avant de mourir, il ajoutait même que mon père, toujours tiré à quatre épingles, opère des gens bien portants pour du fric, que ma mère est une givrée, mon frère un pédé. Et moi, pour couronner le tout, je suis une dinde. Qui gobe tout ce qu'on lui dit sans jamais se poser de questions.

— William était un pauvre type.

— Vous étiez au courant de ces opérations ? Vous n'enquêtiez pas sur William, mais sur mon père, non ? C'est pour ça que vous étiez chez moi l'autre samedi. Les fraudes. Les escroqueries. Cette fameuse affaire dont vous ne vouliez pas parler devant les inspecteurs Jax et Quincy. Et moi, trop sotte pour faire le rapprochement ! À vos yeux aussi j'avais l'air d'une dinde.

— Non, c'était pas si…

— Mais bien sûr que ça l'était ! Cessez de me prendre pour une idiote. Pour une fois, j'aimerais connaître la vérité. Pourquoi tout le monde me cache toujours la vérité, à moi ?

David serra les poings à son tour. Une certaine colère montait en lui et il se surprit à répondre sur un ton plus cassant qu'il ne l'aurait voulu :

— Très bien ! Vous voulez connaître la vérité ? Vous allez l'entendre. Nous avons de bonnes raisons de croire que William et votre père injectent à des gens en bonne santé un médicament qui provoque de petites crises cardiaques nécessitant l'implantation d'un pacemaker. Ça peut rapporter jusqu'à 40 000 dollars à votre père tous les mois. Or il se trouve que Harper Stokes adore l'argent. Qu'est-ce qu'une petite intervention chirurgicale pour un homme qui a sans doute assassiné sa fille ? Est-ce que nous pouvons le prouver ? Pas encore. On espérait prendre William en flagrant délit, lui faire cracher le morceau, mais vous l'avez descendu, de sorte que…

À ces mots, Mélanie bondit et se posta devant lui, furieuse.

— Vous voulez dire que j'ai bousillé votre enquête, inspecteur ? Toute votre carrière pendant que vous y êtes ! En fin de compte, je ne fais que vous mettre des bâtons dans les roues.

Elle posa son index sur la poitrine de David qui fit la moue, avant de constater qu'elle était sur le point de fondre en larmes. Il considéra sa joue et ses lèvres enflées, ses mains qui tremblaient, et toute résistance l'abandonna.

— Je suis désolé, Mélanie. Je suis vraiment navré…

— Je vous déteste, je vous hais !

Il l'attira vers lui.

— Je sais, chut ! je sais…

Elle se mit à sangloter, ses épaules tressaillaient de rage et d'indignation. David la prit dans ses bras et la serra contre lui, non sans maculer de fard sa chemise blanche. Il se pressa contre elle, mais ce n'était pas assez. Il l'avait blessée et, cette fois, il ne pouvait attribuer la faute à son état de santé. Il n'avait pas joué franc-jeu, or Mélanie méritait mieux que ça, à plus forte raison aujourd'hui.

Elle inclina la tête, glissa les doigts dans les cheveux de David, sur sa nuque, et l'attira vers elle. Loin de se montrer passive, furieuse et bouleversée tout en même temps, elle cherchait une échappatoire pour exprimer sa colère et David ne se déroba pas. Au contraire. Il réagit à ses baisers avec une ardeur semblable, bientôt ils s'arrachèrent l'un l'autre leurs vêtements comme des possédés.

David retira le T-shirt de Mélanie et la poussa sur le lit ; elle agrippa sa ceinture et la tira d'un coup, en faisant claquer le cuir. Dans le même mouvement, il saisit la fermeture Éclair de sa jupe et l'ouvrit, tandis que d'un geste du pouce, sous l'élastique, elle baissait son caleçon jusqu'aux chevilles.

Débarrassée de sa jupe, elle s'allongea au milieu du lit, se tordant sur elle-même. Quand il la vit ainsi, presque nue, enfiévrée, il dut faire un effort pour se dominer.

— Du calme, marmonna-t-il. Du calme.

Il caressa la joue de la jeune femme, repoussa ses cheveux en arrière, pour l'aider à se détendre.

— Je suis vraiment désolé, répéta-t-il. Excusez-moi.

Puis, du bout des doigts, il suivit la ligne de sa mâchoire jusqu'à ce creux délicat à la base du cou. Le cœur de Mélanie battait si fort que David sentait les pulsations sous son pouce. Il posa un baiser sur la clavicule et elle frémit ; il glissa ses lèvres plus bas, sa joue frottant au passage les seins fermes et dressés. Il s'interrompit un instant ; Mélanie soupirait d'aise et gémissait en même temps, alors il écarta les lèvres, les posa sur son mamelon et le suça à pleine bouche.

Un grand frisson parcourut le corps de la jeune femme, qui enroula les jambes autour de sa taille ; dès cet instant, David sut qu'il ne résisterait plus.

Il embrassa ses seins, ses hanches, son nombril. Ses mains glissaient sans cesse entre les cuisses ; du doigt, il fouilla ses replis les plus intimes et sentit le désir qu'elle avait de lui, la moiteur chaude, de plus en plus humide, au mitan de son corps.

Mélanie était tellement passionnée, et elle répondait à ses caresses avec une telle impétuosité… Et lui… cela faisait si longtemps. David faillit céder au désir impérieux de la prendre sur-le-champ, mais se fit violence. Il s'étira de manière à saisir son portefeuille dans la poche de sa veste par terre. En éternel optimiste, il voyageait toujours avec un préservatif.

Puis il se retourna sur le lit en brandissant l'objet. Dans cette posture, il contempla un instant le corps souple de la jeune femme, étendu, déployé sur le couvre-lit marine, les seins hauts, fermes et vaillants, les pointes roses tout au bout, et la peau tendre, palpitante, nacrée. Le fard coulait toujours, mais il ne voyait plus que le regard lourd de désir et les lèvres gourmandes.

— Écoute-moi bien, ordonna-t-il. Ce n'est pas juste une passade pour moi. Quand ce sera fini, je ne partirai plus, tu es prévenue.

Il enfila le préservatif, sans détourner son regard du sien, puis il la pénétra d'un coup. Vigoureusement.

Elle poussa un cri.

— Oh ! Mélanie, douce, douce Mélanie…

— Non, fit-elle en haletant au rythme de ses mouvements réguliers. Non. Pas Mélanie. Personne…

— Tu as tort. Tu es Mélanie, douce, charmante. Ma Mélanie.

Il poussait de plus en plus fort et de plus en plus loin ; elle se mordait les lèvres pour ne pas crier ; il sentait son corps cambré, tendu comme un arc. Puis, quand elle atteignit l'orgasme et que son visage s'illumina de volupté, il surprit sur son visage un bref éclair d'éblouissement.

Dehors, derrière les rideaux tirés, des voitures filaient sur la route à toute allure. David fit en sorte de ne rien entendre, oublia les bruits, le monde, et il la suivit jusqu'au bout du plaisir.

Quelques instants plus tard, il roula sur le flanc, sans s'éloigner d'elle, moulant son corps au sien. La tête de Mélanie reposait sur son avant-bras et son regard fixait le mur devant elle. Il était toujours surpris par sa petite taille, par la forme délicate de ses bras et la ligne gracieuse de ses reins. Il songea qu'elle avait dû se défendre contre les assauts de Sheffield et il aurait aimé que celui-ci fût encore de ce monde pour le tuer de ses mains.

Mélanie se réfugiait au plus profond de ses pensées. David se demanda si elle pensait à William elle aussi, à ses tromperies peut-être, à l'expression qu'il avait eue avant de la frapper. Ou bien songeait-elle à Harper ? Cet homme qu'elle appelait papa depuis vingt ans et qui, elle le savait maintenant, était un escroc, un criminel, peut-être un meurtrier. À moins qu'elle ne pense à Russell Holmes, son père biologique, qui trucidait les enfants pour se distraire…

— Je ne retournerai pas à Boston, déclara-t-elle subitement. Pas tout de suite en tout cas. Il y a des réponses ici. Je veux les trouver.

David posa les doigts sur son coude, la main sur son bras, en la caressant tendrement.

— Si tu acceptes de rester sous ma garde, en détention préventive, je pourrai peut-être gagner du temps. Ensemble, nous tirerons ça au clair, on trouvera peut-être quelque chose.

— On a fait l'amour.

— Oui.

— Tu es policier. Je pensais qu'il existait des règlements contre ça.

— Il y en a. Je les ai transgressés.

— Qu'est-ce qu'ils vont faire ?

— Je ne sais pas. On peut déposer un blâme contre moi. Je pourrais perdre mon job. C'est chose possible.

Mélanie se retourna sur elle-même et le regarda fixement dans les yeux.

— Dis-moi, est-ce que tu as des regrets ? Je veux savoir.

— Aucun regret, Mélanie. Pour toi, je n'en aurai jamais.

Elle soupira.

— Je me sens déchirée, David ; je ne suis pas sûre de pouvoir recoudre les morceaux. En plus, je redoute ce que je vais trouver. Je me sens révoltée, effrayée... Je ne peux pas croire que William ait fait ça. Je ne peux pas croire que mon père me déteste à ce point. Je ne peux pas non plus me faire à l'idée que je les aimais sans les connaître. Je me sens claquée... Tellement vidée que je m'en fiche.

— Ça va s'arranger, Mélanie. Je te le promets.

— Je ne me reconnais plus moi-même. Pourquoi je fais ceci, pourquoi je fais cela. Je veux m'acheter un revolver. Rends-toi compte. J'ai toujours détesté les armes. Qu'est-ce qui m'arrive ?

— Tout ça va se décanter. Je t'aiderai.

— David... je ne te crois pas.

Il hocha la tête. Ces mots étaient durs sans doute, mais elle avait le droit de les prononcer. Il la reprit dans ses bras et, par chance, elle ne le repoussa pas.

Après quelques minutes, il murmura, le menton appuyé sur sa tête :

— Pourquoi ne te reposes-tu pas un peu ? Jusqu'à maintenant, c'est toi qui as dirigé la manœuvre. C'est mon tour maintenant.

Il eut l'impression qu'elle acquiesçait ; ils gardèrent le silence un moment, puis s'assoupirent. Quand il se réveilla, Mélanie se glissait hors du lit.

— Je vais me doucher. J'ai rendez-vous.

— Avec qui ?

Elle eut un léger sourire, puis se dirigea vers la salle de bains.

— Avec Russell Holmes.

31

Au moment où ils s'engouffraient dans la voiture de David, l'orage se mit à gronder au-dessus de leurs têtes. Les nuages, de plus en plus nombreux, s'agglutinaient, voilaient le soleil, faisant peser sur la ville une menace lourde, presque sinistre. Durant un quart d'heure, ils roulèrent en silence ; au loin, des éclairs zébraient le ciel. L'air climatisé soufflait sur leurs joues.

David se gara devant le cimetière du capitaine John Byrd.

— On n'y coupera pas, prévint-il. Ça va nous tomber dessus.

— Ce n'est jamais que de l'eau, répliqua Mélanie en quittant le véhicule.

Sans hésiter, elle pénétra dans l'enceinte du cimetière. Celui-ci ne comportait ni grille ni clôture ; seules quelques fleurs étiques ployaient sous la chaleur. Derrière elles, de longues rangées de croix blanches, toutes identiques, se succédaient jusqu'au point le plus éloigné de l'horizon. Les inscriptions sur les tombes des douze derniers rangs, exposées au vent et aux intempéries, disparaissaient sous les moisissures. Il était pratiquement impossible de lire le nom des prisonniers enterrés là, pas plus que les dates ou les numéros de matricule. Ici, la terre était tassée, l'herbe haute, dense et mal entretenue, plus loin des monticules de terre noire, fraîchement retournée, indiquaient les nouvelles tombes.

Bientôt, un immense grondement se fit entendre et Mélanie reçut une goutte sur le nez ; au même instant, un hibou hulula et un éclair déchira le ciel.

— On ferait mieux de se presser, cria David. L'orage est pratiquement sur nous.

— On trouvera plus vite en suivant les numéros, répondit-elle sur le même ton.

Un nouvel éclair claqua si proche qu'ils sentirent sa décharge emplir l'air. Le vent montait toujours, leur fouettait le visage, et le hibou répéta son cri d'inquiétude. Puis le tonnerre se mit de la partie. Les éclairs étaient de plus en plus rapprochés ; Mélanie sentait l'électricité statique qui hérissait les poils de ses bras, glissait le long de sa colonne vertébrale ; son pouls s'accéléra et une sorte de panique l'envahit progressivement. La pluie frappait son visage ; elle respirait trop fort et trop vite. Les coups de tonnerre se répercutaient jusqu'au creux de son ventre et elle se vit soudain comme une fillette, perdue dans un océan de croix blanches, cherchant à retrouver son père.

Soudain, elle surprit la présence de David à son côté, qui la dévisageait et lui recommandait de s'accroupir, en mettant la tête entre ses genoux. Il prit ses mains et les tint solidement.

— Tu as une crise d'angoisse, Mélanie. Essaie de te calmer un peu.

À cet instant, les nuages éclatèrent comme de gigantesques montgolfières, déversant sur eux des trombes d'eau. David entraîna la jeune femme vers la tombe qu'il avait repérée plus loin. Une fois sur place, elle se tint debout devant la croix blanche qui ne portait que deux dates et un numéro.

Jusque-là, Mélanie croyait qu'elle ressentirait quelque chose. Elle désirait même qu'il en soit ainsi. Elle se trouvait enfin sur la tombe de son père, de son vrai père ; il fallait qu'elle éprouve un sentiment quelconque, qui marque le terme de son périple et de sa quête. Un sentiment d'aboutissement, en somme.

Mais non. Elle ne sentait qu'une immense vacuité. Sur la croix, la très laconique inscription ne signifiait rien pour elle. Non plus que le mort couché dessous. Ce tableau demeurait très abstrait ; en aucun cas, il ne rivalisait avec le souvenir vivant et bien réel de Patricia, de Harper et de Brian Stokes. David avait raison. Elle avait d'autres parents, qui lui manquaient, et qu'elle aimait. Elle ne pouvait passer outre cette réalité-là, ni revenir en arrière.

David posa un bras autour de ses épaules et l'entraîna vers la voiture sous la pluie toujours cinglante. Il lui ouvrit la portière, retira sa veste et couvrit ses épaules qui frissonnaient. Enfin, il boucla sa ceinture. Elle se laissait faire.

— Ce n'est pas lui que tu cherches, Mélanie. Tu auras beau passer tes journées dans les musées ou les cimetières, tu découvriras en fin de compte que tu ne lui dois rien.

Il claqua la portière et elle le suivit des yeux à travers le pare-brise, tandis qu'il contournait la voiture pour rejoindre sa place.

Elle prit conscience que cet homme la connaissait mieux qu'elle-même, qu'il avait foi en elle et confiance pour deux.

Du coup, elle eut envie de rentrer à Boston sans plus attendre. Et elle détourna la tête pour que David ne surprît pas les larmes qui lui montaient aux yeux.

De retour au motel, David l'aida à se doucher, puis la porta jusqu'au lit et la borda. Trop épuisée, elle n'offrit pas la moindre résistance. À peine eut-elle posé la tête sur l'oreiller de plume qu'elle s'assoupit. David se mit au travail et décrocha le téléphone, en balayant la pièce du regard. Leurs vêtements étaient éparpillés en désordre dans toute la chambre. Sa veste mêlée au T-shirt de Mélanie, son pantalon posé sur ses sandales, son insigne du FBI traînant au milieu de ses cosmétiques.

Au bout du fil, Chenney décrocha et David, du ton le plus indifférent qu'il put prendre, lui demanda :

— Alors, mon vieux ? Où on en est ? Raconte-moi ça…

Il y eut d'abord un silence, puis un long soupir. Éloquent.

— Lairmore est en pétard, c'est ça ?

— Il va te sanctionner, c'est certain. Ça va figurer à ton dossier. Tu peux être sûr d'un truc : t'as pas le ticket ces jours-ci…

— Je me suis lancé à la poursuite d'un suspect. Ce n'est pas une infraction, que je sache…

— Fais pas le malin, Riggs. T'es parti à l'autre bout du pays sans prévenir personne, pas même ton supérieur. T'avais pas de piste valable. Ça ne se fait pas. Mais qu'est-ce que tu foutais à l'école de police ? Tu roupillais ?

David sourit faiblement. Il savait depuis longtemps qu'il détestait son boulot, mais comme ça, au moment de le perdre…

— Ça se tassera, dit-il enfin. Allez ! dis-moi où vous en êtes.

— Il faut absolument que tu rentres, Riggs. Je ne blague pas…

— J'ai une piste. Solide. J'ai même réussi à repérer Mélanie Stokes. Je suis sur la bonne voie. J'enverrai un rapport à Lairmore à ce sujet.

— Dans ce cas, je te rejoins ; je te donnerai un coup de main.

— Mais non… Tu ne veux pas venir, Chenney, je le sais.

Il y eut un bref silence et l'autre comprit soudain de quoi il retournait véritablement.

— C'est pas vrai… T'es stupide ou quoi ?

— Allez, mets-moi au courant.

— Très bien ! Voilà où on en est. Mais si jamais Lairmore t'engueule…

— Tu n'y es pour rien, t'en fais pas.

Malgré tout, Chenney ne semblait guère rassuré.

— Bon ! On a obtenu quelques réponses, mais d'autres questions se posent. Je commence par quoi ?

— Dis-moi ça dans l'ordre. Qu'est-ce qui se passe avec Sheffield ?

— Je pensais que tu en saurais plus que moi…

— Chenney…

— Jax dirige l'enquête et ne ménage pas Stokes, c'est le moins qu'on puisse dire. On a même l'impression qu'il s'acharne contre lui. Il a demandé à ses hommes de répandre de la poudre partout dans la bibliothèque pour prélever des empreintes. Dès que Stokes se permet une observation méprisante, Jax ordonne qu'on arrache une latte du parquet et l'expédie au labo. Hier, il a même déchiré les rideaux. Avant longtemps, Stokes aura l'impression d'habiter dans un laboratoire judiciaire.

— Et ça nous apprend quoi ?

— À prendre notre pied, plaisanta Chenney. Non. Mélanie Stokes reste le seul témoin. Lairmore veut qu'on planche sur les opérations frauduleuses. Hier, j'ai passé une partie de la journée à l'hôpital pour interroger les gens sur Sheffield. J'ai appris certains faits curieux ; une autre anesthésiste, Whaler Jones, semble connaître pas mal de détails compromettants sur son ancien collègue. En tout cas, elle affirme qu'il se présentait à l'hôpital à toute heure du jour ou de la nuit, alors qu'il n'avait aucune raison d'y être.

— Ce ne sont jamais que des preuves indirectes.

— C'est le problème. Lairmore jongle avec l'idée de rappeler les patients opérés par Stokes pour les examiner de nouveau, mais, si j'ai bien compris, ce n'est pas réaliste. Le procureur prétend que Stokes aurait les meilleures raisons de nous poursuivre en justice pour atteinte à sa réputation. Pour nous couvrir, on note les numéros de série de tous les stimulateurs cardiaques qu'il a implantés au cours des cinq dernières années. Laisse-moi te dire que ça fait un paquet. Le ministère de la Santé vérifie aussi de son côté, mais il n'a jamais reçu qu'une seule plainte, ce qui joue en faveur de Stokes. À première vue, ses opérations semblent parfaitement justifiées.

» De toute manière, si on procédait comme le veut Lairmore, il faudrait rappeler chaque patient, lui retirer son appareil, et brancher le mec sur un moniteur cardiaque pour voir s'il est vraiment malade. Inutile de préciser que la plupart des spécialistes, tant médicaux que juridiques, estiment que c'est un très mauvais plan. D'un autre côté, ces appareils fonctionnent cinq ans, pas plus. Passé ce délai, il faut les remplacer. Si on s'arme de patience…

Chenney fit une pause, puis lança, péremptoire :

— Tout ça pour dire qu'on n'a rien, Riggs. À ce stade, Stokes est inattaquable.

— Et les documents qui se trouvaient près du corps de Sheffield ? Ceux qui ont disparu ?

— Ça, c'est encore autre chose. Ils doivent forcément se trouver quelque part. On a fouillé l'appartement de Sheffield : rien. La banque confirme que Sheffield déposait des chèques importants signés Stokes, mais celui-ci prétend qu'il s'agissait de cadeaux à son futur gendre. Qu'est-ce que tu veux qu'on réponde à ça ? Il n'y avait pas de propranolol chez Sheffield, pas de notes non plus, ni d'ami qui serait au courant de quoi que ce soit.

— O'Donnell doit savoir quelque chose, lui.

— Il semble qu'il ait mis les bouts. Il a quitté sa chambre au Four Seasons hier après-midi ; depuis, on n'a plus entendu parler de lui.

— Hum !

De toutes les personnes qui cherchaient Mélanie, O'Donnell était sans doute le mieux placé pour la retrouver rapidement.

— Patricia Stokes s'est fait la malle, elle aussi.

— Quoi ?

— Ouais ! J'étais à Beacon Street, cet après-midi. Stokes fait mine de ne pas accorder d'importance à ça, mais la bonne nous a dit que Patricia avait bouclé sa valise. Les hommes de Jax ont contacté les employés du Four Seasons ; personne ne l'a vue dans les parages. À mon avis, elle n'était plus capable d'entendre les flagorneries de son mari. Ses insinuations surtout pour incriminer Mélanie…

— J'entends bien…

— Oh ! J'allais oublier ! Harper portait un pansement aujourd'hui. Sa main droite est bandée. Il paraît qu'il s'est blessé, mais il ne veut pas en dire plus. Jax lui a franchement posé la question, mais l'autre lui a répondu aussi sec d'aller se faire voir. À mon avis, Stokes n'est plus si sûr de lui…

— Tu penses qu'il craquerait si Jax le poussait à bout ?

— Non, pas Jax. Je crois que le délateur anonyme remue ciel et terre et que Harper a les jetons. Tous ces petits messages, Mélanie en fuite, Brian disparu, Patricia partie, O'Donnell qui se barre aussi. Stokes se retrouve seul en scène et sent peser sur lui toute la pression. Je parie dix contre un qu'il est mort de trouille. Par ailleurs, j'ai essayé d'obtenir des renseignements sur Ann Margaret, mais l'ordinateur ne révèle pas grand-chose, et je n'ai pas eu le temps de chercher plus loin.

— Et au Texas ? Il y a du neuf de ce côté-là ? Je suis sur place. Profitez-en.

— Justement, je pense que tu pourrais vérifier un ou deux détails là-bas.

— Ah, voilà ! Je reconnais mon homme !

— Hier, Jax et moi, on a consulté les registres de la compagnie de téléphone. On n'a rien trouvé. Zéro. Pas ça. Mais Jax – et là tu dois reconnaître que c'est pas bête – ne s'est pas contenté de réclamer l'autorisation d'enquêter sur la compagnie de Boston, il a aussi obtenu de Houston la liste des appels effectués par Digger et reçus chez lui depuis trois semaines.

— Oh, la canaille ! Il ne m'a jamais dit ça...

— Je te rappelle qu'on fait partie du FBI...

— J'oubliais...

— Il y a trois semaines, Digger a passé une foule d'appels à gauche et à droite. J'ai demandé à Jax de me remettre la liste et, ce matin, pour m'amuser, j'ai comparé les noms des personnes que Digger a appelées avec ceux de l'Association des sages-femmes du Texas. Figure-toi que j'ai trouvé celui de...

Chenney dicta le nom et David le nota aussitôt.

— Je l'appellerai dès demain. Si elle se souvient de Holmes, elle doit forcément savoir qui est sa femme. Je parviendrai peut-être à coincer Ann Margaret par ce biais.

— Ouais ! fit Chenney, soudain hésitant. J'ai d'autres nouvelles aussi...

— On te paie pour ça.

— J'ai… comment dire… J'ai demandé qu'on envisage la possibilité d'exhumer le corps de Holmes. Le processus est en cours.

— Non ! Bon sang !

— Tu connais mon hypothèse… celle que tu trouvais tarte ? Eh bien ! elle n'est peut-être pas si tarte que ça. Même Lairmore est assez impressionné. Tu te souviens des cierges dans la chambre de Mélanie ? Du morceau de tissu, des deux groupes sanguins…

— Bien sûr. Explique-toi.

— Les types du labo ont identifié l'un des deux groupes. Ils sont formels, c'est celui de Mélanie. Quand on l'a retrouvée il y a vingt ans, l'hôpital avait fait pas mal de tests, de sorte que les techniciens sont sûrs de leur coup. Quant à l'autre… Ils ont vérifié l'ADN et ils ont comparé avec celui de Mélanie ; la similitude est de l'ordre de 50 %, ce qu'on trouve habituellement entre parents et enfants.

— C'est pas vrai ! fit David, devinant ce que Chenney allait dire.

— Je pense qu'on a retrouvé le joker, Riggs. Houston doit nous envoyer le dossier médical de Holmes pour confirmation, mais je peux déjà te dire que le sang des autres taches contient des chromosomes XY. Autrement dit, il s'agit du père biologique de Mélanie. Tiens-toi bien. Les mecs du labo sont prêts à jurer que ce sang est tout frais. Pas plus d'une semaine.

32

Ce soir-là, Harper Stokes était seul chez lui, perdu au milieu de sa bibliothèque qui avait été mise sens dessus dessous. Plus tôt dans la soirée, il avait allumé, mais cette lumière l'énervait davantage, car elle mettait en relief le capharnaüm qui régnait dans la maison. Depuis vingt-quatre heures en effet, les hommes de l'inspecteur Jax ne cessaient de répandre du luminol dans tous les recoins, de déchirer les rideaux, de retirer des lattes de parquet, d'examiner à la loupe le moindre bibelot ou de manipuler sans précaution les meubles anciens que Harper collectionnait avec amour depuis tant d'années.

Stokes avait l'impression qu'il ne pourrait soustraire la plus infime part de lui-même à la curiosité des policiers qui circulaient dans chaque pièce, se postaient au détour de chaque couloir ; en d'autres mots, il n'était pas un mètre carré où il pouvait se sentir chez lui.

Patricia était partie. Jamie également. Harper se demandait si sa femme trouvait enfin le bonheur dans les bras d'O'Donnell ; cette pensée lui soulevait le cœur.

Aucune nouvelle de son fils non plus. Harper avait appelé son cabinet, et on lui avait répété que Brian ne s'était pas présenté depuis plusieurs jours ; aussi, ravalant tout orgueil, Stokes avait supplié qu'on lui donne le numéro de téléphone que Brian n'avait sûrement pas manqué de laisser pour les cas urgents, sachant déjà qu'il tomberait sur un homme.

De fait, Nathan avait répondu, très poliment d'ailleurs. Mais il ne pouvait rien dire de plus. Brian était parti. Il ignorait où il était allé. Il avait même lancé un avis de recherche.

En raccrochant, Harper s'était senti vieux et, pour la première fois de sa vie, irrémédiablement seul.

Une maison déserte, des rubans de plastique jaune tendus un peu partout, une main blessée, décidément, cet emmerdeur d'O'Donnell avait raison une fois de plus : Harper était entraîné dans une spirale infernale.

Toutefois, il ne pouvait pas rester là à se lamenter sans rien faire. C'était un homme d'action, dynamique, il devait se ressaisir. Pour sa famille. Et pour lui-même.

Alors, il monta dans la chambre, ouvrit le coffre-fort qui se trouvait dans un placard et en tira une arme. Son bandage étant trop épais, il le déroula. Sous la gaze, un tatouage récent rappelait un signe cabalistique : 666.

« Je ne suis pas le diable tout de même ! Je n'ai jamais fait de mal à Meagan. Je n'ai rien en commun avec un Russell Holmes. »

Du moins, pas encore.

Trente-six heures après avoir quitté son mari, Patricia Stokes se sentait moins euphorique qu'au moment où elle avait refermé la porte de leur maison de Beacon Street.

Elle avait essayé d'utiliser ses cartes de crédit. Annulées. Elle avait tenté le coup avec sa carte de retrait bancaire. Refusée. À cinquante-huit ans, elle se retrouvait seule dans la nature, avec une petite valise pleine de toilettes griffées, mais sans un rond. Une frayeur l'envahit ; soudainement, elle eut envie de se réfugier dans le seul endroit qu'elle savait rassurant. Les bras de son époux.

La première nuit, des amis l'avaient accueillie et réconfortée quelques heures. Mais, au matin, elle comprit qu'il lui fallait définir un plan d'action. Pour la première fois de sa vie, elle devait prendre la situation en main.

Elle avait alors appelé le Four Seasons. Jamie O'Donnell n'était plus là. Elle s'était rendue chez son fils, où Nathan lui avait confirmé que Brian avait quitté la ville sans indiquer sa destination. Patricia connaissait une seule autre personne susceptible de la renseigner.

Voilà qu'elle se tenait, sa valise à la main, devant le pavillon d'Ann Margaret Dawson, qui était pour elle la patronne de Mélanie, sans plus. Elle ravala sa salive et activa la sonnette.

Quelques instants plus tard, Ann Margaret entrebâilla la porte avec précaution, comme si elle redoutait un événement fâcheux.

— Patricia, s'écria-t-elle, stupéfaite.

— J'ai quitté Harper.

— Vous cherchez Jamie ?

— Non, fit Patricia, confuse. C'est vous que je veux voir.

Ann Margaret plissa les yeux ; elle avait un air triste, inquiet.

— Vous l'aimez toujours ?

— Qui ?

— Jamie.

— Bien sûr que non. Ça fait des années. C'est de l'histoire ancienne. Je veux simplement retrouver ma fille.

Alors, doucement, presque gentiment, Ann Margaret lui dit :

— Entrez, Patricia, je pense qu'il est temps que nous parlions toutes les deux.

Brian Stokes s'enfonça sur son siège au milieu de la salle d'attente de l'aéroport. Le prochain vol pour Houston décollait le lendemain matin. Autant piquer un somme en attendant. Mais Brian était nerveux, il craignait d'arriver trop tard.

Avec Meagan autrefois, il avait manqué à ses devoirs. Pas la peine de se raconter des histoires, pensa-t-il, ce sont les faits, la dure réalité. Je n'ai pas été à la hauteur.

Sa mère avait eu une liaison avec son parrain. Elle avait donné naissance à la fille de Jamie, et un jour Harper avait découvert le pot aux roses. Alors, fou de rage – et sans doute aiguillonné par l'appât du gain –, il avait planifié la mort de Meagan. Son père avait tué sa sœur pour un million de dollars.

Et lui, Brian, n'avait jamais rien dit.

Mais c'était un enfant à l'époque. Aujourd'hui, adulte, il entendait prendre les mesures nécessaires pour sauver Mélanie.

Il modifia sa position sur son siège et tout à coup se raidit.

Brian crut avoir aperçu une silhouette familière. Des yeux, il balaya la salle. Il n'y avait plus personne.

Mélanie, pour sa part, avait le sommeil agité. Elle se revoyait dans cette cabane au milieu des bois ; elle observait l'araignée qui progressait sur la vitre. Meagan était derrière elle, qui se dandinait en tenant son poney.

« S'il vous plaît, laissez-moi partir. Laissez-moi rentrer.

— Mais tu n'as aucune idée de quoi il est capable. »

Une ombre se profilait dans l'embrasure de la porte. Un homme pénétrait dans la pièce ; un souffle de vent emplit la cabane. Meagan recula et Mélanie sut d'emblée que tout était fichu. L'homme était revenu. Tout allait dégénérer.

Non ! gémissait Meagan.

Non ! criait Mélanie.

— Tout va bien, murmura David à son oreille. Je t'ai trouvée. Je suis avec toi désormais.

— Trop tard, murmura-t-elle, toujours endormie.

33

Quand Mélanie s'éveilla au matin, elle était seule dans le lit. Les rideaux épais, soigneusement tirés l'un sur l'autre, absorbaient la lumière redoutable du soleil. Aussi la pièce était-elle plongée dans l'ombre. Dehors, les voitures filaient sur le béton de l'autoroute et, plus proche, une femme de ménage faisait la tournée des chambres en poussant son chariot métallique.

Mélanie cligna des yeux. Elle avait l'impression que des lambeaux de rêves alourdissaient son esprit et flottaient autour d'elle comme des ombres tenaces. La petite douleur lancinante vibrait derrière son œil. Ce n'était pas encore la migraine, mais il valait sans doute mieux prendre de l'aspirine.

À cet instant, elle perçut un son grave, presque étouffé. Une sorte de gémissement. Elle se précipita dans la salle de bains. Pour sûr, elle ne s'attendait pas à découvrir la scène qui s'offrait à elle.

David, couché à plat ventre, se tordait sur le carrelage.

— Seigneur ! C'est ton dos ?

Elle s'agenouilla près de lui, en posant les mains par terre. Le visage de David, blanc comme celui d'un gisant, était contracté, déformé par la douleur, et il frappait le sol avec la paume de ses mains.

— Tu veux de la glace ? des médicaments ? Tu dois certainement prendre quelque chose dans ces cas-là ?

Pour toute réponse, David donna de grands coups de pied contre le mur et poussa un autre grognement. Mélanie se pencha sur lui et surprit dans son regard une expression plus inquiétante que la douleur : la rage. Une rage impuissante.

— Va-t'en, éructa-t-il.

Mélanie enfila un peignoir et s'élança vers la kitchenette pour y chercher des glaçons. Quand elle revint dans la salle de bains, David était toujours à plat ventre, mais rampait en direction de la porte. Dans un sens, cette attitude était bien plus terrifiante encore.

Non sans surprise, Mélanie constata que des larmes mouillaient ses propres joues. D'une main tremblante, elle s'essuya le visage et fourra les glaçons dans une chemise, comme dans un sac, puis se tourna vers David.

— Je vais placer ça sur ton dos.

David grommela quelques mots qui ressemblaient peut-être à un juron, Mélanie n'aurait su le dire, et elle déposa son sac de fortune sur les reins nus. Immédiatement, le corps de David se cambra, les muscles de son cou saillirent et ses lèvres se contractèrent en une grimace.

— Excuse-moi, fit-elle. Je ne sais quoi faire d'autre…

— Laisse… tomber, gémit-il, rageur. Faut… attendre.

Il rentra la tête dans ses épaules, le corps toujours secoué de spasmes et de convulsions.

Mélanie s'assit à son côté et attendit. Peu à peu, ses membres se détendirent et son visage, bien que congestionné encore, reprit une expression plus posée. David finit par plier les jambes et demeura par terre dans la position du fœtus.

— Comment ça va ? bredouilla Mélanie.

— C'est… atroce.

— Ça t'arrive souvent ?

— Par… phases.

— Il doit certainement exister quelque chose contre ça. Je ne sais pas, moi ? Faire de l'exercice, prendre des médicaments…

David ne répondit pas, mais tourna les yeux vers son sac de voyage. Perplexe, Mélanie se leva et l'ouvrit. À l'intérieur, elle découvrit une petite boîte de comprimés orange. Un anti-inflammatoire. La date de péremption était passée depuis plus d'un an, mais la boîte semblait à peu près pleine.

— David, je ne comprends pas…

— C'est l'arthrite, bégaya-t-il, l'air fautif. Les vertèbres se collent les unes aux autres. Parfois, je me réveille la nuit, les muscles des côtes tellement contractés que je peux à peine respirer. Les bons jours, j'arrive encore à travailler sans problème, le cœur léger même, mais d'autres fois la réalité se rappelle vite à moi. Comment veux-tu que ces maudites pilules remédient à ça !

Mélanie lui caressa la joue.

— T'as peur, c'est ça ? Tu crains de t'avouer vaincu ? Tu t'imagines que prendre des médicaments reviendrait à reconnaître que tu souffres d'une maladie chronique qui ne te laissera aucun répit ta vie durant ?

— Pas du tout, merde ! J'ai peur que ces saletés de cachets n'aient aucun effet ! Qu'est-ce que je pourrais espérer après ça ? Si ça ne change rien ?

— David, soupira-t-elle. C'est de l'arthrite. Pas un cancer.

Il avait l'air traqué, coincé, Mélanie fut bouleversée de le voir si démuni. Elle le prit dans ses bras, posa délicatement sa tête sur son ventre et le berça tout contre elle.

— Ils lui faisaient subir des traitements de chimiothérapie sans arrêt, ça ne lui procurait aucun bien. On récurait la maison de fond en comble, elle n'allait toujours pas mieux. Rien ne la soulageait.

— Je sais, je comprends.

— Je voulais tellement que mon père soit fier de moi.

— Mais il l'est, David. Il l'est sans aucun doute.

— Voyons, Mélanie. J'aimais le base-ball. Je ne peux plus jouer. Je ne peux plus rien faire. Je ne serai jamais l'homme que je voulais devenir.

— Mais David, nous en sommes tous là. Personne n'y arrive.

Peu à peu, la crise passa. Mélanie demeura assise par terre, penchée sur David, caressant ses cheveux, sa nuque, ses épaules. La peau était douce sous ses doigts. Il releva la tête ; elle croisa son regard vif, puis elle s'allongea sur le dos et ils refirent l'amour avec fougue, comme pour satisfaire un irrépressible besoin.

Ils restèrent un moment étendus sur le sol, les doigts mêlés, attentifs aux battements du cœur de l'autre. Et tout était dit.

Quelques heures plus tard, David lui annonça :

— J'ai le nom et l'adresse de la sage-femme.

— Très bien.

Sans un mot, ils se relevèrent et se rhabillèrent.

La sage-femme habitait un quartier agréable. Jamais Mélanie n'aurait imaginé qu'une personne ayant côtoyé Russell Holmes pouvait vivre dans un endroit aussi accueillant. Son modeste pavillon rustique se trouvait dans l'une des nouvelles banlieues qui avaient poussé autour de Houston au cours des dernières années. Les maisons se ressemblaient toutes et leurs pelouses paraissaient presque peignées. Des arbustes croissaient sous le soleil, et leur jeune âge trahissait celui des habitations alentour.

Quand David gara la voiture, des gamins juchés sur leurs VTT les observèrent avec curiosité. Il leur lança un regard peu amène et ils détalèrent aussitôt.

David ouvrit la portière à Mélanie ; elle inspira profondément avant de s'engager dans l'allée menant à l'entrée du pavillon.

À l'image du quartier, la femme qui les accueillit ne ressemblait pas à celle que Mélanie s'attendait à voir. Elle portait des vêtements utilitaires et tenait à la main une truelle de jardin. Ses cheveux argentés, retenus avec soin sous un chapeau de paille, lui donnaient l'allure d'une grand-mère adorable. Une odeur de gâteau flottait derrière elle.

— Que puis-je pour vous aider ? demanda poliment la dame, en souriant sans façon aux deux étrangers qu'ils étaient.

— Madame Applebee ? demanda David d'une voix grave.

— Oui, monsieur. Mais je vous préviens tout de suite. Je suis une retraitée heureuse de son sort, qui gagne juste ce qu'il lui faut pour vivre. Je n'ai pas besoin d'encyclopédies et je ne songe pas à changer de confession. À mon âge, un plant de tournesols et mes petits-enfants font tout mon bonheur. J'en aurais volontiers quelques autres, mais, surtout, ne le dites pas à ma fille.

David sourit, puis haussa les épaules.

— Je comprends bien tout cela, madame. Permettez-moi de me présenter : je suis l'inspecteur David Riggs, du FBI. Je veux vous parler d'un homme que vous avez rencontré il y a trois semaines environ. Un certain Larry Digger.

Rhonda Applebee se raidit. Une expression inquiète effaça son sourire cordial. Elle considéra Mélanie attentivement, puis tourna les yeux vers David, qui lui présentait sa carte et son insigne.

— Je vois, dit-elle enfin. Dans ce cas, il vaut mieux que vous entriez. Vous prendrez bien du thé glacé ?

Elle les invita à pénétrer dans la maison, décorée avec goût, mais sans luxe, et les conduisit sur la terrasse à l'arrière, où de grands palmiers et des massifs de fleurs entouraient une pelouse en forme de haricot. Mme Applebee les fit asseoir autour d'une table à plateau de verre et inclina le parasol pour leur donner de l'ombre.

David et Mélanie la félicitèrent de la belle tenue de son jardin ; elle les remercia gracieusement, puis retourna dans la maison pour y chercher une carafe de thé glacé et des gâteaux secs tout chauds.

Mélanie se servit en silence. Cette dame est si gentille, se dit-elle, et voilà que nous allons lui parler d'un monstrueux assassin…

— Ainsi, vous étiez sage-femme ? commença David.

— Oui. J'ai pris ma retraite il y a une dizaine d'années. Jadis, je travaillais souvent dans les quartiers défavorisés, où les gens ne pouvaient se payer de médecin, ni acheter de médicaments. Encore moins se rendre à l'hôpital. C'était l'époque où on s'intéressait davantage aux malades qu'à leurs revenus.

— Mais Larry Digger a réussi à remonter jusqu'à vous.

— Oui. Cela dit, pour vous parler franchement, je n'ai pas fait très attention à lui ni à ses questions. Vous savez, les torts dont les pères se rendent coupables, je m'en bats l'œil. Les enfants ont le droit de vivre leur vie et je ne tiens pas à traquer de pauvres gens, même si leurs pères ont commis des erreurs…

— Que vous a dit Digger exactement ?

— Il m'a montré une photo de Russell Holmes. Et je l'ai reconnu. Autrefois, je ne l'avais guère remarqué. Je faisais mes tournées et, bien que ça me chagrine de vous le dire, ces pères-là se ressemblaient tous. Aucun n'assistait à la naissance de ses enfants. Ils me dévisageaient une seconde, puis ils allaient picoler avec leurs potes, pendant que leur femme, ou leur amie, accouchait sur des draps sales. Pour eux, la naissance des gosses était l'affaire des femmes, ils ne voulaient pas s'en mêler.

— Où cela s'est-il passé ? demanda David en tirant un calepin de sa poche.

Mme Applebee secoua la tête.

— Ce quartier n'existe plus. C'était quasiment un bidonville ; les bulldozers ont tout fichu à terre il y a des années de cela. On a construit des habitations plus chères à la place. C'est ce qu'on appelle le progrès.

David rangea son calepin.

— Madame Applebee, je comprends que vous ne vouliez pas accabler les enfants des fautes de leurs parents. Pour vous parler net, je pense savoir qui est l'enfant de Russell Holmes et ça ne me dérange pas une seconde. Toutefois, il faut que vous me confirmiez certaines choses ; j'ai besoin de savoir ce que Larry Digger vous a dit précisément. La semaine dernière, on a tiré sur lui et il est mort.

Mme Applebee dévisagea David et Mélanie d'un regard franc.

— Très bien, inspecteur. Vous voulez savoir quoi ?

— Parlons de Holmes d'abord. Vous avez passé quelque temps avec lui ?

— Pas très longtemps. Je lui ai dit : Bonjour. Comment va-t-elle ? Il a haussé les épaules et m'a répondu que je le savais sans doute mieux que lui. Puis il m'a demandé de l'appeler quand ce serait fini. Il a quitté les lieux et je me suis occupée de sa femme. Du moins de celle qu'il appelait sa femme ; je n'ai pas vu d'alliance.

— Comment était-elle ? demanda Mélanie, anxieuse. Sa femme. La mère, je veux dire ?

— Oh ! elle m'a fait meilleure impression que lui. C'était une nature. Quand je suis arrivée, le travail avait commencé ; elle était déjà dilatée, mais elle n'a pas versé une larme. Elle serrait les draps dans ses poings et poussait vaillamment. Je l'ai trouvée intelligente ; elle ne posait pas de questions inutiles. Aussi, elle me regardait dans les yeux, ce qui dénote une certaine confiance en soi. Elle me disait qu'elle avait porté un diaphragme, que les femmes de son espèce ne devraient pas avoir d'enfants. Une fille intelligente et réaliste, voilà. J'imagine que son mari s'était rendu compte qu'elle employait un moyen de contraception et qu'il a mis un terme à cette pratique. Ça ne la réjouissait pas, mais je pense qu'elle se faisait une raison.

— Elle avait... l'air de désirer ce bébé ? insista Mélanie.

Le visage de Mme Applebee s'épanouit.

— Tout de même, oui ! Quand l'enfant est né, elle avait l'air fatiguée, bien sûr, mais il était clair qu'elle songeait déjà à leur avenir à tous les deux. Je me rappelle le sourire qui illuminait son visage, cet éclair de joie dans les yeux...

— Que s'est-il passé après ? demanda David.

— J'étais en train de mettre un peu d'ordre quand Russell Holmes est rentré. Il chancelait un tantinet ; il avait probablement bu quelques bières pour fêter ça avec ses copains. Évidemment, il s'est empressé de réveiller sa femme et son bébé. Elle lui a montré l'enfant. Il hochait la tête ; il avait l'air ravi. Il a même caressé la joue de sa femme, ce qui, dans ces milieux-là, était un geste assez affectueux, je dois le dire. Franchement, il semblait fier, il se pavanait dans la maison comme s'il possédait une nouvelle voiture et qu'il l'eût assemblée lui-même. Ensuite, il m'a demandé combien il me devait. Je lui ai répondu de me donner ce qu'il pouvait. Il m'a remis dix dollars. Il a jeté un coup d'œil aux piles de couches que j'avais apportées, aux biberons, je lui ai dit de m'appeler s'il avait besoin de quoi que ce soit, et je n'ai plus entendu parler d'eux...

» Des années plus tard, j'ai vu sa photo dans le journal. C'était bien lui. On l'accusait d'avoir tué des enfants. Vraiment, je ne savais que penser...

— Vous avez appelé la police ?

— Pour quoi faire ? J'avais aidé sa femme à accoucher, rien de plus. Même si elles ne sont pas médecins, les sages-femmes respectent un certain secret professionnel.

— Mais les choses n'en demeurèrent pas là, insinua David.

— En effet, répondit Mme Applebee, un peu hésitante. Quelques semaines après la parution du premier article, un type s'est présenté chez moi ; il avait les cheveux roux, très touffus, un accent irlandais. Il m'a conseillé d'oublier ce que je savais sur Russell Holmes, sa femme, son bébé – tout. Il a essayé de me donner de l'argent pour garder le silence. Mais j'ai refusé. J'avais fait mon boulot, je le faisais du mieux possible ; je vous rapporte exactement mes propos : Chacun ses petites affaires, je ne me mêle pas des vôtres, laissez les miennes tranquilles, allez au diable avec votre argent.

— Et il a réagi comment ?

— Oh ! Il a rigolé. Il est resté poli, mais quand même...

Pour la première fois depuis le début de l'entretien, Mme Applebee parut troublée.

— Cet homme avait une allure... un air inquiétant, reprit-elle. Vous savez, avec le travail que je faisais, j'ai vu toutes sortes de gens, plusieurs se montraient très aimables, d'autres moins, d'autres étaient carrément cruels ou méchants. Au bout d'un moment, on se rend compte que l'allure des gens, l'endroit où ils vivent, leur façon de bouger même ne permettent pas de se faire une idée juste de ce qu'ils sont véritablement. C'est par le regard qu'on les perce et, cet Irlandais, on devinait qu'il savait des choses, on sentait qu'il avait fait des trucs et qu'il était en mesure d'en faire bien d'autres…

Elle secoua la tête, frissonnant encore à ce souvenir en dépit des années.

— En tout cas, j'ai tout de suite compris, ajouta-t-elle. Avec ou sans argent, il valait mieux que j'oublie ce que je savais sur Holmes.

Elle baissa les yeux et ajouta d'une voix plus grave :

— Et, pendant un bon moment, j'ai vraiment oublié, sans doute…

David observait Mélanie qui hochait la tête, apparemment éprouvée. Elle croisa son regard. Larry Digger ne leur avait pas menti. Jamie avait bel et bien rencontré la sage-femme. Il l'avait même menacée.

— Digger laissait entendre que vous vouliez plus d'argent, murmura Mélanie. C'est vrai ?

Mme Applebee eut l'air offensée.

— Enfin ! Regardez autour de vous, mon enfant ! Pourquoi je voudrais de l'argent ? Mon mari m'a laissé tout ce que je pouvais souhaiter.

— Pourquoi raconter cette histoire aujourd'hui ? interrompit David, avec plus de tact. Vous ne pourriez pas en pâtir ?

Elle haussa les épaules.

— C'est vrai. J'ai eu peur, inspecteur. Je dois l'admettre. Mais j'avais quarante ans à l'époque et des enfants à charge ; je ne tenais pas à passer l'arme à gauche si jeune. Aujourd'hui, j'en ai soixante-dix, mes enfants sont adultes, qu'est-ce que je peux redouter d'un Irlandais ? Que pourrais-je craindre de Russell Holmes ? Tout ça, c'est du passé. Déjà, à votre âge, vous devez savoir qu'un homme seul, même redoutable, ne peut empêcher la Terre de tourner.

— À part cet homme, il y a de cela vingt-cinq ans, et Larry Digger récemment, d'autres personnes vous ont interrogée à propos de Russell Holmes ?

— Non.

— Vous n'avez jamais revu la mère ?

— Non.

— Vous connaissez son nom ?

— Angela Johnson. C'est le nom qu'elle m'a donné à l'époque. Mais M. Digger m'a juré que c'était un faux.

— Vous pourriez la décrire ?

— Oh ! C'est difficile. Je l'ai vue pendant qu'elle accouchait, vous savez, ce n'est pas le moment où les femmes sont le plus à leur avantage. Disons qu'elle était… de petite taille, un mètre soixante environ. Courte, ramassée sur elle-même, solide comme un poing fermé. Des yeux bleus. Des cheveux foncés qui bouclaient naturellement. Si elle vit toujours, elle doit avoir près de soixante ans aujourd'hui.

David regardait Mélanie du coin de l'œil.

— Ça te rappelle quelqu'un ? fit-il.

— Non…

— Ann Margaret.

Mélanie écarquilla les yeux.

— C'est impossible !

Mais David n'avait pas tort ; Ann Margaret correspondait à cette description. Avant même que Mélanie ne revienne de sa surprise, David se tourna vers Mme Applebee et lui posa une dernière question, complètement farfelue cette fois-ci :

— Est-ce que par hasard vous auriez revu Holmes dernièrement ?

— Quoi ?

— Mais il est mort ! s'écria Mélanie.

— Excuse-moi, expliqua David, je ne savais comment te présenter ça, mais on a découvert de nouveaux indices en examinant le morceau de tissu retrouvé dans ta chambre. Les taches proviennent de deux groupes sanguins. Le premier, on a vérifié, c'est le tien et, d'après le test d'ADN effectué sur l'autre, il s'agirait de ton père…

Mélanie sentit sa migraine se réveiller tout à fait. Elle revit la cabane en bois, la fillette, la silhouette dans l'embrasure de la porte.

— Minute ! interrompit Mme Applebee. Vous pensez que cette jeune femme est la fille de Russell Holmes ?

— Oui, madame.

— Qu'est-ce qui peut bien vous faire croire ça ?

— Larry Digger, répondit David, surpris à son tour. Pourquoi me posez-vous cette question ?

— Parce que cette femme, inspecteur, ne peut pas être son enfant. Holmes n'a pas eu de fille. Il a eu un fils.

34

Peu après midi, Brian Stokes gara sa voiture dans le parking du Motel 6 à Huntsville. Son avion avait décollé de Boston à l'aube, après que le jeune homme eut réussi à sommeiller quelques rares heures dans la salle d'attente de l'aéroport, aussi se sentait-il fourbu, crasseux et angoissé. Par chance, certaines personnes à l'aéroport de Houston lui donnèrent un tuyau. En effet, pour vingt dollars glissés discrètement sous le manteau, il avait obtenu des loueurs de voitures qu'ils consultent leurs registres, et Brian savait maintenant que sa sœur circulait en auto. Ensuite, il avait eu l'excellente idée de passer au comptoir d'information pour interroger le vieil homme qui s'y tenait posté et qui se souvenait parfaitement de Mélanie. Bref, ses démarches l'avaient conduit à Huntsville, où il s'arrêta devant le premier hôtel venu : un Motel 6.

En sortant de la voiture, la chaleur et l'humidité collèrent instantanément sa chemise sur sa peau. Bienvenue au Texas, pensa-t-il. Pour sûr, il ne regrettait pas de ne plus vivre ici.

À la réception de l'hôtel, une toute jeune standardiste rougissante lui apprit qu'aucune cliente ne portait le nom de Mélanie Stokes. Mais l'une d'entre elles correspondait précisément à la description que Brian venait de faire.

Il la remercia d'un clin d'œil ; elle rougit plus encore et proposa de lui remettre un message. Après réflexion, Brian résolut de ne pas en laisser. Il ignorait dans quel état d'esprit se trouvait Mélanie, et il ne voulait pas la faire fuir à nouveau. Il valait mieux attendre et lui parler en tête à tête.

Il regagna sa voiture le cœur léger. Il avait enfin repéré sa sœur, il allait la protéger, tout s'arrangerait. Mais, de retour à l'auto, il se retrouva nez à nez avec son père.

— Qu'est-ce que tu fous ici ? lança Harper.

— Je cherche Mélanie, répondit Brian en fronçant les sourcils. Et toi, qu'est-ce que tu fais ici ?

— Ce que j'aurais dû régler il y a vingt-cinq ans.

— Dire la vérité ? Je sais que tu n'as jamais versé la rançon. Je sais que tu as vendu ta fille pour toucher la prime. Comment as-tu pu…

— J'ai fait exactement ce qu'il fallait faire.

— En sacrifiant ta fille ? En vendant ma sœur ?

— Tu la détestais. Tu brisais toutes ses affaires.

— Je l'adorais, au contraire ! Elle souriait tout le temps, elle nous aimait tous, elle avait confiance en nous. Elle avait même confiance en toi, c'est dire ! Comment as-tu pu faire ça à une gamine de quatre ans ? Comment as-tu pu me faire ça, à moi ?

Le visage de Harper s'assombrit et, sur un ton que Brian ne lui connaissait nullement, il rétorqua :

— Tu n'es qu'un petit ingrat, Brian. Tu ne sais rien. Je n'ai pas l'intention d'expliquer ma conduite à mon propre fils. Je t'ai élevé. Je t'ai tout donné – vois comment tu me remercies. Je le dis pour la dernière fois : je n'ai jamais fait le moindre mal à Meagan. Maintenant, ça suffit.

Harper leva la main droite et Brian aperçut le pansement qui la recouvrait. Ce devait être une blessure assez grave. Et d'autant plus grave pour un chirurgien, qui protège ses mains avec un soin jaloux. Puis, comme dans un film au ralenti, Brian s'aperçut que son père tenait une arme. Qu'il la pointait sur lui.

Très calme, sans sourciller du tout, il leva les yeux sur Harper et vit en un éclair toute l'erreur de sa vie. Sans cesse il avait cherché l'amour de son père, qui ne valait pas cette peine. C'est sa mère et sa sœur qui auraient dû compter pour lui. C'est elles qui l'aimaient d'un amour véritable, et voilà qu'il était trop tard.

— Je ne te laisserai pas toucher à Mélanie, dit-il comme une chose allant de soi. Je ne perdrai pas une autre sœur par ta faute.

— Fais-moi confiance. Et dis-toi bien que je fais ça pour ton bien.

Harper retira son bandage, Brian aperçut la blessure encore rouge et le tatouage : 666.

C'est sans doute l'ultime cadeau, pensa-t-il. Tout à coup, Harper le frappa avec une violence inattendue. Brian tenta de l'éviter, mais recula trop tard, la crosse du fusil lui brisa le nez. Il entendit un craquement ; son père venait de lui casser le nez et il perdit connaissance.

— Décidément, je ne saisis pas, répétait Mélanie, installée dans la voiture à côté de David. Je n'arrive pas à comprendre.

— On s'est plantés, c'est tout. Ça se produit souvent durant les enquêtes. On se laisse entraîner sur une fausse piste ; il faut revenir en arrière et prendre la bonne direction.

Mélanie ne se sentait plus la moindre agressivité. Renfoncée sur son siège, elle contemplait le paysage derrière le pare-brise, l'air triste, résignée.

— Alors pourquoi cette cabane me revient-elle en mémoire ? Pourquoi est-ce que je revois cette maudite cabane et Meagan assise par terre ? Pourquoi l'odeur des gardénias me revient-elle ? Je vois une fillette assise dans un coin ; à un certain moment, elle croit pouvoir s'enfuir ; elle s'élance vers la porte et file dans les sous-bois. Mais elle ne court pas assez vite. Je vois cette scène. Je le sais.

David garda le silence quelques instants.

— Digger nous a peut-être induits en erreur. Après tout, c'est lui qui s'est imaginé que tu étais la fille de Holmes. On a gobé ça comme des enfants.

— Mais je revois la cabane…

— Rappelle-toi ce que disait Quincy. Il avait sous les yeux une photo de la planque de Holmes ; il répétait qu'elle ne correspondait pas à la description que tu en donnais. Sur le coup, on n'y a pas accordé d'importance, on aurait peut-être dû…

— Mais comment puis-je me représenter Meagan et Holmes ?

— Il y a une part d'autosuggestion là-dedans. Tu ne sais pas d'où tu viens. Au fond, tu veux le savoir. Tu aimerais te souvenir. Un beau jour, un type se pointe avec des hypothèses, certaines exactes, d'autres pas. Tu connais les traits de Meagan ; tu as vu son portrait accroché dans le salon durant vingt ans. Tu as peut-être aperçu une photo de Holmes. Son nom ne t'était pas complètement inconnu.

— C'est vrai. Je me souviens d'en avoir entendu parler.

— Ce sont autant de petits éléments enfouis dans ton inconscient. Soudain, Digger arrive avec ses insinuations ; tu es prédisposée à le croire, et d'autant plus que tout ce qu'il dit n'est pas faux. Alors, tu en rajoutes, pour que ça tienne, mais tu n'arrives pas à tout coordonner.

Mélanie hocha doucement la tête. En effet, ce Larry Digger, surgissant de nulle part, l'avait fort impressionnée. Elle se frotta la tempe.

— Mais si ce que tu dis est vrai, David, pourquoi l'odeur des gardénias me rappelle-t-elle quelque chose ? Toi-même prétendais que les odeurs peuvent réveiller la mémoire. Pourquoi les gardénias réveilleraient la mienne si tout ça n'était qu'une fable ?

— Récapitulons depuis le début, lança David abruptement. Que sont les faits ? Quelqu'un a tué Meagan et ce n'est pas Russell Holmes.

Mélanie acquiesça.

— Ce n'est ni ta mère ni ton frère, qui avaient un alibi et que le drame a bouleversés plus que personne.

— Bien !

— Mais ton père, lui, peut être mêlé à ce drame. On sait qu'il avait besoin de fric. Ton parrain lui a probablement prêté main-forte.

— En allant voir Russell Holmes.

— Voilà. Nous savons que Meagan a été tuée pour de l'argent. On a tenté de camoufler le meurtre, mais ce n'était pas suffisant, pas concluant. Que faire ? On dresse un deuxième plan, on convainc Holmes de s'accuser du meurtre pour dévier les soupçons. Holmes reconnaît avoir assassiné Meagan, mais, pour ça, il faut qu'on lui ait promis quelque chose.

— Mais les taches de sang sur le tissu… Holmes est peut-être toujours vivant. On lui a peut-être promis la vie sauve. C'est peut-être lui qui tire les fils depuis le début et qui fiche la trouille à tout le monde.

— Non, protesta David. Je ne marche pas. Holmes a été exécuté devant témoins. Même si on avait soudoyé le coroner, ses pieds et ses mains ont explosé au moment de sa mort. On ne feint pas ces choses-là.

— Il y avait peut-être quelqu'un d'autre sur la chaise électrique.

— Qui serait assez stupide pour se faire exécuter à la place d'un autre ? Non, c'est tiré par les cheveux, ça ne tient pas debout. D'autre part, ajouta David en haussant la voix, le sang sur le morceau de tissu n'est pas celui de Holmes. D'après les résultats du test, c'est celui de ton père biologique. Si tu n'es pas la fille de Holmes, qui donc est ton père ?

À mesure qu'il échafaudait son raisonnement, David devenait de plus en plus excité. Mélanie secouait la tête. Sa migraine la faisait souffrir. Des images vagues se bousculaient dans son esprit. Elle ferma les yeux et appuya son front sur la vitre.

Tout à coup, David vit la situation sous un angle nettement plus favorable :

— Mais c'est toi qui avais raison !

— Moi ?

— Tes parents t'aiment vraiment. Ce ne sont absolument pas des monstres ! Ils sont bien comme tu te les représentais au contraire. Voilà pourquoi on ne parvenait pas à imbriquer les éléments les uns dans les autres. On cherche à élucider un meurtre qui n'a jamais eu lieu.

— Quoi ?

David jeta un coup d'œil derrière lui, fit marche arrière, embraya en vitesse et poussa l'accélérateur à fond. Avant même que Mélanie ait recouvré son équilibre, la voiture s'engagea sur l'autoroute.

— Ça va s'arranger, tu verras, dit-il.

— J'ai mal au crâne.

— Je sais, mais tiens le coup encore un peu, je vais te faire voir un dernier endroit. Si mon hypothèse est exacte, tu sauras exactement qui tu es et nous réglerons cette question une fois pour toutes.

— Oui, je le veux.

— Ah ! Mélanie ! Mais peut-être devrais-je dire Meagan.

35

— Chaque fois que je songe au Texas, fit remarquer Patricia, j'éprouve un sentiment d'échec. De débâcle. Comme épouse, comme mère, même comme amoureuse. Quand Harper a proposé qu'on déménage à Boston, je me suis promis de ne jamais revenir ici. J'en voulais à tout le Texas de m'avoir brisé le cœur.

— J'ai fait une promesse semblable, dit Ann Margaret. Dans mon cas, c'était plus une nécessité qu'autre chose, je le crains. J'ai toujours su que Larry Digger s'obstinerait à chercher la vérité et je me disais que, s'il ne le faisait pas, un autre parviendrait tôt ou tard à tout découvrir. Enfant, je pensais qu'une faute demeurait une faute. On la commet, on nous la fait payer, tout est dit. On repart à neuf. Maintenant, je crois que certaines fautes sont à l'image de ces pierres qu'on jette dans l'étang. Elles forment d'abord un petit cercle, qui se décuple, jusqu'à devenir une vague, qui nous submerge.

Patricia l'observait du coin de l'œil. Elles voyageaient depuis l'aube et discutaient toutes les deux depuis plus longtemps. Au fil des heures, elles avaient réussi à exprimer certaines pensées, capitales à leurs yeux, mais d'autres leur échappaient encore, qu'elles tentaient de définir.

Soudain, Patricia sentit le besoin de poser la question qui lui brûlait les lèvres :

— Mais comment avez-vous pu aimer un homme pareil ?

Ann Margaret sourit.

— C'est mon sort, vous ne pensez pas ?

Patricia fit la moue. Après ce qu'elle venait de découvrir sur son mari, elle n'avait certainement pas le droit de juger les autres.

— Quand on est jeune, ajouta Ann Margaret d'une voix douce, on aime ceux qu'on nous a appris à aimer.

— Nos semblables.

— Voilà.

— Et lorsqu'on est assez vieux pour comprendre…

— … il est trop tard pour se corriger.

— Tout de même, comment croire que je ne me sois doutée de rien, soupira Patricia.

Elles étaient arrivées à destination et Ann Margaret gara la voiture devant une imposante demeure de style géorgien, qui avait été la première maison de Harper et de Patricia. Les hautes colonnes blanches tenaient toujours bon, mais la peinture s'écaillait et de la moisissure pointait au sommet de chacune d'elles. À l'époque où Patricia était une jeune épouse amoureuse, cette maison lui paraissait splendide. Elle avait un air désuet à présent, suranné. Tout à fait le type de maisons pour lesquelles les agents immobiliers ne trouvent pas preneur.

D'ailleurs, le matin même, Patricia et Ann Margaret avaient appris qu'elle était inhabitée et que ses propriétaires, retirés en Floride, cherchaient à la vendre depuis près d'un an. La pelouse était trop haute et les bacs à fleurs manquaient d'entretien. En fait, la maison ne ressemblait plus du tout au souvenir que Patricia en gardait ; son aspect suranné lui rappelait trop son âge.

— Oh ! Ann Margaret ! J'ai tant déçu ma fille.

— Nous l'avons tous déçue.

— Mais je suis sa mère !

— C'est la raison pour laquelle vous l'avez adoptée, Patricia. Pourquoi l'auriez-vous aimée dès la première minute ? Parce qu'une partie de vous la reconnaissait. Même si vous aviez fait le deuil de Meagan, la mère en vous reconnaissait sa fille.

— Qu'est-ce qu'elle peut bien penser depuis quelques jours ? Et ce drame avec William... Ma fille forcée de tuer un homme qu'elle a aimé. Comment surmonter une telle épreuve, quand bien même on sait qu'on avait raison ? Elle ne méritait pas de connaître tout ça. Nous aurions dû mieux la protéger.

— Elle est plus forte que vous pensez, Patricia. Vous-même êtes plus forte que vous ne le croyez. Elle aura hérité de vous.

— Mais je ne tiens pas à ce qu'elle soit forte ! Je veux qu'elle soit hors de danger. Je veux qu'elle me revienne ! s'écria Patricia en serrant les poings.

Elle aurait voulu frapper quelque chose pour soulager sa rage et sa douleur. Mais il n'y avait rien à faire que se calmer et espérer que Mélanie soit saine et sauve.

— Dites-moi, demanda-t-elle après quelques instants. Voyons, nous sommes là, tout près de cette maison. Je sais maintenant ce qui s'est produit autrefois. Que va-t-il se passer ?

— Si Mélanie cherche une quelconque vérité sur son propre passé, tôt ou tard, elle se rendra ici. Si Harper et Jamie tentent de la retrouver, ils viendront tôt ou tard eux aussi. Il ne reste plus qu'à attendre.

Après avoir roulé à grande vitesse, David ralentit enfin son allure et Mélanie ouvrit les yeux. Elle s'était endormie dès l'instant où ils avaient pris l'autoroute. Maintenant, elle se sentait lourde, oppressée, ses membres n'avaient aucun tonus. De la sueur couvrait son visage, coulait jusqu'à ses lèvres et elle avait la gorge sèche. Elle saisit une canette de Coca-Cola qui roulait à ses pieds depuis un moment et en but une grande rasade. Mais cela ne dissipa en rien la sensation de menace imminente qu'elle sentait peser sur eux.

— Est-ce que ça te rappelle quelque chose ? demanda David. Prends ton temps. Regarde bien, je roule lentement.

Ils passèrent devant plusieurs maisons mal entretenues sur une pente à flanc de colline. De la mauvaise herbe perçait l'asphalte. Çà et là, des bouquets d'arbres, qui sans doute offraient jadis d'agréables ombrages, étouffaient dans des enchevêtrements de ronces.

Mélanie baissa la vitre et l'odeur des gardénias la frappa de plein fouet ; elle serra plus fort la canette pour ne pas défaillir.

— Je suis déjà venue ici, murmura-t-elle. J'en suis sûre.

— Tes parents habitaient tout près. Toute la famille. Harper, Patricia, Brian et Meagan.

Quelques instants plus tard, une grande maison blanche s'offrit à leur vue. De hautes colonnes. Le fameux style géorgien. Un immense cerisier noueux dominait la pelouse, un arbre sur lequel les enfants rêvent de grimper.

« Aide-moi, papa. Fais-moi la courte échelle. »

Plus loin, il y avait un buisson touffu, parfait pour jouer à cache-cache.

« Brian, tu peux toujours chercher, tu ne me trouveras jamais. »

Et une belle allée sinueuse, pour jouer à la marelle.

« Maman, regarde. Regarde-moi. »

Deux femmes bavardaient dans l'allée, appuyées à une voiture rouge. La première avait les cheveux gris ; la seconde était blonde.

« Maman, quand je serai grande, je veux te ressembler. »

Mélanie se tourna lentement vers David. Plus qu'une impression, elle avait la conviction de remonter dans le temps et de basculer dans un vaste trou noir. Elle se revit à quatre ans, dans la vieille cabane poussiéreuse.

— Je veux rentrer. Oncle Jamie, pourquoi je peux pas rentrer ? se surprit-elle à chuchoter.

— Tout va bien, lui dit David. Je suis là, avec toi. Tu es en sécurité. Tu es Meagan. Tes parents ne t'ont jamais fait de mal et jamais abandonnée. Ton père a feint tout ça pour toucher la prime. C'est une fraude, une fraude pas bête du reste. Tout à fait caractéristique de son style.

— Tu ne comprends pas, dit-elle. Tu ne sais pas…

Une autre voiture fit subitement irruption derrière, au loin, et se rapprocha d'eux à toute vitesse. Les deux femmes se retournèrent pour observer la scène. David jeta un coup d'œil dans le rétroviseur. Mélanie contemplait le paysage, l'air résignée. Ils ne savaient pas. Ils ne pouvaient pas comprendre. Elle avait déjà essayé de fuir et de courir ; elle savait qu'on ne s'en tirait pas…

— Bon sang ! fit David en appuyant sur l'accélérateur.

Mélanie lui dit alors d'une voix triste :

— Tu ne devrais pas. C'est encore pire quand on court.

— Tiens-toi bien ! Accroche-toi !

L'auto dévala la colline à toute vitesse, droit vers un bosquet. Mélanie entendit des cris. Les deux femmes couraient. Tout le monde courait. Elle-même avait l'impression de courir. Ça lui revenait maintenant. Le quatrième jour de sa réclusion… L'envie qu'elle avait eue de fuir. Le risque qu'elle avait pris. Pour retrouver ses parents.

Mais elle ne courait pas assez vite.

« Voyons, chérie, tu ne vois pas que plus tu cours, plus tu te fais mal ? »

David poussa un juron qui ramena Mélanie à la réalité. Elle se tourna vers lui. Il serrait le volant, les yeux exorbités ; de la sueur perlait sur son visage. Soudain, la route fit un coude. Un coude inattendu. Ils roulaient trop vite. Beaucoup trop vite. Plus tu cours, plus tu te fais mal.

David jura une fois de plus et pila, les pneus crissèrent sur la chaussée. Agrippé au volant, les biceps saillants, il avait l'air de se battre. Peut-être se recommandait-il à Dieu, pensa Mélanie. Et, au dernier moment, il tourna vers elle un regard suppliant.

« Je l'aime, se dit-elle. J'aime cet homme. » À son tour, elle voulut demander pardon.

Il freina à fond, la voiture fit un tête-à-queue. Il y eut d'autres cris. Mélanie se rendit compte que c'était sa propre voix. C'était elle qui criait.

« Plus tu cours, plus tu te fais mal. »

L'autre véhicule les heurta violemment. Mélanie crut apercevoir le visage furieux de son père à travers le pare-brise. Et leur voiture roula carrément sur l'autre, en vol plané.

David prit ses mains. Elle sentit la chaleur et le rugueux de ses doigts, mêlés aux siens.

Dans un fracas de tôle, la voiture s'écrasa sur le sol. On put percevoir un autre cri, bref. Et puis le noir. Le noir intégral.

36

Fou d'inquiétude, Jamie O'Donnell braquait ses jumelles sur la route qui menait à l'ancienne résidence des Stokes ; il avait le souffle court d'un homme qui se serait lancé dans un marathon depuis l'aurore. De toute évidence, il avait passé l'âge de ces jeux-là. Au moment de remporter la partie engagée un mois plus tôt, tout devenait soudain trop vrai, trop réel. Ses mains tremblaient ; il n'avait pas ressenti une telle frayeur depuis des lustres.

Dans un premier temps, craignant que Brian ne fasse une grosse bêtise, Jamie l'avait suivi jusqu'à l'aéroport de Boston, puis s'était dit qu'il valait mieux le laisser se débrouiller seul, comme un grand. Voilà. Ensuite, il s'était procuré un aller simple pour Houston.

Une fois sur place, il était descendu à l'hôtel Intercontinental, un endroit qui lui rappelait bien des souvenirs, mais peu de bons. Puis il se rappela que les Stokes ne revenaient jamais au Texas. Qu'ils évitaient le Texas comme la peste.

Dans un sens, c'était injuste. Ils y avaient tout de même connu de bons moments. Patricia, d'abord. Les nuits sous la tonnelle. Les premières années de Brian. La naissance de Meagan. Jamie se remémora la première fois qu'elle avait tenu son doigt à la maternité. Une bonne poigne. Menue, mais ferme. Son bébé. Sa propre fille !

En arrivant à Huntsville, il n'avait eu aucune difficulté à repérer Mélanie. Certes, elle était futée, maligne, pleine de ressources, ce qui le comblait d'aise, mais, pour un homme de sa trempe, ce fut un jeu d'enfant de trouver son motel d'abord, puis de la surveiller en douce. L'apparition inopinée de ce type du FBI, en revanche, l'avait quelque peu perturbé. Les deux jeunes gens semblaient avoir une liaison. Après tout, pourquoi pas ? Dès le début, et comme il faisait toujours lorsque sa fille se liait à un étranger, Jamie avait pris des renseignements sur l'inspecteur David Riggs. Il se plaisait à penser que c'était le devoir d'un père de connaître les fréquentations de sa fille.

Par chance, ce Riggs avait de bonnes références. Issu d'un milieu de petits-bourgeois de la classe moyenne, il jouissait d'une excellente réputation au sein du FBI. Jamie n'avait aucune raison d'en douter, car celui qui l'informa travaillait lui-même au FBI et n'était pas homme à distribuer les compliments à la volée. Quant à l'arthrite, c'était dommage sans doute, mais Riggs ne semblait pas s'en tirer trop mal ; surtout, il possédait un QI très au-dessus de la moyenne. La preuve : il avait vite soupçonné Harper de malversations. Dans l'esprit d'O'Donnell, pareille clairvoyance était le gage d'une haute intelligence.

Il reste que la présence de Riggs avait compliqué sa tâche, à savoir la surveillance qu'il entendait exercer sur Mélanie. Celle-ci ne songeait sans doute pas à vérifier dans le rétroviseur si on la suivait, mais l'autre était un policier aguerri, et Jamie jugea prudent de rouler à bonne distance, en prenant des détours de temps à autre. À partir du moment où ils approchèrent du pavillon de Mme Applebee, tout était devenu plus simple. Jamie s'était garé dans une station-service voisine, en bordure de la route principale, et il avait attendu, tout bonnement.

Trois quarts d'heure plus tard, lorsque David et Mélanie quittèrent la sage-femme, il avait surpris une expression inquiétante sur le visage de sa fille. Elle avait un air pâle, bouleversé, anxieux.

Alors, le cœur lui avait manqué.

Pourquoi, chaque fois qu'il tentait de la protéger, ne parvenait-il qu'à la faire souffrir davantage ? Cette pensée lui procurait l'amère et détestable impression que Stokes s'en tirait mieux que lui dans le rôle du père. Lorsqu'il avait adopté Mélanie, sans réticence, naturellement presque, elle avait bondi dans ses bras. Tout de suite, elle l'avait appelé papa ; tout de suite, elle avait voulu le faire sourire. Tout de suite, elle avait semblé heureuse.

Or, quand lui, Jamie, s'était accroupi pour accueillir dans ses bras sa propre fille, celle qu'il avait gardée à ses risques et périls durant cinq longues années, Mélanie s'était dérobée à ses tendresses.

Il s'en souvenait parfaitement. Et du jour et de l'heure. Sur le coup, son cœur avait cessé de battre, un goût de cendre lui était monté à la bouche et il avait serré les poings. Harper, qui se trouvait alors de l'autre côté de la pièce, avait souri, savourant cette douleur.

Dès cet instant, Jamie comprit à quel point il détestait ce fils de pute.

Et, depuis lors, il n'avait plus désiré qu'une chose : que Mélanie se souvienne de tout. Il fallait absolument qu'elle perce à jour la vraie nature du cupide égoïste qui prétendait être son père. Il fallait qu'elle découvre sa vraie nature à lui, Jamie, et l'amour authentique qu'il lui portait depuis sa naissance.

Mais non. Elle ne se rappelait rien. Elle était heureuse dans son rôle de Mélanie Stokes. Contente de sa nouvelle identité, elle ne se posait aucune question. Et, contre toute attente, Harper se montrait plutôt bon pour elle. Peut-être se doutait-il que cette attitude exaspérait O'Donnell. Ou peut-être avait-il aimé Meagan plus que Jamie ne voulait l'admettre. Patricia et Brian, en tout cas, avaient adoré la petite dès le premier jour. Immédiatement, ils s'étaient comportés avec elle comme une vraie mère, un vrai frère, au point que Jamie en avait conçu un peu d'amertume. Par la suite, quand elle devint une jeune fille radieuse, visiblement heureuse de son sort, Jamie avait renoncé à s'en offusquer et avait gardé pour lui son ressentiment.

Au fond, il désirait seulement son bonheur. Même si son orgueil lui commandait d'agir, même si la honte, la rancœur le torturaient, il résolut de ne pas se dresser entre sa fille et le bonheur qu'elle trouvait auprès des Stokes. Il comprit que l'amour qu'on porte à un enfant exigeait beaucoup d'humilité et décida de s'effacer avec élégance.

Et puis, un beau jour, six mois plus tôt, Harper eut l'idée saugrenue, ou le caprice, de présenter William Sheffield à Mélanie. Et de chasser Brian de chez lui, sous le prétexte médiocre que son fils était homosexuel. Insensible et mesquin dans l'âme, il laissa même sa femme retomber dans l'alcool et sa famille se disloquer à nouveau. Enfin, Harper – ce misérable –, qui se croyait meilleur que tout le monde, se mit à opérer de braves gens nullement malades pour s'enrichir.

C'était la goutte qui fit déborder le vase. Jamie en eut assez de cette arrogance, de cette prétention, de ce mépris. Vingt-cinq ans plus tôt, il avait tout donné à Stokes. D'abord, il l'avait aidé à toucher un million de dollars pour repartir à neuf et, ensuite, dès que ce fut possible, il lui avait offert sa propre fille pour que l'autre reconstitue sa famille. Personne n'était capable d'un plus grand sacrifice que celui d'offrir sa fille. Personne ne pouvait faire mieux pour redonner à Patricia le goût et la joie de vivre. Comment Harper avait-il pu cracher sur tout ça ? Non. C'était assez !

Même furieux, même gonflé à bloc, Jamie savait garder son sang-froid. Plutôt que de ruer dans les brancards, il avait dressé un plan et défini une stratégie avant de lancer sa machine infernale.

Harper allait payer pour ses fautes et, quant à lui, il allait savourer sa victoire.

Mais c'était oublier les impondérables. De nombreuses embûches se dressèrent pendant l'exécution de son dessein. Harper avait commencé par engager un tueur pour supprimer Digger et sa fille adoptive. Ça, Jamie l'avait immédiatement deviné en voyant le portrait-robot à la télévision. Ce tueur était l'une de ses connaissances, un homme qu'il avait jadis présenté à Harper. Puisque Digger faisait partie de son plan, Jamie n'avait aucune raison de l'éliminer. Or, si lui n'avait pas engagé ce tueur, ce devait être Stokes. Alors, par principe, il avait bien fallu loger deux balles dans la poitrine de ce pauvre type qui avait agressé sa fille et qui la menaçait toujours.

Quelques jours plus tard, Harper avait réussi à le surprendre de nouveau, en poussant William à bout, au point que le jeune homme avait craqué. Puis en tentant d'incriminer Mélanie auprès de la police.

Quarante-cinq minutes plus tôt, Jamie avait surpris Harper, ici même à Houston ; visiblement, il était à la recherche de sa fille.

Tous les joueurs étaient réunis, mais se déplaçaient sur l'échiquier beaucoup plus vite que Jamie ne l'avait prévu. Et, pour la première fois depuis le début de cette aventure, il eut réellement peur.

Pas tant pour lui, bien sûr, que pour Mélanie.

Garé sur le bord de la route qui surplombait l'ancienne maison des Stokes, Jamie avait une vue imprenable sur la scène qui se déroulait devant lui. Il avait vu Patricia arriver, en compagnie d'Ann Margaret. Il avait aperçu Harper, planqué dans sa bagnole le long d'une route adjacente, et qui attendait. Enfin, il avait repéré la voiture de Riggs se rapprochant au loin, avec Mélanie à son bord. Dès cet instant, Harper l'avait prise en chasse et les deux chauffeurs s'étaient lancés dans une course à la mort, depuis le sommet d'une colline, jusqu'au bas de la pente, lacet après lacet…

Un fracas épouvantable de crissements de pneus et de métal brisé monta du bas de la colline. L'événement que Jamie redoutait plus qu'aucun autre se matérialisait sous ses yeux et il était trop éloigné pour intervenir. La voiture de Mélanie avait fait un tonneau, heurté l'autre et volé dans les airs, avant de s'écraser au sol si violemment que le capot s'était ouvert comme le couvercle d'une boîte à surprise.

Patricia et Ann Margaret criaient encore et couraient vers les lieux de l'accident.

Le souffle coupé, Jamie attendait maintenant que sa fille donne signe de vie. Par miracle, l'une des portières s'entrebâilla et Mélanie sortit de la carcasse de tôle, l'air hagarde, déboussolée, le front en sang, puis elle pénétra dans le sous-bois au bord de la route.

Jamie tenta de l'appeler pour la mettre en garde, mais il était trop loin, elle ne pouvait pas l'entendre. Harper la vit s'enfuir ; il sortit à son tour de sa voiture ; il tenait une arme et il pénétra dans le sous-bois.

Quant à Riggs, il ne bougeait toujours pas ; Jamie n'avait pas le temps de se porter à son secours. En toute circonstance, sa première pensée allait vers sa fille.

Et voilà comment mon beau plan s'effondre, pensa-t-il, résigné. Il posa ses jumelles et se saisit du revolver qu'il portait toujours sur lui. À son tour, il plongea dans le sous-bois. Il avait l'habitude des situations périlleuses et, pourtant, jamais il n'avait eu autant la frousse.

Tu ne peux pas savoir, mon ange. Tu ne peux pas comprendre. Dieu du ciel ! Prends ma vie, mais protège ma fille ! Protège-la de Harper Stokes !

La petite Meagan courait, courait toujours plus vite. Les branches des buissons s'accrochaient à ses cheveux, lui coupaient les joues, déchiraient sa belle robe bleue, la freinaient dans son élan.

Mais elle progressait vaillamment ; tant que ses petites jambes pouvaient la porter, elle courait, il lui fallait courir, elle devait courir, vite, toujours plus vite.

Elle voulait rentrer et retrouver sa maman. Il était temps de rentrer.

Elle s'efforçait de courir plus vite mais, derrière elle, des pas se rapprochaient.

Oncle Jamie allait la rattraper. Oncle Jamie allait l'obliger à revenir dans cette cabane. Non ! Elle voulait revoir maman. Revoir Brian.

« Tu ne peux pas rentrer, mon ange. Ils ne veulent plus te voir. — Si ! Je veux rentrer ! — Tout ira bien, tu verras. Je vais m'occuper de toi. On va partir d'ici. Je t'emmènerai dans un endroit bien plus beau, plus agréable. Que dirais-tu d'aller vivre en princesse dans un royaume lointain ? À Londres ? — Non. Je veux revenir à la maison. — Je sais, mon amour, mais c'est impossible. Harper… ton papa, il pourrait te faire du mal. Il n'est même pas ton papa d'ailleurs. Tout ce qu'il veut, c'est de l'argent. »

Les pas se rapprochaient toujours. Les branches, les feuilles, les brindilles craquaient sous ses pas.

« Cours, Meagan, plus vite. »

Encore ces pas, tout proches.

« Cours. »

Un autre souffle, tout proche.

« Cours, Meagan, cours ! »

Soudain, un bras la saisit par la taille et la retint fortement. Mélanie tenta de pousser un cri, mais une main se plaqua sur ses lèvres, et elle se sentit pressée contre un corps solide et puissant.

— Chut ! murmura Jamie à son oreille, en l'entraînant plus avant dans l'épaisseur des buissons. Surtout, ne fais pas de bruit.

À cet instant seulement, Mélanie prit conscience qu'il y avait d'autres personnes dans ce sous-bois et, tout à coup, Harper apparut devant eux, à six ou sept mètres environ ; il repoussait les branches qui obstruaient son passage, un fusil en main.

David reprit connaissance. Ses oreilles bourdonnaient. Il cligna des yeux, ne comprenant pas ce qu'il faisait là, étendu dans l'allée de tir. Puis il se demanda pourquoi il y avait tant de lumière, et pourquoi son visage était humide.

Il y porta la main, la regarda, le sang recouvrait son visage. Il se tourna vers le siège de Mélanie ; elle n'y était plus. La portière était ouverte ; la ceinture de sécurité traînait dehors dans la poussière.

David essaya de pousser sa portière. Elle était bloquée. Ses mains tremblaient, il sentait une bosse sur sa tempe. Pour une fois, ce n'était pas son dos qui le faisait souffrir. Mais il fallait rejoindre Mélanie.

Il réussit à déboucler sa ceinture, à s'étendre sur le siège de droite puis, en ramenant ses pieds, à ramper, à se glisser sur la route, dans la poussière. Un vertige l'envahit. Tout tournait autour de lui.

Il fit un effort pour se relever, en s'appuyant sur la voiture. Il avait toujours son revolver ; il pouvait se défendre. Mélanie n'était sans doute pas très loin, mais elle devait être secouée, ahurie, vulnérable.

Ressaisis-toi, mon vieux. Rassemble tes idées.

David dénoua sa cravate et l'enroula autour de son front pour contenir le sang qui voilait sa vue. Avec rage, il enfonça ses ongles dans la paume de ses mains, et la douleur dissipa son vertige. Il repoussa le cran de sûreté de son Beretta et, lui aussi, comme les autres, plongea dans le sous-bois.

Immobile, Mélanie sentait son cœur battre la chamade. On aurait dit que le temps avait suspendu son cours ; tout était calme, tranquille, au point que chaque son, chaque bruit, chaque mouvement prenait des proportions démesurées. Jamie la tenait si fort qu'elle pouvait à peine respirer. Tout près, son père fouillait les buissons du regard comme s'il traquait le petit gibier. Il portait toujours son fusil et Mélanie sentait contre ses vertèbres le revolver que son parrain dissimulait dans sa veste.

Un souvenir très net lui revint en mémoire.

Elle courait, son pied s'accrochait dans une racine, elle tombait sur les feuilles. On ne courait plus. C'était fini. On l'avait rattrapée. Elle avait du sang sur les genoux et des brindilles dans les cheveux. À bout de souffle, elle ne parvenait même pas à pleurer.

Oncle Jamie s'agenouillait près d'elle. Il avait l'air épuisé lui aussi et, chose bizarre, c'était lui qui pleurait. Doucement, il repoussait les cheveux de la fillette ; il vérifiait qu'elle ne s'était pas brisé une jambe ou un bras, il examinait ses genoux.

Délicatement, il retirait un à un les cailloux collés à la plaie. Il répétait que tout allait bien, que tout allait s'arranger, qu'avec le temps elle comprendrait qu'il ne lui ferait jamais de mal. Oncle Jamie l'appelait son bébé.

Mais elle le détestait. Parce qu'il l'empêchait de retrouver ses parents et qu'elle voulait rentrer.

Un craquement se fit entendre juste derrière eux, une bête sans doute. Jamie frissonna et Harper tourna les yeux dans la direction de ce bruit. Mélanie sentit que Harper et Jamie portaient leur attention de ce côté, et elle en profita pour donner un fort coup de coude dans la poitrine de son parrain, puis un autre coup sur le pied. Il fit la grimace, tenta de la retenir, mais la surprise eut raison de sa vigilance, et Mélanie le repoussa aussi fort qu'elle en fut capable. Il essaya de la rattraper par un bras ; trop tard, elle bifurquait déjà vers la droite, à l'écart des deux hommes.

— Zut ! s'écria Jamie.

— Mélanie ! appela Harper.

Elle baissa la tête, reprit sa course, mais soudain tout s'enchaîna. Elle croyait se déplacer rapidement, déjà son parrain était sur elle et lui touchait l'épaule. Harper fit irruption à gauche et leva son arme.

Mélanie s'élançait vers une clairière voisine quand le coup partit. Elle vit la balle filer dans sa direction et Jamie se dresser, bondir en l'air, déployer son corps comme un aigle, en la regardant fixement, résolu, franc et triste à la fois. Si triste.

La balle le toucha dans le dos, le choc raidit son corps, et il s'écroula dans les feuilles.

Harper se tenait maintenant devant la jeune femme, de la fumée s'échappait de son fusil.

— Décidément ! Ce type est toujours dans mes pattes.

Il pointa ensuite son arme sur sa fille adoptive.

Sans repères du tout, David errait dans le sous-bois. Des feuilles s'emmêlaient à ses cheveux. Des racines le faisaient chanceler à chaque pas. Il commençait à y voir plus clair, mais s'orientait mal, et il ne savait dans quelle direction il allait, ni d'où il était parti ; soudain, il se retrouva sur la route, à son point de départ, devant les deux voitures accidentées. Là, il s'aperçut qu'on frappait à l'intérieur du coffre de l'une d'elles.

— Sortez-moi d'ici !

David trouva les clés sur le tableau de bord et ouvrit le coffre. Brian se redressa.

— Ça va ? demanda Riggs, en lui tendant la main pour l'aider.

Brian se frottait le nez ; il était presque défiguré.

— C'est mon père, bredouilla-t-il. Il est armé. Il m'a frappé.

— Mais pourquoi ?

— Il craint que… j'aide Mélanie. Il faut courir à son secours.

Brian voulut joindre le geste à la parole, mais ses jambes se dérobèrent sous lui et il s'écroula sur la chaussée.

— Vous comprenez pas, dit-il. Il va… il va la tuer.

— Pourquoi ? C'est sa fille…

— Non, pas la sienne. Celle de Jamie. Vous ne comprenez pas ? Elle est la fille de Jamie.

Les derniers éléments qui manquaient à David se réunirent d'un coup dans son esprit. Tout s'éclaircit ; à peine eut-il le temps de constater que Harper pouvait effectivement abattre Mélanie qu'un coup de feu retentit dans le sous-bois.

— Allez l'aider ! ordonna Brian. Courez !

Et David partit à grandes enjambées.

Mélanie était agenouillée dans l'herbe, indifférente à son père et à son fusil. Jamie la regardait fixement ; sa main gauche tremblotait le long de son corps et il cherchait son souffle. Mélanie perçut un bruit de succion et comprit que la balle avait touché le poumon.

Sans réfléchir, elle se tourna vers Harper, implorant son aide. Peut-être n'avait-il pas voulu tirer ? Peut-être ne voulait-il blesser personne ?

— Je t'en prie, lui cria-t-elle. Tu es médecin. Viens.

Harper ne répondit pas.

— Je suis tellement… désolé, bégaya Jamie.

— Chut ! Tout ira bien. Tu vas te reposer. Tu t'expliqueras après.

— Tu ne… te rappelais pas… Je voulais tellement que… tu te souviennes…

Le sang montait à ses lèvres maintenant ; ses yeux se révulsaient. Mélanie serra plus fort sa main dans la sienne.

— Non, c'est pas vrai ! Tu ne vas pas mourir comme ça devant moi, Jamie. Je ne te laisserai pas fai…

Il la considéra avec une expression si triste, si mélancolique. Elle sut qu'il était trop tard.

— Un égoïste, murmura-t-il. Comme Harper. Annie avait raison. Je ne vaux pas mieux. Meagan…

— Jamie.

— Je t'aime, mon ange… ma petite.

— Non, Jamie ! Je t'en supplie !

Il fut pris de convulsions. Mélanie tenta de le calmer, de boucher la blessure de ses doigts tremblants, mais il y avait trop de sang, partout, dans le dos, sur le menton. Jamie frissonnait sans pouvoir se contenir.

— Bon sang, Jamie ! Tu n'oserais tout de même pas mourir devant moi ! Tu ne peux pas me faire ça. Pas maintenant.

« Tu seras toujours mon bébé, disait-il autrefois. Où que tu ailles, jamais tu ne seras seule. » Et moi j'ai oublié. Quelle misère. Je ne me rappelle rien. Oh ! Jamie, excuse-moi !

— MMMeagan…, soupira-t-il.

— Quoi, Jamie ? Qu'est-ce que tu veux ?

— Dis-le… pour une fois…

— Dire quoi ?

— Appelle-moi… papa…

— Papa ! Papa !

Il poussa un dernier soupir. C'était fini. Jamie O'Donnell venait d'expirer.

Mélanie perçut d'autres craquements de branches ; Patricia et Ann Margaret débouchèrent soudain non loin d'eux. Des oiseaux effrayés prirent leur envol, à droite ; David Riggs fit irruption à son tour, en brandissant un revolver.

En cercle autour du corps allongé sur le sol, tout le groupe contemplait la scène. Mélanie pleurait sur son père ; Stokes demeurait immobile, mais bientôt se ressaisit et leva son arme en direction de la jeune femme. Immédiatement, David pointa vers lui son Beretta.

— Jetez votre arme. Je suis du FBI.

— Harper ! Pour l'amour du ciel ! s'écria Patricia.

— Tais-toi ! Si quelqu'un bouge, j'ouvre le feu !

Curieusement, Mélanie eut l'impression de voir le vrai visage de son père adoptif pour la première fois de sa vie. Ses traits, qu'elle trouvait si avantageux, étaient tirés, vieux, défraîchis. Sa mâchoire pendait, ses yeux si bleus, si clairs, avaient une expression floue, douteuse.

Voilà l'homme qu'elle aimait depuis vingt ans. Un être mou. Un égoïste qui l'avait vendue pour un million de dollars.

— Dis-le à la fin ! s'écria-t-elle. Dis-nous une fois pour toutes ce que tu as fait !

— Tu ne sais rien ! éructa-t-il. J'ai fait ce qu'il y avait à faire dans l'intérêt de ma famille.

— Tu as enlevé notre fille ! s'exclama Patricia. C'était dans l'intérêt de la famille, ça ?

— Ta fille ! Une bâtarde. Ta fille et celle d'O'Donnell, que tu voulais lancer dans mes jambes comme si je ne comprenais rien. Tu me prends pour un idiot, Patricia ? Pourtant, je t'aimais.

— Tu m'aimais ? Difficile à croire… Tu passais ta vie à l'hôpital.

— Je travaillais pour nous offrir ce qu'il y a de mieux ! Tu ne t'es jamais demandé d'où venait le fric que tu gaspillais chaque jour dans les boutiques ?

— Je faisais les boutiques parce qu'il n'y avait rien d'autre à faire ! Si, au moins, tu avais daigné me parler. Quel idiot ! J'aurais vécu bien plus simplement pour toi. J'ai quitté Jamie pour toi. Je t'aimais vraiment ; j'ai tout fait pour que ça fonctionne entre nous. Je prenais les moyens de sauver notre couple quand tu as kidnappé notre fille ! L'as-tu ligotée ? Est-ce qu'elle criait quand tu l'as surprise dans la voiture de la bonne ?

— Ça ne s'est pas passé comme ça. Je n'étais même pas là. Jamie s'est occupé de tout.

— Parce qu'il était forcé de le faire ! coupa Ann Margaret. Parce que vous aviez laissé entendre que, s'il ne vous aidait pas à simuler le meurtre de Meagan, vous alliez le commettre vraiment.

— Il m'avait offensé. J'étais hors de moi.

— Vous aviez surtout besoin de fric, ajouta Riggs d'une voix plate.

Mélanie remarqua que David pivotait légèrement sur le côté pour mieux viser. Il hocha la tête à son adresse ; elle comprit qu'il lui signifiait qu'il dominait la situation, que tout allait s'arranger. Mais elle n'avait que faire de ses encouragements. Son vrai père gisait à ses pieds. Son père adoptif pointait sur elle le canon de son arme. Elle se sentait exaspérée et trahie. Elle se rappela alors que Jamie avait un revolver dans sa veste.

— Comment avez-vous procédé ? demanda David, en se glissant un peu plus vers la gauche. Vous étiez furieux, vous n'aviez plus un rond, vous avez résolu de tourner la situation à votre avantage. En vous débarrassant de Meagan et en touchant la prime tout en même temps. Pas bête du tout…

— Très astucieux, vous voulez dire, répliqua Harper. Mais ne vous fatiguez pas, inspecteur. Je ne vais certainement pas me confesser ici devant tout le monde.

— Pas la peine ! lança Ann Margaret. Je sais tout. J'étais là, moi aussi.

Elle décocha un sourire timide à l'endroit de Riggs.

— Laissez-moi reprendre depuis le début, dit-elle. Harper avait mis au point son plan machiavélique. Il savait que Meagan n'était pas sa fille ; il se fichait qu'elle l'adore ; il voulait qu'elle quitte son toit. Jamie aurait fait n'importe quoi pour cette enfant, alors il a consenti à la prendre avec lui. Il a fait semblant de l'enlever, il l'a mise à l'abri…

— Dans une vieille cabane toute décrépie ! s'exclama Harper. Voilà comment il traitait sa fille !

— Qu'est-ce que vous vouliez qu'il fasse ? En tant qu'ami de la famille, on attendait de lui qu'il participe aux recherches. Il ne pouvait pas se trimbaler avec une enfant sortie de nulle part. S'il l'avait confiée à un ami, celui-ci aurait pu vous faire chanter tous les deux après coup. S'il l'avait enfermée dans une chambre d'hôtel, elle aurait attiré l'attention du personnel avec ses pleurs incessants. Vous insistiez pour que tout soit parfait. Alors, oui, en effet, il l'a séquestrée dans une cabane au fond des bois, où personne ne pouvait la retrouver. Ce n'était pas l'idéal, ça lui brisait le cœur, mais, au bout du compte, ça a marché… Ensuite, dès que Meagan fut loin de lui, Harper a rédigé la demande de rançon, et Jamie lui a trouvé cent mille dollars pour l'aider à payer ses dettes.

— La rançon que Brian a vue sous votre lit, dit David. Celle que vous n'avez jamais versée. Et votre fils le savait. Décidément, quand vous avez besoin de fric, vous ne lésinez pas sur les moyens…

Harper serrait toujours son fusil mais perdait sa belle assurance ; quand quelqu'un prenait la parole, il se tournait nerveusement dans sa direction. David avait remarqué ce manège. Mélanie également. Petit à petit, elle se penchait vers le sol et se rapprochait du corps de son parrain.

— La police a tout de suite lancé une enquête, reprit Ann Margaret. Tout comme Harper et Jamie le prévoyaient. Jusque-là, Harper avait bien joué sa partie ; personne ne se doutait de qui émanait la demande de rançon, mais, soudain, vous vous êtes rendu compte que vous aviez négligé certains détails, non ? Vous aviez réussi à mettre la main sur cent mille dollars, mais vous ne pouviez pas les dépenser, car la police aurait eu des soupçons. Il vous fallait tout de suite de l'argent régulier en quelque sorte. Celui de la prime ferait l'affaire. Mais, pour le toucher, vous deviez trouver un cadavre. Et vous vous êtes naturellement tourné vers Jamie, une fois de plus ; vous lui avez demandé de repérer le corps d'une fillette de quatre ans dont la description correspondait *grosso modo* à celle de Meagan.

Mélanie avait déjà la main dans la poche de la veste de Jamie, mais à ces mots elle se raidit :

— Il n'a pas… il n'a pas tué une fillette quand même ?

— Bien sûr que non. On l'avait chargé d'identifier les corps d'enfants que la police retrouvait. Ça lui a pris quatre mois. Durant quatre mois, il s'est rongé les sangs et les flics tournaient sans cesse autour des Stokes comme des abeilles sur un pot de miel. Finalement, Jamie a subtilisé le cadavre d'une petite fille à la morgue du Mississippi. Il a brûlé le bout de ses doigts ; il a décapité le corps pour que l'examen des dents ne le trahisse pas ; il l'a enroulé dans une couverture… Je m'en souviens, il m'a raconté ça plusieurs années après. Seul au milieu des bois, il portait le corps de cette enfant. Il a creusé une fosse. Il était dans le trente-sixième dessous, pensez donc, c'était atroce. Il avait l'impression d'être un tueur d'enfants. À peine s'il a pu faire le boulot. Puis il a bouché la tombe de manière que les chiens de la police la retrouvent sans mal. La taille, le poids correspondaient si bien à ceux de Meagan que la police n'a pas cherché plus loin. Et quand Harper l'a formellement reconnue comme sa fille, les enquêteurs se sont inclinés. Sale journée…

Patricia hochait la tête, l'air sombre. Même Harper semblait ému à ce souvenir.

— Mais les maudits flics ne partaient pas ! s'écria-t-il quelques secondes plus tard. Tout se déroulait selon notre plan, mais ils ont mis la main sur Holmes. Comment vouliez-vous qu'on devine qu'ils allaient arrêter ce salaud-là la semaine suivante ?

Harper décocha un regard hargneux à l'endroit d'Ann Margaret, en ajoutant :

— Il n'y a pas à dire, votre mari était beaucoup moins futé que moi.

— Grâce au ciel ! rétorqua-t-elle sèchement.

— Et ensuite ? demanda Riggs, l'air dégagé.

David était parvenu à gagner un mètre sur Harper. Ils étaient trop nombreux autour de lui, il valait mieux approcher de la cible. Sur ces entrefaites, David prit conscience que Mélanie s'agitait de son côté. Elle était presque assise sur le corps de Jamie, la main dissimulée dans sa veste. Quelle idée avait-elle derrière la tête ?

— Harper a ensuite carrément vendu son âme, poursuivit Ann Margaret. Il a dépêché Jamie au pénitencier dans l'espoir qu'il arracherait un marché à Russell. Et quel marché ! Russell devait reconnaître avoir tué un autre enfant ; en échange, Stokes et Jamie promettaient de se charger de l'éducation de notre enfant. Du jour au lendemain, William obtiendrait tout ce que je ne pouvais lui offrir. Même si Russell était une sorte de monstre, il aimait son gamin et il en était fier.

Mélanie considérait Ann Margaret, perplexe et stupéfaite.

— Ils ont accepté de s'occuper du fils de Holmes ? Mais qui était-ce ?

— William, ma petite. William était mon fils. Je l'avais confié à l'orphelinat le jour de l'arrestation de Russell ; j'étais affolée à l'idée qu'un journaliste comme Digger ne transforme sa vie en enfer. Je croyais vraiment que c'était la meilleure solution.

» Quand Russell et Harper se sont entendus, j'ai validé leur marché. J'ai fait signer à Harper et à Jamie une confession décrivant leurs agissements à tous les deux, puis j'ai déposé le document dans un coffre sécurisé, en demandant qu'on le remette à la police s'il m'arrivait quoi que ce soit. Après cela, je me suis installée à Boston pour recommencer ma vie et garder l'œil sur Harper. Sur William aussi…

Ann Margaret s'était quelque peu échauffée ; elle se tut quelques instants, puis ajouta d'une voix pensive :

— L'orphelinat m'était apparu comme la meilleure solution. J'envoyais de l'argent chaque année pour que mon fils ne manque de rien. Les frères m'avaient promis de prendre soin de lui. William allait mener une vie normale ; il ne risquait pas de tomber sur un reporter qui ferait le lien entre lui et son père. Mais tout ce fric… J'ai été si pauvre dans ma jeunesse. J'ai pensé que l'argent ferait la différence. Dans le fond, je ne vaux pas mieux que Harper, moi non plus…

— Ne dites pas ça ! s'exclama Mélanie, avec une assurance inattendue et une expression de défi dans la voix. Nous valons tous mieux que lui. Parce que cette histoire ne s'achève pas là, hein, papa ? Cinq ans plus tard, on s'apprêtait à exécuter Russell Holmes ; dans quel état se trouvait la famille à ce moment-là ? Cette famille que tu avais cru combler avec un million de dollars ? Maman buvait. Brian était en analyse, et tu bossais sans cesse pour ne pas voir tout ce gâchis qui perdurait par ta faute ! Et, quand l'occasion s'est présentée de remédier à cela, tu t'es arrangé pour la rater !

» Un jour, Jamie t'a appelé, je m'en souviens très bien maintenant ; j'étais dans une chambre d'hôtel, à Londres ; j'ai entendu votre conversation, même si je n'en comprenais pas le sens à l'époque. Jamie te fait remarquer que ton plan a réussi point par point, que tout va bien pour toi, mais qu'il serait temps que tu fasses un geste charitable. J'étais si malheureuse sans ma mère ; maman et Brian si malheureux sans moi. Jamie te propose de régler ça. Il allait faire en sorte que je ne me souvienne de rien. Il m'abandonnerait à l'hôpital pour que tu m'y trouves ; ensuite, tu pourrais m'adopter dans les règles. Pas la peine de te prétendre mon père, cette fois-ci. Tu deviendrais le père adoptif magnanime, celui qui prend à sa charge une pauvre fillette abandonnée. Ça te plaisait, cette idée. Peut-être était-ce le fait de passer pour un homme bon ?

Harper considérait sa fille le visage dur et fermé.

— Même ça, tu l'as gâché ! renchérit-elle. Tu as continué à dépenser sans compter. Tu es devenu un chirurgien de haut vol, de plus en plus riche, mais tu n'en as jamais assez. Tu avais détruit ta famille une première fois, sans en tirer la moindre leçon ! Et, aujourd'hui, tu ouvres le ventre de gens bien portants pour toucher plus d'argent. Tu violes le serment de ton ordre ! Après tout, pourquoi pas ? Tu n'en es pas à un crime près. Tu t'en es déjà tiré une fois : tu as commis un crime abject, tu t'en es tiré les mains blanches, alors pourquoi pas un autre, et puis un autre…

— Je n'ai jamais blessé personne.

— Tu as blessé tout le monde au contraire ! Ma mère, mon frère. Tu m'as blessée, moi ! Et tu mets en danger la vie de patients qui se fient à toi !

» Le type qui a tué Digger ; celui qui a tenté de me descendre par la même occasion, c'est toi qui l'as engagé. Quelqu'un voyait clair dans ton jeu, t'envoyait des messages, et tu as eu peur qu'après toutes ces années la vérité soit connue. Alors, tu as engagé quelqu'un pour m'éliminer. Qui sait si tu ne l'as pas tué lui aussi pour économiser du fric !

— Non, non ! protesta Harper. C'est Jamie. C'est lui qui l'a tué. C'est lui, le tueur.

— Jamie nous protégeait tous ! Il m'a défendue ! Tout comme il a bondi tout à l'heure quand tu tirais sur moi ! Comment as-tu pu faire ça ? C'était ton ami, tu l'as descendu !

— Il me trompait avec ma femme.

— Et toi, tu trompes ta femme avec toutes les infirmières de moins de quarante ans ! Comment oses-tu dire une chose pareille ?

— Tais-toi ! Tu ne sais rien, s'écria Harper d'une voix aiguë.

Du coup, David sentit qu'il ne se dominait plus et que tout allait dégénérer. Il visa Stokes au front mais, au même instant, Patricia s'élança vers son époux.

— Tu ne tireras pas sur ma fille !

— Patricia, non, couchez-vous ! ordonna David.

Ann Margaret s'interposa à son tour. Harper leva son arme en direction de sa femme, lui ordonna de s'éloigner en la menaçant de la tuer elle aussi. Comment avait-elle pu lui faire tant de mal ? Lui qui l'avait aimée d'un amour sans partage ? Pourquoi n'avait-elle jamais fait le deuil de la fille de Jamie O'Donnell ? Parce qu'elle l'aimait toujours ! Voilà pourquoi ! Elle l'avait toujours préféré à lui, Harper !

Tandis que Stokes donnait libre cours à son ressentiment, David cherchait un angle de tir favorable. Patricia objectait que tout cela était faux, qu'elle l'avait aimé plus que Jamie, mais que son orgueil l'aveuglait, qu'elle avait passé sa vie à croire qu'ils seraient heureux un jour. Qu'avait-il fait de ses rêves ? Comment avait-il pu les salir à ce point ? Comment pouvait-il menacer sa fille, lever sur elle une arme ! Comment avait-il pu tuer son meilleur ami ?

David entendit Mélanie appeler sa mère, des sanglots dans la voix ; elle sentait que Harper perdait pied, qu'il était vraiment capable de tirer sur sa femme, que David ne pourrait l'en empêcher, et elle avait sorti un objet de la veste de Jamie. Un revolver. Mélanie brandissait maintenant le revolver de Jamie O'Donnell.

— Ann Margaret ! Couchez-vous ! hurla David.

Au même moment, Harper vit le nouveau danger qui le menaçait et se tourna, crispé, vers sa fille, David ne pouvait pas ouvrir le feu, car Patricia se tenait dans sa ligne de tir. Harper poussa un cri, une violente envie de meurtre contracta hideusement son visage ; Mélanie se dressa juste devant lui, calme, résolue, l'air farouche.

— Mélanie ! Non ! Patricia ! Couchez-vous à la fin !

Tout à coup, Brian apparut derrière Stokes, une branche d'arbre à la main. Il en assena un coup violent sur le crâne de son père, qui s'écroula aussitôt. David s'élança, tira ses menottes et les passa aux poignets de Harper. Pâles, interloquées, Patricia et Ann Margaret restaient figées, immobiles.

Brian les considéra tous les uns après les autres, la branche toujours au bout du bras. Le nez brisé, le visage défait, il semblait sortir d'un puits ou d'un cauchemar. Du regard, il chercha sa sœur.

— Meagan, murmura-t-il. Oh ! Meagan…

— Brian ! cria Mélanie en se précipitant dans ses bras.

Patricia se porta vers eux, serra ses enfants contre elle, et ensemble ils pleurèrent à chaudes larmes.

David et Ann Margaret se tinrent à l'écart, tandis que le silence retombait sur le sous-bois ; puis, un à un, les oiseaux reprirent leurs pépiements.

Lorsque la police arriva vingt minutes plus tard, Patricia pleurait toujours auprès de son fils, mais Mélanie se blottissait dans les bras de David, qui la tenait ferme contre lui et, tendrement, lui caressait les cheveux.

Épilogue

Le jour des obsèques de Jamie O'Donnell, le temps était à la pluie. Au Texas, le médecin légiste avait gardé son corps presque deux semaines pour compléter les analyses, ce qui avait retardé la cérémonie. Pour cette occasion, Patricia avait retenu les services d'un prêtre catholique. Ann Margaret savait que Jamie désirait être incinéré ; aussi, Brian et Mélanie décidèrent de répandre ses cendres dans la mer, sur la côte Est, non loin de Newport. Jadis, lorsqu'ils étaient enfants, Jamie les emmenait souvent à cet endroit, où le spectacle et le bruit des vagues lui rappelaient l'Irlande.

Mélanie, Ann Margaret, Patricia, Brian et Nathan se recueillaient en silence, face au prêtre lancé dans son sermon, mais la jeune femme ne parvenait pas à se concentrer sur ses paroles. Les promesses d'espoir, les serments de bienveillance et de charité humaine ne la remuaient guère depuis quelque temps. Elle était lasse de se payer de mots. On les prononçait avec une telle facilité, ceux qui les écoutaient avaient une telle envie d'y croire, non, tout cela lui paraissait vain, superflu.

Mélanie contemplait la mer aux reflets sombres et les vagues, en bas, qui se fracassaient sur les rochers.

Curieusement, elle pensa que Harper aurait dû être présent. Ces funérailles le concernaient aussi. Que son père veuille ou non l'admettre, Mélanie devinait que la disparition de Jamie lui causait autant de peine qu'à elle-même.

Mais le docteur Harper Stokes était en prison à cette heure. Les États du Texas et du Massachusetts disputaient au FBI le droit de le juger en premier. Toutefois, les agents du FBI, ceux de la brigade des fraudes médicales en particulier, les avaient pris de vitesse. Les collègues de David, en effet, n'avaient pas tardé à investir la maison de Beacon Street, à bloquer les comptes bancaires de Stokes, à saisir ses biens, à passer ses dossiers au peigne fin. Au cours des derniers jours, Mélanie, Patricia et Brian avaient dû se plier à de si nombreux interrogatoires que le préposé à la réception du FBI les reconnaissait au premier coup d'œil et leur adressait de petits signes de tête lorsqu'ils se présentaient.

En outre, Mélanie avait passé de nombreuses heures dans le bureau de l'inspecteur Jax, pour lui décrire en détail les circonstances de la mort de William. Jusqu'à maintenant, la police ne retenait aucune charge contre elle, son avocat ayant réussi à convaincre les autorités que les écorchures sur son visage et le fait que l'arme appartînt à William plaidaient en sa faveur et rendaient plus que plausible l'hypothèse de la légitime défense. Le ministère public, disait-il, ne devait pas perdre son temps à enquêter sur une affaire aussi limpide.

En somme, la société ne la considérerait pas comme une criminelle. Pourtant, elle avait bien tué un homme. Quand elle y songeait, Mélanie ne savait que penser ;

elle ne parvenait pas à démêler ses sentiments, mais tant d'événements la rendaient perplexe depuis un mois…

Un certain matin, par exemple, deux semaines précisément après la mort de Jamie, elle s'était réveillée en sueur. Elle venait de rêver de cette cabane encore et de son séjour à Londres. Sinon que, cette fois, Jamie refusait d'être son père. Il la détestait, elle était une enfant insupportable, il allait se débarrasser d'elle et la ramener là-bas.

Éperdue d'inquiétude, sans réfléchir à ce qu'elle faisait, Mélanie s'était alors rendue au pénitencier pour voir son père adoptif. Il fallait qu'elle sache. Elle avait besoin de lui poser la question. Jamie l'avait-il vraiment aimée ? Harper pouvait-il l'aider à rassembler les derniers éléments qui échappaient encore à sa mémoire ? Elle voulait l'entendre dire que les deux hommes, ses deux pères, l'aimaient également, que lui, Harper, n'avait jamais songé à l'agresser de quelque façon, que cette histoire d'homme de main, engagé pour l'éliminer, était une pitoyable erreur. Harper l'aimait. Jamie l'avait aimée. Deux êtres fous de jalousie s'étaient affrontés et les événements avaient pris une tournure désastreuse. Mélanie n'était responsable de rien. C'était leur faute à eux. Pas la sienne.

Mais Harper avait refusé de la rencontrer au parloir. Depuis son arrestation, il ne voulait voir personne, pas même sa femme.

Sonnée, Mélanie était alors revenue à sa voiture, l'esprit vide, et, quand elle avait repris ses esprits, elle s'était rendu compte qu'elle se tenait devant la porte de l'appartement de David. Depuis l'intervention de la police texane, elle ne s'était pas retrouvée seule avec lui un seul instant. Il était redevenu l'inspecteur David Riggs, chargé de l'enquête sur les fraudes perpétrées par le docteur Stokes. Or les agents du FBI n'étaient pas autorisés à fréquenter les témoins mêlés à telle ou telle affaire. Mélanie ne l'ignorait pas. Elle savait qu'ils devaient observer des règles strictes à cet égard et qu'en général David s'y tenait.

Ce jour-là, cependant, Mélanie passa outre à la consigne. Elle frappa à la porte et, dès qu'il ouvrit, se jeta dans ses bras. David ne prononça aucun mot. L'expression sur son visage était sans équivoque. La jeune femme sentit tout de suite le désir impérieux qu'il avait d'elle, le besoin de la toucher, de la tenir, ne serait-ce que pour s'assurer que leur aventure au Texas avait vraiment eu lieu, qu'ils étaient l'un et l'autre des êtres de chair et de sang. Tous les recoins de l'appartement de David suffirent à peine à contenir leurs étreintes amoureuses. Et, de tout ce temps, ils n'échangèrent pas un mot.

Quelques heures plus tard, Mélanie s'était rhabillée et avait quitté les lieux comme elle était venue, sans dire un mot. David ne l'avait pas rappelée et elle supposa qu'il en serait ainsi tout le temps que durerait l'enquête.

Elle avait attendu cinq jours avant de se représenter chez lui. Et elle était revenue trois jours après. Jamais ils ne se parlaient. C'était comme un pacte entre eux, comme si les mots eussent rompu leur devoir de réserve. Ils laissaient leurs mains, leurs bouches et leurs corps parler pour eux. Et Mélanie croyait davantage au silence de ces rencontres ferventes qu'à tout ce qu'elle avait entendu au cours des vingt dernières années.

Par ailleurs, Patricia et Ann Margaret l'aidaient à se remémorer certains détails de sa vie. Les trois femmes passaient leurs après-midi à bavarder sur la terrasse, à Beacon Street. Patricia et Ann Margaret racontaient à Mélanie ses premières années au Texas, tentaient de replacer les événements qui la concernaient dans leur contexte. Elle apprit ainsi bien des détails sur Jamie. Combien il avait aimé sa mère, sans parvenir à la tirer des bras de son mari. Combien il avait aimé Ann Margaret, sans trouver la force de résister à ses tendances autodestructrices. Et quel amour étrange, tragique aussi, il portait à elle, son enfant, depuis le début.

Jamie avait désigné sa fille comme principale héritière. Des millions de dollars, placés dans des banques suisses, revenaient donc à Mélanie et assuraient son avenir, de même que celui de sa mère. L'une et l'autre ne manqueraient de rien désormais. O'Donnell laissait en outre à Ann Margaret une rente appréciable qui devait lui être régulièrement versée jusqu'à la fin de ses jours.

Entre-temps, la police découvrit dans ses affaires l'appareil qu'il utilisait pour déformer sa voix lors de ses appels anonymes. Elle trouva également des plumes d'autruche et une curieuse photographie représentant une femme en compagnie de deux bêtes immondes. Personne ne sut quelle interprétation donner à cela, sinon Brian. Il s'agissait d'après lui des derniers présents que Jamie n'avait pas eu le temps d'expédier. Les plumes allaient sans doute à Patricia dont l'attitude, dès lors qu'il était question des agissements de son mari, consistait à se boucher les yeux, et la photo à Ann Margaret qui avait frayé avec deux monstres dans sa vie.

Selon cette dernière, O'Donnell avait connaissance de tous les crimes, fautes ou erreurs commis par chacun. Ainsi la pomme, posée sur le lit de William, symbolisait le fruit qui ne tombe jamais loin de l'arbre qui l'a porté. En outre, Jamie avait surpris Brian, le jour où l'enfant avait découvert la rançon cachée sous le lit. Durant des mois, des années, il avait attendu que Brian le révèle à tous, mais, à son grand désespoir, le garçon, puis le jeune homme n'avait jamais rien dit. D'où la langue de bœuf.

Jamie possédait aussi un passe-partout et les codes qui permettaient de neutraliser les divers systèmes d'alarme, de sorte qu'il connaissait les détails intimes de la vie de chacun et pouvait s'introduire en catimini chez les uns comme chez les autres pour y déposer ses petits présents.

Enfin, O'Donnell avait un autre secret, une autre raison d'agir comme il l'avait fait. Le médecin légiste texan découvrit en effet que le père de Mélanie souffrait d'un cancer à l'estomac et ne pouvait espérer vivre plus de six mois.

Jamie avait donc profité du temps qu'il lui restait pour révéler la vérité. Les agents du FBI en vinrent du moins à cette conclusion.

Ann Margaret cependant avait une explication un peu divergente.

« Au moment de ton adoption, rappela-t-elle à Mélanie, tu devais revoir pour la première fois depuis ton enlèvement ceux qui t'avaient connue jadis et, comme Jamie le supposait, tu as immédiatement *reconnu* ta mère. Brian aussi. D'une manière presque naturelle, tu t'es portée vers Harper et te montrais affectueuse à son endroit.

» Et puis, un jour, tes nouveaux parents t'ont présentée à Jamie. Te souviens-tu de ce que tu as fait ? C'était ton père biologique. Il t'avait gardée à Londres pour te protéger contre la jalousie de Harper. Durant cinq ans, il avait réorganisé sa vie autour de toi, il avait pris soin de ta personne et, plus tard, par amour pour toi et Patricia, il t'avait rendue à ta famille. Lors de votre première rencontre, tu as levé les yeux vers lui et tu as reculé. Apparemment, tu avais peur.

» Je pense qu'il n'a jamais oublié cette réaction. Dans un sens, il savait que tu finirais par aimer Harper, alors que lui t'inspirerait toujours une certaine frayeur.

» Pour un homme, il est des phénomènes plus forts et puissants que le cancer ; l'un de ceux-ci est le besoin d'être aimé. »

— Quand j'étais un enfant, récitait le prêtre, je parlais comme un enfant. Je pensais, je regardais toutes choses comme un enfant. Lorsque je suis devenu adulte, je me suis détourné du monde de l'enfance. Aujourd'hui, toute chose nous apparaît comme si elle se trouvait derrière un verre dépoli ; mais, plus tard, nous verrons tout distinctement et chacun face à face. Aujourd'hui, je ne connais le monde qu'en partie. Plus tard, je connaîtrai tout de lui et on saura tout de moi.

À ces mots, Mélanie devait intervenir. Elle se redressa et saisit l'urne dans ses bras. Elle était lourde, curieusement lourde, très réelle, mais combien dérisoire comparée à la stature de Jamie. Le prêtre hocha la tête et la jeune femme souleva le couvercle.

« Nous verrons-nous jamais face à face, Jamie ? Je sais que tu m'as aimée et que tu as fait ce que tu croyais bon pour moi. Tu t'es sacrifié pour moi, pour ma mère également. Pour cette raison, je t'aime, Jamie O'Donnell. Je te pardonne tout. Va. Repose en paix. Que Dieu te bénisse. »

Mélanie retourna l'urne ; les cendres flottèrent quelques minutes dans le vent humide et le crachin, puis disparurent dans l'océan.

Côte à côte, Patricia et Ann Margaret remontèrent le sentier, suivies de Brian et de Nathan qui, s'appuyant l'un à l'autre, bavardaient à voix basse. Mélanie se retrouva seule en fin du cortège. Elle tenta de se convaincre que cela n'avait guère d'importance, sans y parvenir tout à fait.

Bientôt, ils atteignirent la grand-route où leurs trois voitures étaient garées. Mélanie remarqua qu'il y en avait une quatrième. Un homme en costume sombre était adossé à la portière et releva la tête à son approche. Mélanie reconnut son visage et courut vers lui, sans se soucier de ce que penseraient les autres.

— David !

Au dernier moment, toutefois, elle hésita, consciente de la scène qui allait se jouer, du rôle qu'elle y tenait, de l'importance qu'elle lui accordait. David portait un costume marine qui lui donnait une allure très protocolaire. Mais ses yeux pétillaient et il souriait ; Mélanie sentit le nœud qui l'oppressait depuis des semaines se délier peu à peu.

— Bonjour, dit-il.

— Bonjour, toi.

— Touchante cérémonie.

— Tu as entendu ?

— Je me suis approché un peu, mais je ne voulais pas vous importuner.

— Tu aurais dû. Ça ne m'aurait pas dérangée.

David sourit encore et glissa un doigt sur la joue de la jeune femme qui ferma les yeux pour goûter sa caresse, puis les ouvrit pour constater que David avait essuyé ses larmes.

— Tu enquêtes toujours sur mon père ? Dis-moi. Tu es en service, là ? J'ai besoin de le savoir. Ces incertitudes, tes silences, ça me tue.

— C'est terminé.

— Terminé ?

— Oui. J'ai remis mon rapport au procureur ce matin. Je suis un homme libre, Mélanie. J'ai pensé qu'il était temps de te retrouver.

— Oh ! David… David, répéta-t-elle sans pouvoir ajouter quoi que ce soit.

Elle renonça à parler et se blottit dans ses bras.

— Tu m'as manqué, dit-il.

— Toi aussi.

— Je voulais savoir comment tu vas.

— Je sais, je sais.

David releva le menton de Mélanie, la regarda dans les yeux et lui dit, plein d'enthousiasme :

— Finalement, j'ai fini par prendre mon médicament. Je bouge, je marche beaucoup mieux. J'ai obtenu de l'avancement aussi. Je n'ai plus de souci désormais du côté sécurité de l'emploi. Mais, tu sais, je ne me suis pas comporté avec toi comme je l'aurais dû.

— David, je t'aime.

Il garda le silence quelques instants et la serra contre lui.

— Quel bonheur, murmura-t-il enfin. Mon père me disait que j'étais probablement en train de tout foutre en l'air, que j'aurais dû vous présenter l'un à l'autre depuis des semaines. D'après lui, une telle rencontre pouvait jouer en ma faveur ; je ne suis pas certain de bien comprendre ce qu'il veut dire par là. Après tout ce que j'ai raconté à ton sujet, j'ai l'impression que ce serait pour lui l'occasion de te faire la cour.

— Voyez-vous ça ! Ma mère, elle, se demandait si tu allais réapparaître un jour ; Ann Margaret lui suggérait de se mêler de ses affaires. Ni l'une ni l'autre n'est bien placée pour donner des conseils sur la manière de se conduire avec les hommes.

— Ah ! ce n'est pas faux, répliqua David en riant.

Mélanie agrippa sa cravate.

— Dis-le à la fin ! Ça fait un long mois que j'attends. Je veux que tu me le dises.

— Je t'aime, Mélanie. Je veux vivre avec toi, élever deux enfants de toi, vieillir avec toi. J'aimerais être avec toi tous les jours de ma vie. Tu veux ?

Elle se blottit encore au creux de ses bras. Le nœud qui lui serrait la poitrine se dissipa complètement, de même que cette sorte de brume qui voilait ses yeux depuis des semaines. Tout devint clair. Limpide. Déjà, elle se voyait avec David, avec leurs deux enfants peut-être.

Une famille. Une vraie. La sienne.

L'image de Jamie O'Donnell, tout sourire, lui traversa l'esprit, celle de la petite Meagan Stokes aussi. Enfin heureuse.

— Oui, David. Je le veux.

PAPIER À BASE DE FIBRES CERTIFIÉES

Le Livre de Poche s'engage pour l'environnement en réduisant l'empreinte carbone de ses livres. Celle de cet exemplaire est de :
350 g éq. CO_2
Rendez-vous sur www.livredepoche-durable.fr

Composition réalisée par PCA

Achevé d'imprimer en octobre 2021, en France sur Presse Offset par
Maury Imprimeur – 45330 Malesherbes
N° d'impression : 257683
Dépôt légal 1re publication : novembre 2021
LIBRAIRIE GÉNÉRALE FRANÇAISE – 21, rue du Montparnasse – 75298 Paris Cedex 06

30/6737/7